汪辟疆 ◎ 校

后浪

唐人小說

北京聯合出版公司
Beijing United Publishing Co.,Ltd.

序

唐代文學，詩歌小説，並推奇作。稽其起原，蓋二者並與貢舉爲倚伏也。宋趙彥衛《雲麓漫鈔》云："唐世舉人，先藉當世顯人，以姓名達諸主司。然後投獻所業，踰數日又投，謂之'溫卷'。如《幽怪録》《傳奇》等皆是。蓋此等文備衆體，可見史才、詩筆、議論。至進士，則多以詩爲贄。今有唐詩數百種行於世者是已。"景安生際紹熙，去唐匪遠，《四庫總目》嘗推其言有根據，蓋不誣也。風會既開，作者彌衆。才傑之士，各拾所聞，蒐奇則極於《山經》《十洲》，語怪則逾於《齊諧》《列異》。於是道籙三清之境，佛氏輪迴之思；負才則自放於麗情，摧彊則酣謳於俠義。罔不經緯文心，奔赴靈囿，繁文綺合，綽旨星稠；斯亦極稗海之偉觀，邁齊梁而軼兩京者歟！雖流風所屆，藉肆詆諆，而振采聯辭，終歸明密。宋劉貢父嘗言："小説至唐，鳥花猿子，紛紛蕩漾。"洪景盧亦言："唐人小説，小小情事，悽惋欲絕，洵有神遇而不自知者。"兩公博洽儒宗，立言不苟，辨微知味，獨具會心；要非秉正衛道者所能夢見。惜乎小説一體，《漢志》既別九流，宋元以還，儒者益加擯棄。逮於有明，久鬱斯起；文士嗜奇，喜窺祕册，書賈貿利，獨標異書。於是割裂篇章，詭立品目，書帕短册，充牣市朝。而唐宋僅存之古本，沈霾於砂泥糞土之中，益費爬梳；斯又唐稗之一厄也。茲爲重加董理，俾復舊觀。勘斠則諟正於舊槧，疏說則備徵諸往史。其所不知，竊附闕聞之義。自秋徂冬，凡得文若干篇，釐爲上下卷。上卷次單篇，下卷存專著。篇章先後，則以作者時代次之。唐稗嘉篇，粗萃於此。

己巳十二月彭澤汪國垣辟疆

序　例

一、本編分上下二卷：上卷錄單篇，下卷錄專著。其他唐人雜記，近於瑣碎者，雖間有雋永可味之小品，本編概從割棄。

一、唐人小説，宋初修《太平廣記》，大部分已收入。本編取材，即以許刻《廣記》爲主。其所不備，或間有脱誤者，則用《道藏》《文苑英華》《太平御覽》《資治通鑑考異》《太平寰宇記》《明鈔原本説郛》《顧氏文房小説》《全唐文》及涵芬樓影印之舊本唐人專集小説校補。至明代通行之《古今逸史》《説海》《五朝小説》《歷代小史》，清人之《正續説郛》《龍威祕書》《唐人説薈》等叢刻，或擅改篇名，或妄題撰者，概不據錄。

一、唐人小説，多有同出一源，而所載各異者。《廣記》往往兼收，分散各卷。茲爲便於參考計，依題附錄。其採入史傳，如《吴保安》《謝小娥》之類。演爲大曲鼓詞，如宋曾布《水調七遍》詠馮燕、趙德麟《商調蝶戀花》十闋詠鶯鶯之類，皆與本文關係較深，概爲迻錄；俾讀本傳者，得以互參。

一、本編於各篇之後，將作者略歷及本篇來源，各加按語，分疏於篇末，俾讀者於故事之產生、演變，有所參考。惟唐宋人雜著筆錄，有一事而考訂互見，則錄其時代較早者。餘皆割棄，以省篇幅。

一、唐人小說，元明人多取其本事，演爲雜劇傳奇。本編亦將其劇名撰人，綜述於後。俾治唐稗者，得由此而進治元明劇曲；而治元明雜劇大曲者，亦可由此而追溯本事。惟編者見聞有限，缺略在所難免，希讀者隨時指正。

一、唐人說部專書，如段成式《酉陽雜俎》、張讀《宣室志》、蘇鶚《杜陽雜編》、范攄《雲溪友議》之屬，本應酌錄數則，以備一種。惟原書尚在，不難購讀，姑從闕如。若《玄怪錄》、《續玄怪錄》、《集異記》、牛肅《紀聞》、《甘澤謠》、裴鉶《傳奇》、《三水小牘》，或散在叢書，或備存《廣記》，其文既爲傳奇之體，而書不易得，悉得甄錄。故唐稗雖繁，而佳篇略備於是矣。

目　錄

序 ··· 一
序　例 ··· 三

上　卷

古鏡記 ··· 三
補江總白猿傳 ··· 一七
遊仙窟 ·· 二三
枕中記 ·· 四三
任氏傳 ·· 四九
離魂記 ·· 五七
柳氏傳 ·· 六一
李章武傳 ·· 六七
柳毅 ··· 七五
霍小玉傳 ·· 九一
南柯太守傳 ··· 九九
謝小娥傳 ··· 一〇九
廬江馮媼傳 ··· 一一五
李娃傳 ·· 一一七
三夢記 ·· 一二五
東城老父傳 ··· 一三一
長恨歌傳 ·· 一三七
鶯鶯傳 ·· 一五七
周秦行紀 ·· 一七五

湘中怨解························ 一八三
異夢錄·························· 一八七
秦夢記·························· 一九一
馮燕傳·························· 一九五
無雙傳·························· 一九九
上清傳·························· 二〇五
秀師言記······················· 二〇九
虬鬚客傳······················· 二一一
楊娼傳·························· 二一九
鄭德璘·························· 二二一
冥音錄·························· 二二五

下　卷

玄怪錄·························· 二三一
　　　叙錄　崔書生　元無有　張佐　岑順　齊推女　郭元振
續玄怪錄······················· 二五三
　　　叙錄　楊恭政　張逢　定婚店　薛偉　李衛公靖　杜子春
　　　張老
紀聞···························· 二七九
　　　叙錄　牛應貞　吳保安
集異記·························· 二八七
　　　叙錄　徐佐卿　蔡少霞　王維　王渙之　韋宥
甘澤謠·························· 二九七
　　　叙錄　陶峴　圓觀　懶殘　紅綫　許雲封
傳奇···························· 三一一
　　　叙錄　崑崙奴　聶隱娘　裴航　崔煒　孫恪　韋自東　陶
　　　尹二君
三水小牘······················· 三三三
　　　叙錄　王玄冲　王知古　步飛烟　綠翹　却要　王公直

上卷

古鏡記

王度撰
據太平廣記校錄
用太平御覽校補
標題依唐人舊題

隋汾陰侯生，天下奇士也。王度常以師禮事之。臨終，贈度以古鏡，曰："持此則百邪遠人。"度受而寶之。鏡橫徑八寸，鼻作麒麟蹲伏之象，遶鼻列四方，龜龍鳳虎，依方陳布。四方外又設八卦，卦外置十二辰位，而具畜焉。辰畜之外，又置二十四字，周遶輪廓，文體似隸，點畫無缺，而非字書所有也。侯生云："二十四氣之象形。"承日照之，則背上文畫，墨入影內，纖毫無失。舉而扣之，清音徐引，竟日方絕。嗟乎，此則非凡鏡之所同也。宜其見賞高賢，自稱靈物。侯生常云："昔者吾聞黃帝鑄十五鏡，其第一橫徑一尺五寸，法滿月之數也。以其相差各校一寸，此第八鏡也。"雖歲祀攸遠，圖書寂寞，而高人所述，不可誣矣。昔楊氏納環，累代延慶；張公喪劍，其身亦終。今度遭世擾攘，居常鬱怏，王室如燬，生涯何地，寶鏡復去，哀哉！今具其異跡，列之於後，數千載之下，倘有得者，知其所由耳。

大業七年五月，度自御史罷歸河東，適遇侯生卒，而得此鏡。至其年六月，度歸長安，至長樂坡，宿於主人程雄家。雄新受寄一婢，頗甚端麗，名曰鸚鵡。度既稅駕，將整冠履，引鏡自照。鸚鵡遙見，即便叩首流血，云："不敢住。"度因召主人問其故。雄云："兩月前，有一客攜此婢從東來。時婢病甚，客便寄留，云：'還日當取。'比不復來，不知其婢由也。"度疑精魅，引鏡逼之。便云："乞命，即變形。"度即掩鏡，曰："汝先自敘，然後變形，當捨汝命。"婢再拜自陳云："某是華山府君廟前長松下千歲老狸，大行變惑，罪合至死。遂爲府君捕逐，逃於河、渭之間，爲下邽陳思恭義女，思恭妻鄭氏（五字據《太平御覽》九百十二補）蒙養甚厚。嫁鸚鵡與同鄉人柴華。鸚鵡與華意不相愜，逃而東，出韓城縣，爲行人李無傲所執。無傲，粗暴丈夫也，遂刦（原作將，據《御覽》改）鸚鵡遊行數歲，昨隨至此，忽爾見留。不意遭逢天鏡，隱形無路。"度又謂曰："汝本老狐，變形爲人，豈不害人也？"婢曰："變形事人，非有害也。但逃匿幻惑，神道所惡，自當至死耳。"度又謂曰："欲捨汝，可乎？"鸚鵡曰："辱公厚賜，豈敢忘德。然天鏡一照，不可逃形。但久爲人形，羞復故體。願緘於匣，許盡醉而終。"度又謂曰："緘鏡於匣，汝不逃乎？"鸚鵡笑曰："公適有美言，尚許相捨。緘鏡而走，豈不終恩？但天鏡一臨，竄跡無路，惟希數刻之命，以盡一生之歡耳。"度登時爲匣鏡，又爲致酒，悉召雄家鄰里與宴謔。婢頃大醉，奮衣起舞而歌曰："寶鏡寶鏡！哀哉予命！自我離形，於今幾姓？生雖可樂，死必不傷。何爲眷戀，守此一方！"歌訖，再拜，化爲老狸而死。一座驚歎。

大業八年四月一日，太陽虧。度時在臺直，晝臥廳閣，覺日漸昏。諸吏告度以日蝕甚。整衣時，引鏡出，自覺鏡亦昏昧，無復光色。度以寶鏡之作，合於陰陽光景之妙。不然，豈合以太陽失曜而寶鏡亦無光乎？歎怪未已。俄而光彩出，日亦漸明。比及日復，鏡亦精朗如故。自此之後，每日月薄蝕，鏡亦昏昧。其年八月十五日，友人薛俠者，獲一銅劍，長四尺，劍連於靶；靶盤龍鳳之狀，左文如火焰，右文如水波，光彩灼爍，非常物也。俠持過度，曰："此劍俠常試之，每月十五日，天地清朗，置之暗室，自然有光，傍照數丈。俠持之有日月矣。明公好奇愛古，如飢如渴，願與君今夕一試。"度喜甚。其夜，果遇天地清霽。密閉一室，無復脫隙，與俠同宿。度亦出寶鏡，置於座側，俄而鏡上吐光，明照一室，相視如晝。劍橫其側，無復光彩。俠大驚，曰："請內鏡於匣。"度從其言，然後劍乃吐光，不過一二尺耳。俠撫劍，歎曰："天下神物，亦有相伏之理也。"是後每至月望，則出鏡於暗室，光嘗照數丈。若月影入室，則無光也。豈太陽太陰之耀，不可敵也乎？

其年冬，兼著作郎，奉詔撰國史，欲爲蘇綽立傳。度家有奴曰豹生，年七十矣。本蘇氏部曲，頗涉史傳，略解屬文，見度傳草，因悲不自勝。度問其故。謂度曰："豹生常受蘇公厚遇，今見蘇公言驗，是以悲耳。郎君所有寶鏡，是蘇公友人河南苗季子所遺蘇公者，蘇公愛之甚。蘇公臨亡之歲，戚戚不樂，常召苗生謂曰：'自度死日不久，不知此鏡當入誰手？今欲以蓍筮一卦，先生幸觀之也。'便顧豹生取蓍，蘇公自揲布卦。卦訖，蘇公曰：'我死十餘年，我家當失此鏡，不知所在。然天地神物，動靜有徵。今河、汾之間，往往有寶氣，與卦兆相合，鏡其往彼乎？'季子曰：'亦爲人所得乎？'蘇公又詳其卦，云：'先入侯家，復歸王氏。過此以往，莫知所之也。'"豹生言訖涕泣。度問蘇氏，果云舊有此鏡，蘇公薨後，亦失所在，如豹生之言。故度爲蘇公傳，亦具言其事於末篇，論蘇公蓍筮絕倫，默而獨用，謂此也。

大業九年正月朔旦，有一胡僧，行乞而至度家。弟勣出見之。覺其神采不俗，更邀入室，而爲具食，坐語良久。胡僧謂勣曰："檀越家似有絕世寶鏡也。可得見耶？"勣曰："法師何以得知之？"僧曰："貧道受明錄祕術，頗識寶氣。檀越宅上每日常有碧光連日，絳氣屬月，此寶鏡氣也。貧道見之兩年矣。今擇良日，故欲一觀。"勣出之。僧跪捧欣躍，又謂勣曰："此鏡有數種靈相，皆當未見。但以金膏涂之，珠粉拭之，舉以照日，必影徹牆壁。"僧又歎息曰："更作法試，應照見腑臟。所恨卒無藥耳。但以金煙薰之，玉水洗之，復以金膏珠粉如法拭之，藏之泥中，亦不晦矣。"遂留金煙玉水等法，行之，無不獲驗。而胡僧遂不復見。

其年秋，度出兼芮城令。令廳前有一棗樹，圍可數丈，不知幾百年矣。前後令至，皆祠謁此樹，否則殃禍立及也。度以爲妖由人興，淫祀宜絕，縣吏皆叩頭請度。度不得已，爲之以祀。然陰念此樹當有精魅所託，人不能除，養成其勢。乃密懸此鏡於樹之間。其夜二鼓許，聞其廳前磊落有聲，若雷霆者。遂起視之，則風雨晦暝，纏遶此樹，電光晃耀，忽上忽下。至明，有一大蛇，紫鱗赤尾，綠頭白角，額上有王字，身被數創，死於樹。度便下收鏡，命吏出蛇，焚於縣門外。仍掘樹，樹心有一穴，於地漸大，有巨蛇蟠泊之跡。既而攻之，妖怪遂絕。

其年冬，度以御史帶芮城令，持節河北道，開倉糧賑給陝東。時天下大饑，百姓疾病；蒲、陝之間，癘疫尤甚。有河北人張龍駒，爲度下小吏，其家良賤數十口，一時遇疾。度憫之，賫此入其家，使龍駒持鏡夜照。諸病者見鏡，皆驚起，云：「見龍駒持一月來相照，光陰所及，如冰著體，冷徹腑臟。」即時熱定，至晚並愈。以爲無害於鏡，而所濟於衆，令密持此鏡，遍巡百姓。其夜，鏡於匣中，泠然自鳴，聲甚徹遠，良久乃止。度心獨怪。明早，龍駒來謂度曰：「龍駒昨忽夢一人，龍頭蛇身，朱冠紫服，謂龍駒：『我即鏡精也，名曰紫珍。常有德於君家，故來相託。爲我謝王公，百姓有罪，天與之疾，奈何使我反天救物！且病至後月，當漸愈，無爲我苦。』」度感其靈怪，因此誌之。至後月，病果漸愈，如其言也。

大業十年，度弟勣自六合丞棄官歸，又將遍遊山水，以爲長往之策。度止之曰：「今天下向亂，盜賊充斥，欲安之乎？且吾與汝同氣，未嘗遠別。此行也，似將高蹈。昔尚子平遊五嶽，不知所之。汝若追踵前賢，吾所不堪也。」便涕泣對勣。勣曰：「意已決矣，必不可留。兄今之達人，當無所不體。孔子曰：『匹夫不奪其志矣。』人生百年，忽同過隙，得情則樂，失志則悲，安遂其欲，聖人之義也。」度不得已，與之決別。勣曰：「此別也，亦有所求。兄所寶鏡，非塵俗物也。勣將抗志雲路，棲踪煙霞，欲兄以此爲贈。」度曰：「吾何惜於汝也。」即以與之。

勣得鏡，遂行，不言所適。至大業十三年夏六月，始歸長安，以鏡歸，謂度曰：「此鏡真寶物也！辭兄之後，先遊嵩山少室，降石梁，坐玉壇。屬日暮，遇一嵌巖，有一石堂，可容三五人，勣棲息止焉。月夜二更後，有兩人：一貌胡，鬚眉皓而瘦，稱山公；一面闊，白鬚眉長，黑而矮，稱毛生。謂勣曰：『何人斯居也？』勣曰：『尋幽探穴訪奇者。』二人坐與勣談久，往往有異義出於言外。勣疑其精怪，引手潛後，開匣取鏡。鏡光出，而二人失聲俯伏。矮者化爲龜，胡者化爲猿。懸鏡至曉，二身俱殞。龜身帶綠毛，猿身帶白毛。即入箕山，渡潁水，歷太和，視玉井。井傍有池，水湛然綠色。問樵夫，曰：'此靈湫耳。村閭每八節祭之，以祈福祐。若一祭有闕，即池水出黑雲，大雹浸堤壞阜。'勣引鏡照之。池水沸湧，有雷如震，忽爾池水騰出池中，不遺涓滴，可行二百餘步，水落於地。有一魚，可長丈餘，粗細大於臂；首紅額白，身作青黃間色；無鱗有涎，蛇形龍角；嘴尖，狀如鱘魚；動而有光，在於泥水，困而不能遠去。勣謂蛟也，失水而無能爲耳。刃而爲炙，甚膏，有味，以充數朝口腹。遂出於宋汴。汴主人張琦家有女子患，入夜，哀痛之聲，實不堪忍。勣問其故。病來已經年歲，白日即安，夜常如此。勣停一宿，及聞女子聲，遂開鏡照之。痛者曰：'戴冠郎被殺！'其病者床下，有大雄雞，死矣；乃是主人七八歲老雞也。遊江南，將渡廣陵揚子江；忽暗雲覆水，黑風波湧，舟子失容，慮有覆沒。勣攜鏡上舟，照江中數步，明朗徹底；風雲四斂，波濤遂息；須臾之間，達濟天塹。躋攝山麴芳嶺，或攀絕頂，或入深洞。逢其群鳥，環人而噪，數熊當路而蹲，以鏡揮之，熊鳥奔駭。是時利涉浙江，遇潮出海，濤聲振吼，數百里而聞。舟人曰：'濤既近，未可渡南。若不迴舟，吾輩必葬魚腹。'勣出鏡照，江波不進，屹如雲立。四面江水，豁開五十餘步；水漸清淺，黿鼉散走。舉帆翩翩，直入南浦。然後却視，濤波洪湧，高數十丈，而至所渡之所也。遂登天台，周覽洞壑。夜行佩之山谷，去身百步，四面光徹，纖微皆見，林間宿鳥，驚而亂飛。還履會稽，逢異人張始鸞，授勣《周髀》《九章》及《明堂》《六甲》之事。與陳永同歸。更遊豫章。見道士許藏祕，云'是旌陽七代孫，有咒登刀履火之術'。説妖怪之次，更言豐城縣倉督李敬慎家有三女遭魅病，人莫能識。藏祕療之無效。勣故人曰趙丹，有才器，任豐城縣尉。勣因過之。丹命祇承人指勣停處。勣謂曰：'欲得倉督李敬慎家居止。'丹遽命敬慎爲主，禮勣。因問其故。敬曰：'三女同居堂內閤子，每至日晚，即靚妝衒服。黃昏後，即歸所居閤子，滅燈燭。聽之，竊與人言笑聲。及至曉眠，非喚不覺。日日漸瘦，不能下食。制之不令妝梳，即欲自縊投井。無奈之何。'勣謂敬曰：'引示閤子之處。'其閤東有窗。恐其門閉固而難啓，遂晝日先刻斷窗櫺四條，却以物支柱之如舊。至日暮，敬報勣曰：'妝梳入閤矣。'至一更，聽之，言笑自然。勣拔窗櫺子，持鏡入閤，照之。三女叫云：'殺我壻也！'初不見一物。懸鏡至明，有一鼠狼，首尾長一尺三四寸，身無毛齒；有一老鼠，亦無毛齒，其肥大可重五斤；又有守宮，大如人手，身披鱗甲，煥爛五色，頭上有兩角，長可半寸，尾長五寸已上，尾頭一寸色白，並於壁孔前死矣。從此疾愈。其後尋真至廬山，婆娑數月，或棲息長林，或露宿草莽，虎豹接尾，豺狼連跡，擧鏡視之，莫不竄伏。廬山處士蘇賓，奇識之士也，洞明《易》道，藏往知來，謂勣曰：'天下神物，必不久居人間。今宇宙喪亂，他鄉未必可止，吾子此鏡尚在，足下衛，幸速歸家鄉也。'勣然其言，即時北歸。便遊河北，夜夢鏡謂勣曰：'我蒙卿兄厚禮，今當捨人間遠去，欲得一別，卿請早歸長安也。'勣夢中許之。及曉，獨居思之，恍恍發悸，即時西首秦路。今旣見兄，勣不負諾矣。終恐此靈物亦非兄所有。"數月，勣還河東。

　　大業十三年七月十五日，匣中悲鳴，其聲纖遠，俄而漸大，若龍咆虎吼，良久乃定。開匣視之，即失鏡矣。

按此文原載《異聞集》,《太平廣記》二百三十採之,而改題《王度》。《太平御覽》九百十二引其程雄家婢一段,而題作隋王度《古鏡記》。明刻《五朝小說》遂本之,以入六朝小說,不題唐人,故《說薈》亦未收。惟《文苑英華》七百三十七顧況《戴氏廣異記序》乃謂:"國朝燕公《梁四公記》、唐臨《冥報記》、王度《古鏡記》、孔慎言《神怪志》、趙自勤《定命錄》,至如李庚成、張孝舉之徒,互相傳說。"云云。則是此文,事雖出隋代,記則實入唐初。證以顧況所言,當可信也。作者王度,兩《唐書》不詳其生平。文中既自稱大業七年五月,自御史罷歸河東;六月,歸長安;八年四月,在臺;冬,兼著作郎,奉詔撰《國史》。後又云,大業十年,度弟勣自六合丞棄官歸,將遍遊山水。是度固嘗為著作郎修國史,而弟勣則嘗為官六合丞矣。《舊唐書》一九二《隱逸傳》云:"王績,字無功,絳州龍門人。隋大業中應孝悌廉潔舉,授揚州六合縣丞,非其所好,棄官還鄉里。"《新唐書》一九六《隱逸傳》亦云:"績舉孝悌廉潔,不樂在朝,求為六合丞。以嗜酒不任事,時天下大亂,因劾遂解去,歎曰:'網羅在天下,吾且安之。'乃還鄉里。"末云:"初,兄凝為隋著作郎,撰《隋書》未成,死。績續餘功,亦不能成。"據此,頗疑王勣當為王績之誤。度或為凝之改名。因績嘗罷六合縣丞,而凝且以著作郎撰修《隋書》未成,皆與本文所稱吻合也。惟小說事既憑虛,撰人尤多假託。晉宋以來,此風大暢。姑存其說可也。至晁公武《郡齋讀書志》,類書類有《古鏡記》一卷。晁氏云:"右書未詳撰人,纂古鏡故事。"舊鈔衢本,鏡本作今。其云古今故事者,蓋取以古為鏡之義。晁氏故取之以入類書。自當別為一書,不能據後人誤改而強為牽合也。

　　又按此篇紀古鏡事,雖為述異誌怪之體,要不盡無影響。篇中言蘇綽從苗生得此鏡,是此鏡固嘗在蘇家矣。劉餗《隋唐嘉話》云:"僕射蘇威有鏡,殊精好。曾日蝕既,鏡亦昏黑無所見。威以為左右所汙,不以為意。他日日蝕半缺,其鏡亦半昏如之。於是始寶藏之。後櫃內有聲如磬,尋之,乃鏡聲也;無何而子夔死。後更有聲，無何而威敗。後不知所在（《太平廣記》三百三十亦引之，下注云出《傳記》，是劉餗《傳記》與《隋唐嘉話》一書而異名矣）云。"蘇威爲蘇綽子，《北史》《隋書》並有傳。是《嘉話》云云，必向來有此傳說，且亦出於蘇家也。觀於此，則王度此篇之紀鏡異，實有所本；抑或有意綜合六朝以來言鏡異之說，以恢宏其文；而又緯以作者家世仕履，顛倒眩惑，使後人讀之，疑若可信也。

又按古今小説紀鏡異者，此爲大觀矣。其事有無，姑勿論。即觀其侈陳靈異，辭旨詼詭，後人摹擬，汗流莫及。上承六朝志怪之餘風，下開有唐藻麗之新體。洵唐人小説之開山也。唐人記鏡異者，尚有數事，雖不必同出一源，而辭皆可玩。酌錄數則，以資互勘。

《異聞錄·李守泰》一則云：

天寶三載五月十五日，揚州進水心鏡一面，縱橫九寸，青瑩耀日。背有盤龍，長三尺四寸五分，勢如生動。玄宗覽而異之。進鏡官揚州參軍李守泰曰："鑄鏡時，有一老人，自稱姓龍名護，鬚髮皓白，眉如絲垂下至肩，衣白衫。有小童相隨，年十歲，衣黑衣，龍護呼爲玄冥。以五月朔忽來，神采有異，人莫之識。謂鏡匠呂暉曰：'老人家住近，聞少年鑄鏡，暫來寓目。老人解造真龍，欲爲少年製之，頗將愜於帝意。'遂令玄冥入爐所。扃閉户牖，不令人到。經三日三夜，門左洞開。呂暉等二十人於院内搜覓，失龍護及玄冥所在。鏡爐前獲素書一紙，文字小隸，云：'鏡龍長三尺四寸五分，法三才，象四氣，稟五行也。縱橫九寸，類九州分野。鏡鼻如明月珠焉。開元皇帝聖通神靈，吾遂降祉。斯鏡可以辟邪，鑒萬物；秦始皇之鏡，無以加焉。'歌曰：'盤龍！盤龍！隱於鏡中。分野有象，變化無窮。興雲吐霧，行雨生風。上清仙子，來獻聖聰。'呂暉等遂移鏡爐，置船中。以五月五日午時，乃於揚子江鑄之。未鑄前，天地清謐。興造之際，左右江水，忽高三十餘尺，如雪山浮江。又聞龍吟，如笙簧之聲，達於數十里。稽諸古老，自鑄鏡以來，未有如斯之異也。"帝詔有司別掌此鏡。

至天寶七載，秦中大旱，自三月不雨至六月，帝親幸龍堂，祈之，不應。問昊天觀道士葉法善曰："朕敬事神靈，以安百姓，今亢陽如此，朕甚憂之。親臨祈禱，不雨，何也？卿見真龍否乎？"對曰："臣亦曾見真龍。臣聞畫龍，四肢骨節，一處得似真龍，即便有感應。用以祈禱，則雨立降。所以未靈驗者，或不類真龍耳。"帝即詔中使孫知古引法善於內庫偏視之。忽見此鏡，遂還奏曰："此鏡龍真龍也。"帝幸凝陰殿，並召法善祈鏡龍。頃刻間，見殿棟有白氣兩道，下近鏡龍。龍鼻亦有白氣，上近梁棟。須臾，充滿殿庭，遍散城內，甘雨大澍。凡七日而止。秦中大熟。帝詔集賢待詔吳道子圖寫鏡龍，以賜法善。（《太平廣記》二百三十一引）

《博異志·敬元穎》一則云：

天寶中有陳仲躬，家居金陵，多金帛。仲躬好學，修詞未成，乃攜數千金，於洛陽清化里假居一宅。其井尤大，甚好溺人。仲躬亦知之，志靡有家室，無所懼。仲躬常抄習不出。月餘日，有鄰家取水女子，可十數歲，怪每日來於井上，則逾時不去，忽墮井中而溺死。井水深，經宿方索得屍。仲躬異之。閑乃窺於井上，忽見水影中一女子面，年狀少麗，依時樣妝飾，以目仲躬。仲躬凝睇之，則紅袂半掩其面微笑，妖冶之姿，出於世表。仲躬神魂恍惚，若不支持然，乃歎曰："斯乃溺人之由也。"遂不顧而退。

後數月，炎旱，此井亦不減。忽一日，水頓竭。清旦，有一人扣門，云："敬元穎請謁。"仲躬命入，乃井中所見者。衣緋綠之衣，其製飾鉛粉，乃當時耳。仲躬與坐而訊之，曰："卿何以殺人。"元穎曰："妾實非殺人者。此井有毒龍，自漢朝絳侯居於茲，遂穿此井。洛城內都有五毒龍，斯乃一也。緣與太一左右侍龍相得，每相蒙蔽。天命追徵，多故為不赴集役，而好食人血，自漢以來，已殺三千七百人矣。而水不曾耗涸。某乃國初方墮於井，遂為龍所驅使，為妖惑以誘人，用供龍所食。其於辛苦，情非所願。昨爲太一使者交替，天下龍神，盡須集駕。昨夜子時，已朝太一矣。兼爲河南旱，被勘責。三數日，方迴。今井內已無水，君子誠能命匠淘之，則獲脫難矣。如脫難，願於君子一生奉養。世間之事，無所不致。"言訖，便失所在。

仲躬乃當時命匠，令一信者與匠同入井中。但見異物，即令收之。至底無別物，唯獲古銅鏡一枚，面闊七寸八分。仲躬令洗淨安匣中，焚香以潔之。斯乃敬元穎也。一更後，忽見元穎自門而入，直造燭前設拜。謂仲躬曰："謝以生成之恩，煦衣濁水泥之下。某本師曠所鑄十二鏡之第七者也。其鑄時，皆以日月爲大小之差。元穎則七月七日午時鑄者也。貞觀中爲許敬宗婢蘭苕所墮，以此井水深，兼毒龍氣所苦，人入者悶絕，故不可取。遂爲毒龍所役。幸遇君子正直者，乃獲重見人間爾。然明晨內，望君子移出此宅。"仲躬曰："某以用錢僦居，今移出，何以取措足之所。"元穎曰："但請君子飾裝，一無憂矣。"言訖，再拜云："自此去不復見形矣。"仲躬遽留之。問曰："汝以紅綠脂粉之麗，何以誘女子小兒也。"對曰："某變化無常，各以所悅。百方謀策，以供龍用。"言訖，即無所見。明晨，忽有牙人扣戶，兼領宅主來謁仲躬，便請仲躬移居，夫役並足。到齋時，便到立德坊一宅中。其大小價數，一如清化者。其牙人云："價直契書，一無遺闕。"並交割訖。後三日，會清化宅井，無故自崩。兼延及堂隍東廂，一時陷地。仲躬後文戰，累勝。大官所有要事，未嘗不如移宅之績效也。

其鏡背有二十八字，皆科斗書。以今文推而寫之，曰："維晉新公二年七月七日午時，於首陽山前白龍潭鑄成此鏡，千年後世。"於背上環書，一字管天文一宿。依方列之，則左有日而右有月。龜龍虎雀，並依方安焉。於鼻四旁，題曰："夷則之鏡"。（《顧氏文房小說·博異志》據《廣記》改數字）

《原化記·漁人》一條云：

蘇州太湖，入松江口。貞元中，有漁人載小網數船，共十餘人，下網取魚，一無所獲。網中得物，乃是鏡而不甚大。漁者忿其無魚，棄鏡於水。移船下網，又得此鏡。漁人異之，遂取其鏡視之，纔七八寸，照形悉見其筋骨臟腑，潰然可惡。其人悶絕而倒。衆人大驚。其取鏡鑒形者，即時皆倒，嘔吐狼藉。其餘一人不敢取照，即以鏡投之水中。良久，扶持倒吐者，既醒，遂相與歸家，以爲妖怪。明日，方理網罟，則所得魚多於常時數倍。其人先有疾者，自此皆愈。詢於故老："此鏡在江湖，每數百年一出，人亦常見。"但不知何精靈之所恃也。(《太平廣記》二百三十一引)

《國史補・揚州貢鏡》一條云：

揚州舊貢江心鏡，五月五日揚子江所鑄也。或言無百煉者，六七十煉則止。易破難成，往往有鳴者。(按此則與《異聞集》李守泰所進水心鏡一事可互參。《國史補》所紀多近實，與小說有別。豈天寶間果有此一段傳說耶。)

《松牕錄・浙右漁人》一條云：

李德裕，長慶中廉問浙右。會有漁人於秦淮垂機網下深處，忽覺力重異於常時，及斂就水次，卒不獲一鱗，但得古銅鏡，可尺餘，光浮於波際。漁人取視之，歷歷盡見五臟六腑，血縈脈動，竦駭氣魄，因腕戰而墜。漁人偶話於旁舍，遂聞之於德裕。盡周歲，萬計窮索水底，終不復得。(《太平廣記》二百三十二引。按此事與《原化記》所載《漁人》一事相類。唐人小說，大抵皆擷拾傳聞，故彼此互見也。)

《三水小牘・元稹》一則云：

丞相元稹之鎮江夏也，嘗秋夕登黃鶴樓，遙望漢江之湄，有光，若殘星焉。乃令親信某往視之。某遂棹小舟，直詣光所，乃釣船中也。詢彼漁者，云："適獲一鯉，光則無之。"親信乃攜鯉而來。既登樓，公庖人剖之，腹中得鏡一，如古大錢。以面相合，背則隱起雙龍，雖小，而鱗、鬣、爪、角悉具。精巧且瑩，常有光耀。公寶之，置臥內巾箱之中。及相公薨，鏡亦亡去。

《太平廣記》二百三十二有《陴湖漁者》云：

徐宿之界，有陴湖，周數百里。兩州之茭蒲萑葦洎芰荷之類，賴以資之。天祐中，有漁者於網中獲鐵鏡，亦不甚澀，光猶可鑒，面闊五六寸，攜以歸家。忽有一僧及門，謂漁者曰："君有異物，可相示乎？"答曰："無之。"僧曰："聞君獲鐵鏡，即其物也。"遂出之。僧曰："君但將往所得之處照之，看有何覩。"如其言而往。照見湖中無數甲兵。漁者大駭，復沈於水。僧亦失之。耆老相傳："湖本陣州淪陷所致。"圖籍亦無載焉。（按《廣記》不載出處）

補江總白猿傳

不著撰人

據顧氏文房小說校錄

標題依唐志

梁大同末，遣平南將軍藺欽南征，至桂林，破李師古、陳徹。別將歐陽紇略地至長樂，悉平諸洞，采入深阻。紇妻纖白，甚美。其部人曰："將軍何爲挈麗人經此？地有神，善竊少女，而美者尤所難免。宜謹護之。"紇甚疑懼，夜勒兵環其廬，匿婦密室中，謹閉甚固，而以女奴十餘伺守之。爾夕，陰風晦黑，至五更，寂然無聞。守者怠而假寐，忽若有物驚悟者，即已失妻矣。關扃如故，莫知所出。出門山險，咫尺迷悶，不可尋逐。迨明，絕無其跡。

紇大憤痛，誓不徒還。因辭疾，駐其軍，日往四遐，即深凌險以索之。既逾月，忽於百里之外叢篠上，得其妻繡履一隻，雖浸雨濡，猶可辨識。紇尤悽悼，求之益堅。選壯士三十人，持兵負糧，巖棲野食。又旬餘，遠所舍約二百里，南望一山，蔥秀迥出。至其下，有深溪環之，乃編木以度。絕巖翠竹之間，時見紅綵，聞笑語音。捫蘿引絙，而陟其上，則嘉樹列植，間以名花；其下綠蕪，豐軟如毯。清迥岑寂，杳然殊境。東向石門，有婦人數十，帔服鮮澤，嬉遊歌笑，出入其中。見人皆慢視遲立，至則問曰："何因來此？"紇具以對。相視歎曰："賢妻至此月餘矣。今病在牀，宜遣視之。"入其門，以木爲扉。中寬閴若堂者三。四壁設牀，悉施錦薦。其妻臥石榻上，重茵累席，珍食盈前。紇就視之。回眸一睇，即疾揮手令去。諸婦人曰："我等與公之妻，比來久者十年。此神物所居，力能殺人，雖百夫操兵，不能制也。幸其未返，宜速避之。但求美酒兩斛，食犬十頭，麻數十斤，當相與謀殺之。其來必以正午後，慎勿太早，以十日爲期。"因促之去，紇亦遽退。遂求醇醪與麻犬，如期而往。婦人曰："彼好酒，往往致醉。醉必騁力，俾吾等以綵練縛手足於牀，一踊皆斷。嘗紉三幅，則力盡不解。今麻隱帛中束之，度不能矣。遍體皆如鐵，唯臍下數寸，常護蔽之，此必不能禦兵刃。"指其傍一巖曰："此其食廩，當隱於是，静而伺之。酒置花下，犬散林中，待吾計成，招之即出。"如其言，屏氣以俟。

日晡，有物如匹練，自他山下，透至若飛，徑入洞中。少選，有美髯丈夫長六尺餘，白衣曳杖，擁諸婦人而出。見犬驚視，騰身執之，披裂吮咀，食之致飽。婦人競以玉杯進酒，諧笑甚歡。既飲數斗，則扶之而去。又聞嬉笑之音。良久，婦人出招之，乃持兵而入。見大白猿，縛四足於牀頭，顧人蹙縮，求脫不得，目光如電。競兵之，如中鐵石。刺其臍下，即飲刃，血射如注。乃大嘆咤曰："此天殺我，豈爾之能。然爾婦已孕，勿殺其子，將逢聖帝，必大其宗。"言絕乃死。

搜其藏，寶器豐積，珍羞盈品，羅列案几。凡人世所珍，靡不充備。名香數斛，寶劍一雙。婦人三十輩，皆絕其色，久者至十年，云色衰必被提去，莫知所置。又捕採唯止其身，更無黨類。且盥洗，著帽，加白袷，被素羅衣，不知寒暑。遍身白毛，長數寸。所居常讀木簡，字若符篆，了不可識，已則置石磴下。晴晝或舞雙劍，環身電飛，光圓若月。其飲食無常，喜啗果栗；尤嗜犬，咀而飲其血。日始逾午，即欻然而逝。半晝往返數千里，及晚必歸，此其常也。所須無不立得。夜就諸床嬲戲，一夕皆周，未嘗寐。言語淹詳，華旨會利。然其狀，即猳玃類也。今歲木葉之初，忽愴然曰："吾爲山神所訴，將得死罪。亦求護之於衆靈，庶幾可免。"前月哉生魄，石磴生火，焚其簡書。悵然自失曰："吾已千歲，而無子。今有子，死期至矣。"因顧諸女，汍瀾者久，且曰："此山複絕，未嘗有人至。上高而望，絕不見樵者。下多虎狼怪獸。今能至者，非天假之，何耶？"

紇即取寶玉珍麗及諸婦人以歸，猶有知其家者。紇妻周歲生一子，厥狀肖焉。後紇爲陳武帝所誅。素與江總善。愛其子聰悟絕人，常留養之，故免於難。及長，果文學善書，知名於時。

按《太平廣記》四百四十四引此傳而題作《歐陽紇》，下注出《續江氏傳》。此據《顧氏文房小說》家藏宋本校錄，字句與《廣記》小有異同，較《廣記》爲勝。本傳、《唐書·藝文志》著錄子部小說家，題爲"補江總白猿傳"，不著撰人。《宋志》同。《郡齋讀書志》取以入史部傳記類，亦不著撰人，但云"述梁大同末歐陽紇妻爲猿所竊，後生子詢。《崇文目》以爲唐人惡詢者爲之。"《直齋書錄解題·小說類》云："歐陽紇者，詢之父也。詢貌獼猿，蓋常與長孫無忌互相嘲謔矣。此傳遂因其嘲廣之，以實其事。託言江總，必無名子所爲也。"云云。唐時風氣，往往心所不慊，輒託文字以相詬，如本傳及《周秦行紀》皆是已。李、牛傾軋，或有所召。惟率更忠孝氣節，冠冕唐初，文章書法，頡頏虞、李。不知何以致此无妄之謗，斯足慨已。後世魏道輔撰《碧云騢》以毁范文正、文潞國，且託名於梅堯臣，又其下焉者也。此文本無足取，前人辨之已詳。就文而言，要亦可誦。特錄存之，而附錄《本事詩》《四部正譌》二則於後，俾便參證焉。

孟棨《本事詩》云：

國初長孫太尉見歐陽率更姿形麼陋，嘲之曰："聳膊成山字，埋肩畏出頭。誰言麟閣上，畫此一獼猴。"詢亦酬之曰："索頭連背暖，漫襠畏肚寒。祇緣心混混，所以面團團。"太宗聞之而笑曰："詢此嘲曾不爲皇后耶？"（按此則又見劉餗《隋唐嘉話》卷中）

胡應麟《四部正譌》曰：

《白猿傳》，唐人以謗歐陽詢者。詢狀頗瘦，類猿猱，故當時無名子造言以謗之。此書本題《補江總白猿傳》，蓋僞撰者託總爲名，不爲誣詢，兼以誣總。噫！亦巧矣。率更世但貴其書，而不知其忠孝節義，學問文章，皆唐初冠冕，至今瞭然史策，豈此輩能污哉？率更子通，亦矯矯有父風，而皆爲書名所掩。余亦惜歐氏不在彼也。

按此傳雖爲誣詢而作，然亦實有所本。漢焦延壽《易林》（坤之剝）曾云："南山大玃，盜我媚妾。"晉張華撰《博物志》亦云："蜀山南高山上，有物如獼猴，長七尺，能人行健走；名曰猴玃，一名化，或曰猳玃。同行道婦人有好者，輒盜之以去，人不得知。其年少者終身不得還，十年之後，形皆類之，意亦迷惑，不復思歸。有子者輒送還其家，産子皆如人。有不食養者，其母輒死，故無不取養也。及長與人無異。"（任昉《述異記》所載略同）據此，撰者或有意牽合二說，而又具形像化出之歟。

幼時曾聞諸長老言："昔洪邁撰《夷堅志》、徐鉉撰《稽神錄》，皆晚年閒居多暇，門生故吏，詭言求合，又多摭拾故書雅記，所已言者，重述之，以資諧謔。二公隨筆記之，不加別擇。故卷帙充牣,實則多重複也。"茲姑錄其一事,以概其餘。

曾慥《類説》引《稽神錄·老猿竊婦人》一則云:

晉州含山有妖鬼,好竊婦人。有士人行至含山,夜失其妻,旦而尋求,入深山。一大石,有五六婦人共坐,問曰:"君何至此?"具言其故。婦人曰:"賢夫人昨夜至此,在石室中。吾等皆經過爲所竊也。將軍竊人至此,與行容、彭之術。每十日一試,取素練周纏其身及手足,作法運氣,練皆斷裂。每一試,輒增一疋,明日當五疋。君明旦至此伺之。吾等當以六七疋急纏其身。俟君至,即共殺之,可乎?"其人如期而往。見一人貌甚可畏,衆婦以練縛之,至六疋。乃直前格之,遂殺之。乃一老猿也。因獲其妻,衆婦皆得出。其怪遂絕。

遊仙窟

張文成撰

據忠州李氏平等閣鈔本校錄

　　若夫積石山者，在乎金城西南，河所經也。書云："導河積石，至於龍門。"即此山是也。僕從汧隴，奉使河源。嗟命運之迍邅，歎鄉關之眇邈。張騫古迹，十萬里之波濤；伯禹遺踪，二千年之坂隥。深谷帶地，鑿穿崖岸之形；高嶺橫天，刀削崗巒之勢。煙霞子細，泉石分明，實天上之靈奇，乃人間之妙絕。目所不見，耳所不聞。日晚途遙，馬疲人乏。行至一所，險峻非常：向上則有青壁萬尋，直下則有碧潭千仞。古老相傳云："此是神仙窟也；人跡罕及，鳥路纔通。每有香菓瓊枝，天衣錫鉢，自然浮出，不知從何而至。"

　　余乃端仰一心，潔齋三日。緣細葛，泝輕舟。身體若飛，精靈似夢。須臾之間，忽至松柏巖，桃華澗，香風觸地，光彩遍天。見一女子向水側浣衣，余乃問曰："承聞此處有神仙之窟宅，故來祗候。山川阻隔，疲頓異常，欲投娘子，片時停歇；賜惠交情，幸垂聽許。"女子答曰："兒家堂舍賤陋，供給單疎，只恐不堪，終無吝惜。"余答曰："下官是客，觸事卑微，但避風塵，則爲幸甚。"遂止余於門側草亭中,良久乃出。余問曰:"此誰家舍也?"女子答曰:"此是崔女郎之舍耳。"余問曰:"崔女郎何人也?"女子答曰:"博陵王之苗裔,清河公之舊族。容貌似舅,潘安仁之外甥;氣調如兄,崔季珪之小妹。華容婀娜,天上無儔;玉體逶迤,人間少匹。輝輝面子,荏苒畏彈穿;細細腰支,參差疑勒斷。韓娥宋玉,見則愁生;絳樹青琴,對之羞死。千嬌百媚,造次無可比方;弱體輕身,談之不能備盡。"

須臾之間,忽聞内裏調箏之聲,僕因詠曰:"自隱多姿則,欺他獨自眠。故故將纖手,時時弄小弦。耳聞猶氣絶,眼見若爲憐。從渠痛不肯,人更別求天。"片時,遣婢桂心傳語,報余詩曰:"面非他舍面,心是自家心;何處關天事,辛苦漫追尋!"余讀詩訖,舉頭門中,忽見十娘半面,余即詠曰:"斂笑偷殘靨,含羞露半脣,一眉猶叵耐,雙眼定傷人。"又遣婢桂心報余詩曰:"好是他家好,人非着意人;何須漫相弄,幾許費精神。"

於時夜久更深,沉吟不睡,彷徨徙倚,無便披陳。彼誠既有來意,此間何能不答!遂申懷抱,因以贈書曰:"余以少娛聲色,早慕佳期,歷訪風流,遍遊天下。彈鶴琴於蜀郡,飽見文君;吹鳳管於秦樓,熟看弄玉。雖復贈蘭解珮,未甚關懷;合巹横陳,何曾愜意!昔日雙眠,恒嫌夜短;今宵獨臥,實怨更長。一種天公,兩般時節。遙聞香氣,獨傷韓壽之心;近聽琴聲,似對文君之面。向來見桂心談説十娘,天上無雙,人間有一。依依弱柳,束作腰支;皦皦横波,翻成眼尾。纔舒兩頰,孰疑地上無華;乍出雙眉,漸覺天邊失月。能使西施掩面,百遍燒妝;南國傷心,千迴撲鏡。洛川迴雪,只堪使疊衣裳;巫峽仙雲,未敢爲擎韡履。忿秋胡之眼拙,枉費黄金;念交甫之心狂,虚當白玉。下官寓遊勝境，旅泊閑亭，忽遇神仙，不勝迷亂。芙蓉生於澗底，蓮子實深；木棲出於山頭，相思日遠。未曾飲炭，腸熱如燒；不憶吞刃，腹穿似割。無情明月，故故臨窗；多事春風，時時動帳。愁人對此，將何自堪！空懸欲斷之腸，請救臨終之命。元來不見，他自尋常；無故相逢，却交煩惱。敢陳心素，幸願照知！若得見其光儀，豈敢論其萬一！"

書達之後，十娘斂色謂桂心曰："向來劇戲相弄，真成欲逼人。"余更又贈詩一首，其詞曰："今朝忽見渠姿首，不覺慇懃着心口；令人頻作許叮嚀，渠家太劇難求守。端坐剩心驚，愁來益不平。看時未必相看死，難時那許太難生。沉吟坐幽室，相思轉成疾。自恨往還疎，誰肯交遊密！夜夜空知心失眼，朝朝無便投膠漆。園裏華開不避人，閨中面子翻羞出。如今寸步阻天津，伊處留心更覓新。莫言長有千金面，終歸變作一抄塵。生前有日但爲樂，死後無春更著人。祇可倡伴一生意，何須負持百年身？"

少時，坐睡，則夢見十娘，驚覺攬之，忽然空手。心中悵怏，復何可論！余因乃詠曰："夢中疑是實，覺後忽非真。誠知腸欲斷，窮鬼故調人。"十娘見詩，並不肯讀，即欲燒却。余即詠曰："未必由詩得，將詩故表憐。聞渠擲入火，定是欲相燃。"十娘讀詩，悚息而起。匣中取鏡，箱裏拈衣。袨服靚妝，當階正履。余又爲詩曰："薰香四面合，光色兩邊披。錦障劃然卷，羅帷垂半敧。紅顏雜綠黛，無處不相宜。豔色浮妝粉，含香亂口脂。鬟欺蟬鬢非成鬟，眉笑蛾眉不是眉。見許實娉婷，何處不輕盈！可憐嬌裏面，可愛語中聲。婀娜腰支細細許，瞵䁂眼子長長馨。巧兒舊來鑴未得，畫匠迎生摸不成。相看未相識，傾城復傾國。迎風帔子鬱金香，照日裙裾石榴色。口上珊瑚耐拾取，頰裏芙蓉堪摘得,聞名腹肚已猖狂,見面精神更迷惑。心肝恰欲摧,踴躍不能裁。徐行步步香風散,欲語時時媚子開。靨疑織女留星去,眉似姮娥送月來。含嬌窈窕迎前出,忍笑婪嫉返却迴。"余遂止之曰:"既有好意,何須却入?"然後逶迤迴面,婭姹向前。十娘斂手而再拜向下官,下官亦低頭盡禮而言曰:"向見稱揚,謂言虛假,誰知對面,恰是神仙。此是神仙窟也。"十娘曰:"向見詩篇,謂非凡俗,今逢玉貌,更勝文章。此是文章窟也。"

僕因問曰:"主人姓望何處?夫主何在?"十娘答曰:"兒是清河崔公之末孫,適弘農楊府君之長子。就成大禮,隨父住於河西。蜀生狡猾,屢侵邊境。兄及夫主,棄筆從戎,身死寇場,榮魂莫返。兒年十七,死守一夫;嫂年十九,誓不再醮。兄即清河崔公之第五息,嫂即太原公之第三女。別宅於此,積有歲年。室宇荒涼,家途窶弊。不知上客從何而至?"僕斂容而答曰:"下官望屬南陽,住居西鄂。得黃石之靈術,控白水之餘波。在漢則七葉貂蟬,居韓則五重卿相。鳴鐘食鼎,積代衣纓;長戟高門,因循禮樂。下官堂構不紹,家業淪胥。青州刺史博望侯之孫,廣武將軍鉅鹿侯之子。不能免俗,沉跡下寮。非隱非遁,逍遙鵬鷃之間;非吏非俗,出入是非之境。暫因驅使,至於此間。卒爾乾煩,實爲傾仰。"十娘問曰:"上客見任何官?"下官答曰:"幸屬太平,恥居貧賤。前被賓貢,已入甲科;後屬搜揚,又蒙高第。奉敕授關內道小縣尉,見筅河源道行軍總管記室。頻繁上命,徒想報恩;馳驟下寮,不遑寧處。"十娘曰:"少府不因行使,豈肯相顧?"下官答曰:"比不相知,闕爲參展,今日之後,不敢差違。"十娘遂回頭喚桂心曰:"料理中堂,將少府安置。"下官逡巡而謝曰:"遠客卑微,此間幸甚。才非賈誼,豈敢昇堂!"十娘答曰:"向者承聞,謂言凡客;拙爲禮貺,深覺面慚。兒意相當,事須引接。此間疎陋,未免風塵。入室不合推辭,昇堂何須進退!"遂引入中堂。

於時金臺銀闕,蔽日干雲。或似銅雀之新開,乍如靈光之且敞。梅梁桂棟,疑飲澗之長虹;反宇雕甍,若排天之矯鳳。水精浮柱,的皪含星;雲母飾窗,玲瓏映日。長廊四注,爭施玳瑁之椽;高閣三重,悉用琉璃之瓦。白銀爲壁,照曜於魚鱗;碧玉緣階,參差於鴈齒。入穹崇之室宇,步步心驚;見儻閬之門庭,看看眼磣。遂引少府升階。下官答曰:"客主之間,豈無先後?"十娘曰:"男女之禮,自有尊卑。"下官遷延而退曰:"向來有罪過,忘不通五嫂。"十娘曰:"五嫂亦應自來,少府遣通,亦是周匝。"則遣桂心通,暫參屈五嫂。十娘共少府語話,須臾之間,五嫂則至。羅綺繽紛,丹青暐曄。裙前麝散,髻後龍盤。珠繩絡翠衫,金薄塗丹履。余乃詠曰:"奇異妍雅,貌特驚新。眉間月出疑爭夜,頰上華開似鬪春。細腰偏愛轉,笑臉特宜嚬。真成物外奇稀物,實是人間斷絕人。自然能舉止,可念無比方。能令公子百重生,巧使王孫千迴死。黑雲裁兩鬢,白雪分雙齒。織成錦袖麒麟兒,刺繡裙腰鸚鵡子。觸處盡開懷,何曾有不佳!機關太雅妙,行步絕娃婷。傍人一一丹羅韈,侍婢三三綠綫鞋。黃龍透入黃金釧,白燕飛來白玉釵。"

相見既畢,五嫂曰:"少府跋涉山川,深疲道路,行途屆此,不及傷神。"下官答曰:"僶俛王事,豈敢辭勞!"五嫂迴頭笑向十娘曰:"朝聞烏鵲語,真成好客來。"下官曰:"昨夜眼皮瞤,今朝見好人。"即相隨上堂。珠玉驚心,金銀曜眼。五彩龍鬚席,銀繡緣邊氈;八尺象牙床,緋綾帖薦褥。車渠等寶,俱映優曇之花;瑪瑙真珠,並貫頗梨之綫。

文柏榻子，俱寫豹頭；蘭草燈心，並燒魚腦。管絃寥亮，分張北户之間；杯盞交橫，列坐南窗之下。各自相讓，俱不肯先坐。僕曰："十娘主人，下官是客。請主人先坐。"五嫂爲人饒劇，掩口而笑曰："娘子既是主人母，少府須作主人公。"下官曰："僕是何人，敢當此事！"十娘曰："五嫂向來戲語，少府何須漫怕！"下官答曰："必其不免，只須身當。"五嫂笑曰："只恐張郎不能禁此事。"衆人皆大笑。一時俱坐。

即喚香兒取酒。俄爾中間，擎一大鉢，可受三升已來，金釵銅鐶，金盞銀盃，江螺海蜯；竹根細眼，樹癭蝎脣；九曲酒池，十盛飲器，觸則兕觥犀角，尫尫然置於座中，杓則鵝項鴨頭，汎汎焉浮於酒上。遣小婢細辛酌酒，並不肯先提。五嫂曰："張郎門下賤客，必不肯先提。娘子徑須把取。"十娘則斜眼佯瞋曰："少府初到此間，五嫂會些頻頻相弄！"五嫂曰："娘子把酒莫瞋，新婦更亦不敢。"酒巡到下官，飲乃不盡。五嫂曰："胡爲不盡？"下官答曰："性飲不多，恐爲顛沛。"五嫂罵曰："何由叵耐！女壻是婦家狗，打殺無文；終須傾使盡，莫漫造衆諸！"十娘謂五嫂曰："向來正首病發耶？"五嫂起謝曰："新婦錯大罪過。"因迴頭熟視下官曰："新婦細見人多矣，無如少府公者；少府公乃是仙才，本非凡俗。"下官起謝曰："昔卓王之女，聞琴識相如之器量；山濤之妻，鑿壁知阮籍爲賢人。誠如所言，不敢望德。"十娘曰："遣綠竹取琵琶彈，兒與少府公送酒。"琵琶入手，未彈中間，僕乃詠曰："心虚不可測，眼細强關情。迴身已入抱，不見有嬌聲。"十娘應聲即詠曰："憐腸忽欲斷，憶眼已先開。渠未相撩撥，嬌從何處來？"

下官當見此詩，心膽俱碎。下床起謝曰："向來唯覰十娘面，如今始見十娘心；足使班婕妤扶輪，曹大家閣筆，豈可同年而語，共代而論哉！"請索筆硯，抄寫置於懷袖。抄詩訖，十娘弄曰："少府公非但詞句妙絕，亦自能書；筆似青鸞，人同白鶴。"下官曰："十娘非直才情，實能吟詠；誰知玉貌，恰有金聲。"十娘曰："兒近來患嗽，聲音不徹。"下官答曰："僕近來患手，筆墨未調。"五嫂笑曰："娘子不是故夸，張郎復能應答。"十娘來語五嫂曰："向來純當漫劇，元來無次第，請五嫂當作酒章。"五嫂答曰："奉命不敢，則從娘子；不是賦古詩云，斷章取意，唯須得情，若不愜當，罪有科罰。"十娘即遵命曰："關關雎鳩，在河之洲。窈窕淑女，君子好逑。"次，下官曰："南有樛木，不可休息。漢有遊女，不可求思。"五嫂曰："折薪如之何？匪斧不剋。娶妻如之何？匪媒不得。"又次，五嫂曰："不見復關，泣涕漣漣。及見復關，載笑載言。"次，十娘曰："女也不爽，士二其行。士也罔極，二三其德。"次，下官曰："穀則異室，死則同穴。謂余不信，有如曒日。"五嫂笑曰："張郎心專，賦詩大有道理。俗諺曰：'心欲專，鑿石穿。'誠能思之，何遠之有！"

其時，綠竹彈箏。五嫂詠箏曰："天生素面能留客，發意關情並在渠。莫怪向者頻聲戰，良由得伴乍心虛。"十娘曰："五嫂詠箏，兒詠尺八：眼多本自令渠愛，口少元來每被侵。無事風聲徹他耳，教人氣滿自填心。"下官又謝曰："盡善盡美，無處不佳，此是下愚，預聞高唱。"少時，桂心將下酒物來：東海鯔條，西山鳳脯；鹿尾鹿舌，乾魚炙魚；鴈醢荇菹，鶉臘桂糝；熊掌兔髀，雉膌豹唇。百味五辛，談之不能盡，說之不能窮。十娘曰："少府亦應太飢。"喚桂心盛飯。下官曰："向來眼飽，不覺身飢。"十娘笑曰："莫相弄！且取雙六局來，共少府公賭酒。"僕答曰："下官不能賭酒，共娘子賭宿。"十娘問曰："若爲賭宿？"余答曰："十娘輸籌，則共下官臥一宿；下官輸籌，則共十娘臥一宿。"十娘笑曰："漢騎驢則胡步行，胡步行則漢騎驢；總悉輸他便點。兒遞換作，少府公太能生。"五嫂曰："新婦報娘子：不須賭來賭去，今夜定知娘子不免。"十娘："五嫂時時漫語，浪與少府作消息。"下官起謝曰："元來知劇，未敢承望。"

局至。十娘引手向前，眼子盱瞜，手子膃腽；一雙臂腕，切我肝腸；十個指頭，刺人心髓。下官因詠局曰："眼似星初轉，眉如月欲消。先須捺後脚，然後勒前腰。"十娘則詠曰："勒腰須巧快，捺脚更風流。但令細眼合，人自分輸籌。"須臾之間，有一婢名琴心，亦有姿首，到下官處，時復偷眼看；十娘欲似不快。五嫂大語嗔曰："知足不辱，人生有限。娘子欲似皺眉，張郎不須斜眼。"十娘佯作色嗔曰："少府關兒何事，五嫂頻頻相惱！"五嫂曰："娘子向來頻盼少府，若非情想有所交通，何因眼脉朝來頓引？"十娘："五嫂自隱心偏，兒復何會眼引！"五嫂曰："娘子不能，新婦自取。"十娘答曰："自問少府，兒亦不知。"五嫂遂詠曰："新華發兩樹，分香遍一林。迎風轉細影，向日動輕陰。戲蜂時隱見，飛蝶遠追尋。承聞欲採摘，若個動君心？"下官謂："爲性貪多，欲兩華俱採。"五嫂答曰："暫遊雙樹下，遙見兩枝芳。向日俱翻影，迎風並散香。戲蝶扶丹蕚，遊蜂入紫房。人今總摘取，各著一邊廂。"五嫂曰："張郎太貪生，一箭射兩垛。"十娘則謂曰："遮三不得一，覓兩都盧失。"五嫂曰："娘子莫分疎，兔入狗突裏，知復欲何如！"下官即起謝曰："乞漿得酒，舊來伸口，打兔得麞，非意所望。"十娘曰："五嫂如許大人，專擬調合此事。少府謂言兒是九泉下人，明日在外處，談道兒一錢不直。"下官答曰："向來承顏色，神氣頓盡；又見清談，心膽俱碎。豈敢在外談說，妄事加諸？忝預人流，寧容如此！伏願歡樂盡情，死無所恨。"

　　少時，飲食俱到。薰香滿室，赤白兼前：窮海陸之珍羞，備川原之菓菜；肉則龍肝鳳髓，酒則玉醴瓊漿；城南雀噪之禾，江上蟬鳴之稻；雞臛雉臐，鼈醢鶉羹；椹下肥肫，荷間細鯉；鵝子鴨卵，照曜於銀盤；麟脯豹胎，紛綸於玉疊；熊腥純白，蟹醬純黃；鮮鱠共紅縷爭輝，冷肝與青絲亂色；蒲桃甘蔗，楔棗石榴；河東紫鹽，嶺南丹橘；燉煌八子柰，青門五色瓜；太谷張公之梨，房陵朱仲之李；東王公之仙桂，西王母之神桃；南燕牛乳之椒，北趙雞心之棗。千名萬種，不可具論。下官起謝曰："予與夫人娘子，本不相識，暫緣公使，邂逅相遇。玉饌珍奇，非常厚重，粉身灰骨，不能酬謝。"五嫂曰："親則不謝，謝則不親。幸願張郎，莫爲形跡。"下官答曰："旣奉恩命，不敢辭遜。"當此之時，氣便欲絕，不覺轉眼，時復偸看十娘。十娘曰："少府莫看兒！"五嫂曰："還相弄！"下官詠曰："忽然心裏愛，不覺眼中憐。未關雙眼曲，直是寸心偏。"十娘詠曰："眼心非一處，心眼舊分離。直令渠眼見，誰遣報心知！"下官詠曰："舊來心使眼，心思眼即傳。由心使眼見，眼亦共心憐。"十娘詠曰："眼心俱憶念，心眼共追尋。誰家解事眼，副著可憐心？"於時五嫂遂向菓子上作機警曰："但問意如何，相知不在棗。"十娘曰："兒今正意密，不忍即分梨。"下官曰："勿遇深恩，一生有杏。"五嫂曰："當此之時，誰能忍耐。"十娘曰："暫藉少府刀子割梨。"下官詠刀子曰："自憐膠漆重，相思意不窮。可惜尖頭物，終日在皮中。"十娘詠鞘曰："數捺皮應緩，頻磨快轉多。渠今拔出後,空鞘欲如何!"五嫂曰:"向來漸漸入深也。"

即索碁局,共少府賭酒。下官得勝。五嫂曰:"圍碁出於智慧,張郎亦復太能。"下官曰:"智者千慮,必有一失;愚者千慮,亦有一得。且休却。"五嫂曰:"何爲即休?"下官詠曰:"向來知道徑,生平不忍欺。但令守行跡,何用數圍碁!"五嫂詠曰:"娘子爲性好圍碁,逢人劇戲不尋思。氣欲斷絕先挑眼,既得速罷即須遲。"十娘見五嫂頻弄,佯瞋不笑。余詠曰:"千金此處有,一笑待渠爲。不望全露齒,請爲暫嚬眉。"十娘詠曰:"雙眉碎客膽,兩眼判君心。誰能用一笑,賤價買千金。"當時有一破銅熨斗在於床側,十娘忽詠曰:"舊來心肚熱,無端強熨他。即今形勢冷,誰肯重相磨!"下官詠曰:"若冷頭面在,生平不熨空。即今雖冷惡,人自覓殘銅。"衆人皆笑。

十娘喚香兒爲少府設樂,金石並奏,簫管間響:蘇合彈琵琶,綠竹吹篳篥;仙人鼓瑟,玉女吹笙;玄鶴俯而聽琴,白魚躍而應節;清音叨咷,片時則梁上塵飛,雅韻鏗鏘,卒爾則天邊雪落;一時忘味,孔丘留滯不虛,三日繞梁,韓娥餘音是實。十娘曰:"少府稀來,豈不盡樂!五嫂大能作舞,且勸作一曲。"亦不辭憚。遂即逶迤而起,婀娜徐行。蟲蛆面子,妬殺陽城;蠱賊容儀,迷傷下蔡。舉手頓足,雅合宮商;顧後窺前,深知曲節;欲似蟠龍宛轉,野鵠低昂。迴面則日照蓮花,翻身則風吹弱柳。斜眉盜盼,異種婧姑,緩步急行,窮奇造鑿。羅衣熠耀,似彩鳳之翔雲;錦袖紛披,若青鸞之映水。千嬌眼子,天上失其流星;一搦腰支,洛浦愧其迴雪。光前豔後,難遇難逢;進退去來,希聞希見。兩人俱起舞,共勸下官。下官遂作而謝曰:"滄海之中難爲水,霹靂之後難爲雷;不敢推辭,定爲醜拙。"遂起作舞。桂心咥咥然低頭而笑。十娘問曰:"笑何事?"桂心曰:"笑兒等能作音聲。"十娘曰:"何處有能?"答曰:"若其不能,何因百獸率舞?"下官笑曰:"不是百獸率舞,乃是鳳凰來儀。"一時大笑。五嫂謂桂心曰:"莫令曲誤!張郎頻顧。"桂心曰:"不辭歌者苦,但傷知音稀。"下官曰:"路逢西施,何必須識!"遂舞,著詞曰:"從來巡遶四邊,忽逢兩個神仙;眉上冬天出柳,頰中旱地生蓮;千看千處嫵媚,萬看萬處娉妍;今宵若其不得,剩命過與黃泉。"又一時大笑。

　舞畢,因謝曰:"僕實庸才,得陪清賞,賜垂音樂,慚荷不勝。"十娘詠曰:"得意似鴛鴦,情乖若胡越。不向君邊盡,更知何處歇!"十娘曰:"兒等並無可收採,少府公云:'冬天出柳,旱地生蓮',總是相弄也。"下官答曰:"十娘面上非春,翻生柳葉。"十娘應聲曰:"少府頭中有水,那不生蓮華?"下官笑曰:"十娘機警,異同著便。"十娘答曰:"得便不能與,明年知有何處。"於時硯在床頭,下官因詠筆硯曰:"摧毛任便點,愛色轉須磨。所以研難竟,良由水太多。"十娘忽見鴨頭鐺子,因詠曰:"嘴長非為誚,項曲不由攀。但令腳直上,他自眼雙翻。"五嫂曰:"向來大大不遜,漸漸深入也。"於時乃有雙燕子,梁間相逐飛。僕因詠曰:"雙燕子,聯翩幾萬迴。強知人是客,方便惱他來。"十娘詠曰:"雙燕子,可可事風流。即令人得伴,更亦不相求。"酒巡到十娘,下官詠酒杓子曰:"尾動惟須急,頭低則不平。渠今合把爵,深淺任君情。"十娘詠盞曰:"發初先向口,欲竟漸伸頭。從君中道歇,到底即須休。"下官翕然而起謝曰:"十娘詞句,事盡入神;乃是天生,不關人學。"五嫂曰:"張郎新到,無可散情,且遊後園,暫適懷抱。"

其時園內:雜果萬株,含青吐綠;叢花四照,散紫翻紅。激石鳴泉,疏巖鑿磴。無冬無夏,嬌鶯亂於錦枝;非古非令,花魴躍於銀池。婀娜蓊茸,清泠颼飀,鵝鴨分飛,芙蓉間出;大竹小竹,誇渭南之千畝;花合花開,笑河陽之一縣;青青岸柳,絲條拂於武昌;赫赫山楊,箭幹稠於董澤。余乃詠花曰:"風吹遍樹紫,日照滿池丹。若爲交暫折,擎就掌中看。"十娘詠曰:"映水俱知笑,成蹊竟不言。即今無自在,高下任渠攀。"下官即起謝曰:"君子不出遊言,意言不勝再;娘子恩深,請五嫂等各製一篇。"下官詠曰:"昔時過小苑,今朝戲後園。兩歲梅花匝,三春柳色繁。水明魚影静,林翠鳥歌喧。何須杏樹嶺,即是桃花源。"十娘詠曰:"梅蹊命道士,桃潤佇神仙。舊魚成大劍,新龜類小錢。水湄唯見柳,池曲且生蓮。欲知賞心處,桃花落眼前。"五嫂詠曰:"極目遊芳苑,相將對花林。露净山光出,池鮮樹影沉。落花時泛酒,歌鳥惑鳴琴。是時日將夕,攜樽就樹陰。"當時,樹上忽有一李子落下官懷中。下官詠曰:"問李樹:如何意不同?應來主手裏,翻入客懷中?"五嫂則報詩曰:"李樹子,元來不是偏。巧知娘子意,擲菓到渠邊。"於時,忽有一蜂子飛上十娘面上。十娘詠曰:"問蜂子:蜂子太無情,飛來蹈人面,欲似意相輕?"下官代蜂子答曰:"觸處尋芳樹,都盧少物華。試從香處覓,正值可憐花。"衆人皆拊掌而笑。其時,園中忽有一雉,下官命弓箭射之,應弦而倒。五嫂笑曰:"張郎才器,乃是曹植天然,今見武功,又復子南夫也。今共娘子相配,天下惟有兩人耳。"十娘因見射雉,詠曰:"大夫巡麥隴,處子習桑間。若非由一箭,誰能爲解顏。"僕答曰:"心緒恰相當,誰能護短長。一床無兩好，半醜亦何妨。"五嫂曰："張郎射長垜如何？"僕答曰："且得不關事而已。"遂射之，三發皆遶遮齊，衆人稱好。十娘詠弓曰："平生好須弩，得挽則低頭。聞君把提快，再乞五三籌。"下官答曰："縮榦全不到，抬頭則大過。若令臍下入，百放故籌多。"

於時，日落西淵，月臨東渚。五嫂曰："向來調謔，無處不佳，時旣曛黃，且還房室，庶張郎共娘子安置。"十娘曰："人生相見，且論盃酒，房中小小，何暇忽忽。"遂引少府向十娘臥處：屏風十二扇，畫部五三張，兩頭安彩幔，四角垂香囊；檳榔豆蔲子，蘇合綠沉香，織文安枕席，亂彩疊衣箱；相隨入房裏，縱橫照羅綺，蓮花起鏡臺，翡翠生金履；帳口銀尵裝，牀頭玉獅子，十重蛮駏氈，八疊鴛鴦被；數個袍袴，異種妖嬈；姿質天生有，風流本性饒；紅衫窄裹小擷臂，綠袂帖亂細纏腰；時將帛子拂，還投和香燒；妍華天性足，由來能裝束；斂笑正金釵，含嬌累繡縟；梁家妄稱梳髮緩，京兆何曾畫眉曲。十娘因在後，沉吟久不來。余問五嫂曰："十娘何處去，應有別人邀？"五嫂曰："女人羞自嫁，方便侍渠招。"言語未畢，十娘則到。僕問曰："且來披霧，香處尋花，忽遇狂風，蓮中失藕；十娘何處漫行來？"十娘回頭笑曰："星留織女，遂處人間；月待姮娥，暫歸天上。少府何須苦相怪！"

於時兩人對坐，未敢相觸，夜深情急，透死忘生。僕乃詠曰："千看千意密，一見一憐深。但當把手子，寸斬亦甘心。"十娘斂色却行。五嫂詠曰："他家解事在，未肯輒相瞋。徑須剛捉著，遮莫造精神。"余時把著手子，忍心不得。又詠曰："千思千腸熱，一念一心焦。若爲求守得，暫藉可憐腰。"十娘又不肯，余捉手挽，兩人爭力。五嫂詠曰："巧将衣障口,能用被遮身。定知心肯在,方便故邀人。"十娘失聲成笑,婉轉入懷中。當時腹裏顛狂,心中沸亂。又詠曰:"腰支一遇勒,心中百處傷。但若得口子,餘事不承望。"十娘嗔詠曰:"手子從君把,腰支亦任迴。人家不中物,漸漸逼他來。"十娘曰:"雖作拒張,又不免輸他口子。"口子鬱郁,鼻似薰穿;舌子芬芳,頰疑鑽破。五嫂詠曰:"自隱風流到,人前法用多。計時應拒得,佯作不禁他。"十娘曰:"昔日曾經自弄他,今朝並悉從人弄。"下官起,諮請曰:"十娘有一思事,亦擬申論,猶自不敢即道,請五嫂處分。"五嫂曰:"但道,不須避諱。"余因詠曰:"藥草俱嘗遍,並悉不相宜。惟須一個物,不道自應知。"十娘答詠曰:"素手曾經捉,纖腰又被將。即今輸口子,餘事可平章。"下官斂手而答曰:"向來惶惑,實畏參差;十娘憐愍客人,存其死命,可謂白骨再肉,枯樹重花。伏地叩頭,懇懇死罪。"五嫂因起謝曰:"新婦曾聞:綫因針而達,不因針而縫;女因媒而嫁,不因媒而親。新婦向來專心爲勾當,以後之事,不敢預知;娘子安穩,新婦向房臥去也。"

於時夜久更深,情急意密。魚燈四面照,蠟燭兩邊明。十娘即喚桂心,并呼芍藥,與少府脫鞾履,疊袍衣,閣幞頭,掛腰帶。然後自與十娘施綾帔,解羅裙,脫紅衫,去綠襪。花容滿目,香風裂鼻。心去無人制,情來不自禁。插手紅褌,交脚翠被。兩唇對口,一臂枕頭,拍搦奶房間,摩挲髀子上,一喫一意快,一勒一傷心,鼻裏痠痺,心中結繚;少時眼花耳熱,脈脹筋舒,始知難逢難見,可貴可重。俄頃中間,數迴相接。誰知可憎病鵲,夜半驚人;薄媚狂雞,三更唱曉。遂則披衣對坐,泣淚相看。下官拭淚而言曰:"所恨別易會難,去留乖隔,王事有限,不敢稽停；每一尋思，痛深骨髓。"十娘曰："兒與少府，平生未展，邂逅新交，未盡歡娛，忽嗟別離，人生聚散，知復如何！"因詠曰："元來不相識，判自斷知聞。天公强多事，今遣若爲分。"僕乃詠曰："積愁腸已斷，懸望眼應穿。今宵莫閉户，夢裏向渠邊。"

少時，天曉已後，兩人俱泣，心中哽咽，不能自勝。侍婢數人，並皆歔欷，不能仰視。五嫂曰："有同必異，自昔攸然；樂盡哀生，古來常事。願娘子稍自割捨。"下官乃將衣袖與娘子拭淚。十娘乃作別詩曰："別時終是別，春心不值春。羞見孤鸞影，悲看一騎塵。翠柳開眉色，紅桃亂臉新。此時君不在，嬌鶯弄殺人。"五嫂詠曰："此時經一去，誰知隔幾年！雙鳧傷別緒，獨鶴慘離絃。怨起移醒後，愁生落醉前。若使人心密，莫惜馬蹄穿。"下官詠曰："忽然聞道別，愁來不自禁。眼下千行淚，腸懸一寸心。兩劍俄分匣，雙鳧忽異林。慇懃惜玉體，勿使外人侵。"十娘小名"瓊英"，下官因詠曰："卞和山未斷，羊雍地不耕。自憐無玉子，何日見瓊英？"十娘應聲詠曰："鳳錦行須贈，龍梭久絕聲。自恨無機杼，何日見文成？"下官瞿然，破愁成笑。遂喚奴曲琴，取"相思枕"留與十娘，以爲記念。因詠曰："南國傳椰子，東家賦石榴。聊將代左腕，長夜枕渠頭。"十娘報以雙履，報詩曰："雙鳧乍失伴，兩燕還相屬。聊以當兒心，竟日承君足。"下官又遣曲琴取"揚州青銅鏡"留與十娘。並贈詩曰："仙人好負局，隱士屢潛觀。映水菱光散，臨風竹影寒。月下時驚鵲，池邊獨舞鸞。若道人心變，從渠照膽看。"十娘又贈手中扇，詠曰："合歡遊璧水，同心侍華闕。颯颯似朝風，團團如夜月。鸞姿侵霧起，鶴影排空發。希君掌中握，勿使恩情歇。"下官辭謝訖，因遣左右取益州新樣錦一疋直奉五嫂，因贈詩曰：「今留片子信，可以贈佳期。裁爲八幅被，時復一相思。」五嫂遂抽金釵送張郎，因報詩曰：「兒今贈君別，情知後會難。莫言釵意小，可以掛渠冠。」更取滑州小綾子一疋，留與桂心、香兒數人共分。桂心已下，或脫銀釵，落金釧，解帛子，施羅巾，皆自送張郎曰：「好去。若因行李，時復相過。」香兒因詠曰：「大夫存行跡，慇懃爲數來。莫作浮萍草，逐浪不知迴！」下官拭淚而言曰：「犬馬何識，尚解傷離，鳥獸無情，由知怨別；心非木石，豈忘深恩！」十娘報詩曰：「他道愁勝死，兒言死勝愁。愁來百處痛，死去一時休。」又詠曰：「他道愁勝死，兒言死勝愁。日夜懸心憶，知隔幾年秋。」下官詠曰：「人去悠悠隔兩天，未審迢迢度幾年？縱使身遊萬里外，終歸意在十娘邊。」十娘詠曰：「天涯地角知何處，玉體紅顏難再遇！但令翅羽爲人生，會些高飛共君去。」下官不忍相看，忽把十娘手子而別。

行至二三里，迴頭看數人，猶在舊處立。余時漸漸去遠，聲沉影滅，顧瞻不見，惻愴而去。行到山口，浮舟而過。夜耿耿而不寐，心縈縈而靡託，既悵恨於啼猨，又悽傷於別鵠。飲氣吞聲，天道人情；有別必怨，有怨必盈。去日一何短！來宵一何長！比目絕對，雙鳧失伴。日日衣寬，朝朝帶緩。口上唇裂，胸間氣滿；淚臉千行，愁腸寸斷。端坐橫琴，涕血流襟，千思競起，百慮交侵，獨嚬眉而永結，空抱膝而長吟。望神仙兮不可見，普天地兮知余心。思神仙兮不可得，覓十娘兮斷知聞。欲聞此兮腸亦亂，更見此兮惱余心。

按張文成《遊仙窟》一卷，唐時流傳日本。書凡數刻，中土向無傳本。河世寧曾據之以補《全唐詩》，楊守敬始著錄於《日本訪書志》。治唐稗者，始稍稍稱焉。余舊藏鈔本，卷首有"平等閣"及"忠州李士棻隨身書卷"二印記，卷尾有"壬午三月借遵義黎氏影寫本重校"小字一行，乃知此本爲芋仙舊藏。芋仙與蓴齋有縞紵之雅。黎氏在日本刻《古逸叢書》，嘗以初印本寄李，李累索之，不以爲貪。則此本原鈔，或即出諸黎氏，未可知也。

原鈔卷首，題寧州襄樂縣尉張文成作。世因定爲唐張鷟所撰。鷟，字文成。深州陸澤人。兩《唐書》並附見《張薦傳》。鷟兒時夢紫文鸑鷟，其祖謂是兒當以文章瑞朝廷，因以爲名字。調露初，登進士第，授岐王府參軍。八舉皆登甲科，大有文譽。調長安尉，遷鴻臚丞。凡四參選，判策爲銓府之最。員半千謂人曰："張子之文，如青錢萬選萬中。"時目爲"青錢學士"。然性褊躁，不持士行。姚崇甚薄之。開元初，御史李全交劾鷟訕短時政，貶嶺南。旋得內徙，入爲司門員外郎。卒。鷟下筆敏速，言頗詼諧，大行於時，後進莫不傳記。新羅、日本、東夷諸番，尤重其文。每遣使入朝，必出重金貝，以購其文。惟浮豔少理致，論著亦率詆誚蕪穢。（以上摘兩《唐書》本傳）《大唐新語》亦稱鷟後轉洛陽尉，故有《詠燕詩》。其末章云："變石身猶重，銜泥力尚微。從來赴甲第，兩起一雙飛。"時人無不諷詠云云。今鷟書之傳於今者，有《龍筋鳳髓判》及《朝野僉載》。而《遊仙窟》一卷無傳，其目亦不見史志及諸家著錄。然據兩《唐書》，既稱日本、新羅爭傳其文，而《新語》《詠燕》與《龍筋鳳髓》之作，浮豔鄙倍，與此篇辭旨，正復相同。據此，則《遊仙窟》之出於張鷟，當非僞造也。惟寧州襄樂縣尉結銜，兩《唐書》無可考。著作署字，古人雖有常道將《華陽國志》之例，亦非習見。雖異國流傳，不無歧異；然徵諸史籍，不能無疑。然自此以見以儷語爲傳奇，其淵源固有自也。

又按《遊仙窟》不傳於中國，至日本人推重其書，則自唐以來，迄今弗衰，故文學蒙其影響。其流傳日本之年歲可考者：據慶安五年（清順治九年）刻本，前有文保三年（元延祐六年）文章生英房序,有"嵯峨天皇書卷之中,撰得《遊仙窟》"之語。日本嵯峨天皇,當唐元和、長慶間,則是中唐時此書已流傳日本矣。惟日本最古之《萬葉集》卷四,有大伴家持《贈坂上大孃歌》十五首,辭意多與此書相同。後人評論,如契冲阿闍梨,遂斷爲出於《遊仙窟》。前乎此者,尚在山上憶良《沈痾自哀文》亦引《遊仙窟》云:"九泉下人,一錢不值。"山上在聖武天皇天平之世,此文爲山上末年之作,正當唐開元二十一年。是此書於開元張鷟尚在之時,即已傳至日本,又早於嵯峨天皇八十餘年。此徵諸《萬葉集》可信者也。竊意張氏此書,當爲早年一時興到之作。當時有無寓意,今不可知。惟日本當趙宋南渡之時,有西行法師傳鈔之《唐物語》一書,其第九章述及《遊仙窟》本事,定爲張文成愛慕武則天而作。平康賴《寶物集》卷四亦云:"則天皇后,高宗之后也。遇好色者張文成,得《遊仙窟》之文。所謂'可憎病鵲,夜半驚人',即指當時之事也。"云云。日人幸田露伴著《蝸牛庵夜談》,頗疑此爲蓮花六郎之傳訛,因易之、昌宗姓張,而二人之父爲張行成,(按易之、昌宗爲張行成之族孫,非其父也。易之父,名希臧。見兩《唐書》。)文成恰有《遊仙窟》之文,遂牽合而有此一段傳説。固不足深信者也。至其書辭旨淺鄙,文氣卑下,了無足取。惟唐人口語,尚賴此略存。日本當朱雀天皇(後唐長興二年立)承平、天慶中,源順奉醍醐天皇第四公主勤子內親王之命,譔集《倭名類聚鈔》二十卷,雜引《尚書》《詩》《禮》《爾雅》《説文》《方言》《釋名》《廣雅》《玉篇》《唐韻》《史》《漢》《白虎通》《山海經》《文選》《本草》《兼名苑》《辨色立成》《楊氏漢語鈔》《四聲字苑》諸書,而《遊仙窟》亦引用在內。則日人於欣賞文藝之餘,又兼取其名物有裨考訂者也。唐人著述,日就湮没。此書雖爲猥瑣之小記,治唐稗者,要未能廢,其名物見採於源順書中者,今據元和三年(後水尾天皇年號,當明萬曆四十五年)那波道圓活字本《倭名類聚鈔》,逐條摘錄於下。俾未見源順書者,得覽觀焉。

窮鬼　《遊仙窟》云："窮鬼。"（師說伊歧須大萬）——《鬼魅類》第十七

古老　《遊仙窟》云："古老。"（和名於歧奈比止）今按云古老，又一云，老舊。一云，《日本紀》云老宿。——《老幼類》第十九

顏面　《四聲字苑》云："顏（五姦反，訓與面同），眉目間也。"《遊仙窟》云："面子。"（師說加保波世，一云加保豆歧。）——《頭面類》第三十

眼皮　《遊仙窟》云："眼皮。"（師說萬比歧，一說萬奈古井。）——《耳目類》第三十一

眥　《廣雅》云："眥（在詣反，又才賜反，和名萬奈之利），目裂也。"《遊仙窟》云："眼尾。"（師說訓同上）——《耳目類》第三十一

腰　《說文》云："腰（於宵反，或作腰，和名古之），身中也。"《遊仙窟》云："細細腰支。"（師說古之波勢）——《身體類》第三十四

手子　《遊仙窟》云："手子。"（師說云："太奈須惠。"）——《手足類》第三十八

牙牀　《遊仙窟》云："六尺象牙牀。"（《楊氏漢語抄》云："牙牀久禮度古。"）——《坐臥具類》第百八十八

筵　《說文》云："筵（音延和名無之呂），竹席也。"《遊仙窟》云："五彩龍鬚筵。"（今按俗又有九蝶筵依文名之）《唐式》云："席（音與藉同，訓同上），薦席也。"——《坐臥具類》第百八十八

罍子　《唐韻》云："飯椀羹椀罍子各一。"（《楊氏漢語抄》云："罍子宇流之沼利乃佐良。"）《遊仙窟》云："麟脯豹胎，紛綸於玉罍。"（今按以玉為罍子也）——《漆器類》第二百二

魚條　《遊仙窟》云："東海鯔條。"（魚條，讀須波夜利。《本

朝式》云楚割。)——《魚鳥類》第二百十二

雉脯　《遊仙窟》云："西山鳳脯。"（音甫。師説保之止利。俗用干鳥二字。）——《魚鳥類》第二百十二

臎　《遊仙窟》云："雉臎。"（音翠。師説比太禮。）《説文》云："臎（今按如許慎説者，俗所謂阿布良之利是），鳥尾肉也。"——《羽族類》第二百三十二

鯔　孫愐《切韻》云："鯔（側持反），魚名也。"《遊仙窟》云："東海鯔條。"（鯔讀奈與之。）——《龍魚類》第二百三十六

枕中記

沈既濟撰

據文苑英華校錄

開元七年，道士有呂翁者，得神仙術，行邯鄲道中，息邸舍，攝帽弛帶，隱囊而坐。俄見旅中少年，乃盧生也。衣短褐，乘青駒，將適於田，亦止於邸中，與翁共席而坐，言笑殊暢。久之，盧生顧其衣裝敝褻，乃長歎息曰："大丈夫生世不諧，困如是也！"翁曰："觀子形體，無苦無恙，談諧方適，而歎其困者，何也？"生曰："吾此苟生耳。何適之謂？"翁曰："此不謂適，而何謂適？"答曰："士之生世，當建功樹名，出將入相，列鼎而食，選聲而聽，使族益昌而家益肥，然後可以言適乎？吾嘗志於學，富於游藝，自惟當年青紫可拾。今已適壯，猶勤畎畝，非困而何？"言訖，而目昏思寐。時主人方蒸黍。翁乃探囊中枕以授之，曰："子枕吾枕，當令子榮適如志。"其枕青瓷，而竅其兩端。

生俛首就之，見其竅漸大明朗，乃舉身而入，遂至其家。數月，娶清河崔氏女，女容甚麗，生資愈厚。生大悅，由是衣裝服馭，日益鮮盛。明年，舉進士登第，釋褐祕校，應制轉渭南尉，俄遷監察御史，轉起居舍人，知制誥。三載，出典同州，遷陝牧。生性好土功，自陝西鑿河八十里，以濟不通。邦人利之，刻石紀德。移節汴州，領河南道採訪使，徵爲京兆尹。是歲，神武皇帝方事戎狄，恢宏土宇。會吐蕃悉抹邏及燭龍莽布支攻陷瓜沙，而節度使王君㚟新被殺，河湟震動。帝思將帥之才，遂除生御史中丞，河西道節度。大破戎虜，斬首七千級，開地九百里，築三大城以遮要害。邊人立石於居延山以頌之。歸朝册勳，恩禮極盛。

轉吏部侍郎，遷戶部尚書兼御史大夫。時望清重，群情翕習。大爲時宰所忌，以飛語中之，貶爲端州刺史。三年，徵爲常侍。未幾，同中書門下平章事。與蕭中令嵩、裴侍中光庭同執大政十餘年，嘉謨密令，一日三接，獻替啓沃，號爲賢相。同列害之，復誣與邊將交結，所圖不軌。制下獄。府吏引從至其門而急收之。生惶駭不測，謂妻子曰："吾家山東，有良田五頃，足以禦寒餒，何苦求祿，而今及此。思衣短褐，乘青駒，行邯鄲道中，不可得也。"引刃自刎。其妻救之，獲免。其罹者皆死，獨生爲中官保之，減罪死，投驩州。

數年，帝知冤，復追爲中書令，封燕國公，恩旨殊異。生五子：曰儉，曰傳，曰位，曰倜，曰倚，皆有才器。儉進士登第，爲考功員外；傳爲侍御史；位爲太常丞；倜爲萬年尉；倚最賢，年二十八，爲左襄。其姻媾皆天下望族，有孫十餘人。兩竄荒徼，再登台鉉，出入中外，徊翔臺閣，五十餘年，崇盛赫奕。性頗奢蕩，甚好佚樂，後庭聲色，皆第一綺麗。前後賜良田、甲第、佳人、名馬，不可勝數。後年漸衰邁，屢乞骸骨，不許。病，中人候問，相踵於道，名醫上藥，無不至焉。

將殁，上疏曰："臣本山東諸生，以田圃爲娛。偶逢聖運，得列官叙。過蒙殊獎，特秩鴻私，出擁節旄，入昇台輔。周旋中外，綿歷歲時。有忝天恩，無裨聖化。負乘貽寇，履薄增憂，日懼一日，不知老至。今年逾八十，位極三事，鐘漏並歇，筋骸俱耄，彌留沈頓，待時益盡。顧無成效，上答休明，空負深恩，永辭聖代。無任感戀之至。謹奉表陳謝。"詔曰："卿以俊德，作朕元輔。出擁藩翰，入贊雍熙。昇平二紀，實卿所賴。比嬰疾疹，日謂痊平。豈斯沈痼，良用憫惻。今令驃騎大將軍高力士就第候省。其勉加鍼石，爲予自愛。猶冀无妄，期於有瘳。"是夕，薨。

盧生欠伸而悟，見其身方偃於邸舍，呂翁坐其傍，主人蒸黍未熟，觸類如故。生蹶然而興，曰："豈其夢寐也？"翁謂生曰："人生之適，亦如是矣。"生憮然良久，謝曰："夫寵辱之道，窮達之運，得喪之理，死生之情，盡知之矣。此先生所以窒吾欲也，敢不受教。"稽首再拜而去。

按沈氏此文，唐時已收入陳翰所編之《異聞集》。《太平廣記》八十二即據《異聞集》錄入，而題爲《呂翁》者也。《異聞集》今已亡佚。據《郡齋讀書志》"以傳記所載唐朝奇怪事類爲一書"之語推之，則其書亦彙集一時通行之散篇傳奇，猶後世《廣記》《類說》之類。故字句間時有典竄，與他本互見者迥異。本篇據《文苑英華》校錄，與《廣記》採自《異聞集》者，頗有異同。如此篇主人方蒸黍句，《廣記》作主人蒸黃粱爲饌。後世相傳之黃粱夢一語，即本《廣記》。明人湯顯祖作《邯鄲記》劇本，傳誦一時，其事益顯。頗疑《文苑英華》所載，或猶是唐代通行之古本；而《廣記》所採自《異聞集》者，殆經陳翰改訂者也。

又按唐時佛道思想，遍播士流，故文學受其感化，篇什尤多。本文於短夢中忽歷一生，其間榮悴悲懽，剎那而盡；轉念塵世實境，等類齊觀。出世之想，不覺自生。影響所及，逾於《莊》《列》矣。惟造意製辭，實本宋劉義慶《幽明錄》所記楊林一事；而唐人所記之《櫻桃青衣》(《廣記》二百八十一引，不載出處)，與李公佐之《南柯太守記》，皆與此篇命意相同。今《南柯太守傳》既已別錄，而《楊林》《櫻桃青衣》二事，與此篇情節正同。附錄於下，以便互參。

《太平廣記》二百八十三引《幽明錄》云：

　　宋世焦湖廟有一柏枕，或云玉枕，枕有小坼。時單父縣人楊林爲賈客，至廟祈求。廟巫謂曰："君欲好婚否？"林曰："幸甚。"巫即遣林近枕邊，因入坼中。遂見朱樓瓊室，有趙太尉在其中。即嫁女與林，生六子，皆爲祕書郎。歷數十年，並無思歸之志。忽如夢覺，猶在枕旁。林愴然久之。（按《太平寰宇記》亦引此則，作干寶《搜神記》。今本《搜神記》無此條，當從《廣記》爲是。）

《太平廣記》二百八十一《櫻桃青衣》一條云：

　　天寶初有范陽盧子，在都應舉，頻年不第，漸窘迫。嘗暮乘驢遊行，見一精舍中有僧開講，聽徒甚衆。盧子方詣講筵，倦寢。夢至精舍門，見一青衣攜一籃櫻桃在下坐。盧子訪其誰家，因與青衣同飡櫻桃。青衣云："娘子姓盧，嫁崔家。今孀居在城。"因訪近屬，即盧子再從姑也。青衣曰："豈有阿姑同在一都，郎君不往起居？"盧子便隨之。

　　過天津橋，入水南一坊。有一宅，門甚高大。盧子立於門下，青衣先入。少頃，有四人出門，與盧子相見，皆姑之子也：一任户部郎中，一前任鄭州司馬，一任河南功曹，一任太常博士。二人衣緋，二人衣綠，形貌甚美。相見言敍，頗極歡暢。斯須，引入北堂拜姑。姑衣紫衣，年可六十許，言詞高朗，威嚴甚肅。盧子畏懼，莫敢仰視。令坐。悉訪內外，備諳氏族。遂訪兒婚姻未？盧子曰："未。"姑曰："吾有一外甥女子姓鄭，早孤，遣吾妹鞠養，甚有容質，頗有令淑，當爲兒平章，計必允遂。"盧子遽即拜謝。乃遣迎鄭氏妹。有頃，一家並到，車馬甚盛。遂檢歷擇日，云後日大吉，因爲盧子定。謝。姑云："聘財、函信、禮席，兒並莫憂，吾悉與處置。兒有在城何親故，並抄名姓，並具家第。"凡三十餘家，並在臺省及府縣官。明日下函，其夕成結。事事華盛，殆非人間。明日拜席，大會都城親表。拜席畢，遂入一院。院中屏帷牀席，皆極珍異。其妻年可十四五，容色美麗，宛若神仙。盧生心不勝喜，遂忘家屬。

俄又及秋試之時。姑曰："禮部侍郎與姑有親，必合極力，更勿憂也。"明春遂擢第。又應宏詞，姑曰："吏部侍郎與兒子弟當家連官，情分偏洽。令渠爲兒必取高第。"及牓出，又登甲科，授祕書郎。姑云："河南尹是姑堂外甥。令渠奏畿縣尉。"數月，敕授王屋尉；遷監察，轉殿中；拜吏部員外郎，判南曹。銓畢，除郎中。餘如故。知制誥，數月即真。遷禮部侍郎。兩載知舉，賞鑒平允，朝廷稱之。改河南尹，旋屬駕車還京，遷兵部侍郎。扈從到京，除京兆尹，改吏部侍郎。三年掌銓，甚有美譽。遂拜黃門侍郎平章事。恩渥綢繆，賞賜甚厚。作相五年，因直諫忤旨，改左僕射，罷知政事。數月，爲東都留守河南尹，兼御史大夫。自婚媾后，至是經二十年。有七男三女，婚宦俱畢。內外諸孫十人。

後因出行，却到昔年逢攜櫻桃青衣精舍門。復見其中有講筵，遂下馬禮謁。以故相之尊，處端揆居首之重，前後導從，頗極貴盛，高自簡貴，輝映左右。升殿禮佛，忽然昏醉，良久不起。耳中聞講僧唱云："檀越何久不起？"忽然夢覺，乃見著白衫服飾如故。前後官吏，一人亦無。迴遑迷惑，徐徐出門。乃見小豎捉驢執帽，在門外立，謂盧曰："人驢并飢，郎君何久不出？"盧訪其時，奴曰："日向午矣。"盧子憫然歎曰："人世榮華窮達富貴貧賤，亦當然也。而今而後，不更求官達矣。"遂尋仙訪道，絕跡人世矣。

又按盧生於邯鄲所遇之呂翁。湯玉茗所作之《邯鄲記》，以呂翁爲呂洞賓。其說沿宋人之誤，至今不改。實則洞賓以開成時下第入山，在開元后，時不相及。吳曾《能改齋漫錄》、趙與旹《賓退錄》，皆辨之甚悉。胡應麟《玉壺遐覽》卷三又證呂氏得道長生者，不僅趙氏所舉數人。皆能正流俗之誤，今錄於下。

吳曾《能改齋漫錄》卷十八云：

唐《異聞集》載沈既濟《枕中記》，云開元中道者呂翁經邯鄲道上邸舍中，以囊枕借盧生睡事，此之呂翁，非洞賓也。蓋洞賓嘗自序以爲呂渭之孫，渭仕德宗朝，今云開元中，則呂翁非洞賓無可疑者。而或者以爲開元，想是開成字，亦非也。開成雖文宗時，然洞賓度此時未可稱翁。案本朝國史，稱關中逸人呂洞賓年百餘歲，而狀貌如嬰兒，世傳有劍術，至陳摶室。若以國史證之，止云百歲。則非開元人明矣。《雅言系述》有《呂洞賓傳》，云："關右人，咸通初舉進士不第，值巢賊爲梗，攜家隱居終南，學老子法。"以此知洞賓乃唐末人。

趙與旹《賓退錄》云：

吳虎臣辨唐《異聞集》所載開元中道者呂翁，經邯鄲道上邸舍中，以囊中枕借盧生睡事，謂呂翁非洞賓云云。（吳說，趙氏全錄。已見前，今略去。）此皆吳說。蕭東夫《呂公洞詩》云："復此經過三十年，唯應巖谷故依然。城南老樹朽爲土，簷外稚松青拂天。枕上功名祇擾擾，指端變化又玄玄。刀圭乞與起衰病，稽首秋空一劍仙。"第五句誤用呂翁事。又《唐逸史》程鄉、永樂兩縣連接，有呂生者居二邑間，爲童兒時，畏聞食氣，爲食黃精，日覺輕健，耐風寒，見文字及人語，率不忘。母及諸妹，每勸其食，不從，後以猪脂置酒中强使飲，生方固拒，已噓吸其氣。忽一黃金人長二寸許，自口出，即仆臥，困憊移時，方起。先是生年近六十，鬢髮如漆，至是皓首。恨悁垂泣，再拜別母，去之茅山，不知所終。此又一人也。何神仙多呂氏乎？

胡應麟《玉壺遐覽》云：

神仙家又有呂志真。又有呂恭、呂大郎俱得道長生。見《仙鑑》。蓋不止前數人也。又呂尚亦屍解，棺中惟《六弢》。見《仙鑑》。

任氏傳

沈旣濟撰

據太平廣記校錄

標題依本文加傳字

任氏，女妖也。

有韋使君者，名崟，第九，信安王禕之外孫。少落拓，好飲酒。其從父妹壻曰鄭六，不記其名。早習武藝，亦好酒色，貧無家，託身於妻族；與崟相得，遊處不間。

天寶九年夏六月，崟與鄭子偕行於長安陌中，將會飲於新昌里。至宣平之南，鄭子辭有故，請間去，繼至飲所。崟乘白馬而東。鄭子乘驢而南，入昇平之北門。偶值三婦人行於道中，中有白衣者，容色姝麗。鄭子見之驚悅，策其驢，忽先之，忽後之，將挑而未敢。白衣時時盼睞，意有所受。鄭子戲之曰："美豔若此，而徒行，何也？"白衣笑曰："有乘不解相假，不徒行何爲？"鄭子曰："劣乘不足以代佳人之步，今輒以相奉。某得步從，足矣。"相視大笑。同行者更相眩誘，稍已狎暱。鄭子隨之東，至樂遊園，已昏黑矣。見一宅，土垣車門，室宇甚嚴。白衣將入，顧曰："願少踟躕。"而入。女奴從者一人，留於門屏間，問其姓第，鄭子旣告，亦問之。對曰："姓任氏，第二十。"

少頃，延入。鄭縶驢於門，置帽於鞍。始見婦人年三十餘，與之承迎，即任氏姊也。列燭置膳，舉酒數觴。任氏更妝而出，酣飲極歡。夜久而寢，其妍姿美質，歌笑態度，舉措皆豔，殆非人世所有。將曉，任氏曰："可去矣。某兄弟名係教坊，職屬南衙，晨興將出，不可淹留。"乃約後期而去。

既行，及里門，門扃未發。門旁有胡人鬻餅之舍，方張燈熾爐。鄭子憩其簾下，坐以候鼓，因與主人言。鄭子指宿所以問之曰："自此東轉，有門者，誰氏之宅？"主人曰："此隤墉棄地，無第宅也。"鄭子曰："適過之，曷以云無？"與之固爭。主人適悟，乃曰："吁！我知之矣。此中有一狐，多誘男子偶宿，嘗三見矣，今子亦遇乎？"鄭子赧而隱曰："無。"質明，復視其所，見土垣車門如故。窺其中，皆蓁荒及廢圃耳。既歸，見崟。崟責以失期。鄭子不泄，以他事對。然想其豔冶，願復一見之心，嘗存之不忘。

經十許日，鄭子遊，入西市衣肆，瞥然見之，曩女奴從。鄭子遽呼之。任氏側身周旋於稠人中以避焉。鄭子連呼前迫，方背立，以扇障其後，曰："公知之，何相近焉？"鄭子曰："雖知之，何患？"對曰："事可愧恥，難施面目。"鄭子曰："勤想如是，忍相棄乎？"對曰："安敢棄也，懼公之見惡耳。"鄭子發誓，詞旨益切。任氏乃迴眸去扇，光彩豔麗如初。謂鄭子曰："人間如某之比者非一，公自不識耳，無獨怪也。"鄭子請之與敘歡。對曰："凡某之流，為人惡忌者，非他，為其傷人耳。某則不然。若公未見惡，願終己以奉巾櫛。"鄭子許與謀棲止。任氏曰："從此而東，大樹出於棟間者，門巷幽靜，可稅以居。前時自宣平之南，乘白馬而東者，非君妻之昆弟乎？其家多什器，可以假用。"

是時崟伯叔從役於四方，三院什器，皆貯藏之。鄭子如言訪其舍，而詣崟假什器。問其所用。鄭子曰："新獲一麗人，已稅得其舍，假具以備用。"崟笑曰："觀子之貌，必獲詭陋。何麗之絕也。"崟乃悉假帷帳榻席之具，使家僮之惠黠者，隨以覘之。俄而奔走返命，氣吁汗洽。崟迎問之："有乎？"又問："容若何？"曰："奇怪也！天下未嘗見之矣。"崟姻族廣茂，且夙從逸遊，多識美麗。乃問曰："孰若某美？"僮曰："非其倫也！"崟遍比其佳者四五人，皆曰："非其倫。"是時吳王之女有第六者，則崟之内妹，秾豔如神仙，中表素推第一。崟問曰：'孰與吳王家第六女美？"又曰："非其倫也。"崟撫手大駭曰："天下豈有斯人乎？"遽命汲水澡頸，巾首膏唇而往。

既至，鄭子適出。崟入門，見小僮擁篲方掃，有一女奴在其門，他無所見。徵於小僮。小僮笑曰："無之。"崟周視室内，見紅裳出於户下。迫而察焉，見任氏戢身匿於扇間。崟別出就明而觀之，殆過於所傳矣。崟愛之發狂，乃擁而凌之，不服。崟以力制之，方急，則曰："服矣。請少迴旋。"既從，則捍禦如初，如是者數四。崟乃悉力急持之。任氏力竭，汗若濡雨。自度不免，乃縱體不復拒抗，而神色慘變。崟問曰："何色之不悦？"任氏長欷息曰："鄭六之可哀也！"崟曰："何謂？"對曰："鄭生有六尺之軀，而不能庇一婦人，豈丈夫哉！且公少豪侈，多獲佳麗，遇某之比者衆矣。而鄭生，窮賤耳。所稱愜者，唯某而已。忍以有餘之心，而奪人之不足乎？哀其窮餒，不能自立，衣公之衣，食公之食，故爲公所繫耳。若糠糗可給，不當至是。"崟豪俊有義烈，聞其言，遽置之。斂衽而謝曰："不敢。"俄而鄭子至，與崟相視咍樂。

自是，凡任氏之薪粒牲餼，皆崟給焉。任氏時有經過，出入或車馬譽步，不常所止。崟日與之遊，甚歡。每相狎暱，無所不至，唯不及亂而已。是以崟愛之重之，無所悋惜，一食一飲，未嘗忘焉。任氏知其愛己，因言以謝曰："愧公之見愛甚矣。顧以陋質，不足以答厚意。且不能負鄭生，故不得遂公歡。某，秦人也，生長秦城；家本伶倫，中表姻族，多爲人寵媵，以是長安狹斜，悉與之通。或有姝麗，悅而不得者，爲公致之可矣。願持此以報德。"崟曰："幸甚！"鄽中有鬻衣之婦曰張十五娘者，肌體凝潔，崟常悅之。因問任氏識之乎。對曰："是某表娣妹，致之易耳。"旬餘，果致之。數月厭罷。任氏曰："市人易致，不足以展効。或有幽絕之難謀者，試言之，願得盡智力焉。"崟曰："昨者寒食，與二三子遊於千福寺，見刁將軍緬張樂於殿堂。有善吹笙者，年二八，雙鬟垂耳，嬌姿豔絕。當識之乎？"任氏曰："此寵奴也。其母，即妾之内姊也。求之可也。"崟拜於席下。任氏許之。乃出入刁家。月餘，崟促問其計。任氏願得雙縑以爲賂，崟依給焉。後二日，任氏與崟方食，而緬使蒼頭控青驪以迓任氏。任氏聞召，笑謂崟曰："諧矣。"初，任氏加寵奴以病，針餌莫減。其母與緬憂之方甚，將徵諸巫。任氏密賂巫者，指其所居，使言從就爲吉。及視疾，巫曰："不利在家，宜出居東南某所，以取生氣。"緬與其母詳其地，則任氏之第在焉。緬遂請居，任氏謬辭以偪狹，勤請而後許。乃輦服玩，並其母偕送於任氏。至，則疾愈。未數日，任氏密引崟以通之，經月乃孕。其母懼，遽歸以就緬，由是遂絕。

任氏傳

他日,任氏謂鄭子曰:"公能致錢五六千乎?將爲謀利。"鄭子曰:"可。"遂假求於人,獲錢六千。任氏曰:"鬻馬於市者,馬之股有疵,可買入居之。"鄭子如市,果見一人牽馬求售者,疵在左股,鄭子買以歸。其妻昆弟皆嗤之,曰:"是棄物也。買將何爲?"無何,任氏曰:"馬可鬻矣。當獲三萬。"鄭子乃賣之。有酬二萬,鄭子不與。一市盡曰:"彼何苦而貴買,此何愛而不鬻?"鄭子乘之以歸,買者隨至其門,累增其估,至二萬五千也。不與,曰:"非三萬不鬻。"其妻昆弟聚而詬之。鄭子不獲已,遂賣登三萬。既而密伺買者,徵其由,乃昭應縣之御馬疵股者,死三歲矣,斯吏不時除籍。官徵其估,計錢六萬。設其以半買之,所獲尚多矣。若有馬以備數,則三年芻粟之估,皆吏得之。且所償蓋寡,是以買耳。任氏又以衣服故弊,乞衣於崟。崟將買全綵與之。任氏不欲,曰:"願得成制者。"崟召市人張大爲買之,使見任氏,問所欲。張大見之,驚謂崟曰:"此必天人貴戚,爲郎所竊。且非人間所宜有者,願速歸之,無及於禍。"其容色之動人也如此。竟買衣之成者而不自紉縫也,不曉其意。

後歲餘,鄭子武調,授槐里府果毅尉,在金城縣。時鄭子方有妻室,雖晝遊於外,而夜寢於內,多恨不得專其夕。將之官,邀與任氏俱去。任氏不欲往,曰:"旬月同行,不足以爲歡。請計給糧餼,端居以遲歸。"鄭子懇請,任氏愈不可。鄭子乃求崟資助。崟與更勸勉,且詰其故。任氏良久曰:"有巫者言某是歲不利西行,故不欲耳。"鄭子甚惑也,不思其他,與崟大笑曰:"明智若此,而爲妖惑,何哉!"固請之。任氏曰:"儻巫者言可徵,徒爲公死,何益?"二子曰:"豈有斯理乎?"懇請如初。任氏不得已,遂行。崟以馬借之，出祖於臨皋，揮袂別去。

信宿，至馬嵬。任氏乘馬居其前，鄭子乘驢居其後，女奴別乘，又在其後。是時西門圉人教獵狗於洛川，已旬日矣。適值於道，蒼犬騰出於草間。鄭子見任氏欻然墜於地，復本形而南馳。蒼犬逐之。鄭子隨走叫呼，不能止。里餘，爲犬所獲。鄭子銜涕出囊中錢，贖以瘞之，削木爲記。迴覩其馬，齧草於路隅，衣服悉委於鞍上，履襪猶懸於鐙間，若蟬蛻然。唯首飾墜地，餘無所見。女奴亦逝矣。

旬餘，鄭子還城。崟見之喜，迎問曰："任子無恙乎？"鄭子泫然對曰："殁矣。"崟聞之亦慟，相持於室，盡哀。徐問疾故。答曰："爲犬所害。"崟曰："犬雖猛，安能害人？"答曰："非人。"崟駭曰："非人，何者？"鄭子方述本末。崟驚訝歎息不能已。明日，命駕與鄭子俱適馬嵬，發瘞視之，長慟而歸。追思前事，唯衣不自製，與人頗異焉。其後鄭子爲總監使，家甚富，有櫪馬十餘匹。年六十五卒。

大曆中，沈旣濟居鍾陵，嘗與崟游，屢言其事，故最詳悉。後崟爲殿中侍御史，兼隴州刺史，遂殁而不返。嗟乎，異物之情也有人焉！遇暴不失節，狥人以至死，雖今婦人，有不如者矣。惜鄭生非精人，徒悅其色而不徵其情性。向使淵識之士，必能揉變化之理，察神人之際，著文章之美，傳要妙之情，不止於賞翫風態而已。惜哉！

建中二年，旣濟自左拾遺於金吳。將軍裴冀、京兆少尹孫成、户部郎中崔需、右拾遺陸淳皆適居東南，自秦徂吳，水陸同道。時前拾遺朱放因旅遊而隨焉。浮潁涉淮，方舟沿流，盡讌夜話，各徵其異説。衆君子聞任氏之事，共深歎駭，因請旣濟傳之，以志異云。沈旣濟撰。

按《太平廣記》四百五十二引此文，而下注沈既濟撰。蓋宋初固嘗單行也。既濟，蘇州吳人，經學該博，以楊炎薦，召拜右拾遺史館修撰。貞元時，楊炎得罪，沈亦貶處州司戶參軍。後入朝，位吏部員外郎，卒。撰《建中實錄》十卷，人稱其能。《唐書》（一三二）有傳。既濟既以史才見稱於時，又時時出其緒餘，爲傳奇志怪之體。觀其寫譎異而不失於正，諷世之語，情見乎辭矣。

離魂記

陳玄祐撰
據太平廣記校錄
標目依本文舊題

　　天授三年，清河張鎰因官家於衡州。性簡靜，寡知友。無子，有女二人，其長早亡。幼女倩娘，端妍絕倫。鎰外甥太原王宙，幼聰悟，美容範。鎰常器重，每曰："他時當以倩娘妻之。"後各長成。宙與倩娘常私感想於寤寐，家人莫知其狀。後有賓寮之選者求之，鎰許焉。女聞而鬱抑，宙亦深恚恨。託以當調，請赴京，止之不可，遂厚遣之。宙陰恨悲慟，決別上船。日暮，至山郭數里。夜方半，宙不寐，忽聞岸上有一人行聲甚速，須臾至船。問之，乃倩娘徒行跣足而至。宙驚喜發狂，執手問其從來。泣曰："君厚意如此，寢夢相感。今將奪我此志，又知君深情不易，思將殺身奉報，是以亡命來奔。"宙非意所望，欣躍特甚。遂匿倩娘於船，連夜遁去。倍道兼行，數月至蜀。
　　凡五年，生兩子，與鎰絕信。其妻常思父母，涕泣言曰："吾曩日不能相負，棄大義而來奔君。向今五年，恩慈間阻。覆載之下，胡顏獨存也？"宙哀之，曰："將歸，無苦。"遂俱歸衡州。旣至，宙獨身先至鎰家，首謝其事。鎰曰：

"倩娘病在閨中數年，何其詭説也！"宙曰："見在舟中！"鎰大驚，促使人驗之。果見倩娘在船中，顔色怡暢，訊使者曰："大人安否？"家人異之，疾走報鎰。室中女聞喜而起，飾妝更衣，笑而不語，出與相迎，翕然而合爲一體，其衣裳皆重。其家以事不正，祕之。惟親戚間有潛知之者。後四十年間，夫妻皆喪。二男並孝廉擢第，至丞尉。

　　事出陳玄祐《離魂記》云（按以上九字疑衍）。玄祐少常聞此説，而多異同，或謂其虛。大曆末，遇萊蕪縣令張仲規，因備述其本末。鎰則仲規堂叔，而説極備悉，故記之。

　　按倩女離魂事，《太平廣記》三百五十八已採入，而題爲《王宙》，下注出《離魂記》。本文"至丞尉"句下，亦有"事出陳玄祐《離魂記》云"九字，雖屬羨文，然本篇之原題與作者，固可藉以考見也。今即據以改正。至陳玄祐生平，則無可考。據本文云，大曆末年，遇萊蕪縣令張仲規，備述本末，而爲此記。則陳固大曆時人矣。

　　又按此即元人鄭德輝《倩女離魂》劇本之本事也。其事至怪而乏理解。但古今豔稱，詩歌引用，遂成典實。其實類此者，尚有數事，惟此獨傳耳。今酌錄數則。

《幽明記·龐阿》一條云：

　　鉅鹿有龐阿者，美容儀。同郡石氏有女，曾内覿阿，心悦之。未幾，阿見此女來詣阿妻，妻極妬。聞之，使婢縛之，送還石家。中路遂化爲煙氣而滅。婢乃直詣石家説此事，石氏之父大驚曰："我女都不出門，豈可毀謗如此。"阿婦自是常加意伺察之。居一夜，方值女在齋中。乃自拘執以詣石氏。石氏父見之，愕眙曰："我適從内來，見女與母共作，何得在此？"即令婢僕於内喚女出。向所縛者，奄然滅焉。父疑有異，故遣其母詰之。女曰："昔年龐阿來廳中，曾竊視之，自爾彷彿即夢詣阿，及入户，即爲妻所縛。"石曰："天下遂有如此奇事？"夫精情所感，靈神爲之冥著滅者，蓋其魂神也。旣而女誓心不嫁。經年阿妻忽得邪病，醫藥無徵。阿乃授幣石氏女爲妻。(《廣記》三百五十八)

《靈怪錄·鄭生》一條云：

　　鄭生者，天寶末應舉之京。至鄭西郊，日暮，投宿主人。主人問其姓，鄭以實對。內忽使婢出，云："娘子合是從姑。"須臾，見一老母自堂而下。鄭拜見，坐語久之。問其婚姻。乃曰："姑有一外孫女在此，姓柳氏，其父現任淮陰縣令，與兒門地相埒。今欲將配君子，以爲何如？"鄭不敢辭。其夕成禮，極人世之樂。遂居之。數月，姑謂鄭生可將婦歸柳家。鄭如其言，挈其妻至淮陰。先報柳氏。柳舉家驚愕，柳妻意疑令有外婦生女，怨望形言。俄頃，女家人往視之，乃與家女無異。旣入門下車，冉冉行庭中。內女聞之，笑出視，相值於庭中，兩女忽合，遂爲一體。令即窮其事，乃是妻之母先亡，而嫁外孫女之魂焉。生復尋舊跡，都無所有。(《廣記》三百五十八)

《獨異記·韋隱》一則云：

　　大曆中將作少匠韓晉卿女，適尚衣奉御韋隱。隱奉使新羅，行及一程，愴然有思，因就寢，乃覺其妻在帳外，驚問之。答曰："憨君涉海，志願奔而隨之，人無知者。"隱即詐左右曰："欲納一妓，將侍枕席。"人無怪者。及歸已二年，妻亦隨至。隱乃啓舅姑首其罪，而室中宛存焉。及相近，翕然合體。其從隱者，乃魂也。(《廣記》三百五十八)

柳氏傳

許堯佐撰

據太平廣記校錄

天寶中，昌黎韓翊有詩名，性頗落托，羈滯貧甚。有李生者，與翊友善，家累千金，負氣愛才。其幸姬曰柳氏，豔絕一時，喜談謔，善謳詠。李生居之別第，與翊爲宴歌之地，而館翊於其側。翊素知名，其所候問，皆當時之彥。柳氏自門窺之，謂其侍者曰："韓夫子豈長貧賤者乎！"遂屬意焉。李生素重翊，無所恡惜。後知其意，乃具饌請翊飲，酒酣，李生曰："柳夫人容色非常，韓秀才文章特異。欲以柳薦枕於韓君，可乎？"翊驚慄，避席曰："蒙君之恩，解衣輟食久之。豈宜奪所愛乎？"李堅請之。柳氏知其意誠，乃再拜，引衣接席。李坐翊於客位，引滿極歡。李生又以資三十萬，佐翊之費。翊仰柳氏之色，柳氏慕翊之才，兩情皆獲，喜可知也。明年，禮部侍郎楊度擢翊上第，屏居間歲。柳氏謂翊曰："榮名及親，昔人所尚。豈宜以濯浣之賤，稽採蘭之美乎？且用器資物，足以待君之來也。"翊於是省家於清池。歲餘，乏食，鬻妝具以自給。

天寶末，盜覆二京，士女奔駭。柳氏以豔獨異，且懼不免，乃剪髮毀形，寄跡法靈寺。是時侯希逸自平盧節度淄青,素藉翊名,請爲書記。洎宣皇帝以神武返正,翊乃遣使間行求柳氏,以練囊盛麩金,題之曰:"章臺柳,章臺柳!昔日青青今在否?縱使長條似舊垂,亦應攀折他人手。"柳氏捧金嗚咽,左右悽憫,答之曰:"楊柳枝,芳菲節,所恨年年贈離別。一葉隨風忽報秋,縱使君來豈堪折!"無何,有蕃將沙吒利者,初立功,竊知柳氏之色,劫以歸第,寵之專房。

及希逸除左僕射,入覲,翊得從行。至京師,已失柳氏所止,歎想不已。偶於龍首岡見蒼頭以駮牛駕輜軿,從兩女奴。翊偶隨之,自車中問曰:"得非韓員外乎?某乃柳氏也。"使女奴竊言失身沙吒利,阻同車者,請詰旦幸相待於道政里門。及期而往,以輕素結玉合,實以香膏,自車中授之,曰:"當遂永訣,願寘誠念。"乃回車,以手揮之,輕袖搖搖,香車轔轔,目斷意迷,失於驚塵。翊大不勝情。會淄青諸將合樂酒樓,使人請翊。翊強應之,然意色皆喪,音韻悽咽。有虞候許俊者,以材力自負,撫劍言曰:"必有故。願一効用。"翊不得已,具以告之。俊曰:"請足下數字,當立致之。"乃衣縵胡,佩雙鞬,從一騎,徑造沙吒利之第。候其出行里餘,乃被衽執轡,犯關排闥,急趨而呼曰:"將軍中惡,使召夫人。"僕侍辟易,無敢仰視。遂升堂,出翊札示柳氏,挾之跨鞍馬,逸塵斷鞅,倏忽乃至。引裾而前曰:"幸不辱命。"四座驚歎。柳氏與翊執手涕泣,相與罷酒。

是時沙吒利恩寵殊等,翊、俊懼禍,乃詣希逸。希逸大驚曰:"吾平生所爲事,俊乃能爾乎?"遂獻狀曰:"檢校尚書金部員外郎兼御史韓翊,久列參佐,累彰勳效,頃從鄉賦。有妾柳氏,阻絕凶寇,依止名尼。今文明撫運,遐邇率化。將軍沙吒利兇恣撓法,憑恃微功,驅有志之妾,干無爲之政。臣部將兼御史中丞許俊，族本幽薊，雄心勇決，却奪柳氏，歸於韓翊。義切中抱，雖昭感激之誠；事不先聞，固乏訓齊之令。"尋有詔，柳氏宜還韓翊，沙吒利賜錢二百萬。柳氏歸翊，翊後累遷至中書舍人。然即柳氏，志防閑而不克者，許俊慕感激而不達者也。向使柳氏以色選，則當熊辭輦之誠可繼；許俊以才舉，則曹柯澠池之功可建。夫事由跡彰，功待事立。惜鬱堙不偶，義勇徒激，皆不入於正。斯豈變之正乎？蓋所遇然也。

按堯佐，唐貞元中儒臣許康佐之弟。《新唐書·儒學·許康佐傳》稱堯佐擢進士第，又舉宏辭，爲太子校書八年，康佐繼之。堯佐位諫議大夫。《全唐文》六百三十三錄其文六篇，而此傳不載。《廣記》四百八十五《雜傳記類》，始收之，而下題許堯佐撰。宋初文籍獨盛，當有所本。至篇中所敍柳氏事，唐時盛傳。孟棨《本事詩》亦載之，文異事同。惟韓任汴職以下，爲堯佐傳所無耳。末云開成中在梧州，聞之太梁夙將趙唯，乃其目擊。此又有唐一代之嘉話也。錄存於後。

孟棨《本事詩·情感第一》云：

韓翊少負才名。天寶末，舉進士。孤貞靜默，所與遊皆當時名士，然而蓽門圭竇，室唯四壁。鄰有李將，（失名）妓柳氏，李每至，必邀韓同飲。韓以李豁落大丈夫，故常不逆。旣久愈狎。柳每以暇日隙壁窺韓所居，即蕭然葭艾，聞客至，必名人。因乘間語李曰："韓秀才窮甚矣！然所與遊，必聞名人，是必不久貧賤，宜假借之。"李深領之。

間一日，具饌邀韓，酒酣，謂韓曰："秀才當今名士，柳氏當今名色，以名色配名士，不亦可乎？"遂命柳從坐接韓。韓殊不意，懇辭不敢當。李曰："大丈夫相遇杯酒間，一言道合，尚相許以死。况一婦人，何足辭也。"卒授之，不可拒。又謂韓曰："夫子居貧，無以自振，柳資數百萬，可以取濟。柳，淑人也，宜事夫子，能盡其操。"即長揖而去。韓追讓之，顧况然自疑曰："此豪達者，昨暮備言之矣，勿復致訝。"俄就柳居。來歲成名。

後數年，淄青節度使侯希逸奏爲從事。以世方擾，不敢以柳自隨，置之都下，期至而迓之。連三歲，不果迓。因以良金置練囊中寄之，題詩曰："章臺柳，章臺柳，往日依依今在否？縱使長條似舊垂，亦應攀折他人手。"柳復書，答詩曰："楊柳枝，芳菲節，可恨年年贈離別。一葉隨風忽報秋，縱使君來豈堪折。"柳以色顯，獨居恐不自免，乃欲落髮爲尼，居佛寺。後翊隨侯希逸入朝，尋訪不得，已爲立功番將沙吒利所劫，寵之專房。翊恨然不能割。會入中書，至子城東南角，逢犢車，緩隨之，車中問曰："得非青州韓員外耶？"曰："是。"遂披簾曰："某柳氏也。失身沙吒利，無從自脫。明日尚此路還，願更一來取別。"韓深感之。明日，如期而往。犢車尋至，車中投一紅巾，苞小合子，實以香膏，嗚咽言曰："終身永訣。"車如電逝，韓不勝情，爲之雪涕。

是日，臨淄大校，致酒於都市酒樓。邀韓，韓赴之。恨然不樂。座人曰："韓員外風流談笑，未嘗不適，今日何慘然耶？"韓具話之。有虞候將許俊，年少被酒，起曰："僚嘗以義烈自許，願得員外手筆數字，當立置之。"座人皆激贊。韓不得已，與之。俊乃急裝，乘一馬，牽一馬而馳，逕趨沙吒利之第。會吒利已出，即以入曰："將軍墜馬，且不救，遣取柳夫人。"柳驚出，即以韓札示之，挾上馬，絕馳而去。座未罷，即以柳氏授韓曰："幸不辱命。"一座驚歎。時吒利初立功，代宗方優借，大懼禍作。闔座同見希逸，白其故。希逸扼腕奮髯曰："此我往日所爲也，而俊復能之。"立修表上聞，深罪沙吒利。代宗稱歎良久，御批曰："沙吒利宜賜絹二千匹，柳氏却歸韓翊。"

後事罷，閑居將十年。李相勉鎮夷門，又署爲幕吏。時韓已遲暮，同職皆新進後生，不能知韓，舉目爲惡詩韓翊。翊殊不得意，多辭疾在家。唯末職韋巡官者，亦知名士，與韓獨善。一日，夜將半，韋叩門急，韓出見之，賀曰："員外除駕部郎中，知制誥。"韓大愕然曰："必無此事，定誤矣。"韋就座曰："留邸狀報，制誥闕人。"中書兩進名，御筆不點出；又請之，且求聖旨所與。德宗批曰："與韓翃。"時有與翃同姓名者，爲江淮刺史。又具二人同進，御筆復批曰："春城無處不飛花，寒食東風御柳斜。日暮漢宮傳蠟燭，輕烟散入五侯家。"又批曰："與此韓翃。"韋又賀曰："此非員外詩也？"韓曰："是也，是知不誤矣。"質明，而李與僚屬皆至。時建中初也。

自韓復爲汴職以下，開成中，余罷梧州。有大梁夙將趙唯爲嶺外刺史，年將九十矣，耳目不衰。過梧州，言大梁往事，述之可聽。云："此皆目擊之。"故因錄於此也。

李章武傳

李景亮撰
據太平廣記校錄
題依下注補傳字

　　李章武，字飛，其先中山人。生而敏博，遇事便了。工文學，皆得極至。雖弘道自高，惡爲潔飾，而容貌閑美，即之溫然。與清河崔信友善。信亦雅士，多聚古物。以章武精敏，每訪辨論，皆洞達玄微，研究原本，時人比之張華。

　　貞元三年，崔信任華州別駕，章武自長安詣之。數日，出行，於市北街見一婦人，甚美。因紿信云："須州外與親故知聞。"遂賃舍於美人之家。主人姓王，此則其子婦也。乃悅而私焉。居月餘日，所計用直三萬餘，子婦所供費倍之。既而兩心克諧，情好彌切。無何，章武繫事，告歸長安，殷勤叙別。章武留交頸鴛鴦綺一端，仍贈詩曰："鴛鴦綺，知結幾千絲。別後尋交頸，應傷未別時。"子婦答白玉指環一，又贈詩曰："捻指環相思，見環重相憶。願君永持翫，循環無終極。"章武有僕楊果者，子婦齎錢一千，以獎其敬事之勤。

　　既別，積八九年。章武家長安，亦無從與之相聞。至貞元十一年,因友人張元宗寓居下邽縣,章武又自京師與元會。忽思曩好,乃迴車涉渭而訪之。日暝,達華州,將舍於王氏之室。至其門,則闃無行跡,但外有賓榻而已。章武以爲下里,或廢業即農,暫居郊野;或親賓邀聚,未始歸復。但休止其門,將別適他舍。見東鄰之婦,就而訪之。乃云王氏之長老,皆捨業而出遊,其子婦没已再周矣。又詳與之談,即云:"某姓楊,第六,爲東鄰妻。"復訪郎何姓。章武具語之。又云:"曩曾有僕姓楊名果乎?"曰:"有之。"因泣告曰:"某爲里中婦五年,與王氏相善。嘗云:'我夫室猶如傳舍,閲人多矣。其於往來見調者,皆殫財窮産,甘辭厚誓,未嘗動心。頃歲有李十八郎,曾舍於我家。我初見之,不覺自失。後遂私侍枕席,實蒙歡愛。今與之別累年矣。思慕之心,或竟日不食,終夜無寐。我家人故不可託。復被彼夫東西,不時會遇。脱有至者,願以物色名氏求之。如不參差,相託祇奉,並語深意。但有僕夫楊果,即是。'不二三年,子婦寢疾。臨死,復見託曰:'我本寒微,曾辱君子厚顧,心常感念。久以成疾,自料不治。曩所奉託,萬一至此,願申九泉啣恨,千古睽離之歎。仍乞留止此,冀神會於髣髴之中。'"

章武乃求鄰婦爲開門,命從者市薪蒭食物。方將具綱席,忽有一婦人持箒,出房掃地。鄰婦亦不之識。章武因訪所從者,云是舍中人。又逼而詰之,即徐曰:"王家亡婦感郎恩情深,將見會。恐生怪怖,故使相聞。"章武許諾,云:"章武所由來者,正爲此也。雖顯晦殊途,人皆忌憚,而思念情至,實所不疑。"言畢,執箒人欣然而去,逡巡映門,即不復見。

乃具飲饌,呼祭。自食飲畢,安寢。至二更許,燈在床之東南，忽爾稍暗，如此再三。章武心知有變，因命移燭背牆，置室東西隅。旋聞室北角悉窣有聲，如有人形，冉冉而至。五六步，即可辨其狀。視衣服，乃主人子婦也。與昔見不異，但舉止浮急，音調輕清耳。章武下床，迎擁攜手，款若平生之歡。自云："在冥錄以來，都忘親戚。但思君子之心，如平昔耳。"章武倍與狎暱，亦無他異。但數請令人視明星，若出，當須還，不可久住。每交歡之暇，即懇託在鄰婦楊氏，云："非此人，誰達幽恨？"

至五更，有人告可還。子婦泣下床，與章武連臂出門，仰望天漢，遂嗚咽悲怨，却入室，自於裙帶上解錦囊，囊中取一物以贈之。其色紺碧，質又堅密，似玉而冷，狀如小葉。章武不之識也。子婦曰："此所謂'靺鞨寶'，出崑崙玄圃中。彼亦不可得。妾近於西嶽與玉京夫人戲，見此物在衆寶璫上，愛而訪之。夫人遂假以相授，云：'洞天群仙，每得此一寶，皆爲光榮。'以郎奉玄道，有精識，故以投獻。常願寶之，此非人間之有。"遂贈詩曰："河漢已傾斜，神魂欲超越。願郎更迴抱，終天從此訣。"章武取白玉寶簪一以酬之，並答詩曰："分從幽顯隔，豈謂有佳期。寧辭重重別，所歡去何之。"因相持泣，良久。子婦又贈詩曰："昔辭懷後會，今別便終天。新悲與舊恨，千古閉窮泉。"章武答曰："後期杳無約，前恨已相尋。別路無行信，何因得寄心。"款曲敘別訖，遂却赴西北隅。行數步，猶回顧拭淚。云："李郎無捨，念此泉下人。"復哽咽佇立，視天欲明，急趨至角，即不復見。但空室窅然，寒燈半滅而已。

章武乃促裝，却自下邽歸長安武定堡。下邽郡官與張元宗攜酒宴飲，既酣，章武懷念，因即事賦詩曰："水不西歸月暫圓，令人惆悵古城邊。蕭條明早分歧路，知更相逢何歲年。"吟畢，與郡官別。獨行數里，又自諷誦。忽聞空中有歔欷賞，音調悽惻。更審聽之，乃王氏子婦也。自云："冥中各有地分。今於此別，無日交會。知郎思眷，故冒陰司之責，遠來奉送，千萬自愛！"章武愈惑之。及至長安，與道友隴西李助話，亦感其誠而賦曰："石沉遼海闊，劍別楚天長，會合知無日，離心滿夕陽。"章武旣事東平丞相府，因閑，召玉工視所得鞿鞴寶，工亦知，不敢雕刻。後奉使大梁，又召玉工，鱻能辨，乃因其形，雕作槲葉象。奉使上京，每以此物貯懷中。至市東街，偶見一胡僧，忽近馬叩頭云："君有寶玉在懷，乞一見爾。"乃引於靜處開視，僧捧翫移時，云："此天上至物，非人間有也。"章武後往來華州，訪遺楊六娘，至今不絕。

按《太平廣記》三百四十引此文，而下注"出李景亮爲作傳"七字，則此文在唐時固單篇別行矣。《唐會要》："景亮，貞元十年詳明政術可以理人科擢第。"他無可考。此文敍述婉曲，悽豔感人。蒲氏《誌異》專學此種。

又按唐稗志鬼異者，篇章頗多。此篇尤能摹寫婉曲，故盛傳於時。此外尚有《太平廣記》三百三十二引《幽通記·唐晅》一篇，亦最有名。雖不必同出一源，然其敍述曲折，哀婉動人，固同一機軸也。今附錄於此，俾便互參。

《廣記》三百三十二引《幽通記·唐晅》云：

唐晅者，晉昌人也。其姑適張恭，即安定張軌之後。隱居滑州衛南，人多重之。有子三人，進士擢第。女三人：長適辛氏；次適梁氏；小女姑鍾念，習以詩禮，頗有令德。開元中，父亡，哀毀過禮。晅常慕之，及終制，乃娶焉，而留之衛南莊。開元十八年，晅以故入洛，累月不得歸。夜宿主人，夢其妻隔花泣，俄而窺井笑。及覺，心惡之。明日，就日者問之，曰："隔花泣者，顏隨風謝；窺井笑者，喜於泉路也。"居數日，果有凶信。暅悲慟倍常。後數歲，方得歸衛南，追其陳跡，感而賦詩曰："寢室悲長簟，妝樓泣鏡臺。獨悲桃李節，不共夜泉開。魂兮若有感，髣髴夢中來。"又曰："常時華堂靜，笑語度更籌。恍惚人事改，冥寞委荒邱。陽原歌薤露，陰壑悼藏舟。清夜妝臺月，空想畫眉愁。"

是夕，風露清虛，暅耿耿不寐。更深，悲吟前《悼亡詩》，忽聞暗中若泣聲，初遠漸近。暅驚惻，覺有異。乃祝之曰："倘是十娘子之靈，何惜一相見敘也。勿以幽冥隔礙宿昔之愛。"須臾，聞言曰："兒即張氏也，聞君悲吟相念，雖處陰冥，實所惻愴。愧君誠心，不以沉魂可棄，每所記念，是以此夕與君相聞。"暅驚歎流涕嗚咽曰："在心之事，卒難申敘；然須得一見顏色，死不恨矣。"答曰："隱顯道隔，相見殊難。亦慮君亦有疑心，妾非不欲盡也。"暅詞益懇，誓無疑貳。俄而聞喚羅敷，先出前拜，言："娘子欲敘夙昔，正期與七郎相見。"暅問羅敷曰："我開元八年典汝與仙州康家，聞汝已於康家死矣。今何得在此？"答曰："被娘子贖來，令看阿美。"阿美，即暅之亡女也。暅又惻然。

須臾，命燈燭立於阼階之北。暅趨前泣而拜，妻答拜。暅乃執手敘以平生，妻亦流涕。謂暅曰："陰陽道隔，與君久別，雖冥寞無據，至於相思，嘗不去心。今六合之日，冥官感君誠懇，放兒蹔來。千年一遇，悲喜兼集。又美娘又小，囑付無人。今夕何夕，再遂申款。"暅乃命家人列拜起居，徙燈入室，施布帷帳，不肯先坐。乃曰："陰陽尊卑，以生人爲貴，君可先坐。"暅即如言。笑謂暅曰："君情既不易平生。然聞已再婚，君新人在淮南，吾亦知甚平善。"因語："人生修短，固有定乎？"答曰："必定矣。"又問："佛與道，孰是非？"答曰："同源異派耳。別有太極仙品總靈之司，出有入無之化，其道大哉。其餘悉如人間所說，今不合具言，彼此爲累。"暅懼不敢復問。因問欲何膳？答曰："冥中珍羞亦備，唯無漿水粥，不可致耳。"暅即令備之。既至，索別器，攤之而食，向口如盡。及徹之，粥宛然。晅悉飯其從者。有老姥，不肯同坐。妻曰："倚是舊人，不同群小。"謂晅曰："此是紫菊嫺，豈不識耶？"晅方記念。別席飯其餘侍者，晅多不識。聞呼名字，乃是晅從京迴日，多剪紙人奴婢所題之名，問妻，妻曰："皆君所與者。"乃知錢財奴婢，無不得也。妻曰："往日常弄一金鏤合子，藏於堂屋西北斗栱中，無有人知處。"晅取，果得。又曰："豈不欲見美娘乎？今已長成。"晅曰："美娘亡時襁褓，地下豈受歲乎？"答曰："無異也。"須臾，美娘至，可五六歲。晅撫之而泣。妻曰："莫抱，驚兒。"羅敷却抱，忽不見。

晅令下簾帷，申繾綣，宛如平生，但覺手足呼吸冷耳。又問冥中居何處？答曰："在舅姑左右。"晅曰："娘子神靈如此，何不還返生？"答曰："人死之後，魂魄異處，皆有所錄，杳不關形骸也。君何不驗夢中，安能記其身也。兒亡之後，都不記；死時，亦不知殯葬之處。錢財奴婢，君與則知。至如形骸，實總不管。"既而綢繆，夜深，晅曰："同穴不遠矣。"妻曰："曾聞合葬之禮，蓋同形骸；至精神，實都不見，何煩此言也。"晅曰："婦人沒地，不亦有再適乎？"答曰："死生同流，貞邪各異。且兒亡，堂上欲奪兒志，嫁與北庭都護鄭乾觀姪明遠，兒誓志確然，上下矜閔，得免。"晅聞，憮然感懷，而贈詩曰："嶧陽桐半死，延津劍一沈。如何宿昔內，空負百年心。"妻曰："方見君情，輒欲留答，可乎？"晅曰："曩日不屬文，何以爲詞？"妻曰："文詞素慕，慮君嫌猜，而不爲言志之事。今夕何爽。"遂裂帶題詩曰："不分殊幽顯，那堪異古今。陰陽途自隔，聚散兩難心。"又曰："蘭階兔月斜，銀燭半含花。自憐長夜客，泉路以爲家。"晅含涕言欵，悲喜之間，不覺天明。

須臾，聞扣門聲，翁婆使丹參傳語："令催新婦，恐天明，冥司督責。"妻泣而起。與晅訣別。晅修啓狀以附之。整衣，聞香郁然，不與世同。問："此香何方得？"答言："韓壽餘香。兒來，堂上見賜。"晅執手曰："何時再一見。"答曰："四十年耳。"留一羅帛子，與晅爲念。晅答一金鈿合子。即曰："前途日限，不可久留。自非四十年内，若於墓祭祀，都無益。必有相饗，但於月盡日黄昏時，於野田中，或於河畔，呼名字，兒盡得也。忽忽不果久語，願自愛。"言訖。登車而去，揚被久之，方滅。舉家皆見。事見《唐晅手記》。

柳 毅

李朝威撰

據太平廣記校錄

儀鳳中，有儒生柳毅者，應舉下第，將還湘濱。念鄉人有客於涇陽者。遂往告別。至六七里，鳥起馬驚，疾逸道左。又六七里，乃止。見有婦人，牧羊於道畔。毅怪視之，乃殊色也。然而蛾臉不舒，巾袖無光，凝聽翔立，若有所伺。毅詰之曰："子何苦而自辱如是？"婦始楚而謝，終泣而對曰："賤妾不幸，今日見辱於長者。然而恨貫肌骨，亦何能媿避，幸一聞焉。妾，洞庭龍君小女也。父母配嫁涇川次子，而夫婿樂逸，爲婢僕所惑，日以厭薄。既而將訴於舅姑，舅姑愛其子，不能禦。迨訴頻切，又得罪舅姑。舅姑毁黜以至此。"言訖，歔欷流涕，悲不自勝。又曰："洞庭於茲，相遠不知其幾多也？長天茫茫，信耗莫通。心目斷盡，無所知哀。聞君將還吳，密通洞庭。或以尺書，寄託侍者，未卜將以爲可乎？"毅曰："吾義夫也。聞子之説，氣血俱動，恨無毛羽，不能奮飛。是何可否之謂乎！然而洞庭，深水也。吾行塵間，寧可致意邪？唯恐道塗顯晦，不相通達，致負誠託，又乖懇願。子有何術，可導我邪？"女悲泣且謝，曰："負載珍重，不復言矣。脱獲回耗，雖死必謝。君不許，何敢言。

既許而問，則洞庭之與京邑，不足爲異也。"毅請聞之。女曰："洞庭之陰，有大橘樹焉，鄉人謂之社橘。君當解去茲帶，束以他物。然後叩樹三發，當有應者。因而隨之，無有礙矣。幸君子書叙之外，悉以心誠之話倚託，千萬無渝。"毅曰："敬聞命矣。"女遂於襦間解書，再拜以進，東望愁泣，若不自勝。毅深爲之戚。乃置書囊中，因復問曰："吾不知子之牧羊，何所用哉？神祇豈宰殺乎？"女曰："非羊也，雨工也。""何爲雨工？"曰："雷霆之類也。"數顧視之，則皆矯顧怒步，飲齕甚異。而大小毛角，則無別羊焉。毅又曰："吾爲使者，他日歸洞庭，幸勿相避。"女曰："寧止不避，當如親戚耳。"語竟，引別東去。不數十步，迴望女與羊，俱亡所見矣。

其夕，至邑而別其友。月餘，到鄉還家，乃訪於洞庭。洞庭之陰，果有社橘。遂易帶向樹，三擊而止。俄有武夫出於波間，再拜請曰："貴客將自何所至也？"毅不告其實，曰："走謁大王耳。"武夫揭水指路，引毅以進。謂毅曰："當閉目，數息可達矣。"毅如其言，遂至其宮。始見臺閣相向，門户千萬，奇草珍木，無所不有。夫乃止毅，停於大室之隅，曰："客當居此以伺焉。"毅曰："此何所也？"夫曰："此靈虛殿也。"諦視之，則人間珍寶，畢盡於此。柱以白璧，砌以青玉，牀以珊瑚，簾以水精，雕琉璃於翠楣，飾琥珀於虹棟。奇秀深杳，不可殫言。然而王久不至。毅謂夫曰："洞庭君安在哉？"曰："吾君方幸玄珠閣，與太陽道士講《火經》，少選當畢。"毅曰："何謂《火經》？"夫曰："吾君，龍也。龍以水爲神，舉一滴可包陵谷。道士，乃人也。人以火爲神聖，發一燈可燎阿房。然而靈用不同，玄化各異。太陽道士精於人理，吾君邀以聽言。"

語畢而宮門闢,景從雲合,而見一人,披紫衣,執青玉。夫躍曰:"此吾君也!"乃至前以告之。君望毅而問曰:"豈非人間之人乎?"毅對曰:"然。"毅遂設拜,君亦拜,命坐於靈虛之下。謂毅曰:"水府幽深,寡人暗昧,夫子不遠千里,將有爲乎?"毅曰:"毅,大王之鄉人也。長於楚,遊學於秦。昨下第,閑驅涇水右涘,見大王愛女牧羊于野,風鬟雨鬢,所不忍視。毅因詰之,謂毅曰:'爲夫壻所薄,舅姑不念,以至於此。'悲泗淋漓,誠怛人心。遂託書於毅。毅許之,今以至此。"因取書進之。洞庭君覽畢,以袖掩面而泣曰:"老父之罪,不諗堅聽,坐貽聾瞽,使閨窗孺弱,遠罹搆害。公,乃陌上人也,而能急之。幸被齒髮,何敢負德!"詞畢,又哀咤良久。左右皆流涕。

時有宦人密侍君者,君以書授之,令達宮中。須臾,宮中皆慟哭。君驚,謂左右曰:"疾告宮中,無使有聲,恐錢塘所知。"毅曰:"錢塘,何人也?"曰:"寡人之愛弟。昔爲錢塘長,今則致政矣。"毅曰:"何故不使知?"曰:"以其勇過人耳。昔堯遭洪水九年者,乃此子一怒也。近與天將失意,塞其五山。上帝以寡人有薄德於古今,遂寬其同氣之罪。然猶縻繫於此,故錢塘之人,日日候焉。"語未畢,而大聲忽發,天拆地裂,宮殿擺簸,雲烟沸涌。俄有赤龍長千餘尺,電目血舌,朱鱗火鬣,項挚金鎖,鎖牽玉柱,千雷萬霆,激繞其身,霰雪雨雹,一時皆下。乃擘青天而飛去。毅恐蹶仆地。君親起持之曰:"無懼,固無害。"毅良久稍安,乃獲自定。因告辭曰:"願得生歸,以避復來。"君曰:"必不如此。其去則然,其來則不然。幸爲少盡繾綣。"因命酌互舉,以款人事。

俄而祥風慶雲,融融怡怡,幢節玲瓏,簫韶以隨。紅妝千萬，笑語熙熙，後有一人，自然蛾眉，明璫滿身，綃縠參差。迫而視之，乃前寄辭者。然若喜若悲，零淚如絲。須臾紅烟蔽其左，紫氣舒其右，香氣環旋，入於宮中。君笑謂毅曰："涇水之囚人至矣。"君乃辭歸宮中。須臾，又聞怨苦，久而不已。有頃，君復出，與毅飲食。又有一人，披紫裳，執青玉，貌聳神溢，立於君左。君謂毅曰："此錢塘也。"毅起，趨拜之。錢塘亦盡禮相接，謂毅曰："女姪不幸，為頑童所辱。賴明君子信義昭彰，致達遠冤。不然者，是為涇陵之土矣。饗德懷恩，詞不悉心。"毅撝退辭謝，俯仰唯唯。然後回告兄曰："向者辰發靈虛，已至涇陽，午戰於彼，未還於此。中間馳至九天，以告上帝。帝知其冤，而宥其失。前所譴責，因而獲免。然而剛腸激發，不遑辭候。驚擾宮中，復忤賓客。愧惕慚懼，不知所失。"因退而再拜。君曰："所殺幾何？"曰："六十萬。""傷稼乎？"曰："八百里。""無情郎安在？"曰："食之矣。"君憮然曰："頑童之為是心也，誠不可忍。然汝亦太草草。賴上帝顯聖，諒其至冤。不然者，吾何辭焉。從此已去，勿復如是。"錢塘復再拜。是夕，遂宿毅於凝光殿。

明日，又宴毅於凝碧宮。會友戚，張廣樂，具以醪醴，羅以甘潔。初，笳角鼙鼓，旌旗劍戟，舞萬夫於其右。中有一夫前曰："此《錢塘破陣樂》。"旌鉞傑氣，顧驟悍慄，坐客視之，毛髮皆豎。復有金石絲竹，羅綺珠翠，舞千女於其左。中有一女前進曰："此《貴主還宮樂》。"清音宛轉，如訴如慕，坐客聽之，不覺淚下。二舞既畢，龍君大悅，錫以紈綺，頒於舞人。然後密席貫坐，縱酒極娛。酒酣，洞庭君乃擊席而歌曰："大天蒼蒼兮，大地茫茫。人各有志兮，何可思量。狐神鼠聖兮，薄社依牆。雷霆一發兮，其孰敢當。

荷真人兮信義長，令骨肉兮還故鄉。齊言慚愧兮何時忘！"洞庭君歌罷，錢塘君再拜而歌曰："上天配合兮，生死有途。此不當婦兮，彼不當夫。腹心辛苦兮，涇水之隅。風霜滿鬢兮，雨雪羅襦。賴明公兮引素書，令骨肉兮家如初。永言珍重兮無時無。"錢塘君歌闋，洞庭君俱起，奉觴于毅。毅踧踖而受爵，飲訖，復以二觴奉二君。乃歌曰："碧雲悠悠兮，涇水東流。傷美人兮，雨泣花愁。尺書遠達兮，以解君憂。哀冤果雪兮，還處其休。荷和雅兮感甘羞。山家寂寞兮難久留。欲將辭去兮悲綢繆。"歌罷，皆呼萬歲。洞庭君因出碧玉箱，貯以開水犀；錢塘君復出紅珀盤，貯以照夜璣，皆起進毅。毅辭謝而受。然後宮中之人，咸以綃綵珠璧，投於毅側。重疊煥赫，須臾埋没前後。毅笑語四顧，愧揖不暇。洎酒闌歡極，毅辭起，復宿於凝光殿。

翌日，又宴毅於清光閣。錢塘因酒，作色，踞謂毅曰："不聞猛石可裂不可捲，義士可殺不可羞邪？愚有衷曲，欲一陳於公。如可，則俱在雲霄；如不可，則皆夷糞壤。足下以為何如哉？"毅曰："請聞之。"錢塘曰："涇陽之妻，則洞庭君之愛女也。淑性茂質，為九姻所重。不幸見辱於匹人，今則絕矣。將欲求託高義，世為親戚。使受恩者知其所歸，懷愛者知其所付，豈不為君子始終之道者？"毅肅然而作，欸然而笑曰："誠不知錢塘君孱困如是！毅始聞跨九州，懷五嶽，洩其憤怒；復見斷鎖金，擘玉柱，赴其急難。毅以為剛決明直，無如君者。蓋犯之者不避其死，感之者不愛其生，此真丈夫之志。奈何簫管方洽，親賓正和，不顧其道，以威加人？豈僕之素望哉！若遇公於洪波之中，玄山之間，鼓以鱗鬚，被以雲雨，將迫毅以死，毅則以禽獸視之，亦何恨哉。今體被衣冠，坐談禮義，盡五常之志性，負百行之微旨，雖人世賢傑，有不如者。況江河靈類乎？而欲以蠢然之軀，悍然之性，乘酒假氣，將迫於人，豈近直哉！且毅之質，不足以藏王一甲之間。然而敢以不伏之心，勝王不道之氣。惟王籌之！"錢塘乃逡巡致謝曰："寡人生長宮房，不聞正論。向者詞述疎狂，妄突高明。退自循顧，戾不容責。幸君子不爲此乖間可也。"其夕，復歡宴，其樂如舊。毅與錢塘，遂爲知心友。

明日，毅辭歸。洞庭君夫人別宴毅於潛景殿。男女僕妾等，悉出預會。夫人泣謂毅曰："骨肉受君子深恩，恨不得展愧戴，遂至睽別。"使前涇陽女當席拜毅以致謝。夫人又曰："此別豈有復相遇之日乎？"毅其始雖不諾錢塘之請，然當此席，殊有歎恨之色。宴罷，辭別，滿宮悽然。贈遺珍寶，怪不可述。毅於是復循途出江岸，見從者十餘人，擔囊以隨，至其家而辭去。

毅因適廣陵寶肆，鬻其所得。百未發一，財已盈兆。故淮右富族，咸以爲莫如。遂娶於張氏，亡。又娶韓氏，數月，韓氏又亡。徙家金陵。常以鰥曠多感，或謀新匹。有媒氏告之曰："有盧氏女，范陽人也。父名曰浩，嘗爲清流宰。晚歲好道，獨游雲泉，今則不知所在矣。母曰鄭氏。前年適清河張氏，不幸而張夫早亡。母憐其少，惜其慧美，欲擇德以配焉。不識何如？"毅乃卜日就禮。既而男女二姓，俱爲豪族，法用禮物，盡其豐盛。金陵之士，莫不健仰。

居月餘，毅因晚入戶，視其妻，深覺類於龍女，而逸豔豐厚，則又過之。因與話昔事。妻謂毅曰："人世豈有如是之理乎？然君與余有一子。"毅益重之。既產，踰月，乃穠飾換服，召親戚。相會之間，笑謂毅曰："君不憶余之於昔也？"毅曰："夙爲洞庭君女傳書，至今爲憶。"妻曰："余即洞庭君之女也。涇川之冤,君使得白。銜君之恩,誓心求報。洎錢塘季父論親不從,遂至睽違,天各一方,不能相問。父母欲配嫁於濯錦小兒某。惟以心誓難移,親命難背,既爲君子棄絕,分無見期。而當初之冤,雖得以告諸父母,而誓報不得其志,復欲馳白於君子。值君子累娶,當娶於張,已而又娶於韓。洎張、韓繼卒,君卜居於茲,故余之父母乃喜余得遂報君之意。今日獲奉君子,咸善終世,死無恨矣。"因嗚咽,泣涕交下。對毅曰:"始不言者,知君無重色之心。今乃言者,知君有感余之意。婦人匪薄,不足以確厚永心,故因君愛子,以託相生。未知君意如何?愁懼兼心,不能自解。君附書之日,笑謂妾曰:'他日歸洞庭,慎無相避。'誠不知當此之際,君豈有意於今日之事乎?其後季父請於君,君固不許。君乃誠將不可邪,抑忿然邪?君其話之!"

毅曰:"似有命者。僕始見君於長涇之隅,枉抑憔悴,誠有不平之志。然自約其心者,達君之冤,餘無及也。以言慎勿相避者,偶然耳,豈有意哉。洎錢塘逼迫之際,唯理有不可直,乃激人之怒耳。夫始以義行爲之志,寧有殺其壻而納其妻者邪?一不可也。善素以操真爲志尚,寧有屈於己而伏於心者乎?二不可也。且以率肆胸臆,酬酢紛綸,唯直是圖,不遑避害。然而將別之日,見君有依然之容,心甚恨之。終以人事扼束,無由報謝。吁,今日君盧氏也,又家於人間,則吾始心未爲惑矣。從此以往,永奉歡好,心無纖慮也。"妻因深感嬌泣,良久不已。有頃,謂毅曰:"勿以他類,遂爲無心,固當知報耳。夫龍壽萬歲,今與君同之,水陸無往不適,君不以爲妄也。"毅嘉之曰:"吾不知國客乃復爲神仙之餌。"乃相與覲洞庭。

既至，而賓主盛禮，不可具紀。後居南海，僅四十年，其邸第、輿馬、珍鮮、服玩，雖侯伯之室，無以加也。毅之族咸遂濡澤。以其春秋積序，容狀不衰，南海之人，靡不驚異。洎開元中，上方屬意於神仙之事，精索道術。毅不得安，遂相與歸洞庭。凡十餘歲，莫知其跡。

　　至開元末，毅之表弟薛嘏爲京畿令，謫官東南。經洞庭，晴晝長望，俄見碧山出於遠波。舟人皆側立，曰：「此本無山，恐水怪耳。」指顧之際，山與舟相逼，乃有彩船自山馳來，迎問於嘏。其中有一人呼之曰：「柳公來候耳。」嘏省然記之，乃促至山下，攝衣疾上。山有宮闕如人世，見毅立於宮室之中，前列絲竹，後羅珠翠，物玩之盛，殊倍人間。毅詞理益玄，容顏益少。初迎嘏於砌，持嘏手曰：「別來瞬息，而髮毛已黃。」嘏笑曰：「兄爲神仙，弟爲枯骨，命也。」毅因出藥五十丸遺嘏，曰：「此藥一丸，可增一歲耳。歲滿復來，無久居人世，以自苦也。」歡宴畢，嘏乃辭行。自是已後，遂絕影響。嘏常以是事告於人世。殆四紀，嘏亦不知所在。隴西李朝威敘而歎曰：五蟲之長，必以靈著，別斯見矣。人，裸也，移信鱗蟲。洞庭含納大直，錢塘迅疾磊落，宜有承焉。嘏詠而不載，獨可鄰其境。愚義之，爲斯文。

　　按此文，《太平廣記》四百十九引《異聞集》題曰《柳毅》，無傳字。作者隴西李朝威，生平無可考。就本文開元末毅表弟薛嘏謫官東南，經洞庭見毅，殆四紀，嘏亦不知所往等句觀之，則李固掇拾傳聞，其筆諸篇籍，恐亦在貞元、元和之間矣。他無可徵，殊難碻定。至柳毅事盛傳於時，唐末復有本此文而作《靈應傳》；元尚仲賢更演爲《柳毅傳書》劇本，翻案而爲《張生煮海》，李好古亦有《張生煮海》；明黃説仲又有《龍簫記》，勾吳梅花墅又有《橘浦記》。皆推原此文而益爲傅會者也。明人胡應麟論詩，極尊弇洲，不喜用唐宋事，並惡及此文，曾云："唐人小說如柳毅傳書洞庭事，極妄誕不根，文士亟當唾去，而詩人往往好用之。夫詩中用事，本不論虛實，然此事特誑而不情。造言者至此，亦橫議可誅者也。何仲默每戒人用唐宋事，而有'舊井潮深柳毅祠'之句，亦大鹵莽。今特拈出，以爲學詩之鑒。黎惟敬本學仲默詩，而與余遊西山玉龍洞，有'封書誰識洞庭君'之句。暗用柳毅而不露，而語獨奇俊，得詩家三昧。總之不如不用爲善。然二君用事，偶經意不經意耳。"(《二酉拾遺》卷中)然胡應麟又嘗云："唐人傳奇小傳，如《柳毅》《陶峴》《紅綫》《虬髯客》諸篇，撰述濃至，有范曄、李延壽之所不及。"(《少室山房類稿》)一人議論，而矛盾若此。蓋論詩則鄙棄唐宋事實而不用，語文則尊説部而抑史家，門戶客氣之論，詎得謂之公允哉。

按唐稗取材，于仙怪狐鬼以外，尤喜言龍女靈異之事。此文既盛傳於中唐以後，後人受其影響，別出機軸，演爲長篇者，尚有不著撰人之《靈應傳》，亦最有名。觀其鋪陳九娘子之貞潔、鄭承符之智勇，振奇可喜。而布局振采，全不相襲，則固唐末嗜異能文者所爲也。《靈應傳》本足與此篇並傳，然篇中竟及涇陽、錢塘之事，固宜附此并存。俾誦《柳毅傳》者，得連類肄及焉。

《太平廣記》四百九十二引《靈應傳》云：

涇州之東二十里，有故薛舉城。城之隅有善女湫，廣袤數里，蒹葭叢翠，古木蕭疎。其水湛然而碧，莫有測其淺深者，水族靈怪，往往見焉。鄉人立祠於旁，曰九娘子神。歲之水旱疢禳，皆得祈請焉。又州之西二百餘里，朝那鎮之北有湫神，因地而名，曰朝那神。其胙蠁靈應，則居善女之右矣。

乾符五年，節度使周寶在鎮日，自仲夏之初，數數有雲氣，狀如奇峰者，如美女者，如鼠、如虎者，由二湫而興。至於激迅風，震雷電，發屋拔樹，數刻而止。傷人害稼，其數甚多。寶責躬勵己，謂爲政之未敷，致陰靈之所譴也。至六月五日，府中視其事之暇，昏然思寐，因解巾就枕。寢猶未熟，見一武士，冠鍪被鎧，持鉞而立於階下，曰：「有女客在門，欲申參謁，故先聽命。」寶曰：「爾爲誰乎？」曰：「某即君之閽者，效役有年矣。」寶將詰其由，已見二青衣，歷階而升，長跪於前曰：「九娘子自郊墅特來告謁，故先使下執事致命於明公。」寶曰：「九娘子非吾通家親戚，安敢造次相面乎？」言猶未終，而見祥雲細雨，異香襲人。俄有一婦人，年可十七八，衣裙素淡，容質窈窕，憑空而下，立庭廡之間。容儀綽約，有絕世之貌。侍者十餘輩，皆服飾鮮潔，有如妃主之儀。顧步徊翔，漸及臥所。寶將少避之，以候其意。侍者趨進而言曰：「貴主以君之高義，可申誠信之託，故將冤抑之懷，訴諸明公。明公忍不救其急難乎？」寶遂命升階相見。賓主之禮，頗甚肅恭。登榻而坐，祥煙四合，紫氣充庭，斂態低鬟，若有憂感之貌。

寶命酌醴設饌，厚禮以待之。俄而斂袂離席，逡巡而言曰：「妾以寓止郊園，綿歷多祀，醉酒飽德，蒙惠誠深。雖以孤枕寒牀，甘心沒齒。煢嫠有託，負荷逾多。但以顯晦殊途，行止乖互。今乃迫於情禮，豈暇緘藏。倘鑒幽情，當敢披露。」寶曰：「願聞其說，所冀識其宗系。苟可展分，安敢以幽顯爲辭。君子殺身以成仁，狥其毅烈，蹈赴湯火，旁雪不平。乃寶之志也。」對曰：「妾家世會稽之鄮縣，卜築於東海之潭。桑榆墳隴，百有餘代。其後遭世不造，瞰室貽災。五百人皆遭庚氏焚炙之禍，纂紹幾絕。不忍戴天，潛遁幽巖，沈冤莫雪。至梁天監中，武帝好奇，召人通龍宮，入枯桑島，以燒燕奇味，結好於洞庭君寶藏主第七女，以求異寶。尋聞家仇庚毗羅自鄮縣白水郎棄官解印，欲承命請行，陰懷不道，因使得入龍宮，假以求貨，覆吾宗嗣。賴杰公敏鑒，知渠挾私請行，欲肆無辜之害。慮其反貽伊戚，辱君之命，言于武帝，武帝遂止。乃令合浦郡落黎縣歐越羅子春代行。妾之先宗，羞共戴天，慮其後患，乃率其族，韜光滅跡，易姓變名，避仇於新平真寧縣安村。披榛鑿穴,築室於茲。先人敝廬,殆成胡越。今三世卜居,先爲靈應君,尋受封應聖侯。後以陰靈普濟,功德及民,又封普濟王。威德臨人,爲世所重。妾即王之第九女也。笄年配於涇郡石龍之少子。良人以世襲猛烈,血氣方剛,憲法不拘,嚴父不禁,殘虐視事,禮教蔑聞,未及耆年,果貽天譴,覆宗絕嗣,削跡除名。唯妾一身,僅以獲免。父母抑遣再行,妾終違命。王侯致聘,接軫交轅。誠願既堅,遂欲自剄。父母怒其剛烈,遂遣屛居於茲土之別邑。音問不通,於今三紀。雖慈顏未復,溫清久違,離群索居,甚爲得志。近年爲朝那小龍,以季弟未婚,潛行禮聘。甘言厚幣,峻阻復來。滅性毀形,殆將不可。朝那遂通好於家君,欲成其事。遂使其季弟權徙居於王畿之西,將質於我王,以成姻好。家君知妾之不可奪,乃令朝那縱兵相逼。妾亦率其家僮五十餘人,付以兵仗,逆戰郊原。衆寡不敵,三戰三北。師徒倦弊,犄角無怙。將欲收拾餘燼,背城借一,而慮晉陽水急,臺城火炎,一旦攻下,爲頑童所辱。縱沒於泉下,無面石氏之子。故《詩》云:'汎彼柏舟,在彼中河。髧彼兩髦,實維我儀。之死矢靡他。母也天只,不諒人只。'此衛世子孀婦自誓之詞。又云:'誰謂鼠無牙?何以穿我墉。誰謂女無家?何以速我訟。雖速我訟,亦不女從。'此邵伯聽訟,衰亂之俗興,貞信之教微,強暴之男,不能侵凌貞女也。今則公之教可以精通幽顯,貽範古今。貞信之教,故不爲姬奭之下者。幸以君之餘力,少假兵鋒,挫彼兇狂,存其鰥寡。成賤妾終天之誓,彰明公赴難之心。輒具志誠,幸無見阻。"

　　寶心雖許之,訝其辨博,欲拒以他事,以觀其詞。乃曰:"邊徼事繁,煙塵在望。朝廷以西陲陷虜,蕪没者三十餘州。將議舉戈,復其土壤。曉夕恭命,不敢自安。匪夕伊朝,前茅即舉。空多憤悱,未暇承命。"對曰:"昔年楚昭王以方城爲城,漢水爲池,盡有荊蠻之地。藉父兄之資,強國外連,三良内助。而吳兵一舉,鳥迸雲奔,不暇嬰城,迫于走兎。寶玉遷徙,宗社凌夷。萬乘之靈,不能庇先王之朽骨。至申胥乞師於嬴氏,血淚污於秦庭,七日長號，晝夜靡息。秦伯憫其禍敗，竟為出師，復楚退吳，僅存亡國。況羋氏為春秋之強國，申胥乃衰楚之大夫，而以矢盡兵窮，委身折節，肝腦塗地，感動於強秦。矧妾一女子，父母斥其孤貞，狂童凌其寡弱，綴旒之急，安得不少動仁人之心乎？"寶曰："九娘子靈宗異派，呼吸風雲，蠢爾黎元，固在掌握。又焉得示弱於世俗之人，而自困如是者哉？"對曰："妾家族望，海內咸知。只如彭蠡、洞庭，皆外祖也。陵水、羅水，皆中表也。內外昆季，百有餘人。散居吳越之間，各分地土。咸京八水，半是宗親。若以遣一介之使，飛咫尺之書，告彭蠡、洞庭，召陵水、羅水，率維揚之輕鋭，徵八水之鷹揚。然後檄馮夷，説巨靈，鼓子胥之波濤，混陽侯之鬼怪，鞭驅列缺，指揮豐隆，扇疾風，飜暴浪，百道俱進，六師鼓行。一戰而成功，則朝那一鱗，立為韲粉。涇城千里，坐變污瀦。言下可觀，安敢謬矣。頃者，涇陽君與洞庭外祖世為姻戚，後以琴瑟不調，棄擲少婦，遭錢塘之一怒，傷生害稼，懷山襄陵。涇水窮鱗，尋斃外祖之牙齒。今涇上車輪馬跡猶在，史傳具存，固非謬也。妾又以夫族得罪於天，未蒙上帝昭雪，所以銷聲避影，而自困如是。君若不悉誠款，終以多事為詞，則向者之言，不敢避上帝之責也。"寶遂許諾。卒爵撤饌，再拜而去。寶及晡方寤，耳聞目覽，恍然如在。

　　翼日，遂遣兵士一千五百人，戍於湫廟之側。是月七日，雞初鳴，寶將晨興，疎牖尚暗。忽於帳前有一人，經行於帷幌之間，有若侍巾櫛者。呼之命燭，竟無酬對。遂厲而叱之。乃言曰："幽明有隔，幸不以燈燭見迫也。"寶潛知異，乃屏氣息音，徐謂之曰："得非九娘子乎？"對曰："某即九娘子之執事者也。昨日蒙君假以師徒，救其危急。但以幽顯事別，不能驅策。苟能存其始約，幸再思之。"俄而紗窗漸白，注目視之，悄無所見。寶良久思之，方達其義。遂呼吏，命按兵籍，選亡没者名，得馬軍五百人，步卒一千五百人；數內選押衙孟遠，充行營都虞候，牒送善女湫神。

　　是月十一日，抽迴戍廟之卒。見於廳事之前，轉旋之際，有一甲士仆地，口動目瞬，問無所應，亦不似暴卒者。遂置於廊廡之間，天明方瘥。遂使人詰之，對曰："某初見一人，衣青袍，自東而來，相見甚有禮。謂某曰：'貴主蒙相公莫大之恩，拯其焚溺。然亦未盡誠款。假爾明敏，再通幽情。幸無辭，勉也。'某急以他詞拒之。遂以袂相率，憺然顛仆。但覺與青衣者繼踵偕行，俄至其廟。促呼連步，至於帷薄之前。見貴主謂某云：'昨蒙相公憫念孤危，俾爾戍於敝邑。往返途路，得無勞止？余近蒙相公再借兵師，深愜誠願。觀其士馬精強，衣甲銛利。然都虞候孟遠才輕位下，甚無機略。今月九日，有遊軍三千餘，來掠我近郊。遂令孟遠領新到將士，邀擊於平原之上。設伏不密，反爲彼軍所敗。甚思一權謀之將。俾爾速歸，達我情素。'言訖，拜辭而出，昏然似醉。餘無所知矣。"

寶驗其說，與夢相符。意欲質前事，遂差制勝關使鄭承符以代孟遠。是月三日晚衙於後毬場，瀝酒焚香，牒請九娘子神收管。至十六日，制勝關申云："今月十三日夜三更已來，關使暴卒。"寶驚歎息，使人馳視之。至則果卒。唯心背不冷，暑月停屍，亦不敗壞。其家甚異之。忽一夜，陰風慘冽，吹砂走石，發屋拔樹，禾苗盡偃，及曉而止。雲霧四布，連夕不解。至暮，有迅雷一聲，劃如天裂。承符忽呻吟數息，其家剖棺視之，良久復蘇。

是夕，親鄰咸聚，悲喜相仍，信宿如故。家人詰其由。乃曰："余初見一人，衣紫綬，乘驪駒，從者十餘人。至門，下馬，命吾相見。揖讓周旋，手捧一牒授吾云：'貴主得吹塵之夢，知君負命世之才，欲遵南陽故事，思殄邦仇。使下臣持茲禮幣，聊展敬於君子，而冀再康國步，幸不以三顧爲勞也。'余不暇他辭，唯稱不敢。酬酢之際，已見聘幣羅於階下，鞍馬、器甲、錦綵、服翫、橐鞬之屬，咸布列于庭。吾辭不獲免，遂再拜受之。即相促登車。所乘馬異常駿偉，裝飾鮮潔，僕御整肅。倏忽行百餘里。有甲馬三百騎，已來迎候，驅殿有大將軍之行李，余亦頗以爲得志。指顧間，望見一大城，其雉堞穹崇，溝洫深瀎。余惚恍不知所自。

俄於郊外備帳樂，設享。譙罷入城，觀者如堵。傳呼小吏，交錯其間。所經之門，不記重數。及至一處，如有公署。左右使余下馬易衣，趨見貴主。貴主使人傳命，請以賓主之禮見。余自謂既受公文器甲臨戎之具，即是臣也。遂堅辭，具戎服入見。貴主使人復命，請去櫜鞬，賓主之間，降殺可也。余遂捨器仗而趨入，見貴主坐于廳上。余拜謁，一如君臣之禮。拜訖，連呼登階。余乃再拜，升自西階。見紅妝翠眉、蟠龍髻鳳而侍立者，數十餘輩。彈絃握管，穠花異服而執役者，又數十輩。腰金拖紫，曳組攬簪而趨隅者，又非止一人也。輕裘大帶、白玉橫腰，而森羅於階下者，其數甚多。次命女客五六人，各有侍者十數輩，差肩接跡，累累而進。余亦低視長揖，不敢施拜。坐定，有大校數人，皆令預坐。舉樂進酒。酒至，貴主斂袂舉觴，將欲興詞，敍向來徵聘之意。俄聞烽燧四起，叫噪喧呼云：'朝那賊步騎數萬人，今日平明攻破堡塞，尋已入界。數道齊進，煙火不絕。請發兵救應。'侍坐者相顧失色。諸女不及敍別，狼狽而散。及諸校降階拜謝，佇立聽命。貴主臨軒謂余曰：'吾受相公非常之惠，憫其孤惸，繼發師徒，拯其患難。然以車甲不利，權略是思。今不棄弊陋，所以命將軍者，正爲此危急也。幸不以幽僻爲辭，少匡不迨。'遂別賜戰馬二匹，黃金甲一副，旌旗、旄鉞、珍寶、器用，充庭溢目，不可勝計，彩女二人，給以兵符，錫賚甚豐。余拜捧而出，傳呼諸將，指揮部伍，內外響應。是夜，出城。相次探報，皆云：'賊勢漸雄。'余素諳其山川地理，形勢孤虛。遂引軍夜出，去城百餘里，分布要害。明懸賞罰，號令三軍，設三伏以待之。遲明，排布已畢。賊汰其前功，頗甚輕進，猶謂孟遠之統衆也。余自引輕騎，登高視之。見煙塵四合，行陣整肅。余先使輕兵搦戰，示弱以誘之。接以短兵，且戰且行。金革之聲，天裂地坼。余引兵詐北，彼亦盡銳前趨。鼓噪一聲，伏兵盡起。千里轉戰，四面夾攻。彼軍敗績，死者如麻。再戰再奔，朝那狡童，漏刃而去。從亡之卒，不過十餘人。余選健馬三十騎追之，果生置於麾下。由是血肉染草木，脂膏潤原野，腥穢蕩空，戈甲山積。檻賊帥以輕車，馳送於貴主，貴主登平朔樓受之。舉國士民，咸來會集，引於樓前，以禮責問。唯稱'死罪'，竟絕他詞。遂令押赴都市腰斬。臨刑，有一使乘傳，來自王所，持急詔令，促赦之。曰：'朝那之罪，吾之罪也。汝可赦之，以輕吾過。'貴主以父母再通音問，喜不自勝，謂諸將曰：'朝那妄動，即父之命也；今使赦之，亦父之命也。昔吾違命，乃貞節也。今若又違，是不祥也。'遂命解縛，使單騎送歸，未及，朝那包羞而卒於路。余以克敵之功，大被寵錫。尋備禮，拜平難大將軍，食朔方一萬三千户，別賜第宅、輿馬、寶器、衣服、婢僕、園林、邸第、旌幢、鎧甲。次及諸將，賞賚有差。明日大宴，預坐者不過五六人。前者六七女皆來侍坐，風姿豔態，愈更動人。竟夕酣飲，甚歡。酒至，貴主捧觴而言曰：'妾之不幸，少處空閨。天賦孤貞，不從嚴父之命。屏居於此三紀矣。蓬首灰心，未得其死。鄰童迫脅，幾至顛危。若非相公之殊恩，將軍之雄武，則息國不言之婦，又爲朝那之囚耳。永言斯惠，終天不忘。'遂以七寶鍾酌酒，使人持送鄭將軍。余因避席再拜而飲。余自是頗動歸心，詞理懇切，遂許給假一月。宴罷，出。明日，辭謝訖，擁其麾下三十餘人，返于來路。所經之處，但聞雞犬，頗甚酸辛。俄頃到家，見家人聚泣，靈帳儼然。麾下一人，令余促入棺縫之中。余欲前，而爲左右所聳。俄聞震雷一聲，醒然而悟。"

承符自此不事家產，唯以後事付妻孥。果經一月，無疾而終。其初欲暴卒時，告其所親曰："余本機鈐入用，效節戎行。雖奇功蔑聞，而薄效粗立。洎遭孽累，譴謫於茲。平生志氣，鬱而未申。丈夫終當扇長風，摧巨浪，挾太山以壓卵，決東海以沃螢。奮其鷹犬之心，爲人雪不平之事。吾朝夕當有所受。與子分襟，固不久矣。"

其月十三日，有人自薛舉城晨發十餘里，天初平曉，忽見前有車塵競起，旌旗焕赤，甲馬數百人。中擁一人，氣概洋洋然，逼而視之，鄭承符也。此人驚訝移時，因佇於路左。見瞥如風云，抵善女湫，俄頃，悄無所見。

　　又按《太平廣記》四百九十二引此文，不著撰人。明人有題爲于逖者，殊不足據，今不取。周寶，字上珪，平州盧龍人。黃巢領宣、歙，乃徙鎮海軍節度使，兼西南招討使。後爲錢鏐所殺。有傳在《唐書》一百八十六。本傳稱乾符五年節度使周寶，則撰者固僖宗昭宗時人也。

霍小玉傳

蔣防撰

據太平廣記校錄

大曆中，隴西李生名益，年二十，以進士擢第。其明年，拔萃，俟試於天官。夏六月，至長安，舍於新昌里。生門族清華，少有才思，麗詞嘉句，時謂無雙；先達丈人，翕然推伏。每自矜風調，思得佳偶，博求名妓，久而未諧。長安有媒鮑十一娘者，故薛駙馬家青衣也，折券從良，十餘年矣。性便辟，巧言語，豪家戚里，無不經過，追風挾策，推爲渠帥。常受生誠託厚賂，意頗德之。

經數月，李方閒居舍之南亭。申未間，忽聞扣門甚急，云是鮑十一娘至。攝衣從之，迎問曰："鮑卿今日何故忽然而來？"鮑笑曰："蘇姑子作好夢也未？有一仙人，謫在下界，不邀財貨，但慕風流。如此色目，共十郎相當矣。"生聞之驚躍，神飛體輕，引鮑手且拜且謝曰："一生作奴，死亦不憚。"因問其名居。鮑具説曰："故霍王小女，字小玉，王甚愛之。母曰淨持。淨持，即王之寵婢也。王之初薨，諸弟兄以其出自賤庶，不甚收錄。因分與資財，遣居於外，易姓爲鄭氏，人亦不知其王女。姿質穠豔，一生未見，高情逸態，事事過人，音樂詩書，無不通解。昨遣某求一好兒郎格調相稱者，某具說十郎。他亦知有李十郎名字，非常歡愜。住在勝業坊古寺曲，甫上車門宅是也。已與他作期約。明日午時，但至曲頭覓桂子，即得矣。"鮑既去，生便備行計。遂令家僮秋鴻於從兄京兆參軍尚公處假青驪駒、黃金勒。其夕，生澣衣沐浴，修飾容儀，喜躍交并，通夕不寐。遲明，巾幘，引鏡自照，惟懼不諧也。徘徊之間，至於亭午。遂命駕疾驅，直抵勝業。

至約之所，果見青衣立候，迎問曰："莫是李十郎否？"即下馬，令牽入屋底，急急鎖門。見鮑果從內出來，遙笑曰："何等兒郎，造次入此？"生調誚未畢，引入中門。庭間有四櫻桃樹，西北懸一鸚鵡籠，見生入來，即語曰："有人入來，急下簾者！"生本性雅淡，心猶疑懼，忽見鳥語，愕然不敢進。

逡巡，鮑引淨持下階相迎，延入對坐。年可四十餘，綽約多姿，談笑甚媚。因謂生曰："素聞十郎才調風流，今又見儀容雅秀，名下固無虛士。某有一女子，雖拙教訓，顏色不至醜陋，得配君子，頗為相宜。頻見鮑十一娘說意旨，今亦便令承奉箕箒。"生謝曰："鄙拙庸愚，不意顧盼，倘垂採錄，生死為榮。"遂命酒饌，即令小玉自堂東閣子中而出。生即拜迎。但覺一室之中，若瓊林玉樹，互相照曜，轉盼精彩射人。既而遂坐母側，母謂曰："汝嘗愛念'開簾風動竹，疑是故人來'，即此十郎詩也。爾終日吟想，何如一見。"玉乃低鬟微笑，細語曰："見面不如聞名。才子豈能無貌？"生遂連起拜曰："小娘子愛才，鄙夫重色。兩好相映，才貌相兼。"母女相顧而笑，遂舉酒數巡。生起，請玉唱歌。初不肯，母固強之。發聲清亮，曲度精奇。

酒闌，及暝，鮑引生就西院憩息。閒庭邃宇，簾幕甚華。

鲍令侍兒桂子、浣沙與生脫靴解帶。須臾，玉至，言敘温和，辭氣宛媚。解羅衣之際，態有餘妍，低幃昵枕，極其歡愛。生自以爲巫山、洛浦不過也。中宵之夜，玉忽流涕觀生曰："妾本倡家，自知非匹。今以色愛，托其仁賢。但慮一旦色衰，恩移情替，使女蘿無托，秋扇見捐。極歡之際，不覺悲至。"生聞之，不勝感歎。乃引臂替枕，徐謂玉曰："平生志願，今日獲從，粉骨碎身，誓不相捨。夫人何發此言！請以素縑，著之盟約。"玉因收淚，命侍兒櫻桃褰幄執燭，授生筆研。玉管絃之暇，雅好詩書，筐箱筆研，皆王家之舊物。遂取繡囊，出越姬烏絲欄素縑三尺以授生。生素多才思，援筆成章，引諭山河，指誠日月，句句懇切，聞之動人。染畢，命藏於寶篋之內。自爾婉孌相得，若翡翠之在雲路也。如此二歲，日夜相從。

其後年春，生以書判拔萃登科，授鄭縣主簿。至四月，將之官，便拜慶於東洛。長安親戚，多就筵饌。時春物尚餘，夏景初麗，酒闌賓散，離思縈懷。玉謂生曰："以君才地名聲，人多景慕，願結婚媾，固亦衆矣。況堂有嚴親，室無冢婦，君之此去，必就佳姻。盟約之言，徒虛語耳。然妾有短願，欲輒指陳。永委君心，復能聽否？"生驚怪曰："有何罪過，忽發此辭？試說所言，必當敬奉。"玉曰："妾年始十八，君纔二十有二，迨君壯室之秋，猶有八歲。一生歡愛，願畢此期。然後妙選高門，以諧秦晉，亦未爲晚。妾便捨棄人事，剪髮披緇，夙昔之願，於此足矣。"生且愧且感，不覺涕流。因謂玉曰："皎日之誓，死生以之，與卿偕老，猶恐未愜素志，豈敢輒有二三。固請不疑，但端居相待。至八月，必當却到華州，尋使奉迎，相見非遠。"

更數日，生遂訣別東去。到任旬日，求假往東都覲親。

未至家日，太夫人已與商量表妹盧氏，言約已定。太夫人素嚴毅，生逡巡不敢辭讓，遂就禮謝，便有近期。盧亦甲族也，嫁女於他門，聘財必以百萬爲約，不滿此數，義在不行。生家素貧，事須求貸，便托假故，遠投親知，涉歷江淮，自秋及夏。生自以孤負盟約，大愆回期。寂不知聞，欲斷其望。遙託親故，不遺漏言。

玉自生逾期，數訪音信。虛詞詭說，日日不同。博求師巫，遍詢卜筮，懷憂抱恨，周歲有餘，羸臥空閨，遂成沈疾。雖生之書題竟絕，而玉之想望不移，賂遺親知，使通消息。尋求旣切，資用屢空，往往私令侍婢潛賣篋中服玩之物，多託於西市寄附鋪侯景先家貨賣。曾令侍婢浣沙將紫玉釵一隻，詣景先家貨之。路逢內作老玉工，見浣沙所執，前來認之曰：「此釵，吾所作也。昔歲霍王小女將欲上鬟，令我作此，酬我萬錢。我嘗不忘。汝是何人，從何而得？」浣沙曰：「我小娘子即霍王女也。家事破散，失身於人。夫壻昨向東都，更無消息。悒怏成疾，今欲二年。令我賣此，賂遺於人，使求音信。」玉工悽然下泣曰：「貴人男女，失機落節，一至於此。我殘年向盡，見此盛衰，不勝傷感。」遂引至延先公主宅，具言前事。公主亦爲之悲歎良久，給錢十二萬焉。

時生所定盧氏女在長安，生旣畢於聘財，還歸鄭縣。其年臘月，又請假入城就親。潛卜靜居，不令人知。有明經崔允明者，生之中表弟也。性甚長厚，昔歲常與生同歡於鄭氏之室，盃盤笑語，曾不相間。每得生信，必誠告於玉。玉常以薪蒭衣服，資給於崔。崔頗感之。生旣至，崔具以誠告玉。玉恨歎曰：「天下豈有是事乎！」遍請親朋，多方召致。生自以愆期負約，又知玉疾候沈綿，慚恥忍割，終不肯往；晨出暮歸，欲以迴避。玉日夜涕泣，都忘寢食，期一相見，竟無因由。冤憤益深，委頓牀枕。自是長安中稍有知者，風流之士，共感玉之多情；豪俠之倫，皆怒生之薄行。

時已三月，人多春遊。生與同輩五六人詣崇敬寺翫牡丹花，步於西廊，遞吟詩句。有京兆韋夏卿者，生之密友，時亦同行。謂生曰："風光甚麗，草木榮華。傷哉鄭卿，銜冤空室！足下終能棄置，實是忍人。丈夫之心，不宜如此。足下宜爲思之！"歎讓之際，忽有一豪士，衣輕黃紵衫，挾弓彈，丰神雋美，衣服輕華，唯有一剪頭胡雛從後，潛行而聽之。俄而前揖生曰："公非李十郎者乎？某族本山東，姻連外戚。雖乏文藻，心嘗樂賢。仰公聲華，常思覯止。今日幸會，得覿清揚。某之敝居，去此不遠，亦有聲樂，足以娛情。妖姬八九人，駿馬十數匹，唯公所欲。但願一過。"生之儕輩，共聆斯語，更相歎美。

因與豪士策馬同行，疾轉數坊，遂至勝業。生以近鄭之所止，意不欲過，便託事故，欲回馬首。豪士曰："敝居咫尺，忍相棄乎？"乃輓挾其馬，牽引而行。遷延之間，已及鄭曲。生神情恍惚，鞭馬欲回。豪士遽命奴僕數人，抱持而進。疾走推入車門，便令鎖却，報云："李十郎至也！"一家驚喜，聲聞於外。先此一夕，玉夢黃衫丈夫抱生來，至席，使玉脫鞋。驚寤而告母。因自解曰："鞋者，諧也。夫婦再合。脫者，解也。既合而解，亦當永訣。由此徵之，必遂相見，相見之後，當死矣。"凌晨，請母妝梳。母以其久病，心意惑亂，不甚信之。俛勉之間，強爲妝梳。妝梳纔畢，而生果至。玉沈綿日久，轉側須人。忽聞生來，欻然自起，更衣而出，恍若有神。遂與生相見，含怒凝視，不復有言。羸質嬌姿，如不勝致，時復掩袂，返顧李生。感物傷人，坐皆欷歔。

頃之，有酒餚數十盤，自外而來。一座驚視，遽問其故，悉是豪士之所致也。因遂陳設，相就而坐。玉乃側身轉面，斜視生良久，遂舉杯酒，酬地曰："我爲女子，薄命如斯。君是丈夫，負心若此。韶顏稚齒，飲恨而終。慈母在堂，不能供養。綺羅絃管，從此永休。徵痛黃泉，皆君所致。李君李君，今當永訣！我死之後，必爲厲鬼，使君妻妾，終日不安！"乃引左手握生臂，擲盃於地，長慟號哭數聲而絕。母乃舉尸，寘於生懷，令喚之，遂不復蘇矣。生爲之縞素，旦夕哭泣甚哀。將葬之夕，生忽見玉繐帷之中，容貌妍麗，宛若平生。著石榴裙，紫襠襠，紅綠帔子。斜身倚帷，手引繡帶，顧謂生曰："愧君相送，尚有餘情。幽冥之中，能不感歎。"言畢，遂不復見。明日，葬於長安御宿原。生至墓所，盡哀而返。

後月餘，就禮於盧氏。傷情感物，鬱鬱不樂。夏五月，與盧氏偕行，歸於鄭縣。至縣旬日，生方與盧氏寢，忽帳外叱叱作聲。生驚視之，則見一男子，年可二十餘，姿狀溫美，藏身暎幔，連招盧氏。生惶遽走起，遶幔數匝，倏然不見。生自此心懷疑惡，猜忌萬端，夫妻之間，無聊生矣。或有親情，曲相勸喻。生意稍解。後旬日，生復自外歸，盧氏方鼓琴於床，忽見自門拋一斑犀鈿花合子，方圓一寸餘，中有輕絹，作同心結，墜於盧氏懷中。生開而視之，見相思子二，叩頭蟲一，發殺觜一，驢駒媚少許。生當時憤怒叫吼，聲如豺虎，引琴撞擊其妻，詰令實告。盧氏亦終不自明。爾後往往暴加捶楚，備諸毒虐，竟訟於公庭而遣之。盧氏既出，生或侍婢媵妾之屬，暫同枕席，便加妬忌。或有因而殺之者。生嘗游廣陵，得名姬曰營十一娘者，容態潤媚，生甚悅之。

每相對坐，嘗謂營曰："我嘗於某處得某姬，犯某事，我以某法殺之。"日日陳說，欲令懼己，以肅清閨門。出則以浴斛覆營於牀，週迴封署，歸必詳視，然後乃開。又畜一短劍，甚利，顧謂侍婢曰："此信州葛溪鐵，唯斷作罪過頭！"大凡生所見婦人，輒加猜忌，至於三娶，率皆如初焉。

　　按此湯臨川《紫釵記》之本事也。胡應麟曰："唐人小說紀閨閣事，綽有情致。此篇尤爲唐人最精采動人之傳奇，故傳誦弗衰。"《太平廣記》四百八十七雜傳記類收入此篇而下題蔣防撰，不載出自何書，當屬單篇別行。惟宋吳曾《能改齋漫錄》卷八稱"異聞集霍小玉傳"云云，則《異聞集》固嘗收入。然《異聞集》本爲《類說》之體，與自爲之書不同。且《廣記》既列入雜傳，則單篇別出久矣。

　　李益，字君虞。系出隴西，姑藏人，肅宗朝宰相李揆之族子。長於詩歌。貞元末，與宗人賀相埒。每一篇成，樂工爭以賂求取之，被聲歌，供奉天子。至《征人》《早行》等篇，天下皆施之圖繪。累遷右散騎常侍。太和初，以禮部尚書致仕。見《唐書‧李華傳》（二百三）。其友韋夏卿，字雲客，京兆萬年人。兩《唐書》並有傳（《舊書》一百六十五，《新書》一百六十二）。惟同時有兩李益，而同出於姑藏。《因話錄》云："李尚書益，與宗人庶子李益同名，俱出於姑藏。時人謂尚書爲文章李益，庶子爲門户李益。"本傳李十郎，當爲君虞。李肇《國史補》卷中云："散騎常侍李益少有疑病。"《唐書》亦云："益少癡而忌克，防閑妻妾苛嚴，世謂妒癡爲李益疾。"據此，則是本傳所稱，猜忌萬端、夫婦之間無聊生者，或爲當日流傳之事實。小說多喜附會，復舉薄倖之事以實之，而十郎薄行之名，永垂千古矣。至宋姚寬《西溪叢話》謂"蔣防作《霍小玉傳》，有豪士衣輕黃衫，挾李至，霍遂死。杜甫《少年行》句云：'黃衫年少宜來數，不見堂前東逝波。'大曆中甫正在蜀，是時想有好事者傳去，遂作此詩"云云。此亦字面偶合，不能即指此爲詠本文黄衫豪士之證也。

又按《全唐文》卷七百十九錄蔣防文一卷，而不收此篇。蔣防，字子徵，義興人，澄之後。年十八，父友令作《秋河賦》，援筆立就。于簡因妻以女。官右拾遺。元和中，李紳即席令賦《轟上鷹詩》云："幾欲高飛天上去，誰人爲解綠絲縧。"紳識其意，薦之，以司封郎知制誥，進翰林學士。長慶中，李逢吉出紳，防亦貶汀州刺史，尋改連州。見《舊唐書·敬宗紀》及《唐詩紀事》《萬姓統譜》《常州志》《全唐文》等。防此文敍述委曲，在唐人小説中，當推作者，《全唐文》以其猥瑣誕妄，擯斥不錄。已於全書凡例見之矣。

又按宋吳曾《能改齋漫錄》卷五云："唐李益《竹窗聞風早發寄司空曙詩》云：'微風驚暮坐，緫牗思悠哉。開門復動竹，疑是故人來。時滴枝上露，稍霑階上苔。幸當一入幌，爲拂綠琴埃。'《異聞集·霍小玉傳》作'開簾風動竹'，改一風字，遂失詩意。然此句乃襲樂府《華山畿》詞耳。詞云：'夜相思，風吹窗簾動，言是所歡來。'《通典》云：'江南以情人爲歡。'"此一條可與本傳互參。

又按《升庵詩話》卷五云："《李益集》有《樂府雜體》一首云："藍葉鬱重重，藍花石榴色。少女歸少年，光華自相得。愛如寒爐火，棄若秋風扇。山嶽起面前，相看不相見。春至草亦生，誰能無別情。殷勤展心素，見新莫忘故。遙望孟門山，殷勤報君子。旣爲隨陽鴈，勿學西流水。'此詩比興有古樂府之風，唐人鮮及。或云：非益詩，乃無名氏代霍小玉寄李益之詩也。"云云。按《李益集》原題《雜曲》凡二十九韻，詩不只此。升庵摘此數語，以附益霍小玉事或小玉寄益之詩。可備一説。

又按僧贊寧《物類相感志》云："凡驢駒初生，未墮地，口中有一物，如肉。名媚。婦人帶之能媚。"王士禎《池北偶談》二十三，謂唐小説《霍小玉傳》中之"驢駒媚"，即此。

南柯太守傳

李公佐撰
據太平廣記校錄
標題據國史補

東平淳于棼，吳楚遊俠之士。嗜酒使氣，不守細行。累巨産，養豪客。曾以武藝補淮南軍裨將，因使酒忤帥，斥逐落魄，縱誕飲酒爲事。家住廣陵郡東十里。所居宅南有大古槐一株，枝幹修密，清陰數畝。淳于生日與群豪，大飲其下。

貞元七年九月，因沈醉致疾。時二友人於坐扶生歸家，臥於堂東廡之下。二友謂生曰：「子其寢矣！余將秣馬濯足，俟子小愈而去。」生解巾就枕，昏然忽忽，髣髴若夢。見二紫衣使者，跪拜生曰：「槐安國王遣小臣致命奉邀。」生不覺下榻整衣，隨二使至門。見青油小車，駕以四牡，左右從者七八，扶生上車，出大戶，指古槐穴而去。使者即驅入穴中。生意頗甚異之，不敢致問。忽見山川風候草木道路，與人世甚殊。前行數十里，有郛郭城堞。車輿人物，不絕於路。生左右傳車者傳呼甚嚴，行者亦爭闢於左右。又入大城，朱門重樓，樓上有金書，題曰「大槐安國」。執門者趨拜奔走。旋有一騎傳呼曰：「王以駙馬遠降，令且息東華館。」因前導而去。

俄見一門洞開，生降車而入。彩檻雕楹；華木珍果，列植於庭下；几案茵褥，簾幃鄣膳，陳設於庭上。生心甚自悅。復有呼曰："右相且至。"生降階祗奉。有一人紫衣象簡前趨，賓主之儀敬盡焉。右相曰："寡君不以弊國遠僻，奉迎君子，託以姻親。"生曰："某以賤劣之軀，豈敢是望。"右相因請生同詣其所。行可百步，入朱門。矛戟斧鉞，布列左右，軍吏數百，辟易道側。生有平生酒徒周弁者，亦趨其中。生私心悅之，不敢前問。右相引生升廣殿，御衛嚴肅，若至尊之所。見一人長大端嚴，居王位，衣素練服，簪朱華冠。生戰慄，不敢仰視。左右侍者令生拜。王曰："前奉賢尊命，不棄小國，許令次女瑤芳，奉事君子。"生但俯伏而已，不敢致詞。王曰："且就賓宇，續造儀式。"有旨，右相亦與生偕還館舍。生思念之，意以爲父在邊將，因歿虜中，不知存亡。將謂父北蕃交遜，而致茲事。心甚迷惑，不知其由。

是夕，羔鴈幣帛，威容儀度，妓樂絲竹，殽膳燈燭，車騎禮物之用，無不咸備。有群女，或稱華陽姑，或稱青溪姑，或稱上仙子，或稱下仙子，若是者數輩。皆侍從數千，冠翠鳳冠，衣金霞帔，綵碧金鈿，目不可視。遨遊戲樂，往來其門，爭以淳于郎爲戲弄。風態妖麗，言詞巧豔，生莫能對。復有一女謂生曰："昨上巳日，吾從靈芝夫人過禪智寺，於天竺院觀右延舞《婆羅門》。吾與諸女坐北牖石榻上，時君少年，亦解騎來看。君獨强來親洽，言調笑謔。吾與窮英妹結絳巾，掛於竹枝上，君獨不憶念之乎？又七月十六日，吾於孝感寺悟上真子，聽契玄法師講《觀音經》。吾於講下捨金鳳釵兩隻，上真子捨水犀合子一枚。時君亦講筵中於師處請釵合視之。賞歎再三，嗟異良久。顧余輩曰：'人之與物，皆非世間所有。'或問吾民，或訪吾里。吾亦不答。情意戀戀，矚盼不捨。君豈不思念之乎？"生曰："中心藏之，何日忘之。"群女曰："不意今日與君爲眷屬。"復有三人，冠帶甚偉，前拜生曰："奉命爲駙馬相者。"中一人與生且故。生指曰："子非馮翊田子華乎？"田曰："然。"生前，執手敍舊久之。生謂曰："子何以居此？"子華曰："吾放遊，獲受知於右相武成侯段公，因以棲託。"生復問曰："周弁在此，知之乎？"子華曰："周生，貴人也。職爲司隸，權勢甚盛。吾數蒙庇護。"言笑甚歡。

俄傳聲曰："駙馬可進矣。"三子取劍佩冕服，更衣之。子華曰："不意今日獲覩盛禮，無以相忘也。"有仙姬數十，奏諸異樂，婉轉清亮，曲調悽悲，非人間之所聞聽。有執燭引導者，亦數十。左右見金翠步障，彩碧玲瓏，不斷數里。生端坐車中，心意怳惚，甚不自安。田子華數言笑以解之。向者群女姑娣，各乘鳳翼輦，亦往來其間。至一門，號"修儀宮"。群仙姑姊亦紛然在側，令生降車輦拜，揖讓升降，一如人間。徹障去扇，見一女子，云號金枝公主。年可十四五，儼若神仙。交歡之禮，頗亦明顯。生自爾情義日洽，榮曜日盛，出入車服，遊宴賓御，次於王者。

王命生與群寮備武衛，大獵於國西靈龜山。山阜峻秀，川澤廣遠，林樹豐茂，飛禽走獸，無不蓄之。師徒大獲，竟夕而還。生因他日，啓王曰："臣頃結好之日，大王云奉臣父之命。臣父頃佐邊將，用兵失利，陷沒胡中；爾來絕書信十七八歲矣。王旣知所在，臣請一往拜覲。"王遽謂曰："親家翁職守北土，信問不絕。卿但具書狀知聞，未用便去。"遂命妻致饋賀之禮，一以遣之。數夕還答。生驗書本意，皆父平生之跡，書中憶念教誨，情意委曲，皆如昔年。復問生親戚存亡，閭里興廢。復言路道乖遠，風煙阻絕。詞意悲苦，言語哀傷。又不令生來覲，云："歲在丁丑，當與女相見。"生捧書悲咽，情不自堪。

他日，妻謂生曰："子豈不思爲政乎？"生曰："我放蕩不習政事。"妻曰："卿但爲之，余當奉贊。"妻遂白於王。累日，謂生曰："吾南柯政事不理，太守黜廢，欲藉卿才，可曲屈之。便與小女同行。"生敦授教命。王遂敕有司備太守行李。因出金玉、錦繡、箱奩、僕妾、車馬列於廣衢，以餞公主之行。生少遊俠，曾不敢有望，至是甚悦。因上表曰："臣將門餘子，素無藝術，猥當大任，必敗朝章。自悲負乘，坐致覆餗。今欲廣求賢哲，以贊不逮。伏見司隸潁川周弁，忠亮剛直，守法不回，有毗佐之器。處士馮翊田子華清慎通變，達政化之源。二人與臣有十年之舊，備知才用，可託政事。周請署南柯司憲，田請署司農。庶使臣政績有聞，憲章不紊也。"王並依表以遣之。其夕，王與夫人餞於國南。王謂生曰："南柯國之大郡，土地豐壤，人物豪盛，非惠政不能以治之。況有周、田二贊。卿其勉之，以副國念。"夫人戒公主曰："淳于郎性剛好酒，加之少年；爲婦之道，貴乎柔順。爾善事之，吾無憂矣。南柯雖封境不遙，晨昏有間，今日睽別，寧不沾巾。"生與妻拜首南去，登車擁騎，言笑甚歡。

累夕達郡。郡有官吏、僧道、耆老、音樂、車轝、武衛、鑾鈴，爭來迎奉。人物闐咽，鐘鼓喧譁，不絕十數里。見雉堞臺觀，佳氣鬱鬱。入大城門，門亦有大榜，題以金字，曰"南柯郡城"。見朱軒棨户，森然深邃。生下車省風俗，療病苦，政事委以周、田，郡中大理。自守郡二十載，風化廣被，百姓歌謠，建功德碑，立生祠宇。王甚重之，賜食邑，錫爵位，居台輔。周、田皆以政治著聞，遞遷大位。生有五男二女，男以門蔭授官，女亦娉於王族。榮耀顯赫，一時之盛，代莫比之。

是歲，有檀蘿國者，來伐是郡。王命生練將訓師以征之。乃表周弁將兵三萬，以拒賊之衆於瑤臺城。弁剛勇輕敵，師徒敗績，弁單騎裸身潛遁，夜歸城。賊亦收輜重鎧甲而還。生因囚弁以請罪。王並捨之。是月，司憲周弁疽發背，卒。生妻公主遘疾，旬日又薨。生因請罷郡，護喪赴國。王許之。便以司農田子華行南柯太守事。生哀慟發引，威儀在途，男女叫號，人吏奠饌，攀轅遮道者不可勝數。遂達於國。王與夫人素衣哭於郊，候靈轝之至。諡公主曰"順儀公主"。備儀仗羽葆鼓吹，葬於國東十里盤龍岡。是月，故司憲子榮信，亦護喪赴國。

生久鎮外藩，結好中國，貴門豪族，靡不是洽。自罷郡還國，出入無恒，交遊賓從，威福日盛。王意疑憚之。時有國人上表云："玄象謫見，國有大恐。都邑遷徙，宗廟崩壞。釁起他族，事在蕭牆。"時議以生侈僭之應也。遂奪生侍衞，禁生遊從，處之私第。生自恃守郡多年，曾無敗政，流言怨悖，鬱鬱不樂。王亦知之，因命生曰："姻親二十餘年，不幸小女夭枉，不得與君子偕老，良用痛傷。"夫人因留孫自鞠育之。又謂生曰："卿離家多時，可暫歸本里，一見親族。諸孫留此，無以爲念。後三年，當令迎生。"生曰："此乃家矣，何更歸焉？"王笑曰："卿本人間，家非在此。"

生忽若惛睡，瞢然久之，方乃發悟前事，遂流涕請還。王顧左右以送生。生再拜而去，復見前二紫衣使者從焉。至大戶外，見所乘車甚劣，左右親使御僕，遂無一人，心甚歎異。生上車，行可數里，復出大城。宛是昔年東來之途，山川原野，依然如舊。所送二使者，甚無威勢。生逾怏怏。生問使者曰："廣陵郡何時可到？"二使謳歌自若，久乃答曰："少頃即至。"俄出一穴，見本里閭巷，不改往日，潸然自悲，不覺流涕。二使者引生下車，入其門，升自階，已身臥於堂東廡之下。生甚驚畏，不敢前近。二使因大呼生之姓名數聲，生遂發寤如初。見家之僮僕擁篲於庭，二客濯足於榻，斜日未隱於西垣，餘樽尚湛於東牖。夢中倏忽，若度一世矣。

生感念嗟歎，遂呼二客而語之。驚駭。因與生出外，尋槐下穴。生指曰："此即夢中所驚入處。"二客將謂狐狸木媚之所爲祟。遂命僕夫荷斤斧，斷擁腫，折查柢，尋穴究源。旁可袤丈，有大穴，根洞然明朗，可容一榻。上有積土壤，以爲城郭臺殿之狀。有蟻數斛，隱聚其中。中有小臺，其色若丹。二大蟻處之，素翼朱首，長可三寸。左右大蟻數十輔之，諸蟻不敢近，此其王矣。即槐安國都也。又窮一穴：直上南枝可四丈，宛轉方中，亦有土城小樓，群蟻亦處其中，即生所領南柯郡也。又一穴：西去二丈，磅礴空圬，嵌窞異狀。中有一腐龜，殼大如斗。積雨浸潤，小草叢生，繁茂翳薈，掩映振殼，即生所獵靈龜山也。又窮一穴：東去丈餘，古根盤屈，若龍虺之狀。中有小土壤，高尺餘，即生所葬妻盤龍岡之墓也。追想前事，感歎於懷，披閱窮跡，皆符所夢。不欲二客壞之，遽令掩塞如舊。

是夕，風雨暴發。旦視其穴，遂失群蟻，莫知所去。故先言"國有大恐，都邑遷徙"，此其驗矣。復念檀蘿征伐之事，又請二客訪跡於外。宅東一里有古涸澗，側有大檀樹一株，藤蘿擁織，上不見日。旁有小穴，亦有群蟻隱聚其間。

檀蘿之國，豈非此耶？

嗟乎！蟻之靈異，猶不可窮，況山藏木伏之大者所變化乎？時生酒徒周弁、田子華並居六合縣，不與生過從旬日矣。生遽遣家僮疾往候之。周生暴疾已逝，田子華亦寢疾於牀。生感南柯之浮虛，悟人世之倏忽，遂棲心道門，絕棄酒色。後三年，歲在丁丑，亦終於家。時年四十七，將符宿契之限矣。

公佐貞元十八年秋八月，自吳之洛，暫泊淮浦，偶覿淳于生棼，詢訪遺跡，飜覆再三，事皆摭實，輒編錄成傳，以資好事。雖稽神語怪，事涉非經，而竊位著生，冀將爲戒。後之君子，幸以南柯爲偶然，無以名位驕於天壤間云。

前華州參軍李肇贊曰：貴極祿位，權傾國都，達人視此，蟻聚何殊。

按此文造意製辭，與沈旣濟《枕中記》大略從同，皆受道家思想所感化者也。唐時道佛思想最爲普遍，其影響於文學者，隨處可見。以短夢中歷盡一生，此二篇足爲代表，其他皆可略也。《太平廣記》四百七十五引此文而題爲《淳于芬》，下注云出《異聞集》。惟李肇《國史補》則稱李公佐《南柯太守》。則是此傳雖收入《異聞集》，在唐時固亦嘗單篇別行矣。

撰人李公佐，史不詳其生平。據本傳及《謝小娥傳》《馮媼傳》《古嶽瀆經》等篇，大約爲貞元、元和間人。杜光庭《神仙感遇傳》（見《道藏》恭字七號）卷三，有《李公佐》一條云："李公佐舉進士，後爲鍾陵從事。有僕夫，自布衣執役勤瘁，晝夕恭謹，迨三十年，公佐不知其異人也。一旦告去，留詩一章。其辭曰：'我有衣中珠，不嫌衣上塵；我有長生理，不厭有生身。江南神仙窟，吾當混其真。不嫌市井誼，來救人間人。蘇子跡已往（注云：蘇就是也），顓蒙事可親（注云：公佐，字顓蒙）。莫言東海變,天地有長春.'自是而去,出門,不知所之。鄰里見其距躍凌空而去。"《全唐詩》末卷,收李公佐僕詩,即本於此,而不載其所出。然據此,可知公佐,字顓蒙,嘗爲鍾陵從事。鍾陵,即今江西南昌進賢地,亦與《謝小娥傳》所云"元和八年春余罷江西從事"正合也。至《唐書》七十《宗室世系表》,太祖大鄭王房,有千牛備身公佐,爲河東節度使李說子。太子通事舍人公敏,靈鹽朔方節度使公度之弟。此公佐或另爲一人。又《宣宗本紀》二年,御史臺奏據三司推勘吳湘獄,謹具逐人罪狀,有前揚府錄事參軍李公佐。此李公佐是否即爲顓蒙,無從取證。使《宣紀》所稱揚府錄事參軍李公佐,果爲本傳之撰人,則公佐或生於代宗之朝,至宣宗大中之初,固嘗健在。其年蓋幾八十餘矣。公佐既有此僕,留詩仙去,則以受其薰化之故,應有此文。惟事出幽渺,當爲設辭。《廣陵行錄》(《輿地紀勝》三十七《淮南東路》引此書)至謂揚州有南柯太守墓,以實其事。明人湯顯祖又據此文,以作《南柯記》。衆口流傳,遂成典實,則文人好異之過也。

《酉陽雜俎‧守宫》一則云:

太和末,松滋縣南有士人寄居親故莊中肄業。初到之夕,二更後方張燈臨案。忽有小人半寸,葛巾策杖入門,謂士人曰:"乍到無主人,當寂寞。"其聲大如蒼蠅。士人素有膽氣,初若不見。乃登牀責曰:"遽不存主客禮乎?"復升案窺書,詬罵不已。因覆硯於書上。士人不耐,以筆擊之,墮地叫數聲,出門而滅。有頃,有婦人四五,或老或少,皆長一寸。大呼曰:"貞官以君獨學,故令郎君言展,且論精奧。何痴頑狂率,輒致損害?今可見貞官。"其來索續如蟻,狀如驛卒,撲緣士人。士人恍然若夢。因齧四支,疾苦甚。復曰:"汝不去,將損汝眼。"四五頭遂上其面。士人驚懼,隨出門,至堂東,遙望見一門絕小,如節使牙門。士人乃叫:"何物怪魅?敢凌人如此?"復被衆齧之。恍惚間已入小門內。見一人峨冠當殿,階下侍衛千數,悉長寸餘。叱士人曰:"吾憐汝獨處,俾小兒往，何苦致害？罪當腰斬。"乃見數十人，悉持刃攘臂逼之。士人大懼，謝曰："某愚騃，肉眼不識貞官。乞賜餘生。"久之曰："且解知悔。"叱令曳出。不覺已在小門外。及歸書堂，已五更矣。殘燈猶在。及明，尋其踪跡。東壁古階下，有小穴如栗，守宮出入焉，士人即雇數夫發之。深數丈，有守宮十餘石；大者色赤，長尺許，蓋其王也。壤土如樓狀。士人聚蘇，焚之。後亦無他。(《太平廣記》四百七十六引）

謝小娥傳

李公佐撰

據太平廣記校錄

小娥，姓謝氏，豫章人，估客女也。生八歲，喪母。嫁歷陽俠士段居貞。居貞負氣重義，交遊豪俊。小娥父畜巨產，隱名商賈間，常與段壻同舟貨，往來江湖。時小娥年十四，始及笄。父與夫俱爲盜所殺，盡掠金帛。段之弟兄，謝之生姪，與僮僕輩數十，悉沉於江。小娥亦傷胸折足，漂流水中，爲他船所獲，經夕而活。因流轉乞食至上元縣，依玅果寺尼淨悟之室。初，父之死也，小娥夢父謂曰："殺我者，車中猴，門東草。"又數日，復夢其夫謂曰："殺我者，禾中走，一日夫。"小娥不自解悟，常書此語，廣求智者辨之，歷年不能得。

至元和八年春，余罷江西從事，扁舟東下，淹泊建業，登瓦官寺閣。有僧齊物者，重賢好學，與余善。因告余曰："有孀婦名小娥者，每來寺中，示我十二字謎語，某不能辨。"余遂請齊公書於紙。乃憑檻書空，凝思默慮。坐客未倦，了悟其文。令寺童疾召小娥前至，詢訪其由。小娥嗚咽良久，乃曰："我父及夫，皆爲賊所殺。邇後嘗夢父告曰：'殺我者，車中猴，門東草。'又夢夫告曰：'殺我者，禾中走，一日夫。'歲久無人悟之。"余曰："若然者，吾審詳矣。殺汝父是申蘭，殺汝夫是申春。且車中猴，車字去上下各一畫，是申字，又申屬猴，故曰車中猴。草下有門，門中有東，乃蘭字也。又，禾中走是穿田過，亦是申字也；一日夫者，夫上更一畫，下有日，是春字也。殺汝父是申蘭，殺汝夫是申春，足可明矣。"小娥慟哭再拜。書申蘭申春四字於衣中，誓將訪殺二賊，以復其冤。娥因問余姓氏官族，垂涕而去。

爾後小娥便爲男子服，傭保於江湖間。歲餘，至潯陽郡，見竹戶上有紙牓子，云"召傭者"，小娥乃應召詣門。問其主，乃申蘭也，蘭引歸。娥心憤貌順，在蘭左右，甚見親愛。金帛出入之數，無不委娥。已二歲餘，竟不知娥之女人也。先是謝氏之金寶錦繡衣物器具，悉掠在蘭家，小娥每執舊物，未嘗不暗泣移時。蘭與春，宗昆弟也。時春一家住大江北獨樹浦，與蘭往來密洽。蘭與春同去經月，多獲財帛而歸。每留娥與蘭妻蘭氏同守家室，酒肉衣服，給娥甚豐。

或一日，春攜文鯉兼酒詣蘭，娥私歎曰："李君精悟玄鑒，皆符夢言，此乃天啓其心，志將就矣。"是夕，蘭與春會群賊，畢至酣飲。暨諸兇既去，春沉醉，臥於內室，蘭亦露寢於庭。小娥潛鏁春於內，抽佩刀先斷蘭首，呼號鄰人並至，春擒於內，蘭死於外，獲贓收貨，數至千萬。初，蘭、春有黨數十，暗記其名，悉擒就戮。時潯陽太守張公，善其志行，爲具其事上旌表，乃得免死。時元和十二年夏歲也。復父夫之讎畢，歸本里，見親屬。里中豪族爭求聘，娥誓心不嫁。遂剪髮被褐，訪道於牛頭山，師事大士尼將律師。娥志堅行苦，霜舂雨薪，不倦筋力。

十三年四月，始受具戒於泗州開元寺，竟以小娥爲法號，不忘本也。其年夏月，余始歸長安，途經泗濱，過善義寺謁大德尼令。操戒新見者數十，净髮鮮帔，威儀雍容，列侍師之左右。中有一尼問師曰："此官豈非洪州李判官二十三郎者乎？"師曰："然。"曰："使我獲報家仇，得雪冤恥，是判官恩德也。"顧余悲泣。余不之識，詢訪其由。娥對曰："某名小娥，頃乞食孀婦也。判官時爲辨申蘭、申春二賊名字，豈不憶念乎？"余曰："初不相記，今即悟也。"娥因泣，具寫記申蘭、申春，復父夫之仇，志願相畢，經營終始艱苦之狀。小娥又謂余曰："報判官恩，當有日矣。"豈徒然哉！嗟呼！余能辨二盜之姓名，小娥又能竟復父夫之讎冤；神道不昧，昭然可知。小娥厚貌深辭，聰敏端特，鍊指跛足，誓求真如。爰自入道，衣無絮帛，齋無鹽酪，非律儀禪理，口無所言。後數日，告我歸牛頭山，扁舟汎淮，雲遊南國，不復再遇。

　　君子曰："誓志不捨，復父夫之仇，節也。傭保雜處，不知女人，貞也。女子之行，唯貞與節能終始全之而已。如小娥，足以儆天下逆道亂常之心，足以觀天下貞夫孝婦之節。"余備詳前事，發明隱文，暗與冥會，符於人心。知善不錄，非春秋之義也。故作傳以旌美之。

　　按謝小娥事，在唐人小說中，差爲近實。《新唐書》（二百五）即據此文，採入《列女傳》。文簡事省，未足以寫小娥也。李復言《續玄怪錄》有《尼妙寂》一則（《太平廣記》一百二十八引）即記此事，而略有異同。皆足與公佐此傳互爲取證也。此事既出於義烈，頗爲後世所傳。如明凌濛初既演之爲《拍案驚奇平話》，王夫之復演之爲《龍舟會雜劇》，並皆原本此篇，而益加鋪張，信乎義烈之感人深矣。惟《輿地紀勝》江南西路，有謝小娥事，亦出於此，而時地多不符，則宋後傳聞之誤也。今但錄《續玄怪錄》《新唐書》二則以備考云。

李復言《續玄怪錄·尼妙寂》云：

　　尼妙寂，姓葉氏，江州潯陽人也。初嫁任華，潯陽之賈也。父昇與華往復長沙、廣陵間。貞元十一年春，之潭州，不復。過期數月，妙寂忽夢父被髮裸形，流血滿身，泣曰："吾與汝夫湖中遇盜，皆已死矣。以汝心似有志者，天許報讎，但幽冥之意，不欲顯言，故吾隱語報汝，誠能思而復之，吾亦何恨。"妙寂曰："隱語云何？"昇曰："殺我者，車中猴，門東草。"俄而見其夫形狀若父，泣曰："殺我者，禾中走，一日夫。"妙寂撫膺而哭，遂爲女弟所呼覺。泣告其母，闔門大駭。念其隱語，杳不可知。訪於鄰叟及鄉閭之有知者，皆不能解。秋，詣上元縣舟楫之所交處，四方士大夫，多往憩焉。而又邑有瓦棺寺，寺上有閣，倚山瞰江，萬里在目，亦江湖之極境；遊人弭棹，莫不登眺。吾將緇服其間，伺可問者，必有醒吾惑者。於是褐衣上元，捨身瓦棺寺。日持箕帚，灑掃閣下，閑則徙倚欄檻，以伺識者。見高冠博帶吟嘯而來者，必拜而問。居數年，無能辨者。

　　十七年，歲在辛巳。有李公佐者，罷嶺南從事而來。攬衣登閣，神彩雋逸，頗異常倫。妙寂前拜，泣，且以前事問之。公佐曰："吾平生好爲人解疑，況子之冤懇而神告如此，當爲子思之。"默行數步，喜招妙寂曰："吾得之矣。殺汝父者申蘭，殺汝夫者申春耳。"妙寂悲喜嗚咽，拜問其說。公佐曰："夫猴，申生也。車去兩頭而言猴，故申字耳。草而門，門而東，非蘭字耶？禾中走者，穿田過也，此亦申字也。一日又加夫，蓋春字耳。鬼神欲惑人，故交錯其言。"妙寂悲喜，若不自勝。久而掩涕拜謝曰："賊名既彰，雪冤有路，苟或釋惑，誓報深恩。婦人無他，唯潔誠奉佛，祈增福海。"乃再拜而去。

　　元和初，泗州普光王寺有梵氏戒壇，人之爲僧者必由之；四方輻輳，僧尼繁會，觀者如市焉。公佐自楚之秦，維舟而往觀之。有一尼，眉目朗秀，若舊識者，每過必凝視公佐，若有意而未言者久之。公佐將去，其尼遽呼曰："侍御貞元中不爲南海從事乎？"公佐曰："然。""然則記小師乎？"公佐曰："不記也。"妙寂曰："昔瓦棺寺閣求解車中猴者也。"公佐悟曰："竟獲賊否？"對曰："自悟夢言，乃男服，易名士寂，泛傭於江湖之間。數年，聞蘄黃之間，有申村，因往焉。流轉周星，乃聞其村西北隅，有名蘭者，默往求傭，輒賤其價。蘭喜召之。俄又聞其從父弟有名春者。於是勤恭執事，晝夜不離，見其可爲者，不顧輕重而爲之，未嘗待命。蘭家器之。晝與群傭苦作，夜寢他席，無知其非丈夫者。逾年，益自勤幹。蘭逾敬念，視士寂即自視其子不若也。蘭或農或商，或畜貨於武昌，關鑰啓閉悉委焉。因驗其櫃中，半是己物，亦見其父及夫常所服者，垂涕而記之。而蘭、春叔出季處，未嘗偕在，慮其擒一而驚逸其一也。銜之數年，永貞年重陽，二盜飲既醉，士寂奔告於州，乘醉而獲，一問而辭伏，就法。得其所喪以歸，盡奉母，而請從釋教師。洪州天宮寺尼洞微，即昔時受教者也。妙寂，一女子也，血誠復仇，天亦不奪，遂以夢寐之言，獲悟於君子，與其讎者得不同天。碎此微軀，豈酬明哲。梵宇無他，唯虔誠法象以報效耳。"公佐大異之，遂爲作傳。

太和庚戌歲，隴西李復言遊巴南，與進士沈田會於蓬州。田因話奇事，持以相示，一覽而復之。錄怪之日，遂纂於此焉。（用明鈔《説郛》補數字）

《唐書·列女傳》云：

　　段居貞妻謝，字小娥，洪州豫章人。居貞本歷陽俠，少年重氣決，娶歲餘，與謝父同賈江湖上，並爲盜所殺。小娥赴江流，傷腦折足，人救以免。轉側丐食，至上元。夢父及夫告所殺主名，離析其文，爲十二言。持向内外姻，莫能曉。隴西李公佐隱占，得其意，曰："殺若父者必申蘭，若夫必申春，試以是求之。"小娥泣謝。諸申，乃名盜亡命者也。小娥詭服爲男子，與傭保雜物色歲餘，得蘭於江州，春於獨樹浦。蘭與春，從兄弟也。小娥託傭蘭家，日以謹信自效，蘭寖倚之，雖包苴無不委小娥。見所盜段、謝服用故在，益知所夢不疑。出入二期，伺其便。它日，蘭盡集群偷釃酒，蘭與春醉臥廬。小娥閉戶，拔佩刀斬蘭首。因大呼捕賊，鄉人牆救，擒春，得贓千萬。其黨數十，小娥悉疏其人，上之官，皆抵死。乃始自言狀。刺史張錫嘉其烈，白觀察使，使不爲請。還豫章，人爭聘之，不許。祝髮事浮屠道，垢衣糲飯終身。

盧江馮媼傳

李公佐撰

據太平廣記校錄

題據本文補傳字

馮媼者，盧江里中嗇夫之婦，窮寡無子，爲鄉民賤棄。元和四年，淮楚大歉。媼逐食於舒，途經牧犢墅。瞑值風雨，止於桑下。忽見路隅一室，燈燭熒熒。媼因詣求宿。見一女子，年二十餘，容服美麗。攜三歲兒，倚門悲泣。前，又見老叟與媼，據牀而坐。神氣慘戚，言語咕囁，有若徵索財物追逐之狀。見馮媼至，叟媼默然捨去。女久乃止泣，入戶備饌食，理牀榻，邀媼食息焉。媼問其故。女復泣曰："此兒父，我之夫也。明日別娶。"媼曰："向者二老人，何人也？於汝何求而發怒？"女曰："我舅姑也。今嗣子別娶，徵我筐筥刀尺祭祀舊物，以授新人。我不忍與，是有斯責。"媼曰："汝前夫何在？"女曰："我淮陰令梁倩女，適董氏七年，有二男一女。男皆隨父，女即此也。今前邑中董江，即其人也。江官爲鄮丞，家累巨產。"發言不勝嗚咽。媼不之異，又久因寒餓，得美食甘寢，不復言。女泣至曉。

媼辭去，行二十里，至桐城縣。縣東有甲第，張簾帷，具羔鴈，人物紛然，云今夕有官家禮事。媼問其郎，即董江也。媪曰："董有妻，何更娶焉？"邑人曰："董妻及女亡矣。"媪曰："昨宵我遇雨，寄宿董妻梁氏舍，何得言亡？"邑人詢其處，即董妻墓也。詢其二老容貌，即董江之先父母也。董江，本舒州人，里中之人皆得詳之。有告董江者，董以妖妄罪之，令部者迫逐媪去。媪言於邑人，邑人皆爲感歎。是夕，董竟就婚焉。

元和六年夏五月，江淮從事李公佐使至京，回次漢南，與渤海高鉞、天水趙儹、河南宇文鼎會於傳舍，宵話徵異，各盡見聞。鉞具道其事，公佐因爲之傳。

按《太平廣記》三百四十三引此文，下注出《異聞錄》。《廣記》無傳字，今據文末數語加。段成式《酉陽雜俎》十四《諾皋記》，有李公佐大曆中在廬江，有書吏王庚夜行遇冥官一條，此事亦出廬江，則出於公佐無疑也。

李娃傳

白行簡撰
據太平廣記校錄

汧國夫人李娃，長安之倡女也。節行瓌奇，有足稱者，故監察御史白行簡爲傳述。

天寶中，有常州刺史滎陽公者，略其名氏，不書。時望甚崇，家徒甚殷。知命之年，有一子，始弱冠矣，雋朗有詞藻，迥然不群，深爲時輩推伏。其父愛而器之，曰：「此吾家千里駒也。」應鄉賦秀才舉，將行，乃盛其服玩車馬之飾，計其京師薪儲之費，謂之曰：「吾觀爾之才，當一戰而霸。今備二載之用，且豐爾之給，將爲其志也。」生亦自負，視上第如指掌。

自毗陵發，月餘抵長安，居於布政里。嘗遊東市還，自平康東門入，將訪友於西南。至鳴珂曲，見一宅，門庭不甚廣，而室宇嚴邃。闔一扉，有娃方凭一雙鬟青衣立，妖姿要妙，絕代未有。生忽見之，不覺停驂久之，徘徊不能去。乃詐墜鞭於地，候其從者，敕取之。累眄於娃，娃回眸凝睇，情甚相慕。竟不敢措辭而去。生自爾意若有失，乃密徵其友遊長安之熟者，以訊之。友曰：「此狹邪女李氏宅也。」曰：「娃可求乎？」對曰：「李氏頗贍。前與通之者多貴戚豪族，所得甚廣。非累百萬，不能動其志也。"生曰："苟患其不諧，雖百萬何惜。"

他日，乃潔其衣服，盛賓從，而往扣其門。俄有侍兒啓扃。生曰："此誰之第耶？"侍兒不答，馳走大呼曰："前時遺策郎也！"娃大悦曰："爾姑止之。吾當整妝易服而出。"生聞之私喜。乃引至蕭牆間，見一姥垂白上僂，即娃母也。生跪拜前致詞曰："聞茲地有隙院，願税以居，信乎？"姥曰："懼其淺陋湫隘，不足以辱長者所處，安敢言直耶。"延生於遲賓之館，館宇甚麗。與生偶坐，因曰："某有女嬌小，技藝薄劣，欣見賓客，願將見之。"乃命娃出。明眸皓腕，舉步豔冶。生遽驚起，莫敢仰視。與之拜畢，敘寒燠，觸類妍媚，目所未覩。復坐，烹茶斟酒，器用甚潔。久之，日暮，鼓聲四動。姥訪其居遠近。生紿之曰："在延平門外數里。"冀其遠而見留也。姥曰："鼓已發矣。當速歸，無犯禁。"生曰："幸接歡笑，不知日之云夕，道里遼闊，城内又無親戚。將若之何？"娃曰："不見責僻陋，方將居之，宿何害焉。"生數目姥。姥曰："唯唯。"生乃召其家僮，持雙縑，請以備一宵之饌。娃笑而止之曰："賓主之儀，且不然也。今夕之費，願以貧窶之家，隨其粗糲以進之。其餘以俟他辰。"固辭，終不許。

俄徙坐西堂，幃幙簾榻，煥然奪目；妝奩衾枕，亦皆侈麗。乃張燭進饌，品味甚盛。徹饌，姥起。生、娃談話方切，詼諧調笑，無所不至。生曰："前偶過卿門，遇卿適在屏間。厥後心常勤念，雖寢與食，未嘗或捨。"娃答曰："我心亦如之。"生曰："今之來，非直求居而已。願償平生之志。但未知命也若何？"言未終，姥至，詢其故，具以告。姥笑曰："男女之際，大欲存焉。情苟相得，雖父母之命，不能制也。女子固陋，曷足以薦君子之枕席？"生遂下階，拜而謝之曰："願以己爲廝養。"姥遂目之爲郎，飲酣而散。及旦，盡徙其囊橐，因家於李之第。

自是生屏跡戢身，不復與親知相聞。日會倡優儕類，狎戲遊宴。囊中盡空，乃鬻駿乘，及其家童。歲餘，資財僕馬蕩然。邇來姥意漸怠，娃情彌篤。他日，娃謂生曰："與郎相知一年，尚無孕嗣。常聞竹林神者，報應如響，將致薦酹求之，可乎？"生不知其計，大喜。乃質衣於肆，以備牢醴，與娃同謁祠宇而禱祝焉，信宿而返。策驢而後，至里北門，娃謂生曰："此東轉小曲中，某之姨宅也。將憩而覲之，可乎？"生如其言，前行不踰百步，果見一車門。窺其際，甚弘敞。其青衣自車後止之曰："至矣。"生下，適有一人出訪曰："誰？"曰："李娃也。"乃入告。俄有一嫗至，年可四十餘，與生相迎，曰："吾甥來否？"娃下車，嫗迎訪之曰："何久疏絕？"相視而笑。娃引生拜之。既見，遂偕入西戟門偏院中。有山亭，竹樹蔥蒨，池榭幽絕。生謂娃曰："此姨之私第耶？"笑而不答，以他語對。俄獻茶果，甚珍奇。食頃，有一人控大宛，汗流馳至，曰："姥遇暴疾頗甚，殆不識人。宜速歸。"娃謂姨曰："方寸亂矣。某騎而前去，當令返乘，便與郎偕來。"生擬隨之。其姨與侍兒偶語，以手揮之，令生止於戶外，曰："姥且歿矣。當與某議喪事以濟其急。奈何遽相隨而去？"乃止，共計其凶儀齋祭之用。

日晚，乘不至。姨言曰："無復命，何也？郎驟往視之，某當繼至。"生遂往，至舊宅，門扃鑰甚密，以泥緘之。生大駭，詰其鄰人。鄰人曰："李本稅此而居，約已周矣。第主自收。姥徙居，而且再宿矣。"徵："徙何處？"曰："不得其所。"生將馳赴宣陽，以詰其姨，日已晚矣，計程不能達。乃弛其裝服，質饌而食，賃榻而寢。生恚怒方甚，自昏達旦，目不交睫。質明，乃策蹇而去。

既至，連扣其扉，食頃無人應。生大呼數四，有宦者徐出。生遽訪之："姨氏在乎？"曰："無之。"生曰："昨暮在此，何故匿之？"訪其誰氏之第。曰："此崔尚書宅。昨者有一人稅此院，云遲中表之遠至者。未暮去矣。"生惶惑發狂，罔至所措，因返訪布政舊邸。邸主哀而進膳。生怨懣，絕食三日，遘疾甚篤，旬餘愈甚。邸主懼其不起，徙之於凶肆之中。綿綴移時，合肆之人共傷歎而互飼之。後稍愈，杖而能起。由是凶肆日假令之執繐帷，獲其直以自給。累月，漸復壯，每聽其哀歌，自歎不及逝者，輒嗚咽流涕，不能自止。歸則效之。生，聰敏者也。無何，曲盡其妙，雖長安無有倫比。

初，二肆之傭兇器者，互爭勝負。其東肆車轝皆奇麗，殆不敵，唯哀挽劣焉。其東肆長知生妙絕，乃醵錢二萬索顧焉。其黨耆舊，共較其所能者，陰教生新聲，而相讚和。累旬，人莫知之。其二肆長相謂曰："我欲各閱所傭之器於天門街，以較優劣。不勝者罰直五萬，以備酒饌之用，可乎？"二肆許諾。乃邀立符契，署以保證，然後閱之。士女大和會，聚至數萬。於是里胥告於賊曹，賊曹聞於京尹。四方之士，盡赴趨焉，巷無居人。自旦閱之，及亭午，歷舉輦轝威儀之具，西肆皆不勝，師有慚色。乃置層榻於南隅，有長髯者，擁鐸而進，翊衛數人。於是奮髯揚眉，扼腕頓顙而登，乃歌《白馬》之詞；恃其夙勝，顧眄左右，旁若無人，齊聲讚揚之；自以為獨步一時，不可得而屈也。有頃，東肆長於北隅上設連榻，有烏巾少年，左右五六人，秉翣而至，即生也。整衣服，俯仰甚徐，申喉發調，容若不勝。乃歌《薤露》之章,舉聲清越,響振林木,曲度未終,聞者歔欷掩泣。西肆長爲衆所誚,益慚恥。密置所輸之直於前,乃潛遁焉。四坐愕眙,莫之測也。

先是,天子方下詔,俾外方之牧,歲一至闕下,謂之入計。時也適遇生之父在京師,與同列者易服章竊往觀焉。有老豎,即生乳母壻也,見生之舉措辭氣,將認之而未敢,乃泫然流涕。生父驚而詰之。因告曰:"歌者之貌,酷似郎之亡子。"父曰:"吾子以多財爲盜所害。奚至是耶?"言訖,亦泣。及歸,豎間馳往,訪於同黨曰:"向歌者誰?若斯之妙歟?"皆曰:"某氏之子。"徵其名,且易之矣。豎凜然大驚,徐往,迫而察之。生見豎色動,回翔將匿於衆中。豎遂持其袂曰:"豈非某乎?"相持而泣。遂載以歸。

至其室,父責曰:"志行若此,污辱吾門;何施面目,復相見也。"乃徒行出,至曲江西杏園東,去其衣服,以馬鞭鞭之數百。生不勝其苦而斃,父棄之而去。其師命相狎暱者陰隨之,歸告同黨,共加傷歎。令二人齎葦席瘞焉。至,則心下微溫。舉之,良久,氣稍通。因共荷而歸,以葦筒灌勺飲,經宿乃活。月餘,手足不能自舉。其楚撻之處皆潰爛,穢甚。同輩患之,一夕,棄於道周。行路咸傷之,往往投其餘食,得以充腸。十旬,方杖策而起。被布裘,裘有百結,襤褸如懸鶉。持一破甌,巡於閭里,以乞食爲事。自秋徂冬,夜入於糞壤窟室,晝則周遊廛肆。

一旦大雪,生爲凍餒所驅,冒雪而出,乞食之聲甚苦。聞見者莫不悽惻。時雪方甚,人家外户多不發。至安邑東門,循理垣北轉第七八,有一門獨啓左扉,即娃之第也。生不知之,遂連聲疾呼"饑凍之甚",音響悽切,所不忍聽。娃自閤中聞之,謂侍兒曰:"此必生也。我辨其音矣。"連步而出。

見生枯瘠疥厲，殆非人狀。娃意感焉，乃謂曰："豈非某郎也？"生憤懣絕倒，口不能言，頷頤而已。娃前抱其頸，以繡襦擁而歸於西廂。失聲長慟曰："令子一朝及此，我之罪也！"絕而復蘇。姥大駭，奔至，曰："何也？"娃曰："某郎。"姥遽曰："當逐之。奈何令至此？"娃斂容却睇曰："不然。此良家子也。嘗昔驅高車，持金裝，至某之室，不踰期而蕩盡。且互設詭計，捨而逐之，殆非人。令其失志，不得齒於人倫。父子之道，天性也。使其情絕，殺而棄之。又困躓若此。天下之人盡知爲某也。生親戚滿朝，一旦當權者熟察其本末，禍將及矣。況欺天負人，鬼神不祐，無自貽其殃也。某爲姥子，迨今有二十歲矣。計其貲，不啻直千金。今姥年六十餘，願計二十年衣食之用以贖身，當與此子別卜所詣。所詣非遙，晨昏得以溫清。某願足矣。"

　　姥度其志不可奪，因許之。給姥之餘，有百金。北隅因五家稅一隙院。乃與生沐浴，易其衣服；爲湯粥，通其腸；次以酥乳潤其臟。旬餘，方薦水陸之饌。頭巾履襪，皆取珍異者衣之。未數月，肌膚稍腴；卒歲，平愈如初。異時，娃謂生曰："體已康矣，志已壯矣。淵思寂慮，默想曩昔之藝業，可溫習乎？"生思之，曰："十得二三耳。"娃命車出遊，生騎而從。至旗亭南偏門鬻墳典之肆，令生揀而市之，計費百金，盡載以歸。因令生斥棄百慮以志學，俾夜作晝，孜孜矻矻。娃常偶坐，宵分乃寐。伺其疲倦，即諭之綴詩賦。二歲而業大就；海內文籍，莫不該覽。生謂娃曰："可策名試藝矣。"娃曰："未也，且令精熟，以俟百戰。"更一年，曰："可行矣。"於是遂一上登甲科，聲振禮闈。雖前輩見其文，罔不斂衽敬羨，願友之而不可得。娃曰："未也。今秀士，苟獲擢一科第，則自謂可以取中朝之顯職，擅天下之美名。

子行穢跡鄙，不侔於他士。當礱淬利器，以求再捷。方可以連衡多士，爭霸群英。」生由是益自勤苦，聲價彌甚。

其年，遇大比，詔徵四方之儁，生應直言極諫科，策名第一，授成都府參軍。三事以降，皆其友也。將之官，娃謂生曰：「今之復子本軀，某不相負也。願以殘年，歸養老姥。君當結媛鼎族，以奉蒸嘗。中外婚媾，無自黷也。勉思自愛。某從此去矣。」生泣曰：「子若棄我，當自剄以就死。」娃固辭不從，生勤請彌懇。娃曰：「送子涉江，至於劍門，當令我回。」生許諾。月餘，至劍門。未及發而除書至，生父由常州詔入，拜成都尹，兼劍南採訪使。浹辰，父到。生因投刺，謁於郵亭。父不敢認，見其祖父官諱，方大驚，命登階，撫背慟哭移時，曰：「吾與爾父子如初。」因詰其由，具陳其本末。大奇之，詰娃安在。曰：「送某至此，當令復還。」父曰：「不可。」翌日，命駕與生先之成都，留娃於劍門，築別館以處之。明日，命媒氏通二姓之好，備六禮以迎之，遂如秦晉之偶。娃既備禮，歲時伏臘，婦道甚修，治家嚴整，極爲親所眷。

向後數歲，生父母偕殁，持孝甚至。有靈芝產於倚廬，一穗三秀。本道上聞。又有白鷰數十，巢其層甍。天子異之，寵錫加等。終制，累遷清顯之任。十年間，至數郡。娃封汧國夫人。有四子，皆爲大官；其卑者猶爲太原尹。弟兄姻媾皆甲門，內外隆盛，莫之與京。

嗟乎，倡蕩之姬，節行如是，雖古先烈女，不能踰也。焉得不爲之歎息哉！予伯祖嘗牧晉州，轉戶部，爲水陸運使，三任皆與生爲代，故暗詳其事。

貞元中，予與隴西公佐話婦人操烈之品格，因遂述汧國之事。公佐拊掌竦聽，命予爲傳。乃握管濡翰，疏而存之。

時乙亥歲秋八月，太原白行簡云。

按白行簡，兩《唐書》皆附見《居易傳》。行簡，字知退，居易弟也。貞元末，登進士第。元和十五年，授左拾遺，累遷司門員外郎、主客郎中。寶曆二年冬，病卒。有集二十卷。今不存。此傳收入《太平廣記》四百八十四而下注出《異聞集》，惟《廣記》四百八十四以下九卷，爲雜傳記類。其中所收，皆屬單篇，則是此傳雖收入《異聞集》，在宋初以前，固嘗單行也。近頗有疑爲僞託者。然行簡辭賦精鍊，文辭亞於居易。且與李公佐友善，此傳亦受公佐之敦促，則一時興到傳奇之作，亦無庸疑也。元人石君寶作《李亞仙花酒曲江池》，明人薛近兗作《繡襦記》二劇本，皆本此。

又按俞正燮《癸巳存稿》十四有《李娃傳》一條云：「《太平廣記·李娃傳》文筆極工。所云常州刺史滎陽公及其子姓官爵，劉後村《詩話》以爲鄭亞、鄭畋。然稽之《唐書·宰相世系表》鄭氏滎陽房中，無有合者，蓋故錯隱之。《開元天寶遺事》記長安妓劉國容使女僕送天長簿郭昭述至咸陽，小説所言地勢，多不相應。此傳所言坊曲，頗合事理。《長安圖志》平康爲朱雀街東第三街之第八坊，其第九坊即宣陽。以丹鳳門街言，則第五坊平康、第六坊宣陽。《傳》云：『平康里北門東轉小曲，即宣陽。』是平康、宣陽路皆直南北，其街則直東西。《傳》又云：『日暮計程不能達。』則作傳者信筆漫書之，非實情也。布政里，則在朱雀街西第三街，去平康甚近。其詭云延秋門外，則西城城外。託詞最有情理。又案《北里志》云：『平康入北門，東迴三曲，即諸妓所居，又其南曲中者，門前通十字街。』蓋宣陽、平康，南北俱有曲可通，不必外街。阮籍《詠懷詩》云：『捷徑從狹路，儇俯趨荒淫。』古所謂狹斜，乃此之謂。」此條據《長安圖志》及《北里志》，以證本傳所言坊曲，頗資參考。小説家言，雖不無依託，然亦足以資考證矣。

三夢記

白行簡撰

據明鈔原本説郛校録

人之夢，異於常者有之：或彼夢有所往而此遇之者；或此有所爲而彼夢之者；或兩相通夢者。

天后時，劉幽求爲朝邑丞。常奉使夜歸，未及家十餘里，適有佛堂院，路出其側。聞寺中歌笑歡洽。寺垣短缺，盡得覩其中。劉俯身窺之，見十數人，兒女雜坐，羅列盤饌，環繞之而共食。見其妻在坐中語笑。劉初愕然，不測其故久之。且思其不當至此，復不能捨之。又熟視容止言笑，無異。將就察之，寺門閉不得入。劉擲瓦擊之，中其罍洗，破迸走散，因忽不見。劉踰垣直入，與從者同視，殿廡皆無人，寺扃如故。劉訝益甚，遂馳歸。比至其家，妻方寢。聞劉至，乃叙寒暄訖，妻笑曰．："向夢中與數十人遊一寺，皆不相識，會食於殿庭。有人自外以瓦礫投之，杯盤狼藉，因而遂覺。"劉亦具陳其見。蓋所謂彼夢有所往而此遇之也。

元和四年，河南元微之爲監察御史，奉使劍外。去踰旬，予與仲兄樂天、隴西李杓直同遊曲江。詣慈恩佛舍，徧歷僧院，淹留移時。日已晚，同詣杓直修行里第，命酒對酬，甚歡暢。兄停杯久之，曰："微之當達梁矣。"命題一篇於屋壁。

其詞曰："春來無計破春愁，醉折花枝作酒籌。忽憶故人天際去，計程今日到梁州。"實二十一日也。十許日，會梁州使適至，獲微之書一函，後寄《紀夢詩》一篇，其詞曰："夢君兄弟曲江頭，也入慈恩院裏游。屬吏喚人排馬去，覺來身在古梁州。"日月與遊寺題詩日月率同。蓋所謂此有所爲而彼夢之者矣。

貞元中，扶風竇質與京兆韋旬同自亳入秦，宿潼關逆旅。竇夢至華嶽祠，見一女巫，黑而長。青裙素襦，迎路拜揖，請爲之祝神。竇不獲已，遂聽之。問其姓，自稱趙氏。及覺，具告於韋。明日，至祠下，有巫迎客，容質妝服，皆所夢也。顧謂韋曰："夢有徵也。"乃命從者視囊中，得錢二鐶，與之。巫撫掌大笑，謂同輩曰："如所夢矣！"韋驚問之。對曰："昨夢二人從東來，一髯而短者祝酹，獲錢二鐶焉。及旦，乃徧述於同輩。今則驗矣。"竇因問巫之姓氏。同輩曰："趙氏。"自始及末，若合符契。蓋所謂兩相通夢者矣。

行簡曰：《春秋》及子史，言夢者多，然未有載此三夢者也。世人之夢亦衆矣，亦未有此三夢。豈偶然也，抑亦必前定也？予不能知。今備記其事，以存錄焉。

行簡云：長安西市帛肆，有販粥求利而爲之平者，姓張，不得名。家富於財，居光德里。其女，國色也。嘗因晝寢，夢至一處，朱門大户，榮戟森然。由門而入，望其中堂，若設燕張樂之爲，左右廊皆施幃幄。有紫衣吏引張氏於西廊幙，次見少女如張等輩十許人，皆花容綽約，釵鈿照耀。既至，吏促張妝飾，諸女迭助之理澤傅粉。有頃，自外傳呼："侍郎來！"自隙間窺之，見一紫綬大官。張氏之兄，嘗爲其小吏，識之，乃言曰："吏部沈公也。"俄又呼曰："尚書來！"又有識者，并帥王公也。逡巡復連呼曰：

"某來！""某來！"皆郎官以上，六七個坐廳前。紫衣吏曰："可出矣。"群女旋進，金石絲竹鏗鏘，震響中署。酒酣，并州見張氏而視之，尤屬意。謂之曰："汝習何藝能？"對曰："未嘗學聲音。"使與之琴，辭不能。曰："第操之！"乃撫之而成曲。予之箏亦然，琵琶亦然，皆平生所不習也。王公曰："恐汝或遺。"乃令口受詩："鬌梳嫽俏學官妝，獨立閑庭納夜涼。手把玉簪敲砌竹，清歌一曲月如霜。"謂張曰："且歸辭父母，異日復來。"忽驚啼，寤，手捫衣帶，謂母曰："尚書詩遺矣！"索筆錄之。問其故，泣對以所夢，且曰："殆將死乎？"母怒曰："汝作魘爾，何以爲辭？乃出不祥言如是。"因臥病累日。外親有持酒肴者，又有將食來者。女曰："且須膏沐澡渝。"母聽，良久，豔妝盛色而至。食畢，乃遍拜父母及坐客，曰："時不留，某今往矣。"因授衾而寢。父母環伺之，俄爾遂卒。會昌二年六月十五日也。

按白氏所紀三夢，洵奇矣。劉幽求一事，尤爲唐人所豔稱；故祖述其意、別製篇章者，頗不乏人。如《河東記》所記獨孤遐叔（《太平廣記》二百八十一引），《纂異記》所載之張生（《太平廣記》二百八十二引）二事，皆與劉幽求所遇相同。雖詳略互異，其同出一源，則無疑也。慈恩夢遊，孟棨《本事詩》亦載之，且見諸酬答，當非幻設。比類而參，亦異苑之偉觀也。此文不載《太平廣記》。今從明鈔本《説郛》校錄如上。惟《説郛》本《三夢記》後，尚綴行簡附記張氏女夢遊一篇，既出於三夢之外，而其事爲會昌二年六月。其時行簡已早卒，當爲後人附記，非行簡本文。故附存之，而著其説於此云。

《河東記·獨孤遐叔》一則云：

貞元中進士獨孤遐叔，家於長安崇賢里，新娶白氏女，家貧下第，將遊劍南，與其妻訣曰：「遲可周歲歸矣。」遐叔至蜀，羈栖不偶，逾二年乃歸。至鄠縣西，去城尚百里，歸心迫速，取是夕及家。趨斜徑疾行，人畜既殆。至金光門五六里，天已暝，絕無逆旅，唯路隅有佛堂，遐叔止焉。時近清明，月色如畫。繫驢於庭外，入空堂中，有桃杏十餘株。夜深，施衾幬於西窗下偃臥。方思明晨到家，因吟舊詩曰：「近家心轉切，不敢問來人。」至夜分不寐。

忽聞牆外有十餘人相呼聲，若里胥田叟，將有供待迎接。須臾有夫役數人，各持畚鍤箕箒，於庭中糞除訖，復去。有頃，又持牀席、牙盤、蠟炬之類，及酒具樂器，闐咽而至。遐叔意謂貴族賞會，深慮為其斥逐，乃潛伏屏氣於佛堂梁上伺之。鋪陳既畢，復有公子女郎共十數輩，青衣黃頭亦十數人，步月徐來，言笑宴宴。遂於筵中間坐，獻酬縱橫，履舃交錯。中有一女郎，憂傷摧悴，側身下坐，風韻若似遐叔之妻。窺之，大驚。即下屋袱稍於暗處，迫而察焉，乃真是妻也。方見一少年，舉盃囑之曰：「一人向隅，滿坐不樂，小人竊不自量，願聞金玉之聲。」其妻冤抑悲愁，若無所控訴而強置於坐也。遂舉金雀，收泣而歌曰：「今夕何夕，存耶！沒耶！良人去兮天之涯，園樹傷心兮，三見花。」滿坐傾聽，諸女郎轉面揮涕。一人曰：「良人非遠，何天涯之謂乎？」少年相顧大笑。遐叔驚憤。久之，計無所出，乃就階陛間抐一大磚，向坐飛擊，磚纔至地，悄然一無所見。

遐叔悵然悲惋，謂其妻死矣。速驚而歸，前望其家，步步悽咽。比平明，至其所居，使蒼頭先入，家人並無恙。遐叔乃驚愕，疾走入門。青衣報娘子夢魘方寤。遐叔至寢，妻臥猶未興。良久乃曰：「向夢與姑妹之黨，相與玩月，出金光門外，向一野寺，忽為兇暴者數十輩脅與雜坐飲酒。」又說夢中聚會言語，與遐叔所見並同。又云：「方飲次，忽見大磚飛墜，因遂驚魘殆絕，纔寤而君至。」豈幽憤之所感耶？

又《纂異記·張生》一則云：

有張生者，家在汴州中牟縣東北赤城坂。以饑寒，一旦別妻子，遊河朔，五年方還。自河朔還汴州，晚出鄭州門，到板橋，已昏黑矣。乃下道取陂中迤路而歸。忽於草莽中見燈火熒煌，賓客五六人，方宴飲次，生乃下驢以詣之。相去十餘步，見其妻亦在坐中，與賓客談笑方洽。生乃蔽形於白楊樹間以窺之。見有長鬚者持杯，請措大夫人歌。生之妻，文學之家，幼學詩書，甚有篇詠。欲不為唱，四座勸請。乃歌曰："歎衰草！絡緯聲切切，良人一去不復還，今夕坐愁鬢如雪。"長鬚云："勞歌一杯。"飲訖，酒至白面年少，復請歌。張妻曰："一之謂甚，其可再乎？"長鬚持一籌筯云："請置觥，有拒請歌者，飲一鍾。歌舊詞中笑語准此罰。"於是張妻又歌曰："勸君酒，君莫辭。落花徒繞枝，流水無返期。莫惜少年時，少年能幾時？"酒至紫衣者，復持盃請歌。張妻不悅，沈吟良久，乃歌曰："怨空閨，秋日亦難暮。夫壻斷音書，遙天鴈空度。"酒至黑衣胡人，復請歌。張妻連唱三四曲，聲氣不續，沈吟未唱間，長鬚拋觥云："不合推辭，乃酌一鍾。"張妻涕泣而飲，復唱送胡人酒曰："切切夕風急，露滋庭草濕。良人去不回，焉知掩閨泣。"酒至綠衣少年，持盃曰："夜已久，恐不得從容，即當瞑索。無辭一曲，便望歌之。"又唱云："螢火穿白楊，悲風入荒草。疑是夢中游，愁迷故園道。"酒至張妻，長鬚歌以送之曰："花前始相見，花下又相送。何必言夢中，人生盡如夢。"酒至紫衣胡人，復請歌云："須有豔意。"張妻低頭未唱間，長鬚又拋一觥。於是張生怒，捫足下得一瓦，擊之，中長鬚頭。再發一瓦，中妻額。闃然無所見。張君謂其妻已卒，慟哭，連夜而歸。

及明至門，家人驚喜出迎。君問其妻，婢僕曰："娘子夜來頭痛。"張君入室，問其妻病之由。曰："昨夜夢草莽之處有六七人，遍令飲酒，各請歌。孥凡歌六七曲。有長鬚者，頻拋觥。方飲次，外有發瓦來，第二中孥額。因驚覺，乃頭痛。"張君因知昨夜所見，乃妻夢也。

孟棨《本事詩‧徵異第五》云：

　　元相公稹爲御史，鞫獄梓潼。時白尚書在京，與名輩遊慈恩，小酌花下，爲詩寄元曰："花時同醉破新愁，醉折花枝作酒籌。忽憶故人天際去，計程今日到梁州。"元果及褒城，亦寄《夢遊詩》曰："夢君兄弟曲江頭，也向慈恩院裏遊。驛吏喚人排馬去，忽驚身在古梁州。"千里神交，若合符契。友朋之道，不期至歟。

東城老父傳

陳鴻撰

據太平廣記校錄

老父,姓賈名昌,長安宣陽里人。開元元年癸丑生,元和庚寅歲,九十八年矣。視聽不衰,言甚安徐,心力不耗,語太平事歷歷可聽。父忠,長九尺,力能倒曳牛,以材官爲中宮幕士。景龍四年,持幕竿隨玄宗入大明宮,誅韋氏,奉睿宗朝群后,遂爲景雲功臣,以長刀備親衛。詔徙家東雲龍門。

昌生七歲,趫捷過人,能摶柱乘梁,善應對,解鳥語音。玄宗在藩邸時,樂民間清明節鬥雞戲。及即位,治雞坊於兩宮間。索長安雄雞,金毫鐵距高冠昂尾千數,養於雞坊,選六軍小兒五百人,使馴擾教飼。上之好之,民風尤甚。諸王世家、外戚家、貴主家、侯家,傾帑破產市雞,以償雞直。都中男女,以弄雞爲事,貧者弄假雞。帝出遊,見昌弄木雞於雲龍門道旁,召入,爲雞坊小兒,衣食右龍武軍。三尺童子,入雞群,如狎群小,壯者、弱者、勇者、怯者,水穀之時、疾病之候,悉能知之。舉二雞,雞畏而馴,使令如人。護雞坊中謁者王承恩言於玄宗。召試殿庭,皆中玄宗意,即日爲五百小兒長。加之以忠厚謹密,天子甚愛幸之。金帛之賜，日至其家。

開元十三年，籠雞三百，從封東嶽。父忠死太山下，得子禮奉尸歸葬雍州。縣官爲葬器喪車，乘傳洛陽道。十四年三月，衣鬥雞服，會玄宗於溫泉。當時天下號爲"神雞童"。時人爲之語曰："生兒不用識文字，鬥雞走馬勝讀書。賈家小兒年十三，富貴榮華代不如。能令金距期勝負，白羅繡衫隨軟輿。父死長安千里外，差夫持道輓喪車。"昭成皇后之在相王府，誕聖於八月五日。中興之後，制爲千秋節。賜天下民牛酒樂三日，命之曰酺，以爲常也。大合樂於宮中，歲或酺於洛。元會與清明節，率皆在驪山。每至是日，萬樂具舉，六宮畢從。昌冠鶡翠金華冠，錦袖繡襦袴，執鐸拂道。群雞叙立於廣場，顧眄如神，指揮風生。樹毛振翼，礪吻磨距，抑怒待勝，進退有期，隨鞭指低昂不失。昌度勝負既決，強者前，弱者後，隨昌鴈行，歸於雞坊。角觝萬夫，跳劍尋橦，蹴毬踏繩，舞於竿顛者，索氣沮色，逡巡不敢入。豈教猱擾龍之徒歟？二十三年，玄宗爲娶梨園弟子潘大同女，男服珮玉，女服繡襦，皆出御府。昌男至信、至德。

天寶中，妻潘氏以歌舞重幸於楊貴妃。夫婦席寵四十年，恩澤不渝，豈不敏於伎、謹於心乎？上生於乙酉雞辰，使人朝服鬥雞，兆亂於太平矣。上心不悟。十四載，胡羯陷洛，潼關不守。大駕幸成都，奔衛乘輿。夜出便門，馬蹄道穽。傷足，不能進，杖入南山。每進雞之日，則向西南大哭。祿山往年朝於京師，識昌於橫門外。及亂二京，以千金購昌長安洛陽市。昌變姓名，依於佛舍，除地擊鐘，施力於佛。洎太上皇歸興慶宮，肅宗受命於別殿，昌還舊里。居室爲兵掠，家無遺物。布衣憔悴，不復得入禁門矣。明日，復出長安南門，道見妻兒於招國里，菜色黯焉。兒荷薪，妻負故絮。昌聚哭，訣於道。遂長逝息長安佛寺，學大師佛旨。

大曆元年，依資聖寺大德僧運平住東市海池，立陁羅尼石幢。書能紀姓名，讀釋氏經，亦能了其深義至道，以善心化市井人。建僧房佛舍，植美草甘木。晝把土擁根，汲水灌竹，夜正觀於禪室。建中三年，僧運平人壽盡。服禮畢，奉舍利塔於長安東門外鎮國寺東偏，手植松柏百株。構小舍，居於塔下，朝夕焚香灑掃，事師如生。順宗在東宮，捨錢三十萬，爲昌立大師影堂及齋舍。又立外屋，居游民，取傭給。昌因日食粥一杯，漿水一升，臥草席，絮衣。過是，悉歸於佛。妻潘氏後亦不知所往。貞元中，長子至信衣并州甲，隨大司徒燧入覲，省昌於長壽里。昌如己不生，絕之使去。次子至德歸，販繒洛陽市，來往長安間，歲以金帛奉昌，皆絕之。遂俱去，不復來。

元和中，穎川陳鴻祖攜友人出春明門，見竹柏森然，香煙聞於道，下馬觀昌於塔下。聽其言，忘日之暮。宿鴻祖於齋舍，話身之出處，皆有條貫。遂及王制。鴻祖問開元之理亂。昌曰："老人少時，以鬥雞求媚於上。上倡優畜之，家於外宮，安足以知朝廷之事。然有以爲吾子言者。老人見黃門侍郎杜暹出爲磧西節度，攝御史大夫，始假風憲以威遠。見哥舒翰之鎮涼州也，下石堡戍青海城，出白龍，逾葱嶺，界鐵關，總管河左道，七命始攝御史大夫。見張說之領幽州也，每歲入關，輒長轅輓輻車，輦河間、薊州庸調繒布，駕轄連軔，坌入關門，輸於王府。江淮綺縠，巴蜀錦繡，後宮玩好而已。河州燉煌道歲屯田，實邊食，餘粟轉輸靈州，漕下黃河，入太原倉，備關中凶年。關中粟米，藏於百姓。天子幸五嶽，從官千乘萬騎，不食於民。老人歲時伏臘得歸休，行都市間，見有賣白衫白疊布。行鄰比廓間，有人禳病，法用皂布一匹，持重價不克致，竟以幞頭羅代之。近者，老人扶杖出門，閱街衢中，東西南北視之，見白衫者不滿百。豈天下之人皆執兵乎？開元十二年，詔三省侍郎有缺，先求曾任刺史者。郎官缺，先求曾任縣令者。及老人見四十三省郎吏，有理刑才名，大者出刺郡，小者鎮縣。自老人居大道旁，往往有郡太守休馬於此，皆慘然不樂朝廷沙汰使治郡。開元取士，孝弟理人而已。不聞進士宏詞拔萃之爲其得人也。大略如此。"因泣下。復言曰："上皇北臣穹盧，東臣雞林，南臣滇池，西臣昆夷，三歲一來會。朝覲之禮容，臨照之恩澤，衣之錦絮，飼之酒食，使展事而去，都中無留外國賓。今北胡與京師雜處，娶妻生子。長安中少年，有胡心矣。吾子視首飾靴服之制，不與向同，得非物妖乎？"鴻祖默不敢應而去。

按《唐書·藝文志》子部小説類載陳鴻《開元升平源》一卷，不載此傳。《宋史·藝文志》史部傳記類，著錄陳鴻《東城老父傳》一卷。傳末語及開元理亂之源，有不勝今昔低徊之感。則是陳鴻此篇，固猶《開元升平源》意也。惟《資治通鑑考異》十二曾引吳兢《升平源》一文，乃述姚元崇藉騎射邀恩獻納十事，遂得奉命作相之始末。涑水辨正，以爲好事依託兢名，難以盡信。則是《開元升平源》之撰人，爲吳兢，爲陳鴻，在宋初固有兩説也。兩《唐書》無《陳鴻傳》。《唐志》著錄《開元升平源》一卷，注云："字大亮，貞元主客郎中。"《全唐文》（六百十二）《陳鴻小傳》云："太和三年，官尚書主客郎中。"又《唐文粹》（九十五）載陳鴻《大統紀序》有云："臣少學乎史氏，志在編年。貞元丁酉歲（按貞元無丁酉，或爲丁卯丁丑之誤）登太常第，始閉居遂志，迺修《大紀》三十卷。七年書就，故絕筆於元和六年辛卯。"據此，則知鴻爲貞元、元和間人，至文宗太和之初，尚在朝列；而平生所學，蓋有志乎史氏編年之學者矣。本文據《太平廣記》四百八十五校錄。鴻尚有《長恨歌傳》，與此文並稱史外逸聞。清修《全唐文》，錄鴻文三篇，而此二篇不收，蓋以其爲小説家言，近於猥瑣誕妄，故擯斥不錄，已於敍例見之也。

又按近有疑此傳爲陳鴻祖作者，因本傳後段敍及潁川陳鴻祖訪問賈昌問開元理亂之原，其必爲鴻祖撰傳無疑。惟此傳相傳已久，宋時所編之《太平廣記》及《宋史·藝文志》對於撰人，皆無異説。今姑存之，以待考定。

又按賈昌事，當爲唐人實錄。李白詩《古風》云："大車揚飛塵，停午暗阡陌。中貴多黃金，連雲開甲宅。路逢鬥雞者，冠蓋何輝赫，鼻息千虹蜺，行人皆怵惕。世無洗耳翁，誰知堯與跖。"蕭士贇曰："此篇諷刺之詩，蓋爲賈昌輩而作。"蓋以當時人爲謠，有"生兒不用識文字，鬥雞走馬勝讀書"之語，則是爾時景慕鬥雞之徒如賈昌者，證以太白詩歌，當更可信也。

長恨歌傳

陳鴻撰

傳文據文苑英華校錄

歌據長慶集

開元中，泰階平，四海無事。玄宗在位歲久，倦於旰食宵衣，政無大小，始委於右丞相，稍深居遊宴，以聲色自娛。先是元獻皇后、武淑妃皆有寵，相次即世。宮中雖良家子千數，無可悅目者。上心忽忽不樂。時每歲十月，駕幸華清宮，內外命婦，熠耀景從，浴日餘波，賜以湯沐，春風靈液，澹蕩其間。上心油然，若有所遇，顧左右前後，粉色如土。詔高力士潛搜外宮，得弘農楊玄琰女於壽邸，既笄矣。鬢髮膩理，纖穠中度，舉止閑冶，如漢武帝李夫人。別疏湯泉，詔賜澡瑩，既出水，體弱力微，若不任羅綺。光彩煥發，轉動照人。上甚悅。進見之日，奏《霓裳羽衣曲》以導之；定情之夕，授金釵鈿合以固之。又命戴步搖，垂金璫。明年，冊為貴妃，半后服用。繇是冶其容，敏其詞，婉孌萬態，以中上意。上益嬖焉。時省風九州，泥金五嶽，驪山雪夜，上陽春朝，與上行同輦，止同室，宴專席，寢專房。雖有三夫人、九嬪、二十七世婦、八十一御妻，暨後宮才人、樂府妓女，使天子無顧盼意。自是六宮無復進幸者。非徒殊豔尤態致是，蓋才智明慧，善巧便佞，先意希旨，有不可形容者。叔父昆弟皆列位清貴，爵爲通侯。姊妹封國夫人，富埒王宮，車服邸第，與大長公主侔矣。而恩澤勢力，則又過之，出入禁門不問，京師長吏爲之側目。故當時謠詠有云："生女勿悲酸，生男勿喜歡。"又曰："男不封侯女作妃，看女却爲門上楣。"其爲人心羨慕如此。

天寶末，兄國忠盜丞相位，愚弄國柄。及安祿山引兵嚮闕，以討楊氏爲詞。潼關不守，翠華南幸，出咸陽，道次馬嵬亭。六軍徘徊，持戟不進。從官郎吏伏上馬前，請誅晁錯以謝天下。國忠奉氂纓盤水，死於道周。左右之意未快。上問之。當時敢言者，請以貴妃塞天下怨。上知不免，而不忍見其死，反袂掩面，使牽之而去。倉皇展轉，竟就死於尺組之下。旣而玄宗狩成都，肅宗受禪靈武。明年大赦改元，大駕還都。尊玄宗爲太上皇，就養南宮。自南宮遷於西內。時移事去，樂盡悲來。每至春之日、冬之夜，池蓮夏開、宮槐秋落，梨園弟子，玉琯發音，聞《霓裳羽衣》一聲，則天顏不怡，左右歔欷。三載一意，其念不衰。求之夢魂，杳不能得。

適有道士自蜀來，知上心念楊妃如是，自言有李少君之術。玄宗大喜，命致其神。方士乃竭其術以索之，不至。又能遊神馭氣，出天界、沒地府以求之，不見。又旁求四虛上下，東極天海，跨蓬壺。見最高仙山，上多樓闕，西廂下有洞戶，東嚮，闔其門，署曰"玉妃太真院"。方士抽簪扣扉，有雙鬟童女，出應其門。方士造次未及言，而雙鬟復入。俄有碧衣侍女又至，詰其所從。方士因稱唐天子使者，且致其命。碧衣云："玉妃方寢，請少待之。"於時雲海沈沈，洞天日曉，瓊戶重闔，悄然無聲。方士展息斂足，拱手門下。久之，而碧衣延入，且曰："玉妃出。"見一人冠金蓮，披紫綃，珮紅玉，曳鳳舃，左右侍者七八人，揖方士，問："皇帝安否？"次問天寶十四載已還事。言訖，憫然。指碧衣取金釵鈿合，各析其半，授使者曰："爲我謝太上皇，謹獻是物，尋舊好也。"方士受辭與信，將行，色有不足。玉妃固徵其意。復前跪致詞："請當時一事，不爲他人聞者，驗於太上皇，不然，恐鈿合金釵，負新垣平之詐也。"玉妃茫然退立，若有所思，徐而言曰："昔天寶十載，侍輦避暑於驪山宮。秋七月，牽牛織女相見之夕，秦人風俗，是夜張錦繡，陳飲食，樹瓜華，焚香於庭，號爲乞巧。宮掖間尤尚之。時夜殆半，休侍衛於東西廂，獨侍上。上凭肩而立，因仰天感牛女事，密相誓心，願世世爲夫婦。言畢，執手各嗚咽。此獨君王知之耳。"因自悲曰："由此一念，又不得居此。復墮下界，且結後緣。或爲天，或爲人，決再相見，好合如舊。"因言："太上皇亦不久人間，幸惟自安，無自苦耳。"使者還奏太上皇，皇心震悼，日日不豫。其年夏四月，南宮宴駕。

　　元和元年冬十二月，太原白樂天自校書郎尉於盩厔。鴻與琅琊王質夫家於是邑，暇日相攜遊仙遊寺，話及此事，相與感歎。質夫舉酒於樂天前曰："夫希代之事，非遇出世之才潤色之，則與時消没，不聞於世。樂天深於詩、多於情者也，試爲歌之，如何？"樂天因爲《長恨歌》。意者不但感其事，亦欲懲尤物、窒亂階，垂於將來者也。歌既成，使鴻傳焉。世所不聞者，予非開元遺民，不得知。世所知者，有《玄宗本紀》在。今但傳《長恨歌》云爾。

　　漢皇重色思傾國，御宇多年求不得。楊家有女初長成，養在深閨人未識。天生麗質難自棄，一朝選在君王側。回眸一笑百媚生，六官粉黛無顏色。春寒賜浴華清池，温泉水滑洗凝脂，侍兒扶起嬌無力，始是新承恩澤時。云鬢花顏金步搖，芙蓉帳暖度春宵。春宵苦短日高起，從此君王不早朝。承歡侍宴無閒暇，春從春遊夜專夜。後宮佳麗三千人，三千寵愛在一身。金屋妝成嬌侍夜，玉樓宴罷醉和春。姊妹弟兄皆列土，可憐光彩生門戶。遂令天下父母心，不重生男重生女。驪宮高處入青雲，仙樂風飄處處聞。緩歌慢舞凝絲竹，盡日君王看不足。漁陽鼙鼓動地來，驚破《霓裳羽衣曲》。九重城闕煙塵生，千乘萬騎西南行。翠華搖搖行復止，西出都門百餘里。六軍不發無奈何，宛轉蛾眉馬前死。花鈿委地無人收，翠翹金雀玉搔頭。君王掩面救不得，回看血淚相和流。黃埃散漫風蕭索，雲棧縈紆登劍閣，峨眉山下少人行，旌旗無光日色薄。蜀江水碧蜀山青，聖主朝朝暮暮情。行宮見月傷心色，夜雨聞鈴腸斷聲。天旋日轉回龍馭，到此躊躇不能去。馬嵬坡下泥土中，不見玉顏空死處。君臣相顧盡霑衣，東望都門信馬歸。歸來池苑皆依舊，太液芙蓉未央柳。芙蓉如面柳如眉，對此如何不淚垂？春風桃李花開夜，秋雨梧桐葉落時。西宮南苑多秋草，宮葉滿階紅不掃。梨園弟子白髮新，椒房阿監青娥老。夕殿螢飛思悄然，孤燈挑盡未成眠。遲遲鐘鼓初長夜，耿耿星河欲曙天。鴛鴦瓦冷霜華重，翡翠衾寒誰與共？悠悠生死別經年，魂魄不曾來入夢。臨邛道士鴻都客，能以精誠致魂魄，爲感君王展轉思，遂教方士慇懃覓。排空馭氣奔如電，升天入地求之遍。上窮碧落下黃泉，兩處茫茫皆不見。忽聞海上有仙山，山在虛無縹緲間。樓殿玲瓏五雲起，其中綽約多仙子。中有一人字太真，雪膚花貌參差是。金闕西廂叩玉扃，轉教小玉報雙成。聞道漢家天子使，九華帳裏夢魂驚。攬衣推枕起徘徊，珠箔銀屏迤邐開。雲鬟半偏新睡覺，花冠不整下堂來。風吹仙袂飄飄舉，猶似《霓裳羽衣舞》。玉容寂寞淚闌干，梨花一枝春帶雨。含情凝睇謝君王，一別音容兩渺茫，昭陽殿裏恩愛絕，蓬萊宮中日月長。回頭下望人寰處，不見長安見塵霧。唯將舊物表深情，鈿合金釵寄將去。釵留一股合一扇，釵擘黃金合分鈿。但令心似金鈿堅，天上人間會相見。臨別殷勤重寄詞，詞中有誓兩心知。七月七日長生殿，夜半無人私語時："在天願作比翼鳥，在地願爲連理枝。"天長地久有時盡，此恨綿綿無絕期！

按幼時讀白樂天《長恨歌》，兼及《說薈》所收陳鴻《長恨歌傳》，蓋因《傳》愈曉其事之始末也。顧《說薈》本出於《太平廣記》（四百八十六），他書所載，大略從同。嗣從《文苑英華》七百九十四得此文，與舊所肄者，文句多異。末段敍及鴻與王質夫、白樂天相攜至仙遊寺，質夫舉酒邀樂天作歌一節，爲《廣記》本所無，乃知宋初固有詳略兩本；否則《文苑英華》爲鴻之本文，《廣記》所採，或經刪削者也。惟明刻《文苑英華》，本傳後附刊一篇，云出《麗情集》及《京本大曲》。又與《英華》《廣記》兩本不同。尤甚者，如"詔浴華清池，清瀾三尺，中洗明玉。蓮開水上，鸞舞鑑中。既出水，嬌多力微，不勝羅綺"，皆爲二本所無。宋秦醇《趙飛燕別傳》所謂"蘭湯灧灧，昭儀坐其中，若三尺寒泉浸明玉"爲胡應麟所特賞者，則又沿襲此文而依託者也。宋人所撰《五色綫》引"清瀾三尺，中洗明玉"數語，云出陳鴻《長恨歌傳》。後人但據《廣記》，頗疑《五色綫》所引，不載《傳》中，而斷爲誤引《飛燕別傳》。則是明刊《文苑英華》所附引之《麗情集》，固未嘗寓目也。《麗情集》二十卷爲宋祥符間張君房所撰，晁公武《讀書志》謂其書編集古今情感事，君房當有所本。今既據《文苑英華》校錄陳《傳》，而白詩闕載。因從《長慶集》補錄於後。至《文苑英華》所附錄之《麗情集》一篇，既亦傳自宋初，仍迻錄於此，俾肄及此傳者，得省覽焉。

開元中，六符炳靈，四海無波，禮樂同人，神和天子，在位歲久，倦乎旰食，始委國政于右丞相。端拱深居，儲思國色。先是元獻皇后、武惠妃皆有寵，相次薨謝，宮侍無可意者。上心忽忽焉不自樂。時歲十月，駕幸驪山之華清宮，浴於溫泉。內外命婦，熠耀景從，浴日餘波，賜以湯浴。靈液不凍，玉樹早芳，春色瀁蕩，思生其間。上心油然，恍若有遇。顧宮女三千，粉光如土。使搜諸外宮，得弘農楊氏女，既笄矣。綠雲生鬢，白雪凝膚，渥飾光華，纖穠有度，舉止閑冶，如漢武帝李夫人。上見之明日，詔浴華清池，清瀾三尺中洗明玉，蓮開水上，鶯舞鑑中，既出水，嬌多力微，不勝羅綺。春正月，上心始悅。自是天子不早朝，后、夫人不得侍寢。時省風九州，泥金五嶽，驪山雪夜，上陽春朝，行同輦、止同宴，妖其容、巧其詞，歌舞談笑，婉變便佞，以中上心。故以爲上宮春色，四時在目。

天寶中，後宮良家女萬數，使天子無顧盼意。叔父昆弟，皆爲通侯；女弟女兄，富埒王室；車服制度，爵邑邸第，與大長公主侔矣。恩澤勢力，則又過之，出入禁門不問，京師長吏，爲之側目。

天寶末，兄國忠盜丞相位，竊弄國柄。羯胡亂燕，二京連陷。翠華南幸，駕出都西門百餘里，六師徘徊，擁戟不行。從官郎吏伏上馬前，請誅錯以謝之。國忠奉氂纓盤水，死於道周。左右之意未快，當時敢言者，請以貴妃塞天下之怒。上慘容怛心，不忍見其死，反袂掩面，使牽之而去，拜於上前，回眸血下，墜金鈿翠羽於地。上自收之。嗚呼！蕙心紈質，天王之愛，不得已而死於尺組之下。叔向母云："其美必甚惡。"李延年歌曰："傾國復傾城。"此之謂也。

既而玄宗狩成都，肅宗受命靈武。粵明年，大赦改元，大駕還都，駐六龍於馬嵬道中，君臣相顧，日月無光。不翼日，父子堯舜，天下大和。太上皇就養南宮，宮槐夏花，梧桐秋雨，春日遲遲兮恨深，冬夜長長兮怨急。自死之日，齋之月，莫不感皇容，悼宸衷。每朱樓月曉，綠池冰散，梨園弟子，玉琯一聲，聞《霓裳羽衣曲》，則天顏不怡，侍兒掩泣。三載一意，其念不衰。自是南宮無歌舞之思，求諸夢而精魂不來，求諸神而致誠莫感。

　　成都方士，能乘氣而遊上清。感皇心追念楊貴妃不已，乃上大羅天，入地府，目眩心搖，求之不見。遂駕琅輿，張雲蓋，浮碧落，東下海中三山，遂入蓬萊宮中。金殿西廂，有洞户，闔其門，署曰"玉真太妃院"。扣門，久之，有青衣玉童出。方士傳漢天子命。既入，瓊扉重闔，悄然無聲。方士息氣重足，拱手門下。海上風微，洞天日暖。乃見仙女數人，相隨出戶，延客至玉堂。堂上襄九華帳，有一人冰雪姿、芙蓉冠、露綃帔，儼然如在姑射山。前揖，方士傳漢天子命，言未終，退立慘然。憶一念之心，復墮下界。因泣下，使青衣小童取金釵一股，鈿合一扇，奉太上皇。"苟心如金，堅如鈿，上爲天，下爲世人，重相見時，好合如舊。"方士受其信。

　　將行，色有不足。玉妃固徵其意，復前跪致詞曰："請付當時一事，不聞於人者，驗於漢天子；畏金釵鈿合，負新垣平之詐也。"仙子斂容低肩，含羞而言曰："昔天寶六年，侍輦避暑於驪山宮。七月，牽牛織女相見之夕。秦人風俗，是夜張錦繡繒綺，樹瓜花，陳飲食，焚香於庭，謂之乞巧。三拜畢，縷針於月，裌綫于裳。夜方半，歇侍衛於東西廂，獨侍於帝，憑肩而立，相與盟心誓曰：'世世爲夫婦。'誓畢，執手各嗚咽。此獨君王知之。"方士還長安，奏於太上皇。上皇甚感，自悲殆不勝情。噫！女德，無極者也；死生，大別者也。故聖人節其慾，制其情，防人之亂者也。生感其志，死溺其情。又如之何？

　　元和元年冬十二月，太原白居易尉于盩厔。予與琅琊王質夫家仙遊谷，因暇日攜手入山。質夫於道中語及於是。白樂天，深於思者也。有出世之才，以爲往事多情而感人也深，故爲《長恨詞》以歌之。使鴻《傳》焉。世所隱者，鴻非史官，不知。所知者有《玄宗内傳》今在。予所據，王質夫說之爾。

《全唐文》六百十二有陳鴻《華清湯池記》云：

玄宗幸華清宫。新廣湯池，製作宏麗。安禄山於范陽以白玉石爲魚龍鳧鴈，仍以石梁及石蓮花以獻，雕鎪巧妙，殆非人工。上大悦。命陳於湯中，仍以石梁横亘湯上，而蓮花纔出水際。上因幸華清宫，至其所，解衣將入，而魚龍鳧鴈皆若奮麟舉翼，狀欲飛動。上甚恐，遽命撤去，而蓮花今猶存。又嘗於宫中置長湯數十，門屋環回，甃以文石，爲銀樓谷船，及白香木船，致於其中。至於楣棁，皆飾以珠玉。又於湯中壘瑟瑟及沉香爲山，以狀瀛洲方丈。《津陽門詩注》曰：宫内除供奉兩湯外，而内外更有湯十六所。長湯每賜嬪御，其修廣與諸湯不侔。甃以文蟲密石，中央有玉蓮，捧湯泉噴以成池。又縫綴錦繡爲鳧鴈，置於水中。上時往其間，泛钑鏤小舟，以嬉遊焉。次西曰太子湯。又次西少陽湯。又次西長湯十六所。今惟太子、少陽二湯存焉。其窮奢而極慾，古今罕匹矣。

又按楊妃事，爲唐人豔稱。大曆以後，其見於歌詠叢談者尤備。宋撫州樂史子正嘗摭採《明皇雜録》《開天傳信記》《安禄山事跡》《酉陽雜俎》，及陳鴻《長恨歌傳》，排比潤飾，成《楊太真外傳》二卷，首尾備具，斐然可觀。誦陳《傳》者，不可不連類肄及也。顧樂史自南唐入宋，爲著作郎，嘗出知陵州，以獻賦召爲三館編修，遷著作郎，直史館。故晁公武《郡齋讀書志》傳記類收《楊貴妃外傳》二卷，下題皇朝樂史撰。是樂史雖生際五季，然入宋直史館，當爲宋人。自陶宗儀《説郛》收入此傳，妄題爲唐樂史撰。《五朝小説》及《唐人説薈》因之，不復辨別。後人言唐稗者，輒舉此篇，則貽誤不淺也。今以《外傳》雖出於宋人，而文特淒豔；且讀此一文，其他唐末五季之侈談太真逸事者，皆可廢也。茲因爲附存於此。

楊太真外傳　卷上
宋史官樂史撰

　　楊貴妃小字玉環，弘農華陰人也。後徙居蒲州永樂之獨頭村。高祖令本，金州刺史；父玄琰，蜀州司户。貴妃生於蜀。嘗誤墜池中，後人呼爲落妃池。池在導江縣前（亦如王昭君，生於峽州，今有昭君村；綠珠生於白州，今有綠珠江）。妃早孤，養於叔父河南府士曹玄璬家。開元二十二年十一月，歸於壽邸。二十八年十月，玄宗幸温泉宫（自天寶六載十月，復改爲華清宫），使高力士取楊氏女於壽邸，度爲女道士，號太真，住内太真宫。

　　天寶四載七月，册左衛中郎將韋昭訓女配壽邸。是月，於鳳凰園册太真宫女道士楊氏爲貴妃，半后服用。進見之日，奏《霓裳羽衣曲》。（《霓裳羽衣曲》者，是玄宗登三鄉驛，望女几山所作也。故劉禹錫詩有云：「伏覩玄宗皇帝《望女几山》詩，小臣斐然有感：開元天子萬事足，惟惜當時光景促。三鄉驛上望仙山，歸作《霓裳羽衣曲》。仙心從此在瑶池，三清八景相追隨。天上忽乘白雲去，世間空有秋風詞。」又《逸史》云：「羅公遠天寶初侍玄宗，八月十五日夜，宫中翫月，曰：『陛下能從臣月中游乎？』乃取一枝桂，向空擲之，化爲一橋，其色如銀。請上同登，約行數十里，遂至大城闕。公遠曰：『此月宫也。』有仙女數百，素練寬衣，舞於廣庭。上前問曰：『此何曲也？』曰：『《霓裳羽衣》也。』上密記其聲調，遂回橋，却顧，隨步而滅。且諭伶官，象其聲調，作《霓裳羽衣曲》。」以二説不同，乃備録於此。）是夕，授金釵鈿合。上又自執麗水鎮紫庫磨金琢成步摇，至妝閣，親與插鬢。上喜甚，謂後宫人曰：「朕得楊貴妃，如得至寶也。」乃製曲子曰《得寶子》，又曰《得靴（方孔反）子》。

　　先是，開元初，玄宗有武惠妃、王皇后。后無子。妃生子，又美麗，寵傾後宫。至十三年，皇后廢，妃嬪無得與惠妃比。

二十一年十一月，惠妃即世。後庭雖有良家子，無悅上目者，上心悽然。至是得貴妃，又寵甚於惠妃。有姊三人，皆豐碩修整，工於譴浪，巧會旨趣，每入宮中，移晷方出。宮中呼貴妃爲娘子，禮數同於皇后。册妃日贈其父玄琰濟陰太守，母李氏隴西郡夫人。又贈玄琰兵部尚書，李氏涼國夫人。叔玄珪爲光祿卿銀青光祿大夫，再從兄釗拜爲侍郎，兼數使。兄銛又居朝列。堂弟錡尚太華公主，是武惠妃生，以母見遇過於諸女，賜第連於宮禁。自此楊氏權傾天下，每有囑請，臺省府縣，若奉詔敕。四方奇貨、僮僕、馳馬，日輸其門。時安祿山爲范陽節度，恩遇最深，上呼之爲兒。嘗於便殿與貴妃同宴樂，祿山每就坐，不拜上而拜貴妃。上顧而問之："胡不拜我而拜妃子，意者何也？"祿山奏云："胡家不知其父，只知其母。"上笑而赦之。又命楊銛以下，約祿山爲兄弟姊妹，往來必相宴餞，初雖結義頗深，後亦權敵，不叶。

五載七月，妃子以妒悍忤旨。乘單車，令高力士送還楊銛宅。及亭午，上思之不食，舉動發怒。力士探旨，奏請載還，送院中宮人衣物及司農米麵酒饌百余車。諸姊及銛初則懼禍聚哭，及恩賜浸廣，御饌兼至，乃稍寬慰。妃初出，上無聊，中官趨過者，或答撻之。至有驚怖而亡者。力士因請就召，旣夜，遂開安興坊，從太華宅以入。及曉，玄宗見之内殿，大悅。貴妃拜泣謝過。因召兩市雜戲以娛貴妃，貴妃諸姊進食作樂。自兹恩遇日深，後宮無得進幸矣。

七載，加釗御史大夫，權京兆尹，賜名國忠。封大姨爲韓國夫人，三姨爲虢國夫人，八姨爲秦國夫人。同日拜命，皆月給錢十萬，爲脂粉之資。然虢國不施妝粉，自衒美豔，常素面朝天。當時杜甫有詩云："虢國夫人承主恩，平明上馬入宮門。却嫌脂粉涴顏色，淡掃蛾眉朝至尊。"又賜虢國照夜璣，秦國七葉冠，國忠鏒子帳，蓋希代之珍，其恩寵如此。銛授銀青光祿大夫鴻臚卿，將列榮戴，特授上柱國，一日三詔。與國忠五家於宣陽里，甲第洞開，僭擬宮掖，車馬僕從，照耀京邑。遞相誇尚，每造一堂，費逾千萬計，見制度宏壯於已者，則毀之復造。土木之工，不捨晝夜。上賜御食，及外方進獻，皆頒賜五宅。開元已來，豪貴榮盛，未之比也。上起動必與貴妃同行，將乘馬，則力士執轡授鞭。宮中掌貴妃刺繡織錦七百人，雕鏤器物又數百人，供生日及時節慶。續命楊益往嶺南，長吏日求新奇以進奉。嶺南節度張九章，廣陵長史王翼，以端午進貴妃珍玩衣服，異於他郡，九章加銀青光祿大夫，翼擢爲户部侍郎。

　　九載二月，上舊置五王帳，長枕大被，與兄弟共處其間。妃子無何竊寧王紫玉笛吹。故詩人張祐詩云："梨花静院無人見，閒把寧王玉笛吹。"因此又忤旨，放出。時吉溫多與中貴人善，國忠懼，請計於溫。遂入奏曰："妃，婦人，無智識。有忤聖顏，罪當死。既嘗蒙恩寵，只合死於宮中。陛下何惜一席之地，使其就戮？安忍取辱於外乎？"上曰："朕用卿，蓋不緣妃也。"初，令中使張韜光送妃至宅，妃泣謂韜光曰："請奏：妾罪合萬死。衣服之外，皆聖恩所賜。惟髮膚是父母所生。今當即死，無以謝上。"乃引刀剪其髮一繚，附韜光以獻。妃既出，上憮然。至是，韜光以髮搭於肩上以奏。上大驚惋，遽使力士就召以歸，自後益嬖焉。又加國忠遙領劍南節度使。

　　十載上元節，楊氏五宅夜遊，遂與廣寧公主騎從争西市門，楊氏奴揮鞭誤及公主衣，公主墮馬。駙馬程昌裔扶公主，因及數撾。公主泣奏之，上令決殺楊家奴一人，昌裔停官，不許朝謁。於是楊家轉橫，出入禁門不問，京帝長吏，爲之側目。故當時謠曰："生女勿悲酸，生男勿喜歡。"又曰："男不封侯女作妃，君看女却是門楣。"其天下人心羨慕如此。

　　上一旦御勤政樓，大張聲樂。時教坊有王大娘，善戴百尺竿，上施木山，狀瀛州、方丈，令小兒持絳節，出入其間，而舞不輟。時劉晏以神童爲祕書省正字，十歲，惠悟過人。上召於樓中，貴妃坐於膝上，爲施粉黛，與之巾櫛。貴妃令詠王大娘戴竿，晏應聲曰："樓前百戲競爭新，唯有長竿妙入神。誰謂綺羅翻有力，猶自嫌輕更著人。"上與妃及嬪御皆歡笑移時,聞聲於外,因命牙笏黃紋袍賜之。上又晏諸王於木蘭殿,時木蘭花發,皇情不悅。妃醉中舞《霓裳羽衣》一曲,天顏大悅,方知迴雪流風,可以迴天轉地。上嘗夢十仙子,乃製《紫云迴》。(玄宗嘗夢仙子十餘輩,御卿雲而下,各執樂器,懸奏之。曲度清越,真仙府之音。有一仙人曰:"此神仙《紫雲迴》。今傳授陛下,爲正始之音。"上喜而傳受。寤後,餘響猶在。且,命玉笛習之,盡得其節奏也。)並夢龍女,又製《凌波曲》。(玄宗在東都,夢一女,容貌豔異,梳交心髻,大袖寬衣,拜於床前。上問:"汝何人?"曰:"妾是陛下凌波池中龍女。衛宮護駕,妾實有功,今陛下洞曉鈞天之音,乞賜一曲以光族類。"上於夢中爲鼓胡琴,拾新舊之曲聲,爲《凌波曲》。龍女再拜而去。及覺,盡記之。會禁樂,自御琵琶,習而釀之。與文武臣僚,於凌波宮臨池奏新曲,池中波濤湧起,復有神女出池心,乃所夢之女也。上大悅,語於宰相,因於池上置廟,每歲命祀之。)二曲既成,遂賜宜春院及梨園弟子並諸王。

時新豐初進女伶謝阿蠻,善舞。上與妃子鍾念,因而受焉。就按於清元小殿,寧王吹玉笛,上羯鼓,妃琵琶,馬仙期方響,李龜年觱篥,張野狐箜篌,賀懷智拍。自旦至午,歡洽異常。時唯妃女弟秦國夫人端坐觀之。曲罷,上戲曰:"阿瞞(上在禁中,多自稱也)樂籍,今日幸得供養夫人。請一纏頭!"秦國曰:"豈有大唐天子阿姨,無錢用耶?"遂出三百萬爲一局焉。樂器皆非世有者,才奏而清風習習,聲出天表。妃子琵琶邐迤檀,寺人白季貞使蜀還獻。其木溫潤如玉,光耀可鑒,有金縷紅文,蹙成雙鳳。絃乃末訶彌羅國永泰元年所貢者,淥水蠶絲也,光瑩如貫珠瑟瑟。紫玉笛乃姮娥所得也。祿山進三百事管色。俱用媚玉爲之。諸王、郡主、妃之姊妹皆師妃,爲琵琶弟子。每一曲徹,廣有獻遺。妃子是日問阿蠻曰:"爾貧,無可獻師長,待我與爾爲。"命侍兒紅桃娘取紅粟玉臂支賜阿蠻。

妃善擊磬,拊搏之音泠泠然,多新聲,雖太常梨園之妓,莫能及之。上命採藍田綠玉，琢成磬；上方造簴，流蘇之屬，以金鈿珠翠飾之，鑄金爲二獅子，以爲跌，綵繒縟麗，一時無比。

　　先，開元中，禁中重木芍藥，即今牡丹也（《開元天寶花木記》云："禁中呼木芍藥爲牡丹也"），得數本紅紫淺紅通白者，上因移植於興慶池東沉香亭前。會花方繁開，上乘照夜白，妃以步輦從。詔選梨園弟子中尤者，得樂十六色。李龜年以歌擅一時之名，手捧檀板，押衆樂前，將欲歌之。上曰："賞名花，對妃子，焉用舊樂詞爲。"遽命龜年持金花牋。宣賜翰林學士李白立進《清平樂詞》三篇。承旨，猶苦宿醒，因援筆賦之。第一首："雲想衣裳花想容，春風拂檻露華濃。若非群玉山頭見，會向瑤臺月下逢。"第二首："一枝紅豔露凝香，雲雨巫山枉斷腸。藉問漢宮誰得似？可憐飛燕倚新妝。"第三首："名花傾國兩相歡，長得君王帶笑看。解釋春風無限恨，沉香亭北倚欄干。"龜年捧詞進，上命梨園弟子略約詞調，撫絲竹，遂促龜年以歌。妃持玻璃七寶杯，酌西涼州蒲萄酒，笑領歌，意甚厚。上因調玉笛以倚曲。每曲遍將換，則遲其聲以媚之。妃飲罷，斂繡巾再拜。上自是顧李翰林尤異於他學士。會力士終以脫靴爲恥，異日，妃重吟前詞，力士戲曰："始爲妃子怨李白深入骨髓，何翻拳拳如是耶？"妃子驚曰："何學士能辱人如斯？"力士曰："以飛燕指妃子，賤之甚矣。"妃深然之。上嘗三欲命李白官，卒爲宮中所捍而止。

　　上在百花院便殿，因覽《漢成帝內傳》，時妃子後至，以手整上衣領，曰："看何文書？"上笑曰："莫問。知則又殢人。"覓去，乃是"漢成帝獲飛燕，身輕欲不勝風。恐其飄蕩，帝爲造水晶盤，令宮人掌之而歌舞。又製七寶避風臺，間以諸香，安於上，恐其四肢不禁"也。上又曰："爾則任吹多少。"蓋妃微有肌也，故上有此語戲妃。妃曰："《霓裳羽衣》一曲，可掩前古。"上曰："我戲弄，爾便欲嗔乎？憶有一屏風，合在，待訪得，以賜爾。"屏風乃虹霓爲名，雕刻前代美人之形，可長三寸許。其間服玩之器、衣服，皆用衆寶雜厠而成。水精爲地，外以玳瑁水犀爲押，絡以珍珠瑟瑟。間綴精妙,迨非人力所製。此乃隋文帝所造,賜義成公主,隨在北胡。貞觀初滅胡,與蕭后同歸中國,因而賜焉。(妃歸衛公家,遂持去。安於高樓上,未及將歸。國忠日午偃息樓上,至牀,睹屏風在焉。纔就枕,而屏風諸女悉皆下牀前,各通所號,曰:"裂繒人也。""定陶人也。""穹廬人也。""當壚人也。""亡吳人也。""步蓮人也。""桃源人也。""班竹人也。""奉五官人也。""溫肌人也。""曹氏投波人也。""吳宮無雙返香人也。""拾翠人也。""竊香人也。""金屋人也。""解佩人也。""爲雲人也。""董雙成也。""爲煙人也。""畫眉人也。""吹簫人也。""笑躄人也。""垓中人也。""許飛瓊也。""趙飛燕也。""金谷人也。""小鬟人也。""光髮人也。""薛夜來也。""結綺人也。""臨春閣人也。""扶風女也。"國忠雖開目,歷歷見之,而身體不能動,口不能發聲。諸女各以物列坐。俄有纖腰妓人近十餘輩,曰:"楚章華踏謠娘也。"迤連臂而歌之,曰:"三朵芙蓉是我流,大楊造得小楊收。"復有二三妓,又曰:"楚宮弓腰也。何不見《楚辭別序》云'婥約花態,弓身玉肌'?"俄而遞爲本藝。將呈訖,一一復歸屏上,國忠方醒,惶懼甚,遽走下樓,急令封鐍之。貴妃知之,亦不欲見焉。祿山亂後,其物猶存。在宰相元載家,自後不知所在。)

楊太真外傳　卷下
宋史官樂史撰

　　初,開元末,江陵進乳柑橘,上以十枚種於蓬萊宮,至天寶十載九月秋結實。宣賜宰臣,曰:"朕近於宮內種柑子樹數株,今秋結實一百五十餘顆,乃與江南及蜀道所進無別,亦可謂稍異者。"宰臣表賀曰:"伏以自天所育者不能改有常之性,曠古所無者乃可謂非常之感。是知聖人御物,以元氣布和,大道乘時,則殊方叶致。且橘柚所植,南北異名,實造化之有初,匪陰陽之有革。陛下玄風真紀,六合一家,雨露所均,混天區而齊被,草木有性，憑地氣以潛通。故茲江外之珍果，爲禁中之佳實。綠蒂含霜，芳流綺殿，金衣爛日，色麗彤庭。"云云。乃頒賜大臣。

外有一合歡實，上與妃子互相持翫。上曰："此果似知人意，朕與卿固同一體，所以合歡。"於是促坐，同食焉。因令畫圖，傳之於後。妃子既生於蜀，嗜荔枝。南海荔枝，勝於蜀者，故每歲馳驛以進。然方暑熱而熟，經宿則無味。後人不能知也。上與妃采戲，將北，唯重四轉敗爲勝。連叱之，骰子宛轉而成重四，遂命高力士賜緋，風俗因而不易。廣南進白鸚鵡，洞曉言詞，呼爲雪衣女。一朝飛上妃鏡臺上，自語："雪衣女昨夜夢爲鷙鳥所搏。"上令妃授以《多心經》，記誦精熟。後上與妃游別殿，置雪衣女於步輦竿上同去。瞥有鷹至，搏之而斃。上與妃歎息久之，遂瘞於苑中，呼爲鸚鵡塚。交趾貢龍腦香，有蟬蠶之狀，五十枚。波斯言老龍腦樹節方有。禁中呼爲瑞龍腦，上賜妃十枚。妃私發明馳使（明馳使腹下有毛，夜能明，日馳五百里），持三枚遺祿山。妃又常遺祿山金平脫裝具、玉合、金平脫鐵面椀。

十一載，李林甫死。又以國忠爲相，帶四十餘使。十二載，加國忠司空。長男暄，先尚延和郡主，又拜銀青光祿大夫，太常卿，兼户部侍郎。小男昢，尚萬春公主。貴妃堂弟祕書少監鑑，尚承榮郡主。一門一貴妃，二公主，三郡主，三夫人。十二載，重贈玄琰太尉，齊國公。母重封梁國夫人。官爲造廟，御製碑及書。叔玄珪又拜工部尚書。韓國壻祕書少監崔珣女爲代宗妃；虢國男裴徽尚代宗女延光公主，女爲讓帝男妻；秦國壻柳澄男鈞尚長清縣主，澄弟潭尚肅宗女和政公主。

上每年冬十月，幸華清宮，常經冬還宮闕，去即與妃同輦。華清宮有端正樓，即貴妃梳洗之所；有蓮花湯，即貴妃澡沐之室。國忠賜第在宮東門之南，號國相對。韓國秦國，甍棟相接。天子幸其第，必過五家，賞賜燕樂。扈從之時，每家爲一隊，隊著一色衣。五家合隊相映，如百花之煥發。遺鈿、墜舃、琴瑟、珠翠，燦於路岐，可掬。曾有人俯身一窺其車，香氣數日不絕。馳馬千餘頭疋。以劍南旌節器仗前驅。出有餞飲，還有軟脚。遠近餉遺珍玩狗馬，閹侍歌兒，相望於道。及秦國先死，獨虢國、韓國、國忠轉盛。虢國又與國忠亂焉。略無儀檢，每入朝謁，國忠於韓、虢連轡，揮鞭驟馬，以爲諧謔。從官嬫嫗百餘騎。秉燭如晝，鮮裝袨服而行，亦無蒙蔽。衢路觀者如堵，無不駭歎。十宅諸王男女婚嫁，皆資韓、虢紹介；每一人納一千貫，上乃許之。

　　十四載六月一日，上幸華清宮，乃貴妃生日。上命小部音聲（小部者，梨園法部所置，凡三十人，皆十五已下）於長生殿奏新曲，未有名，會南海進荔枝，因此曲名《荔枝香》。左右歡呼，聲動山谷。其年十一月，祿山反幽陵，（祿山本名軋犖山，雜種胡人也。母本巫師。祿山晚年益肥，垂肚過膝，自秤得三百五十斤。於上前胡旋舞，疾如風焉。上嘗於勤政樓東間設大金鷄障，施一大榻，卷去簾，令祿山坐。其下設百戲，與祿山看焉。肅宗諫曰："歷觀今古，未聞臣下與君上同坐閱戲。"上私曰："渠有異相，我禳之故耳。"又嘗與夜燕，祿山醉臥，化爲一豬而龍首。左右遽告帝。帝曰："此豬龍，無能爲。"終不殺。卒亂中國。）以誅國忠爲名。咸言國忠、虢國、貴妃三罪，莫敢上聞，上欲以皇太子監國，蓋欲傳位，自親征。謀於國忠，國忠大懼，歸謂姊妹曰："我等死在旦夕。今東宮監國，當與娘子等併命矣。"姊妹哭訴於貴妃。妃銜土請命，事乃寢。

　　十五載六月，潼關失守。上幸巴蜀，貴妃從。至馬嵬，右龍武將軍陳玄禮懼兵亂，乃謂軍士曰："今天下崩離，萬乘震蕩。豈不由楊國忠割剝甿庶，以至於此。若不誅之，何以謝天下。"衆曰："念之久矣。"會吐蕃和好使在驛門遮國忠訴事。軍士呼曰："楊國忠與蕃人謀叛！"諸軍乃圍驛四合，殺國忠，並男暄等。（國忠舊名釗，本張易之子也。天授中，易之恩幸莫比。每歸私第，詔令居樓，仍去其梯，圍以束棘，無復女奴侍立。母恐張氏絕嗣，乃置女奴嬪妹於樓複壁中。遂有娠，而生國忠。後嫁於楊氏。）上乃出驛門勞六軍。六軍不解圍，上顧左右責其故。高力士對曰："國忠負罪，諸將討之。貴妃即國忠之妹，猶在陛下左右，群臣能無憂怖？伏乞聖慮裁斷。"（一本云："賊根猶在，何敢散乎？"蓋斥貴妃也。）上迴入驛，驛門內傍有小巷，上不忍歸行宮，於巷中倚杖歛首而立。聖情昏默，久而不進，京兆司錄韋鍔（見素男也）進曰："乞陛下割恩忍斷，以寧國家。"逡巡，上入行宮。撫妃子出於廳門，至馬道北牆口而別之，使力士賜死。妃泣涕嗚咽，語不勝情，乃曰："願大家好住。妾誠負國恩，死無恨矣。乞容禮佛。"帝曰："願妃子善地受生。"力士遂縊於佛堂前之梨樹下。纔絕，而南方進荔枝至。上睹之，長號數息，使力士曰："與我祭之。"

祭後，六軍尚未解圍。以繡衾覆牀，置驛庭中，敕玄禮等入驛視之。玄禮擅其首，知其死，曰："是矣。"而圍解。瘞於西郭之外一里許道北坎下。妃時年三十八。上持荔枝於馬上謂張野狐曰："此去劍門，鳥啼花落，水綠山青，無非助朕悲悼妃子之由也。"初，上在華清宮日，乘馬出宮門，欲幸虢國夫人之宅。玄禮曰："未宣敕報臣，天子不可輕去就。"上為之迴轡。他年，在華清宮，逼上元，欲夜遊。玄禮奏曰："宮外即是曠野，須有預備。若欲夜遊，願歸城闕。"上又不能違諫。及此馬嵬之誅，皆是敢言之有便也。

先是，術士李遐周有詩曰："燕市人皆去，函關馬不歸。若逢山下鬼，環上繫羅衣。"燕市人皆去，祿山即薊門之士而來；函關馬不歸，哥舒翰之敗潼關也；若逢山下鬼，嵬字，即馬嵬驛也；環上繫羅衣，貴妃小字玉環，及其死也，力士以羅巾縊焉。又妃常以假髻為首飾，而好服黃裙。天寶末，京師童謠曰："義髻拋河裏，黃裙逐水流。"至此應矣。初，祿山嘗於上前應對，雜以諧謔。妃常在座，祿山心動。及聞馬嵬之死，數日歎惋。雖林甫養育之，國忠激怒之，然其有所自也。

是時虢國夫人先至陳倉之官店。國忠誅問至，縣令薛景仙率吏人追之。走入竹林下，以為賊軍至，虢國先殺其男徽，次殺其女。國忠妻裴柔曰："娘子何不借我方便乎？"遂並其女刺殺之。

已而自刎，不死。載於獄中，猶問人曰："國家乎？賊乎？"獄吏曰："互有之。"血凝其喉而死。遂併坎於東郭十餘步道北楊樹下。

上發馬嵬，行至扶風道。道傍有花，寺畔見石楠樹團圓，愛玩之，因呼爲端正樹，蓋有所思也。又至斜谷口，屬霖雨涉旬，於棧道雨中聞鈴聲，隔山相應。上旣悼念貴妃，因採其聲爲《雨霖鈴曲》，以寄恨焉。

至德二年，旣收復西京。十一月，上自成都還，使祭之。後欲改葬，李輔國等不從。時禮部侍郎李揆奏曰："龍武將士以楊國忠反，故誅之。今改葬故妃，恐龍武將士疑懼。"肅宗遂止之。上皇密令中官潛移葬之於他所。妃之初瘞，以紫褥裹之。及移葬，肌膚已消釋矣。胸前猶有錦香囊在焉。中官葬畢以獻，上皇置之懷袖。又令畫工寫妃形於別殿，朝夕視之而歔欷焉。上皇旣居南内，夜闌，登勤政樓，凭欄南望，煙月滿目。上因自歌曰："庭前琪樹已堪攀，塞外征人殊未還。"歌歇，聞里中隱隱如有歌聲者。顧力士曰："得非梨園舊人乎？遲明，爲我訪來。"翌日，力士潛求於里中，因召與同去，果梨園弟子也。其後，上復與妃侍者紅桃在焉。歌《涼州》之詞，貴妃所製也。上親御玉笛，爲之倚曲。曲罷相視，無不掩泣。上因廣其曲。今涼州留傳者益加焉。

至德中，復幸華清宮。從官嬪御，多非舊人。上於望京樓下命張野狐奏《雨霖鈴曲》。曲半，上四顧悽凉，不覺流涕。左右亦爲感傷。新豐有女伶謝阿蠻，善舞《凌波曲》，舊出入宮禁，貴妃厚焉。是日，詔令舞。舞罷，阿蠻因進金粟裝臂環，曰："此貴妃所賜。"上持之，悽然垂涕曰："此我祖大帝破高麗，獲二寶：一紫金帶，一紅玉支。朕以岐王所進《龍池篇》，賜之金帶。紅玉支賜妃子。後高麗知此寶歸我，乃上言'本國因失此寶，風雨愆時，民離兵弱。'朕尋以爲得此不足爲貴，乃命還其紫金帶。唯此不還。汝旣得之於妃子，朕今再覩之，但興悲念矣。"言訖，又涕零。

至乾元元年，賀懷智又上言，曰："昔上夏日與親王棋，令臣獨彈琵琶（其琵琶以石爲槽，鵾雞筋爲絃，用鐵撥彈之），貴妃立於局前觀之。上數枰子將輸，貴妃放康國猧子上局亂之，上大悅。時風吹貴妃領巾於臣巾上，良久，迴身方落。及歸，覺滿身香氣。乃卸頭幘，貯於錦囊中。今輒進所貯襆頭。"上皇發囊，且曰："此瑞龍腦香也。吾曾施於暖池玉蓮朵，再幸尚有香氣宛然。況乎絲縷潤膩之物哉。"遂悽愴不已。自是聖懷耿耿，但吟："刻木牽絲作老翁，雞皮鶴髮與真同。須臾舞罷寂無事，還似人生一世中。"

有道士楊通幽自蜀來，知上皇念楊貴妃，自云有李少君之術，上皇大喜，命致其神。方士乃竭其術以索之，不至。又能遊神馭氣，出天界、入地府求之，竟不見。又旁求四虛上下，東極絕大海，跨蓬壺。忽見最高山，上多樓閣。泊至，西廂下有洞戶，東向，闔其門，額署曰"玉妃太真院"。方士抽簪叩扉，有雙鬟童女出應門。方士造次未及言，雙鬟復入。俄有碧衣侍女至，詰其所從來。方士因稱天子使者，且致其命。碧衣云："玉妃方寢，請少待之。"逾時，碧衣延入，且引曰："玉妃出。"冠金蓮，悅紫綃，佩紅玉，曳鳳舄。左右侍女七八人。揖方士，問皇帝安否，次問天寶十四載以還。言訖憫然，指碧衣女取金釵鈿合，折其半授使者曰："爲我謝太上皇，謹獻是物，尋舊好也。"方士將行，色有不足，玉妃因徵其意，乃復前跪致詞："請當時一事，不聞於他人者，驗於太上皇。不然，恐金釵鈿合，負新垣平之詐也。"玉妃忙然退立，若有所思，徐而言曰："昔天寶十載，侍輦避暑驪山宮。秋七月，牽牛織女相見之夕，上憑肩而望。因仰天感牛女事，密相誓心：'願世世爲夫婦。'言畢，執手各嗚咽。此獨君王知之耳。"因悲曰："由此一念，又不得居此，復墮下界，且結後緣。或爲天，或爲人，決再相見，好合如舊。"因言："太上皇亦不久人間，幸唯自愛，無自苦耳。"

使者還，具奏太上皇。皇心震悼。及至移入大內甘露殿，悲悼妃子，無日無之。遂辟穀服氣，張皇后進櫻桃蔗漿，聖皇並不食。常玩一紫玉笛，因吹數聲，有雙鶴下於庭，徘徊而去。聖皇語侍兒宮愛曰："吾奉上帝所命，爲元始孔昇真人。此期可再會妃子耳。笛非爾所寶，可送大收（大收，代宗小字）。"即令具湯沐。"我若就枕，愼勿驚我。"宮愛聞睡中有聲，駭而視之，已崩矣。妃子死日，馬嵬媼得錦祙襪一隻。相傳過客一玩百錢，前後獲錢無數。悲夫，玄宗在位久，倦於萬機，常以大臣接對拘檢，難徇私欲。自得李林甫，一以委成。故絕逆耳之言，恣行燕樂。衽席無別，不以爲恥，由林甫之贊成矣。乘輿遷播，朝廷陷沒，百僚繫頸，妃王被戮，兵滿天下，毒流四海，皆國忠之召禍也。

　　史臣曰：夫禮者，定尊卑，理家國。君不君，何以享國？父不父，何以正家？有一於此，未或不亡。唐明皇之一誤，貽天下之羞。所以祿山叛亂，指罪三人。今爲《外傳》，非徒拾楊妃之故事，且懲禍階而已。

鶯鶯傳

元稹撰
據太平廣記校錄

貞元中，有張生者，性溫茂，美風容，內秉堅孤，非禮不可入。或朋從游宴，擾雜其間，他人皆洶洶拳拳，若將不及，張生容順而已，終不能亂。以是年二十三，未嘗近女色。知者詰之。謝而言曰："登徒子非好色者，是有凶行。余真好色者，而適不我值。何以言之？大凡物之尤者，未嘗不留連於心，是知其非忘情者也。"詰者識之。

無幾何，張生遊於蒲。蒲之東十餘里，有僧舍曰普救寺，張生寓焉。適有崔氏孀婦，將歸長安，路出於蒲，亦止茲寺。崔氏婦，鄭女也。張出於鄭，緒其親，乃異派之從母。是歲，渾瑊薨於蒲。有中人丁文雅，不善於軍，軍人因喪而擾，大掠蒲人。崔氏之家，財產甚厚，多奴僕。旅寓惶駭，不知所托。先是，張與蒲將之黨有善，請吏護之，遂不及於難。十餘日，廉使杜確將天子命以總戎節，令於軍，軍由是戢。鄭厚張之德甚，因飾饌以命張，中堂宴之。復謂張曰："姨之孤嫠未亡，提攜幼稚。不幸屬師徒大潰，實不保其身。弱子幼女，猶君之生。豈可比常恩哉！今俾以仁兄禮奉見，冀所以報恩也。"命其子曰歡郎，可十餘歲，容甚溫美。次命女："出拜爾兄，爾兄活爾。"久之，辭疾。鄭怒曰："張兄保爾之命。不然，爾且擄矣。能復遠嫌乎？"久之，乃至。常服睟容，不加新飾，垂鬟接黛，雙臉銷紅而已。顏色豔異，光輝動人。張驚，爲之禮。因坐鄭旁，以鄭之抑而見也，凝睇怨絕，若不勝其體者。問其年紀。鄭曰："今天子甲子歲之七月，終於貞元庚辰，生年十七矣。"張生稍以詞導之，不對。終席而罷。

　　張自是惑之，願致其情，無由得也。崔之婢曰紅娘，生私爲之禮者數四，乘間遂道其衷。婢果驚沮，腆然而奔。張生悔之。翼日，婢復至。張生乃羞而謝之，不復云所求矣。婢因謂張曰："郎之言，所不敢言，亦不敢泄。然而崔之姻族，君所詳也。何不因其德而求娶焉？"張曰："余始自孩提，性不苟合。或時紈綺閒居，曾莫流盼。不爲當年，終有所蔽。昨日一席間，幾不自持。數日來，行忘止，食忘飽，恐不能逾旦暮，若因媒氏而娶，納采問名，則三數月間，索我於枯魚之肆矣。爾其謂何？"婢曰："崔之貞慎自保，雖所尊不可以非語犯之。下人之謀，固難入矣。然而善屬文，往往沉吟章句，怨慕者久之。君試爲喻情詩以亂之。不然，則無由也。"張大喜，立綴《春詞》二首以授之。是夕，紅娘復至，持綵牋以授張，曰："崔所命也。"題其篇曰《明月三五夜》。其詞曰："待月西廂下，迎風戶半開。拂牆花影動，疑是玉人來。"張亦微喻其旨。

　　是夕，歲二月旬有四日矣。崔之東有杏花一株，攀援可踰。既望之夕，張因梯其樹而踰焉。達於西廂，則戶半開矣。紅娘寢於牀。生因驚之。紅娘駭曰："郎何以至？"張因紿之曰："崔氏之牋召我也，爾爲我告之。"無幾，紅娘復來，連曰："至矣！至矣！"張生且喜且駭，必謂獲濟。及崔至，則端服嚴容，大數張曰："兄之恩，活我之家，厚矣。是以慈母以弱子幼女見託。奈何因不令之婢，致淫逸之詞。始以護人之亂爲義，而終掠亂以求之。是以亂易亂，其去幾何？誠欲寢其詞，則保人之姦，不義。明之於母，則背人之惠，不祥。將寄於婢僕，又懼不得發其真誠。是用託短章，願自陳啓。猶懼兄之見難，是用鄙靡之詞，以求其必至。非禮之動，能不愧心。特願以禮自持，毋及於亂！"言畢，翻然而逝。張自失者久之。復踰而出，於是絕望。

數夕，張生臨軒獨寢，忽有人覺之。驚駭而起，則紅娘斂衾攜枕而至，撫張曰："至矣！至矣！睡何爲哉！"並枕重衾而去。張生拭目危坐久之，猶疑夢寐。然而修謹以俟。俄而紅娘捧崔氏而至。至，則嬌羞融冶，力不能運支體，曩時端莊，不復同矣。是夕，旬有八日也。斜月晶瑩，幽輝半牀。張生飄飄然，且疑神仙之徒，不謂從人間至矣。有頃，寺鐘鳴，天將曉。紅娘促去。崔氏嬌啼宛轉，紅娘又捧之而去，終夕無一言。張生辨色而興，自疑曰："豈其夢邪？"及明，覩妝在臂，香在衣，淚光熒熒然，猶瑩於茵席而已。

是後又十餘日，杳不復知。張生賦《會真詩》三十韻，未畢，而紅娘適至，因授之，以貽崔氏。自是復容之。朝隱而出，暮隱而入，同安於曩所謂西廂者，幾一月矣。張生常詰鄭氏之情。則曰："我不可奈何矣。"因欲就成之。無何，張生將之長安，先以情諭之。崔氏宛無難詞，然而愁怨之容動人矣。將行之再夕，不復可見，而張生遂西下。數月，復遊於蒲，會於崔氏者又累月。崔氏甚工刀札，善屬文。求索再三，終不可見。往往張生自以文挑，亦不甚睹覽。大略崔之出人者，藝必窮極，而貌若不知；言則敏辯，而寡於酬對。待張之意甚厚，然未嘗以詞繼之。時愁豔幽邃，恒若不識，喜慍之容，亦罕形見。異時獨夜操琴，愁弄悽惻。張竊聽之。求之，則終不復鼓矣。以是愈惑之。張生俄以文調及期，又當西去。當去之夕，不復自言其情，愁歎於崔氏之側。崔已陰知將訣矣，恭貌怡聲，徐謂張曰："始亂之，終棄之，固其宜矣。愚不敢恨。必也君亂之，君終之，君之惠也。則沒身之誓，其有終矣。又何必深感於此行？然而君既不懌，無以奉寧。君常謂我善鼓琴，向時羞顏，所不能及。今且往矣，既君此誠。"因命拂琴，鼓《霓裳羽衣序》，不數聲，哀音怨亂，不復知其是曲也。左右皆歔欷。崔亦遽止之，投琴，泣下流連，趨歸鄭所，遂不復至。明旦而張行。

明年，文戰不勝，張遂止於京。因贈書於崔，以廣其意。崔氏緘報之詞，粗載於此，曰："捧覽來問，撫愛過深。兒女之情，悲喜交集。兼惠花勝一合，口脂五寸，致燿首膏唇之飾。雖荷殊恩，誰復爲容？覩物增懷，但積悲歎耳。伏承使於京中就業，進修之道，固在便安。但恨僻陋之人，永以遐棄。命也如此，知復何言！自去秋已來，常忽忽如有所失。於喧譁之下，或勉爲語笑，閒宵自處，無不淚零。乃至夢寐之間，亦多感咽，離憂之思，綢繆繾綣，暫若尋常，幽會未終，驚魂已斷。雖半衾如暖，而思之甚遙。一昨拜辭，倏逾舊歲。長安行樂之地，觸緒牽情。何幸不忘幽微，眷念無斁。鄙薄之志，無以奉酬。至於終始之盟，則固不忒。鄙昔中表相因，或同宴處。婢僕見誘，遂致私誠。兒女之心，不能自固。君子有援琴之挑，鄙人無投梭之拒。及薦寢席，義盛意深。愚陋之情，永謂終託。豈期既見君子，而不能定情。致有自獻之羞，不復明侍巾幘。沒身永恨，含歎何言！倘仁人用心，俯遂幽眇，雖死之日，猶生之年。如或達士略情，捨小從大，以先配爲醜行，以要盟爲可欺。則當骨化形銷，丹誠不泯，因風委露，猶託清塵。存没之誠，言盡於此。臨紙嗚咽，情不能申。千萬珍重，珍重千萬！玉環一枚，是兒嬰年所弄，寄充君子下體所佩。玉取其堅潤不渝，環取其終始不絶。兼亂絲一絇，文竹茶碾子一枚。此數物不足見珍。意者欲君子如玉之真，鄙志如環不解。淚痕在竹，愁緒縈絲。因物達情，永以爲好耳。心邇身遐，拜會無期。幽憤所鍾，千里神合。千萬珍重！春風多厲，強飯爲嘉。慎言自保，無以鄙爲深念。"

張生發其書於所知，由是時人多聞之。所善楊巨源好屬詞，因爲賦《崔娘詩》一絶云："清潤潘郎玉不如，中庭蕙草雪銷初。風流才子多春思，腸斷蕭孃一紙書。"河南元稹亦續生《會真詩》三十韻，詩曰："微月透簾櫳，螢光度碧空。遙天初縹緲，低樹漸葱蘢。龍吹過庭竹，鸞歌拂井桐。羅綃垂薄霧，環佩響輕風。絳節隨金母，雲心捧玉童。更深人悄悄，晨會雨濛濛。珠瑩光文履，花明隱繡龍。瑤釵行彩鳳，羅帔掩丹虹。言自瑤華蒲，將朝碧玉宫。因游洛城北，偶向宋家東。戲調初微拒，柔情已暗通。低鬟蟬影動，迴步玉塵蒙。轉面流花雪，登床抱綺叢。鴛鴦交頸舞，翡翠合歡籠。眉黛羞偏聚，唇朱暖更融。氣清蘭蕊馥，膚潤玉肌豐。無力慵移腕，多嬌愛斂躬。汗流珠點點，髮亂綠葱葱，方喜千年會，俄聞五夜窮。留連時有恨，繾綣意難終。慢臉含愁態，芳詞誓素衷。贈環明運合，留結表心同。啼粉流宵鏡，殘燈遠暗蟲。華光猶苒苒，旭日漸曈曈。乘鶩還歸洛，吹簫亦上嵩。衣香猶染麝，枕膩尚殘紅。冪冪臨塘草，飄飄思渚蓬。素琴鳴怨鶴，清漢望歸鴻。海闊誠難渡，天高不易冲。行雲無處所，蕭史在樓中。"張之友聞之者，莫不聳異之，然而張志亦絶矣。稹特與張厚，因徵其詞。張曰："大凡天之所命尤物也，不妖其身，必妖於人。使崔氏子遇合富貴，乘寵嬌，不爲雲爲雨，則爲蛟爲螭，吾不知其變化矣。昔殷之辛、周之幽，據百萬之國，其勢甚厚，然而一女子敗之。潰其衆、屠其身，至今爲天下僇笑。予之德不足以勝妖孽，是用忍情。"於時坐者皆爲深歎。

　　後歲餘，崔已委身於人，張亦有所娶。適經所居，乃因其夫言於崔，求以外兄見。夫語之，而崔終不爲出。張怨念之誠，動於顏色，崔知之，潛賦一章，詞曰："自從消瘦減容光，萬轉千迴懶下牀。不爲旁人羞不起，爲郎憔悴却羞郎。"竟不之見。後數日，張生將行，又賦一章以謝絕云："棄置今何道，當時且自親。還將舊時意，憐取眼前人。"自是，絕不復知矣。

　　時人多許張爲善補過者。予嘗於朋會之中，往往及此意者，夫使知者不爲，爲之者不惑。貞元歲九月，執事李公垂宿於予靖安里第，語及於是，公垂卓然稱異，遂爲《鶯鶯歌》以傳之。崔氏小名鶯鶯，公垂以命篇。

　　按元微之《鶯鶯傳》，《太平廣記》四百八十八雜傳記類採之。後人以張生賦《會真詩》三十韻，又名曰《會真記》。唐人以詩文張之者：元微之有《續會真詩》三十韻，河中楊巨源有《崔娘詩》，亳州李紳有《鶯鶯歌》，皆見於本篇可考者也。宋趙德麟令時惜其不能播之聲樂，乃譜《商調蝶戀花》十闋，以述其事。見所著《侯鯖錄》。金章宗時，有董解元演之爲《西廂記》，見《傳是樓書目》。但無齣句關目，行間全載宮調、引子、尾聲，所謂《弦索西廂》也。元有王實甫《西廂記》、關漢卿《續西廂記》，明有李日華《南西廂記》、陸天池《南西廂記》、周公魯《翻西廂記》。至清查繼佐又有《續西廂雜劇》。他如所謂《續西廂》《翻西廂》《竟西廂》《後西廂》

者;辭旨猥瑣,不著撰人。流傳至今,推爲美談。於是詞人韻事,傳播藝林,皆推本於微之此傳,而益加恢張者也。唐人小説,影響於元明大曲雜劇者頗多,而此傳最傳最廣。究其原因:一則以傳出微之,文雖不高,而辭旨頑豔,頗切人情;一則社會心理,趨尚在此,觀於趙令時稱"今世士大夫,無不舉此爲美話"。宋世已然,於今爲烈;其流播之故可知矣。至其傳中之所謂張生,宋人有疑爲張籍者。王銍、趙德麟並爲辨正,以張生爲元稹之託名,徵諸本集詩歌,及其年譜,皆與此傳吻合。前人已詳言之,當無疑義。張生本無名字。宋王楙《野客叢書》二十九卷,稱"唐有張君瑞遇崔氏女於蒲,崔小名鶯鶯,元稹與李紳語其事,作《鶯鶯歌》"云云。則張生之爲君瑞,宋時或有所本,姑存其説於此。趙德麟《侯鯖錄》卷五所載《辨正》及《商調蝶戀花》十闋,關係此傳甚切。茲全錄於後,俾便參稽云。

辨傳奇鶯鶯事

　　王性之作傳奇辨正云:

　　嘗讀蘇翰林贈張子野有詩曰:"詩人老去鶯鶯在。"注言所謂張生,乃張籍也。僕按元微之所作傳奇鶯鶯事,在貞元十六年春,又言明年生文戰不利,乃在十七年。而唐《登科記》,張籍以貞元十五年商鄖下登科。旣先二年,決非張籍明矣。每觀其文,撫卷歎息,未知張生果爲何人,意其非微之一等人,不可當也。

　　會清源莊季裕爲僕言友人楊阜公,嘗得微之所作《姨母鄭氏墓誌》云:"其旣喪夫遭軍亂,微之爲保護其家備至。"則所謂傳奇者,蓋微之自敍,特假他姓以自避耳。僕退而考微之《長慶集》,不見所謂《鄭氏誌》文;豈僕家所收未完,或别有他本爾。然細味微之所序,及考於他書,則與季裕所説皆合。蓋昔人事有悖於義者,多託之鬼神夢寐,或假之他人,或云見他書,後世猶可考也。微之心不自聊,旣出之翰墨,姑易其姓氏耳。不然,爲人敍事,安能委曲詳盡如此。按樂天作《微之墓誌》,以太和五年薨,年五十三。則當以大曆十四年己未生，至貞元十六年庚辰，正二十二歲矣。（傳奇言生二十二歲，未知女色。）又韓退之作《微之妻韋叢墓誌》文，"作壻韋氏時，微之始以選爲校書郎。"正傳奇所謂後歲餘，生亦有所娶者也。（貞元十八年，微之始中書判拔萃授校書郎，二十四歲矣。）又微之作《陸氏姊誌》云："予外祖父授睦州刺史鄭濟。"白樂天作《微之母鄭夫人誌》亦言："鄭濟女。"而唐《崔氏譜》："永寧尉鵬，亦娶鄭濟女"。則鶯鶯者，乃崔鵬之女，於微之爲中表。正傳奇所謂鄭氏爲異派之從母者也。非特此而已，僕家有微之作《元氏古豔詩》百餘篇，中有《春詞》二首，其間皆隱鶯字，（傳奇言立綴《春詞》二首以授之，不書諱字者，即此意。）及自有《鶯鶯詩》《離思詩》《雜憶詩》，與傳奇所載，猶一家說也。又有《古決絕詞》《夢遊春詞》，前敘所遇，後言捨之以義。又敘娶韋氏之年，與此無少異者。（《夢遊春詞》云："當年二紀初，佳節三星度。韋門正全盛，出入多歡裕。"二紀初，謂二十四歲也。）其詩中多言雙文，意謂二鶯字，爲雙文也。並書於後，使覽之者可考焉。又意《古豔詩》，多微之專因鶯鶯而作無疑。又微之《百韻詩寄樂天》云："山岫當堦翠，牆花拂面枝。鶯聲愛嬌小，燕翼玩逶迤。"注云：昔予賦詩云"爲見牆頭佛面花"，時惟樂天知此事。又云："幼年與蒲中詩人楊巨源友善，日課詩。"（傳奇言生發其書于所知，予亦聞其説。生所善楊巨源爲賦《崔娘詩》一絕。）凡是數端，有一於此，可驗決爲微之無疑；況於如是之衆也。然必更以張生者，豈元與張受命姓氏，本同所自出耶。（張姓出黃帝之後，元姓亦然。後爲拓拔氏，後魏有國，改號元氏。）

僕性喜討論，考合異同。每聞一事隱而未見，或可見而事不同，如瓦礫之在懷，必欲討閱歸於一説而後已。嘗謂讀千載之書，而探千載之跡，必須盡見當時事理，如身履其間，絲分縷解，始終備盡，乃可以置議論。若略執一言一事，未見其餘，則事之相戾者多矣。又謂前世之事，無不可考者，特學者觀書少而未見爾。微之所遇合，雖涉於流宕自放，不中禮義，然名輩風流餘韻，照暎後世，亦人間可喜事。而士之臻此者特鮮也。雖巧爲避就，然意微而顯，見於微之其他文辭者，彰著又如此。故反復抑揚，張而明之，以信其説。他時見所謂《姨母鄭氏誌》文，當詳載於後云。

微之《古豔詩·春詞》云：春來頻到宋家東，垂袖開懷待好風。鶯藏柳暗無人語，惟有牆花滿樹紅。深院無人草樹光，嬌鶯不語趁陰藏。等閑弄水浮花片，流出門前賺阮郎。

《鶯鶯詩》云：殷紅淺碧舊衣裳，取次梳頭暗淡妝。夜合帶煙籠曉月，牡丹經雨泣殘陽。依稀似笑還非笑，彷彿聞香不是香。頻動橫波嗔不語，等閑教見小兒郎。

《離思》云：自愛殘妝曉鏡中，鐶釵謾篸綠絲叢。須臾日射胭脂頰，一朵紅酥旋欲融。山泉散漫遶階流，萬樹桃花暎小樓。閑讀道書慵未起，水晶簾下看梳頭。紅羅著壓逐時新，杏子花紗嫩面塵。第一莫嫌才地弱，些些絁縵最宜人。曾經滄海難爲水，除却巫山不是雲。取次花叢懶回顧，半緣修道半緣君。尋常百種花齊發，偏摘梨花與白人。今日江頭兩三樹，可憐枝葉度殘春。

《春曉》云：半欲天明半未明，醉聞花氣睡聞鶯。娃兒撼起鐘聲動，二十年前曉寺情。

《古決絕詞》云：乍可爲天上牽牛織女星，不願爲庭前紅槿枝。七月七日一相見，相見故心終不移。那能朝開暮飛去，一任東西南北吹。分不兩相守，恨不兩相思；對面且如此，背面當可知。春風撩亂伯勞語，況是此時抛去時。握手苦相問，竟不言後期。君情既決絕，妾意已參差。借如死生別，安得長苦悲。

又云：噫春冰之將泮，何余懷之獨結？有美一人，於焉曠絕。一日不見，比一日於三年，況三年之閒別。水得風兮小而已波，筍在苞兮高不見節。矧桃李之當春，競衆人而攀折。我自顧悠悠而若雲，又安能保君皚皚之如雪。感破鏡之分明，睹淚痕之餘血。幸它人之既不我先，又安能使它人之終不我奪。已焉哉！織女別黃姑，一年一度暫相見，彼此隔河何事無。

又云：夜夜相抱眠，幽懷尚沉結。那堪一年事，長遣一宵説。

但感久相思，何暇暫相悅。虹橋薄夜成，龍駕侵晨列。生憎野鵲性遲回，死恨天雞識時節。曙色漸瞳矓，華星欲明滅。一去又一年，一年何可徹。有此迢遞期，不如死生別。天公信是妬相憐，何不便教相決絕。

《雜憶》云：今年寒食月无光，夜色纔侵已上牀。憶得雙文通內裏，玉櫳深處暗聞香。花籠微月竹籠煙，百尺絲繩拂地懸。憶得雙文人静後，潛教桃葉送秋千。寒輕夜淺遶迴廊，不辨花叢暗辨香。憶得雙文籠月下，小樓前後捉迷藏。山榴似火葉相兼，半拂低牆半拂簷。憶得雙文獨披掩，滿頭花草倚新簾。春冰消盡碧波湖，漾影殘霞似有無。憶得雙文衫子薄，鈿頭雲瞸褪紅酥。

《贈雙文》云：豔極翻含態，憐多轉自嬌。有時還暫笑，閑坐更無聊。曉月行堪墜，春酥見欲消。何因肎垂手，不敢望迴腰。

《夢遊春》云：昔歲夢遊春，夢遊何所遇？夢入深洞中，果遂平生趣。清冷淺漫流，畫舸蘭篙渡。過盡萬株桃，盤旋竹林路。長廊抱小樓，門牖相回互。樓下雜花叢，叢邊遶鵷鷺。池光漾霞影，曉日初明煦。未敢上階行，頻移曲池步。烏龍不作聲，碧玉曾相慕。漸到簾幃間，徘徊意猶懼。閑窺東西閣，奇玩參差布。隔子碧油糊，駝鈎紫金鍍。逡巡日漸高，影響人將寤。鸚鵡飢亂鳴，嬌娃睡猶怒。簾開侍兒起，見我遙相諭。鋪沒繡紅裀，施張鈿裝具。潛褰翡翠帷，瞥見珊瑚樹。不辨花貌人，空驚香若霧。身回夜合偏，態斂晨霞聚。睡臉桃破風，汗妝蓮委露。叢梳百葉髻，金蹙重臺屨。紕軟鈿頭裙，玲瓏合歡袴。鮮妍脂粉薄，暗淡衣裳故。最似紅牡丹，雨來春欲暮。夢魂良易驚，靈境難久寓。夜夜望天河，無由重沿泝。結念心所期，返如禪頓悟。覺來八九年，不向花回顧。雜合兩京春，喧闐眾禽護。我到看花時，但作懷仙句。浮生轉經歷，道性尤堅固。近作夢仙詩，亦知勞肺腑。一夢何足云，良時事婚娶。當年二紀初，佳節三星度。朝騶玉佩迎，高松女蘿附。韋門正全盛，出入多歡裕。云云。（樂天和微之《夢遊仙詩序》云："斯言也，不可使不知吾者知，知吾者亦不可使不知。樂天，知吾者也，吾不敢不使吾子知。予辱斯言，三復其旨，大抵悔旣往而悟將來也。"云云。正謂此事，非張籍益明矣。）

微之年譜

　　己未代宗大曆十四年：是歲微之生。

　　庚申德宗建中元年辛酉至甲子興元元年：是歲崔氏生。

　　乙丑貞元元年丙寅至癸酉九年：是歲微之明經及第。

　　甲戌至己卯十五年：十二月辛未咸寧王渾瑊薨於蒲，丁文雅不能御軍，遂作亂。

　　庚辰十六年：是歲微之年二十二，傳奇言生年二十二未近女色。崔氏年十七，傳奇言於今之貞元庚辰十七年矣。

　　辛巳十七年：是歲微之年二十三，傳奇言生以文調西去，所謂文戰不利，遂止京師。崔氏書所謂春風多厲，正次年春也。

　　壬午十八年：是歲微之年二十四，以中書判第四等授校書郎，即傳奇言後歲餘崔亦委身於人，生亦有所娶。按退之作《微之妻韋叢誌》曰選墴得積，始以選授校書郎。即與微之《夢遊春》二紀初三星度所謂有所娶之言同。

　　癸未十九年至乙酉順宗永正元年丙戌憲宗永和元年：是歲微之年二十八，歲中才識兼茂，明於體用科等，拜左拾遺，出爲河南尉。

　　丁亥戊子二年：是歲授監察御史。

　　己丑四年：是歲娶韋氏，年二十七。

　　庚寅五年：是歲貶江陵士曹。

　　辛卯至甲午九年：是歲徙唐州從事。

　　乙未十年：是歲召入都，徙通州司馬。

　　丙申至己亥十四年：是歲徙虢州長史，爲膳部員外郎。

　　庚子十五年：是歲穆宗即位，轉祠部郎中，知制誥。

　　辛丑穆宗長慶元年：是歲權翰林學士工部侍郎平章事。

　　壬寅三年：是歲出爲同州刺史。

　　癸卯甲辰四年：是歲移浙東觀察使越州刺史。

乙巳敬宗寶曆元年丁未文宗太和元年己酉三年：是歲召爲尚書右丞，旋改鄂岳節度使。

庚戌辛亥五年：是歲薨於鎮，年五十三。

趙德麟　商調蝶戀花詞

夫《傳奇》者，唐元微之所述也，以不載於本集，而出於小說，或疑其非是。今觀其詞，自非大手筆，孰能與於此。至今士大夫，極談幽玄，訪奇述異，無不舉此以爲美話。至於娼優女子，皆能調說大略。惜乎不被之以音律，故不能播之聲樂，形之管絃。好事君子，極飲肆歡之際，願欲一聽其說，或舉其末而忘其本；或紀其略而不及其終篇。此吾曹之所共恨者也。今於暇日，詳觀其文，略其煩褻，分之爲十章。每章之下，屬之以詞；或全摭其文，或止取其意。又別爲一曲，載之傳前，先敍前篇之義。調曰《商調》，曲名《蝶戀花》。句句言情，篇篇見意。奉勞歌伴，先定格調，後聽蕪詞：

　　麗質仙娥生月殿。謫向人間，未免凡情亂。宋玉牆東流美盼，亂花深處曾相見。

　　密意濃歡方有便。不奈浮名，旋遣輕分散。最恨多才情太淺，等閒不念離人怨。

傳曰：余所善張君，性溫茂，美丰儀，寓於蒲之普救寺。適有崔氏孀婦，將歸長安，路出於蒲，亦止茲寺。崔氏婦，鄭女也。張出於鄭，緒其親，乃異派之從母。是歲，丁文雅不善於軍，軍人因喪而擾，大掠蒲人。崔氏之家，財產甚厚，多奴僕，旅寓惶駭，不知所措。先是，張與蒲將之黨有善，請吏護之，遂不及於難。鄭厚張之德甚，因飾饌以命張，中堂讌之。復謂張曰："姨之孤嫠未亡，提攜幼稚。不幸屬師徒大潰，實不保其身。弱子幼女，猶君之所生也。豈可比常恩哉？今俾以仁兄之禮奉見，冀所以報恩也。"乃命其子曰歡郎，可十餘歲，容甚溫美。次命女曰鶯鶯："出拜爾兄，爾兄活爾。"久之，辭疾。鄭怒曰："張兄保爾之命。

不然,爾且虜矣。能復遠嫌乎?"又久之,乃至。常服睟容,不加新飾,垂鬟淺黛,雙臉斷紅而已。顏色豔異,光輝動人。張驚,爲之禮。因坐鄭傍,凝睇怨絕,若不勝其體。張問其年幾。鄭曰:"十七歲矣。"張生稍以詞導之,不對。終席而罷。奉勞歌伴,再和前聲:

　　錦額重簾深幾許。繡履彎彎,未省離朱户。強出嬌羞都不語,絳綃頻掩酥胸素。

　　黛淺愁紅妝淡竚。怨絕情凝,不肯聊回顧。媚臉未勻新淚汙,梅英猶帶春朝露。

張生自是惑之,願致其情,無由得也。崔之婢曰紅娘。生私爲之禮者數四,乘間,遂道其衷。翌日,復至,曰:"郎之言,所不敢言,亦不敢泄。然而崔之族姻,君所詳也,何不因其媒而求娶焉?"張曰:"予始自孩提時,性不苟合。昨日一席間,幾不自持。數日來,行忘止,食忘飯,恐不能踰旦暮。若因媒氏而娶,納采問名,則三數月間,索我於枯魚之肆矣。"婢曰:"崔之貞順自保,雖所尊,不可以非語犯之。然而善屬文,往往沉吟章句,怨慕者久之。君試爲諭情詩以亂之。不然,無由得也。"張大喜,立綴《春詞》二首以授之。奉勞歌伴,再和前聲:

　　懊惱嬌癡情未慣。不道看看,役得人腸斷。萬語千言都不管,蘭房跬步如天遠。

　　廢寢忘餐思想遍。賴有青鸞,不必憑魚鴈。密寫香牋論繾綣,《春詞》一紙芳心亂。

是夕,紅娘復至,持綵牋以授張曰:"崔所命也。"題其篇曰《明月三五夜》,其詞曰:"待月西廂下,迎風户半開。拂牆花影動,疑是玉人來。"奉勞歌伴,再和前聲:

　　庭院黄昏春雨霽。一縷深心,百種成牽繫。青翼蹇然來報喜,魚牋微諭諭相容意。

　　待月西廂人不寐。簾影搖光,朱户猶慵閉。花動拂牆紅萼墜,分明疑是情人至。

張亦微諭其旨，是歲，二月旬又四日矣。崔之東牆，有杏花一樹，攀援可踰。既望之夕，張因梯其樹而踰焉。達於西廂，則戶半開矣。無幾，紅娘復來。連曰："至矣！至矣！"張生且喜且駭，謂必獲濟。及女至，則端服儼容，大數張曰："兄之恩，活我家，厚矣。由是慈母以弱子幼女見倚。奈何因不令之婢，致淫佚之詞。始以護人之亂爲義，而終掠亂而求之。是以亂易亂，其去幾何？誠欲寢其詞，則保人之姦，不義。明之母，則背人之惠，不祥。將寄於婢妾，又恐不得發其真誠。是用託於短章，願自陳啓。猶懼兄之見難，是用鄙靡之詞，以求其必至。非禮之動，能不愧心。特願以禮自持，毋及於亂。"言畢，翻然而逝。張自失者久之。復踰而出，由是絕望矣。奉勞歌伴，再和前聲：

　　屈指幽期惟恐誤。恰到春宵，明月當三五。紅影壓牆花密處，花陰便是桃源路。

　　不謂蘭誠金石固。斂袂怡聲，忞把多才數。惆悵空回誰共語，只應化作朝雲去。

後數夕，張君臨軒獨寢，忽有人覺之。驚駭而起，則紅娘斂衾攜枕而至，撫張曰："至矣！至矣！睡何爲哉！"並枕重衾而去。張生拭目危坐，久之，猶疑夢寐。俄而紅娘捧崔而至。則嬌羞融冶，力不能運支體，曩時之端莊，不復同矣。是夕，旬有八日。斜月晶熒，幽輝半牀。張生飄飄然，且疑神仙之徒，不謂從人間至也。有頃，寺鐘鳴曉，紅娘促去。崔氏嬌啼宛轉，紅娘又捧而去，終夕無一言。張生辨色而興，目疑曰："豈其夢耶？"所可明者，妝在臂，香在衣，淚光熒熒然，猶瑩於茵席而已。奉勞歌伴，再和前聲：

　　數夕孤眠如度歲。將謂今生，會合終無計。正是斷腸凝望際，雲心捧得嫦娥至。

　　玉困花柔羞扠淚。端麗妖嬈，不與前時比。人去月斜疑夢寐，衣香猶在妝留臂。

是後又十餘日，杳不復知。張生賦《會真詩》三十韻，未畢，紅娘適至，因授之以貽崔氏。自是復容之。朝隱而出，暮隱而入，同安於曩所謂西廂者，幾一月矣。張生將之長安，先以情諭之。崔氏宛無難詞，然愁怨之容動人矣。欲行之再夕，不復可見，而張生遂西。奉勞歌伴，再和前聲：

　　一夢行雲還暫阻。盡把深誠，綴作新詩句。幸有青鸞堪密付，良宵從此無虛度。

　　兩意相歡朝又暮。爭奈郎鞭，暫指長安路。最是動人愁怨處，離情盈抱終無語。

不數月，張生復遊於蒲，舍於崔氏者，又累月。張雅知崔氏善屬文，求索再三，終不可見。雖待張之意甚厚，然未嘗以詞繼之。異時，獨夜操琴，愁弄悽惻。張竊聽之。求之，則不復鼓矣。以是愈惑之。張生俄以文調。及期，又當西去。臨去之夕，崔恭貌怡聲，徐謂張曰：「始亂之，今棄之，固其宜矣。愚不敢恨。必也君始之，君終之，君之惠也。則沒身之誓，其有終矣。又何必深憾於此行？然而君旣不懌，無以奉寧。君嘗謂我善鼓琴，今且往矣，旣達君此誠。」因命拂琴，鼓《霓裳羽衣序》，不數聲，哀音怨亂，不復知其是曲也。左右皆欷歔。張亦遽止之。崔投琴擁面，泣下流漣，趣歸鄭所，遂不復至。奉勞歌伴，再和前聲：

　　碧沼鴛鴦交頸舞。正恁雙栖，又遣分飛去。洒翰贈言終不許，援琴請盡奴衷素。

　　曲未成聲先怨慕。忍淚凝情，強作《霓裳序》。彈到離愁淒咽處，絃腸俱斷梨花雨。

詰旦，張生遂行。明年，文戰不利，遂止於京。因貽書於崔，以廣其意。崔氏緘報之詞，粗載於此，曰：「捧覽來問，撫愛過深。兒女之情，悲喜交集。兼惠花勝一合，口脂五寸，致耀首膏唇之飾。雖荷多惠，誰復爲容？覩物增懷，但積悲歎耳。伏承便於京中就業，於進修之道，固在便安。但恨鄙陋之人，永以遐棄。命也如此，知復何言！自去秋以來，嘗忽忽如有所失。於喧譁之下，或勉爲笑語，閒宵自處，無不淚零。乃至夢寐之間，亦多紋感咽離憂之思。綢繆繾綣，暫若尋常。幽會未終，驚魂已斷。雖半衾如煖，而思之甚遙。一昨拜辭，倏逾舊歲。長安行樂之地，觸緒牽情。何幸不忘幽微，眷念無斁。鄙薄之志，無以奉酬。至於始終之盟，則固不忒。鄙昔中表相因，或同宴處。婢僕見誘，遂致私誠。兒女之情，不能自固。君子有援琴之挑，鄙人無投梭之拒。及薦枕席，義盛恩深。愚幼之情，永謂終託。豈期既見君子，不能以禮定情。致有自獻之羞，不復明侍巾櫛。沒身永恨，含歎何言！儻仁人用心，俯遂幽劣，雖死之日，猶生之年。如或達士略情，捨小從大，以先配爲醜行，謂要盟之可欺。則當骨化形銷，丹忱不泯，因風委露，猶託清塵。存沒之誠，言盡於此。臨紙嗚咽，情不能申。千萬珍重！奉勞歌伴，再和前聲：

　　別後相思心目亂。不謂芳音，忽寄南來鴈。却寫花牋和淚卷，細書方寸教伊看。

　　獨寐良宵無計遣。夢裏依稀，暫若尋常見。幽會未終魂已斷，半衾如煖人猶遠。

玉環一枚，是兒嬰年所弄，寄充君子下體之佩。玉取其堅潔不渝，環取其始終不絕。兼致綵絲一絢，文竹茶合碾子一枚。此數物不足見珍。意者欲君子如玉之潔，鄙志如環不解。淚痕在竹，愁緒縈絲。因物達誠，永以爲好耳。心邇身遐，拜會無期。幽憤所鍾，千里神合。千萬珍重！春風多厲，強飯爲佳。慎言自保，毋以鄙爲深念也。奉勞歌伴，再和前聲：

　　尺素重重封錦字。未盡幽閨，別後心中事。珮玉彩絲文竹器，願君一見知深意。

　　環玉長圓絲萬繫。竹上斕斑，總是相思淚。物會見郎人永棄，心馳魂去神千里。

張之友聞之，莫不聳異，而張之志固絕之矣。歲餘，崔已委身於人，張亦有所娶。適經其所居，乃因其夫言於崔，以外兄見。夫已諾之，而崔終不爲出。張怨念之誠，動於顏色。崔知之，潛賦一詩，寄張曰："自從消瘦減容光，萬轉千迴懶下床。不爲旁人羞不起，爲郎憔悴却羞郎。"竟不之見。後數日，張君將行，崔又賦一詩以謝絕之。詞曰："棄置今何道，當時且自親。還將舊來意，憐取眼前人。"奉勞歌伴，再和前聲：

　　夢覺高唐云雨散。十二巫峰，隔斷相思眼。不爲旁人移步懶，爲郎憔悴羞郎見。

　　青翼不來孤鳳怨。路失桃源，再會終無便。舊恨新愁無計遣，情深何似情俱淺。

　逍遙子曰：樂天謂"微之能道人意中語"。僕於是益知樂天之言爲當也。何者，夫崔之才華婉美，詞彩豔麗，則於所載緘書詩章盡之矣。如其都愉淫冶之態，則不可得而見。及觀其文，飄飄然彷彿出於人目前。雖丹青摹寫其形狀，未知能如是工且至否？僕嘗採摭其意，撰成《鼓子詞》十一章示余友何東白先生。先生曰："文則美矣，意猶有不盡者。胡不復爲一章於其後，具道張之與崔，既不能以理定其情；又不合之於義。始相遇也，如是之篤；終相失也，如是之遽。必及於此，則完矣。"余應之曰："先生真爲文者也。言必欲有終始箴誡而後已。大都鄙靡之詞，止歌其事之可歌，不必如是之備，若夫聚散離合，亦人之常情，古今所共惜也。又況崔之始相得，而終至相失，豈得已哉。如崔已他適，而張詭計以求見，崔知張之意，而潛賦詩以謝之，其情蓋有未能忘者矣。樂天曰：'天長地久有時盡，此恨綿綿無盡期。'豈獨在彼者耶！"予因命此意，復成一曲，綴於傳末云：

　　鏡破人離何處問。路隔銀河，歲會知猶近。只道新來消瘦損，玉容不見空傳信。

　　棄擲前歡俱未忍。豈料盟言，陡頓無憑準。地久天長終有盡，綿綿不似無窮恨。

周秦行紀

韋瓘撰

據顧氏文房小說校錄

　　余真元中舉進士落第，歸宛葉間。至伊闕南道鳴皋山下，將宿大安民舍。會暮，不至。更十餘里，一道，甚易。夜月始出，忽聞有異香氣；因趨進行，不知近遠。見火明，意謂莊家。更前驅，至一大宅。門庭若富豪家。黃衣閽人曰："郎君何至？"余答曰："僧孺，姓牛，應進士落第往家。本往大安民舍，誤道來此。直乞宿，無他。"中有小鬟青衣出，責黃衣曰："門外誰何？"黃衣曰："有客。"黃衣入告，少時，出曰："請郎君入。"余問誰氏宅。黃衣曰："第進，無須問。"入十餘門，至大殿。殿蔽以珠簾，有朱衣、紫衣人百數，立階陛間。左右曰："拜殿下。"簾中語曰："妾漢文帝母薄太后。此是廟，郎不當來。何辱至？"余曰："臣家宛下。將歸，失道。恐死豺虎，敢乞託命。"太后遣軸簾，避席曰："妾故漢室老母，君唐朝名士，不相君臣，幸希簡敬，便上殿來見。"太后着練衣，狀貌瑰偉，不甚年高。勞余曰："行役無苦乎？"召坐。食頃間，殿內有笑聲。太后曰："今夜風月甚佳，偶有二女伴相尋。況又遇嘉賓，不可不成一會。"呼左右："屈兩個娘子出見秀才。"

良久，有女二人從中至，從者數百。前立者一人，狹腰長面，多髮不妝，衣青衣，僅可二十餘。太后曰："高祖戚夫人。"余下拜，夫人亦拜。更一人，柔肌穩身，貌舒態逸，光彩射遠近，多服花繡，年低薄太后。后曰："此元帝王嬙。"余拜如戚夫人，王嬙復拜。各就坐。坐定，太后使紫衣中貴人曰："迎楊家潘家來。"久之，空中見五色雲下，聞笑語聲寖近。太后曰："楊潘至矣。"忽車音馬跡相雜，羅綺焕燿，旁視不給。有二女子從雲中下。余起立於側。見前一人纖腰修眸，容甚麗，衣黃衣，冠玉冠，年三十來。太后曰："此是唐朝太真妃子。"予即伏謁，拜如臣禮。太真曰："妾得罪先帝（先帝，謂肅宗也），皇朝不置妾在后妃數中，設此禮，豈不虛乎？不敢受。"却答拜。更一人厚肌敏視，小，質潔白，齒極卑，被寬博衣。太后曰："齊潘淑妃。"余拜之，如妃子。既而太后命進饌。

　　少時，饌至，芳潔萬端，皆不得名字。但欲充腹，不能足。食已，更具酒。其器用盡如王者。太后語太真曰："何久不來相看？"太真謹容對曰："三郎（天寶中宮人呼玄宗多曰三郎）數幸華清宮，扈從不得至。"太后又謂潘妃曰："子亦不來，何也？"潘妃匿笑不禁，不成對。太真視潘妃而對曰："潘妃向玉奴（太真名也）說，懊惱東昏侯疏狂，終日出獵，故不得時謁耳。"太后問余："今天子爲誰？"余對曰："今皇帝，先帝長子。"太真笑曰："沈婆兒作天子也，大奇！"太后曰："何如主？"余對曰："小臣不足以知君德。"太后曰："然無嫌，但言之。"余曰："民間傳聖武。"太后首肯三四。

　　太后命進酒加樂，樂妓皆少女子。酒環行數周，樂亦隨輟。太后請戚夫人鼓琴。夫人約指以玉環，光照於座。（《西京雜記》云：高祖與夫人環，照見指骨也。）引琴而鼓，聲甚怨。太后曰："牛秀才邂逅逆旅到此，諸娘子又偶相訪，今無以盡平生歡。牛秀才固才士，盍各賦詩言志，不亦善乎？"遂各授與牋筆，逡巡詩成。薄后詩曰："月寢花宮得奉君，至今猶愧管夫人。漢家舊是笙歌處，煙草幾經秋復春。"王嬙詩曰："雪裏穹廬不見春，漢衣雖舊淚垂新。如今最恨毛延壽，愛把丹青錯畫人。"戚夫人詩曰："自別漢宮休楚舞，不能妝粉恨君王。無金豈得迎商叟，呂氏何曾畏木彊。"太真詩曰："金釵墮地別君王，紅淚流珠滿御牀。雲雨馬嵬分散後，驪宮不復舞霓裳。"潘妃詩曰："秋月春風幾度歸，江山猶是鄴宮非。東昏舊作蓮花地，空想曾披金縷衣。"再三邀余作詩。余不得辭，遂應命作詩曰："香風引到大羅天，月地云階拜洞仙。共道人間惆悵事，不知今夕是何年。"別有善笛女子，短髮，麗服，貌甚美，而且多媚，潘妃偕來。太后以接坐居之，時令吹笛，往往亦及酒。太后顧而問曰："識此否？石家綠珠也。潘妃養作妹，故潘妃與俱來。"太后因曰："綠珠豈能無詩乎？"綠珠乃謝而作詩曰："此日人非昔日人，笛聲空怨趙王倫。紅殘翠碎花樓下，金谷千年更不春。"辭畢，酒既至。太后曰："牛秀才遠來，今夕誰人爲伴？"戚夫人先起辭曰："如意成長，固不可。且不宜如此。"潘妃辭曰："東昏以玉兒，身死國除，玉兒不擬負他。"綠珠辭曰："石衛尉性嚴忌，今有死，不可及亂。"太后曰："太真今朝先帝貴妃，不可，言其他。"太后謂王嬙曰："昭君始嫁呼韓單于，復爲殊累若鞮單于婦，固自用。且苦寒地胡鬼何能爲？昭君幸無辭。"昭君不對，低然羞恨。俄各歸休。余爲左右送入昭君院。

會將旦，侍人告起。昭君垂泣持別。忽聞外有太后命，余遂出見太后。太后曰："此非郎君久留地，宜亟還。便別矣。幸無忘向來歡。"更索酒。酒再行，已。戚夫人、潘妃、綠珠皆泣下，竟辭去。太后使朱衣送往大安，抵西道，旋失使人所在，時始明矣。余就大安里，問其里人。里人云："此十餘里，有薄后廟。"余却回望廟，荒毀不可入，非向者所見矣。余衣上香，經十餘日不歇，竟不知其如何。

附錄　李德裕周秦行紀論

據李衛公外集校錄

　　言發於中，情見乎辭。則言辭者，志氣之來也。故察其言而知其內，玩其辭而見其意矣。余嘗聞太牢氏（涼國李公嘗呼牛僧孺爲太牢，梁公名不便，故不書）好奇怪其身，險易其行。以其姓應國家受命之讖，曰："首尾三鱗六十年，兩角犢子恣狂顛，龍蛇相鬭血成川。"及見著《玄怪錄》，多造隱語，人不可解。其或能曉一二者，必附會焉。縱司馬取魏之漸，用田常有齊之由。故自卑秩，至於宰相，而朋黨若山，不可動搖。欲有意擺撼者，皆遭誣坐，莫不側目結舌，事具史官劉軻《日曆》。余得太牢《周秦行紀》，反覆睹其太牢以身與帝王后妃冥遇，欲證其身非人臣相也，將有意於"狂顛"。及至戲德宗爲"沈婆兒"，以代宗皇后爲"沈婆"，令人骨戰。可謂無禮於其君甚矣！懷異志於圖讖明矣！余少服臧文仲之言曰："見無禮於其君者，如鷹鸇之逐鳥雀也。"故貯太牢已久。前知政事，欲正刑書，力未勝而罷。余讀《國史》，見開元中御史汝南子諒彈奏牛仙客，以其姓符圖讖。雖似是，而未合"三鱗六十"之數。自裴晉國與余涼國（名不便）彭原（程）趙郡（紳）諸從兄，嫉太牢如讎，頗類余志。非懷私忿，蓋惡其應讖也。太牢作鎮襄州日，判復州刺史樂坤《賀武宗監國狀》曰："閑事不足爲賀。"則恃性敢如此耶！會余復知政事，將欲發覺，未有由。值平昭義，得與劉從諫交結書，因竄逐之。嗟乎，爲人臣陰懷逆節，不獨人得誅之，鬼得誅矣。凡與太牢膠固，未嘗不是薄流無賴輩，以相表裏。意太牢有望，而就佐命焉，斯亦信符命之致。或以中外罪余於太牢愛憎，故明此論，庶乎知余志。所恨未暇族之，而余又罷。豈非王者不死乎？遺禍胎於國，亦余大罪也。倘同余志，繼而爲政，宜爲君除患。曆既有數，意非偶然，若不在當代，必在於子孫。須以太牢少長，咸置於法，則刑罰中而社稷安，無患於二百四十年後。噫！余致君之道，分隔於明時。嫉惡之心，敢辜於早歲？因援毫而攄宿憤。亦書《行紀》之跡於後。

附錄　劉軻牛羊日曆一則
據藕香零拾牛羊日曆輯本校錄

太牢既交惡黨，潛豫姦謀。太牢乃元和中青衫外郎耳。穆宗時因承和薦，不三二年，位兼將相。憲宗仙駕至灞上，以從官知制誥。當時宰臣未盡兼職，而獨綜集賢史館兩司。出鎮未盡佩相印，而太牢同平章事出夏口。夏口去節十五年，由太牢而加節焉。太牢早孤。母周氏，冶蕩無檢。鄉里云云，兄弟羞赧，乃令改醮。既與前夫義絕矣，及貴，請以出母追贈。《禮》云：“庶氏之母死，何爲哭於孔氏之廟乎？”又曰：“不爲伋也妻者，是不爲白也母。”而李清心妻配牛幼簡，是夏侯銘所謂“魂而有知，前夫不納於幽壤，歿而可作，後夫必訴於玄穹。”使其母爲失行無適從之鬼，上罔聖朝，下欺先父，得曰忠孝智識者乎？作《周秦行紀》，呼德宗爲“沈婆兒”，謂睿真皇太后爲“沈婆”，此乃無君甚矣。

按《周秦行紀》一卷，《郡齋讀書志》取以著錄小說類。下云：“唐牛僧孺自敍所遇異事。賈黃中以爲韋瓘所撰。瓘，李德裕門人，以此誣僧孺。”考宋張洎《賈氏談錄》，即洎所聞於賈黃中者。中有一條云：“牛奇章初與李衛公相善。嘗因飲會，僧孺戲曰：'綺紈子何預斯坐。'衛公銜之。後衛公再居相位，僧孺卒遭譴逐。世傳《周秦行紀》，非僧孺所作，是德裕門人韋瓘所撰。開成中，曾爲憲司所竅，文宗覽之，笑曰：'此必假名，僧孺是貞元中進士，豈敢呼德宗爲沈婆兒也。'事遂寢。"晁氏所云，蓋本於此。牛、李肇釁於口語，兩《唐書》未及，晁氏亦無稱，則《賈氏談錄》此條，爲誦《行紀》者不可不知也。明胡應麟《四部正譌》（《少室山房筆叢》三十二）云："《周秦行紀》，李德裕門人僞撰，以搆牛奇章者也。中有'沈婆兒作天子'等語，所爲根蒂者不淺。獨怪思黯罹此巨謗，不亟自明，何也？牛、李二黨曲直，大都魯衛間。牛撰《玄怪》等錄，亡隻詞搆李。李之徒，顧作此以危之。於戲！二子者用心睹矣。牛迄功名終，而子孫累葉貴盛，李挾高世之才，振代之績，卒淪海島，非忌刻忮害之報耶？輒因是書，播告夫世之工譖愬者。"胡氏此言，因《行紀》而痛陳譖愬之報，可謂深切著明。然觀德裕《周秦行紀論》，與劉軻、皇甫松之《牛羊日曆》，痛詆之語，忌刻險毒，直欲陷於極刑而後快。則又過於《行紀》傾陷之辭矣。今特備錄於《周秦行紀》之後，俾讀《行紀》者肄及焉。

又按本篇據顧元慶《文房小說》本校錄。《太平廣記》四百八十九引此文，明刊《李衛公外集》亦附入，皆題牛僧孺撰。今據《賈氏談錄》改題韋瓘。《唐書》一六二《韋夏卿傳》："弟正卿子瓘，字茂宏，及進士第，仕累中書舍人，與李德裕善。德裕任宰相，罕接士，唯瓘往請無間也。李宗閔惡之。德裕罷，貶明州長史。會昌末，累遷楚州刺史，終桂管觀察使。"劉軻《牛羊日曆》一卷，《唐志》著錄入小說家，下注"牛僧孺楊虞卿事檀欒子皇甫松序"。惟《資治通鑑考異》卷二十，引皇甫松《續牛羊日曆》一則（即前錄一條），與《唐志》異。或涑水因皇甫松曾序劉軻之書，而誤稱松續耶？今其書久佚，無從諟正，闕疑可也。又胡應麟《四部正譌》云："《牛羊日曆》，諸家悉以爲劉軻撰。其書記牛僧孺、楊虞卿等事，故以此命名。案軻本浮屠，中歲慕孟軻爲人，遂長髮，以文鳴一時。即紀載時事，命名詎應乃爾，必贊皇之黨，且惡軻者爲之也。案《通鑑注》引作皇甫松，松有恨僧孺見傳，或當近之。"此又一說也。茲因校錄《行紀》，並附及《牛羊日曆》，因牽連書之於此云。

湘中怨解

沈亞之撰

據明翻宋本沈下賢文集校錄

用廣記補

　　《湘中怨》者，事本怪媚，爲學者未嘗有述。然而淫溺之人，往往不寤。今欲概其論，以著誡而已。從生韋敖，善譔樂府，故牽而廣之，以應其詠。

　　垂拱年中，駕在（據《廣記》補在字）上陽宮。太學進士鄭生，晨發銅駞里，乘曉月度洛橋。聞橋下有哭，甚哀。生下馬，循聲索之。見其豔女，翳然蒙袖曰："我孤，養於兄。嫂惡，常苦我。今欲赴水，故留哀須臾。"生曰："能遂我歸之乎？"應曰："婢御無悔！"遂與居，號曰汜人。能誦楚人《九歌》《招魂》《九辯》之書，亦常擬其調，賦爲怨句，其詞麗絕，世莫有屬者。因撰《風光詞》曰："隆佳秀兮昭盛時，播薰綠兮淑華歸。顧室荑與處藭兮，潛重房以飾姿。見稚態之韶羞兮，蒙長靄以爲幃。醉融光兮渺瀰。迷千里兮涵洇湄。晨陶陶兮暮熙熙。舞婑娜之穠條兮，騁盈盈以披遲。酡遊顏兮倡蔓卉，縠流舊電兮石髮髓旎。"生居貧，汜人嘗解篋，出輕繒一端，與賣，胡人酬之千金。

　　居數歲，生遊長安。是夕，謂生曰："我湘中蛟宮之姊也，謫而從君。今歲滿，無以久留君所，欲爲訣耳。"即相持啼泣。生留之，不能，竟去。後十餘年，生之兄爲岳州刺史。會上巳日，與家徒登岳陽樓，望鄂渚，張宴。樂酣，生愁吟曰："情無垠兮蕩洋洋。懷佳期兮屬三湘。"聲未終，有畫艫浮漾而來。中爲綵樓，高百餘尺，其上施幃帳，欄櫳畫飾。帷褰，有彈絃鼓吹者，皆神仙娥眉，被服煙霓，裙袖皆廣長。其中一人起舞，含嚬悽怨，形類泛人。舞而歌曰："泝青山兮江之隅。拖湘波兮襲綠裾。荷拳拳兮未舒。匪同歸兮將焉如！"舞畢，斂袖，翔然凝望。樓中縱觀方怡。須臾，風濤崩怒，遂迷所往。

元和十三年，余聞之於朋中，因悉補其詞，題之曰《湘中怨》，蓋欲使南昭嗣《煙中之志》，爲偶倡也。

按此文據明翻宋本《沈下賢文集》卷三校錄。《太平廣記》二百九十八引此文，題曰《太學鄭生》，下注出《異聞集》。《異聞集》爲唐人陳翰編集當世傳奇志怪之文，而多所竄改。宋初編集《太平廣記》，又復加以訂正。故近世流傳宋本之僅存者，如李復言《續玄怪錄》之類，取與勘校，其中字句之異同，文辭之詳略，不一而足。則唐時說部之收入《廣記》者，竄易多矣。即以此文論，《廣記》本已刪去篇首五十二字之自序，篇末又刪去元和十三年以下之三十五字，尤爲顯著。他如篇中字句互異，尤不勝枚舉。沈氏嘗遊昌黎之門，文本晦澀，鑄辭用字，不落蹊徑。後人改定，未必出於傳寫鋟槧之誤。今《沈集》具在，姑取明翻宋本《下賢集》，據以校錄，俾存其舊。至明本之譌誤顯然者，亦略有更定云。

又按此篇末"蓋欲使南昭嗣《煙中之志》，爲偶倡也"，南昭嗣即作《羯鼓錄》之南卓，卓有《解題叙》，明抄本《綠窗新話》曾引其文。文云："越溪漁者女，絕色能詩，嘗有句云：'珠簾半床月，青竹滿林風。'有謝生續云：'何事今宵景，無人解與同。'

女喜而偶之。後七年，春日忽題云："春盡花隨盡，其如自是花。'並謂生曰：'逝水難駐，千萬自保。'即以首枕生膝而逝。後二年，江上煙波溶洩，見女立於江中，曰：'吾本水仙，謫居人間，今復爲仙，後徜思郎，復謫下矣。'"《煙中怨》本事即此。昭嗣與沈下賢約略同時，大抵南氏先有《煙中怨》之作，流傳於世，而下賢又擬爲此篇；欲以辭賦取勝，故曰偶倡云。

又按沈亞之以文名元和間。兩《唐書》無傳。惟《舊唐書》一百五十四《柏耆傳》，稱耆以李同捷事邀功，坐貶，亞之亦貶虔州南康尉。《唐書·文苑傳》序稱韋應物、沈亞之、閻防、祖詠、薛能、鄭谷等，皆班班有文，史家逸其行事，故弗得述。兩《唐書》可考見者，僅此而已。唐杜牧、李商隱《集》，並有《儗沈下賢詞》。又《李長吉歌詩編》，亦有《送沈亞之歌》，其序云："文人沈亞之，元和七年以書不中第，返歸於吳江。"詩中所謂"吳興才人怨春風，桃花滿陌千里紅"是也。宋晁公武《讀書志》，著錄《沈亞之集》八卷，並云："亞之，字下賢，元和十年進士，累進殿中承御史內供奉。太和三年，柏耆宣慰德州，取爲判官。耆貶，亞之亦貶南康尉，後終郢州掾。亞之以文詞得名，常遊韓愈門。李賀、杜牧、李商隱俱有《擬沈下賢詩》，亦當時名輩所稱許"云。宋計有功《唐詩紀事》、元辛文房《唐才子傳》，大略從同。今《沈下賢集》有長沙葉氏觀古堂刻十卷本，又有涵芬樓景明翻宋本《沈下賢文集》十二卷本。此文及下所錄三篇，並載集中。喜治唐人說部者，不難取而覆校也。

異夢錄

沈亞之撰

據明翻宋本沈下賢文集校錄

用廣記補

元和十年,沈亞之以記室從隴西公軍涇州。而長安中賢士,皆來客之。五月十八日,隴西公與客期,宴於東池便館。既坐,隴西公曰:"余少從邢鳳游,得記其異,請語之。"客曰:"願備聽。"隴西公曰:"鳳帥家子,無他能。後寓居長安平康里南,以錢百萬,質得故豪家洞門曲房之第,即其寢而晝偃。夢一美人,自西楹來,環步從容,執卷且吟。爲古裝,而高鬟長眉,衣方領,繡脩帶紳,被廣袖之襦。鳳大説曰:'麗者何自而臨我哉?'美人笑曰.'此妾家也。而君客妾宇下,焉有自耶?'鳳曰:'願示其書之目。'美人曰:'妾好詩,而常綴此。'鳳曰:'麗人幸少留,得觀覽。"於是美人授詩,坐西床。鳳發卷,示其首篇,題之曰《春陽曲》,終四句。其後他篇,皆累數十句。美人曰:"君必欲傳之,無令過一篇。'鳳即起,從東廡下几上取綵牋,傳《春陽曲》。其詞曰:'長安少女踏春陽,何處春陽不斷腸。舞袖弓彎渾忘却,羅衣空換九秋霜。'鳳卒詩,請曰:'何爲弓彎?'曰:'妾傳年父母使教妾爲此舞。'美人乃起,整衣張袖，舞數拍，爲弓彎狀以示鳳。既罷，美人泫然良久，即辭去。鳳曰：'願復少賜須臾間。'竟去。鳳亦覺，昏然忘有記。鳳更衣，於襟袖得其詞，驚際復省所夢。事在貞元中。後鳳爲余言如是。"是日，監軍使與賓府郡佐，及宴客隴西獨孤鉉、范陽盧簡辭、常山張又新、武功蘇滌，皆歎息曰："可記。"故亞之退而著錄。

明日，客有後至者，渤海高允中、京兆韋諒、晉昌唐炎、廣漢李瑀、吳興姚合，洎亞之，復集於明玉泉，因出所著以示之。於是（以上十八字據《廣記》補）姚合曰："吾友王炎者，元和初，夕夢遊吳，侍吳王久。聞官中出輦，鳴笳簫擊鼓，言葬西施。王悼悲不止，立詔詞客作挽歌。炎遂應教，詩曰：'西望吳王國，雲書鳳字牌。連江起珠帳，擇水葬金釵。滿地紅心草，三層碧玉階。春風無處所，悽恨不勝懷。'詞進，王甚嘉之。及寤，能記其事。"炎，本太原人也。

按此文據明翻宋本《沈下賢文集》卷四校錄。《廣記》二百八十二亦引之，下注出《異聞集》。又唐谷神子還古所纂之《博異志》，亦採入此條，文句又有刪損，故與本集互有異同。惟《廣記》多出二十餘字，本集所無。今以本集爲正，其所不備，則採《廣記》本補之，庶可爲定本矣。又段成式《酉陽雜俎》十四卷《諾皋記》亦有一條，與此從同，大約同出一源，而所載互異耳。附錄於下。

《酉陽雜俎》十四《諾皋記》上云：

元和初有一士人，失姓字。因醉臥廳中，及醒，見古屏上婦人等，悉於牀前踏歌。歌曰："長安女兒踏春陽，無處春陽不斷腸。

舞袖弓腰渾忘却，蛾眉空帶九秋霜。"其中雙鬟者，問曰："如何是弓腰？"歌者笑曰："汝不見我作弓腰乎？"乃反首髻及地，腰勢如規焉。士人驚懼，因叱之，忽然上屏，亦無其他。（據明趙氏脉望館本錄）

秦夢記

沈亞之撰

據明翻宋本沈下賢文集校錄

太和初，沈亞之將之邠，出長安城，客橐泉邸舍。春時，畫夢入秦，主內使廖舉亞之。秦公召至殿，膝前席曰："寡人欲强國，願知其方。先生何以教寡人？"亞之以昆彭、齊桓對。公悅，遂試補中涓（秦官也），使佐西乞伐河西（晉秦郊也）。亞之帥將卒前攻，下五城。還報，公大悅，起勞曰："大夫良苦，休矣。"居久之，公幼女弄玉聳蕭史先死。公謂亞之曰："微大夫，晉五城非寡人有。甚德大夫。寡人有愛女，而欲與大夫備灑掃，可乎？"亞之少自立，雅不欲遇幸臣蓄之。固辭，不得請，拜左庶長，尚公主，賜金二百斤。民間猶謂蕭家公主。

其日，有黃衣中貴騎疾馬來，迎亞之入，宮闕甚嚴。呼公主出，鬢髮，著偏袖衣，裝不多飾。其芳姝明媚，筆不可模樣。侍女祇承，分立左右者數百人。召見亞之便館，居之。亞之於宮，題其門曰"翠微宮"，宮人呼"沈郎院"。雖備位下大夫，繇公主故，出入禁衛。公主喜鳳簫，每吹簫，必下翠微宮高樓上，聲調遠逸，能悲人，聞者莫不自廢。公主七月七日生，亞之嘗無貺壽。內史廖曾爲秦以女樂遺西戎，戎主與廖水犀兩合。亞之從廖得以獻公主。公主悅受，嘗結裙帶之上。穆公遇亞之禮兼同列，恩賜相望於道。

復一年春，秦公之始平，公主忽無疾卒。公追傷不已。將葬咸陽原，公命亞之作挽歌，應教而作曰："泣葬一枝紅，生同死不同。金鈿墜芳草，香繡滿春風。舊日聞簫處，高樓當月中。梨花寒食夜，深閉翠微宮。"進公，公讀詞，善之。時宮中有出聲若不忍者，公隨泣下。又使亞之作墓誌銘，獨憶其銘，曰："白楊風哭兮石甃髯莎。雜英滿地兮春色煙和。珠愁粉瘦兮不生綺羅。深深埋玉兮其恨如何！"亞之亦送葬咸陽原，宮中十四人殉之。亞之以悼悵過戚，被病，臥在翠微宮。然處殿外特室，不入宮中矣。

居月餘，病良已。公謂亞之曰："本以小女將託久要，不謂不得周奉君子，而先物故。弊秦區區小國，不足辱大夫。然寡人每見子，即不能不悲悼。大夫盍適大國乎？"亞之對曰："臣無狀，肺腑公室，待罪右庶長，不能從死公主。君免罪戾，使得歸骨父母國，臣不忘君恩，如今日。"將去，公追酒高會，聲秦聲，舞秦舞，舞者擊髀拊髀嗚嗚，而音有不快，聲甚怨。公執酒亞之前曰："壽。顧此聲少善，願沈郎賡揚歌以塞別。"公命趣進筆硯。亞之受命，立為歌，辭曰："擊體舞，恨滿煙光無處所。淚如雨，欲擬著辭不成語。金鳳銜紅舊繡衣，幾度宮中同看舞。人間春日正歡樂，日暮東歸何處去？"歌卒，授舞者，雜其聲而道之，四座皆泣。既，再拜辭去。公復命至翠微宮，與公主侍人別。重入殿內時，見珠翠遺碎青階下，窗紗檀點依然。宮人泣對亞之，亞之感咽良久，因題宮門，詩曰："君王多感放東歸，從此秦宮不復期。春景自傷秦喪主，落花如雨淚燕脂。"竟別去。公命車駕送出函谷關。已，送吏曰："公命盡此。且去。"亞之與別，語未卒，忽驚覺，臥邸舍。

明日，亞之與友人崔九萬具道。九萬，博陵人，諳古。謂余曰："《皇覽》云：'秦穆公葬雍橐泉祈年宫下。'非其神靈憑乎？"亞之更求得秦時地誌，説如九萬云。嗚呼？弄玉既仙矣，惡又死乎？

按此文據明翻宋本《沈下賢文集》卷二校録。《太平廣記》二百八十二引此文，下注出《異聞集》。字句間略有異同，不復校補。此事本極幽渺，而事特頑豔。吳興嗜奇，一至於此。李商隱《玉谿生詩集》卷三有《擬沈下賢詩》云："千二百輕鸞，春衫瘦著寬。倚風行稍急，含雪語應寒。帶火遺金鬥，兼珠碎玉盤。河陽看花過，曾不問潘安。"清桐鄉馮浩《玉谿生詩詳注》引《異聞集》此文，疑義山亦暗詠主家事，殊無左證。姑備一説可耳。

馮燕傳

沈亞之撰
據明翻宋本沈下賢文集校錄
用廣記校改

馮燕者,魏豪人,父祖無聞名。燕少以意氣任專,爲擊毬鬥雞戲。魏市有爭財鬥者,燕聞之往,搏殺不平;遂沈匿田間。官捕急,遂亡滑。益與滑軍中少年雞毬相得。時相國賈公耽在滑,能燕材(原作林,據《廣記》改),留屬中軍。他日出行里中,見户旁婦人,翳袖(原作神,據《廣記》改)而望者,色甚冶,使人熟其意,遂室之。其夫,滑將張嬰者也。嬰聞其故,累毆妻,妻黨皆望嬰。會從其類飲,燕伺得間,復偃寢中,拒寢户。嬰還,妻開户納嬰,以裾蔽燕。燕卑踖步就蔽,轉匿户扇後,而巾墮枕下,與佩刀近。嬰醉且瞑。燕指巾令其妻取,妻即刀授燕,燕熟視,斷其妻頸,遂巾而去(原本無而去二字,據《廣記》補)。明旦嬰起,見妻毀死,愕然,欲出自白。嬰鄰以爲真嬰煞,留縛之。趨告妻黨,皆來,曰:"常嫉毆吾女,迺諰以過失,今復賊煞之矣,安得他殺事。即其他殺,安得獨存耶!"共持嬰,且百餘笞,遂不能言。官家收繫(原作擊,據《廣記》改)煞人罪,莫有辨者,强伏其辜。司法官小吏持朴者數十人,將嬰就市，看者圍面千餘人。有一人排看者來，呼曰："且無令不辜死者。吾竊其妻，而又殺之，當繫我。"吏執自言人，乃燕也。司法官與俱見賈公，盡以狀對。賈公以狀聞，請歸其印，以贖燕死。上誼之，下詔，凡滑城死罪皆免。

　　讚曰："余尚太史言，而又好叙誼事。其賓黨耳目之所聞見，而謂余道元和中外郎劉元鼎語余以馮燕事，得傳焉。嗚呼！淫惑之心，有甚水火，可不畏哉！然而燕殺不誼，白不辜，真古豪矣！"

　　按馮燕事，在唐時盛傳。其見諸歌詠者，則有司空圖之《馮燕歌》，（《麗情集》以此歌爲沈下賢作，注《文苑英華》者，誤採之。沈但有《傳》，未嘗作歌也。集可考。）至宋曾布又演其事，爲《水調大曲》。皆本沈下賢《傳》而衍爲長篇者也。《舊唐書·賈躭傳》，躭以貞元二年改檢校右僕射，兼滑州刺史、義成軍節度使。至九年五月，徵爲右僕射、同中書門下平章事。《傳》中言賈躭在滑以狀上聞，則馮燕此事，當在貞元二年至九年之間。流傳數十年，沈氏始據元和中外郎劉元鼎之語，而爲此《傳》。司空表聖又爲作《馮燕歌》。並載本集。則其事固當時實錄也。《太平廣記》一百九十五已將沈氏此傳採入。惟字句間略有異同，且删去後論。今據明翻宋本《沈下賢文集》校錄。明本《沈集》，誤字無可疑者，則據《廣記》改定。其本在疑似之間者，姑仍其舊。至司空表聖《詩集》所載之《馮燕歌》，與王明清《玉照新志》所載之曾布《水調大曲》，皆與本傳關係較切。附錄於後。俾讀沈氏《傳》者，有所考焉。

《唐音統籤》卷七百四司空圖《馮燕歌》云：

　　魏中義士有馮燕，遊俠幽并最少年。避讎偶作滑臺客，嘶風躍馬來翩翩。此時恰遇鶯花月，堤上軒車畫不絕，兩面高樓語笑声，指点行人情暗结。掷果潘郎谁不慕，朱门别见红妆露。故故推门掩不开，似教欧轧传言语。冯生敲镫袖笼鞭，半拂垂杨半惹烟，树间春鸟知人意，的的心期暗与传。传道张婴偏嗜酒，从此香闺为我有。梁间客鹨正相欺，屋上鸣鸠空自斗。婴归醉卧非雠汝，岂知负过人怀惧。鹨依户扇欲潜逃，巾在枕旁指令取。谁言狠戾心能忍，待我情深情不隐。回身本谓取巾难，倒柄方知授霜刃。冯君抚剑即迟疑，自顾平生心不欺。"尔能负彼必相负，假手他人复在谁。"窗间红艳犹可掬，熟视花钿情不足，唯将大义断胸襟，粉颈初回如切玉。凤凰钗碎各分飞，怨魄娇魂何处追（集作归）。凌波如唤游金谷，羞彼揶揄泪满衣，新人藏匿旧人起，白昼喧呼骇邻里。诬执张婴不自明，贵免生前遭考捶。官将赴市拥红尘，掉臂人来掰看人。传声"莫遣有冤滥，盗杀婴家即我身。"初闻僚吏翻疑欻，呵叱风狂词不变。缧囚解缚犹自疑，疑是梦中方（一作云）脱免。未死勤君莫浪言，临危不顾始知难，已为不平能割爱，更将身命救深冤。白马贤侯贾相公，长悬金帛募才雄。拜章请赎冯燕罪，千古三河激义风。黄河东注无时歇，注尽波澜名不灭。为感词人沈下贤，长歌更与分明说。此君精爽知犹在，长与人间留炯诫。铸作金燕香作堆，焚香酹酒听歌来。

宋王明清《玉照新志》卷二，载曾布《水调七遍》，即咏冯燕事。其词如下：

排遍第一

魏豪有冯燕，年少客幽并。击毬斗鸡为戏，游侠久知名。因避仇，来东郡，元戎逼属中军。直气凌貔虎，须臾叱咤，风云凛凛坐中生。偶乘佳兴，轻裘锦带，东风跃马，往来寻访幽胜。游冶出东城。陧上莺花掩乱，香车宝马纵横。草软平沙稳，高楼两岸，春风笑语隔帘声。

排遍第二

袖笼鞭敲镫，无语独闲行。绿杨下，人初静，烟淡夕阳明。窈窕佳人，独立瑶阶，掷果潘郎，瞥见红颜横波盼，不胜娇软倚銀屏。曳紅裳頻推朱戶，半開還掩，似欲倚咿啞聲裏，細説深情。因遣林間青鳥，爲言彼此心期，的的深相許，竊香解佩，綢繆相顧不勝情。

排遍第三

説良人滑將張嬰。從來嗜酒還家，鎮長酩酊狂醒。屋上鳴鳩空鬥，梁間客燕相驚。誰與花爲主，蘭房從此，朝雲夕雨兩牽縈。似游絲飄蕩，隨風無定，奈何歲華荏苒，歡計苦難憑。唯見新恩繾綣，連枝並翼，香閨日日爲郎，誰知松蘿託蔓，一比一毫輕。

排遍第四

一夕還醉，開户起相迎。爲郎引裾相庇，低首略潛形。情深無隱，欲郎乘間起佳兵，授青萍。茫然撫弄，不忍欺心。爾能負心於彼，於我必無情。熟視花細不足，剛腸終不能平。假手迎天意，一揮霜刃，腮間粉頸斷瑤瓊。

排遍第五

鳳皇釵寶玉凋零。慘然悵，嬌魂怨，飲泣吞聲。還被凌波呼唤，相將金谷同遊，想見逢迎處，揶揄羞面，妝臉淚盈盈。醉眠人醒。來晨起，血凝蓁首，但驚喧，白鄰里，駭我卒難明。致幽囚推究，覆盆無計哀鳴。丹筆終誣服，圜門驅擁，銜冤垂音欲臨刑。

排遍第六帶花遍

向紅塵裏，有喧呼攘臂，轉身避衆，莫遣人冤濫，殺張室，忍偷生。僚吏驚呼呵叱，狂辭不變如初，投身屬吏，慷慨吐丹誠。彷彿縲絏，自疑夢中，聞者皆驚歎，爲不平。割愛無心，泣對虞姬，手戮傾城寵，翻然起死，不教仇怨負冤聲。

排遍第七擷花十八

義成元靖賢相國，嘉慕英雄士，賜金繒。聞斯事，頻歎賞，封章歸印，請贖馮燕罪，日邊紫泥封詔，闔境赦深刑。萬古三河風義在，青簡上，衆知名。河東注，任流水滔滔，水涸名難泯，至今樂府歌詠，流入管絃聲。（依《學津討原·玉照新志》校錄）

無雙傳

薛調撰

據太平廣記校錄

　　王仙客者,建中中朝臣劉震之甥也。初,仙客父亡,與母同歸外氏。震有女曰無雙,小仙客數歲,皆幼稚,戲弄相狎。震之妻常戲呼仙客爲王郎子。如是者凡數歲,而震奉孀姊及撫仙客尤至。一旦,王氏姊疾,且重,召震約曰:"我一子,念之可知也。恨不見其婚室。無雙端麗聰慧,我深念之。異日無令歸他族,我以仙客爲託。爾誠許我,瞑目無所恨也。"震曰:"姊宜安靜自頤養,無以他事自撓。"其姊竟不痊。仙客護喪,歸葬襄鄧。服闋,思念:"身世孤子如此,宜求婚娶,以廣後嗣。無雙長成矣,我舅氏豈以位尊官顯,而廢舊約耶?"於是飾裝抵京師。時震爲尚書租庸使,門館赫奕,冠蓋填塞。仙客既覲,置於學舍,弟子爲伍。舅甥之分,依然如故,但寂然不聞選取之議。又於窗隙間窺見無雙,姿質明豔,若神仙中人。仙客發狂,唯恐姻親之事不諧也。遂罄囊橐,得錢數百萬。舅氏舅母左右給使,達於厮養,皆厚遺之;又因復設酒饌,中門之內,皆得入之矣。諸表同處,悉敬事之。遇舅母生日,市新以獻,雕鏤犀玉,以爲首飾。舅母大喜。又旬日,仙客遣老嫗,以求親之事聞於舅母。舅母曰:"是我所願也,即當議其事。"又數夕,有青衣告仙客曰:"娘子適以親情事言於阿郎,阿郎云:'向前亦未許之。'模樣云云,恐是參差也。"仙客聞之,心氣俱喪,達旦不寐,恐舅氏之見棄也。然奉事不敢懈怠。

一日,震趨朝,至日初出,忽然走馬入宅,汗流氣促,唯言:"鏁却大門,鏁却大門!"一家惶駭,不測其由。良久,乃言:"涇原兵士反,姚令言領兵入含元殿,天子出苑北門,百官奔赴行在。我以妻女爲念,略歸部署。疾召仙客與我勾當家事,我嫁與爾無雙。"仙客聞命,驚喜拜謝。乃裝金銀羅錦二十馱,謂仙客曰:"汝易衣服,押領此物出開遠門,覓一深隙店安下。我與汝舅母及無雙出啓夏門,遶城續至。"仙客依所教。至日落,城外店中待久不至。城門自午後扃鎖,南望目斷。遂乘驢秉燭遶城至啓夏門,門亦鎖。守門者不一,持白梃,或立,或坐。仙客下馬,徐問曰:"城中有何事如此?"又問:"今日有何人出此?"門者曰:"朱太尉已作天子。午後有一人重載,領婦人四五輩,欲出此門。街中人皆識,云是租庸使劉尚書,門司不敢放出。近夜,追騎至,一時驅向北去矣。"仙客失聲慟哭,却歸店。三更向盡,城門忽開,見火炬如晝,兵士皆持兵挺刃,傳呼斬斫使出城,搜城外朝官。仙客捨輜騎驚走,歸襄陽,村居三年。

後知克復。京師重整,海内無事。乃入京,訪舅氏消息。至新昌南街,立馬彷徨之際,忽有一人馬前拜,熟視之,乃舊使蒼頭塞鴻也。鴻本王家生,其舅常使得力,遂留之。握手垂涕。仙客謂鴻曰:"阿舅舅母安否?"鴻云:"並在興化宅。"仙客喜極云:"我便過街去。"鴻曰:"某已得從良,客户有一小宅子,販繒爲業。今日已夜,郎君且就客户一宿。來早同去未晚。"遂引至所居，飲饌甚備。至昏黑，乃聞報曰："尚書受僞命官，與夫人皆處極刑。無雙已入掖庭矣。"仙客哀冤號絕，感動鄰里。謂鴻曰："四海至廣，舉目無親戚，未知託身之所。"又問曰："舊家人誰在？"鴻曰："唯無雙所使婢採蘋者，今在金吾將軍王遂中宅。"仙客曰："無雙固無見期，得見採蘋，死亦足矣。"

由是乃刺謁，以從姪禮見遂中，具道本末，願納厚價以贖採蘋。遂中深見相知，感其事而許之。仙客税屋，與鴻、蘋居。塞鴻每言："郎君年漸長，合求官職。悒悒不樂，何以遣時？"仙客感其言，以情懇告遂中。遂中薦見仙客於京兆尹李齊運。齊運以仙客前銜爲富平縣尹，知長樂驛。

累月，忽報有中使押領内家三十人住園陵，以備灑掃，宿長樂驛，氈車子十乘下訖。仙客謂塞鴻曰："我聞宫嬪選在掖庭，多是衣冠子女。我恐無雙在焉。汝爲我一窺，可乎？"鴻曰："宫嬪數千，豈便及無雙。"仙客曰："汝但去，人事亦未可定。"因令塞鴻假爲驛吏，烹茗於簾外。仍給錢三千，約曰："堅守茗具，無暫捨去。忽有所睹，即疾報來。"塞鴻唯唯而去。宫人悉在簾下，不可得見之，但夜語喧譁而已。至夜深，群動皆息。塞鴻滌器攢火，不敢輒寐。忽聞簾下語曰："塞鴻，塞鴻，汝争得知我在此耶？郎健否？"言訖，嗚咽。塞鴻曰："郎君見知此驛。今日疑娘子在此，令塞鴻問候。"又曰："我不久語。明日我去後，汝於東北舍閣子中紫褥下，取書送郎君。"言訖，便去。忽聞簾下極鬧，云："内家中惡。"中使索湯藥甚急，乃無雙也。塞鴻疾告仙客，仙客驚曰："我何得一見？"塞鴻曰："今方修渭橋。郎君可假作理橋官，車子過橋時，近車子立。無雙若認得，必開簾子，當得瞥見耳。"仙客如其言。至第三車子，果開簾子，窺見，真無雙也。仙客悲感怨慕，不勝其情。塞鴻於閣子中褥下得書送仙客。花牋五幅，皆無雙真跡，詞理哀切，敘述周盡，仙客覽之，茹恨涕下，自此永訣矣。其書後云："常見敕使說富平縣古押衙人間有心人。今能求之否？"

仙客遂申府，請解驛務，歸本官。遂尋訪古押衙，則居於村墅。仙客造謁，見古生。生所願，必力致之，繒綵寶玉之贈，不可勝紀。一年未開口。秩滿，閒居於縣。古生忽來，謂仙客曰："洪一武夫，年且老，何所用？郎君於某竭分。察郎君之意，將有求於老夫。老夫乃一片有心人也。感郎君之深恩，願粉身以答効。"仙客泣拜，以實告古生。古生仰天，以手拍腦數四，曰："此事大不易。然與郎君試求，不可朝夕便望。"仙客拜曰："但生前得見，豈敢以遲晚爲限耶。"

半歲無消息。一日，扣門，乃古生送書。書云："茅山使者回。且來此。"仙客奔馬去。見古生，生乃無一言。又啓使者。復云："殺卻也。且吃茶。"夜深，謂仙客曰："宅中有女家人識無雙否？"仙客以採蘋對。仙客立取而至。古生端相，且笑且喜云："借留三五日。郎君且歸。"後累日，忽傳說曰："有高品過，處置園陵宮人。"仙客心甚異之。令塞鴻探所殺者，乃無雙也。仙客號哭，乃歎曰："本望古生，今死矣！爲之奈何！"流涕歔欷，不能自已。是夕更深，聞叩門甚急。及開門，乃古生也。領一簣子入，謂仙客曰："此無雙也。今死矣。心頭微暖，後日當活，微灌湯藥，切須靜密。"言訖，仙客抱入閣子中，獨守之。至明，遍體有暖氣。見仙客，哭一聲遂絕。救療至夜，方愈。古生又曰："暫借塞鴻於舍後掘一坑。"坑稍深，抽刀斷塞鴻頭於坑中。仙客驚怕。古生曰："郎君莫怕。今日報郎君恩足矣。比聞茅山道士有藥術，其藥服之者立死，三日卻活。某使人專求，得一丸。昨令採蘋假作中使，以無雙逆黨，賜此藥令自盡。至陵下，託以親故，百縑贖其屍。凡道路郵傳，皆厚賂矣，必免漏泄。茅山使者及舁簥人，在野外處置訖。老夫為郎君，亦自刎。君不得更居此。門外有檐子一十人，馬五匹，絹二百匹。五更，挈無雙便發，變姓名浪跡以避禍。"言訖，舉刀，仙客救之，頭已落矣。遂並屍蓋覆訖。未明發，歷四蜀下峽，寓居於渚宮。悄不聞京兆之耗，乃挈家歸襄鄧別業，與無雙偕老矣。男女成群。

噫，人生之契闊會合多矣，罕有若斯之比。常謂古今所無。無雙遭亂世籍沒，而仙客之志，死而不奪。卒遇古生之奇法取之，冤死者十餘人。艱難走竄後，得歸故鄉，為夫婦五十年，何其異哉！

按本傳據《太平廣記》四百八十六校錄：胡應麟《莊嶽委談》（《筆叢》四十一）云："王仙客，事大奇而不情，蓋潤飾之過。或烏有無是之類不可知。"胡氏致疑無雙，未必實有其人。然唐時有崔郊秀才者，寓居於漢上，蘊積文藝，而物產罄懸。亡何，與姑婢通，每有阮咸之縱。其婢端麗，饒彼音律之能，漢南之最也。姑貧鬻婢於連帥。連帥愛之，以類無雙（原注：無雙，即薛太保之妾，至今圖畫觀之）。給錢四十萬，寵盼彌深。郊思慕不已，即強親府署，願一見焉。其婢因寒食來從事家，值郊立於柳陰，馬上連泣，誓若山河。崔生贈之以詩曰："公子王孫逐後塵，綠珠垂淚滴羅巾。侯門一入深如海，從此蕭郎是路人。"或有嫉郊者，寫其詩於座。帥睹之，令召崔生。左右莫測，郊深憂悔，無處潛逃。及見郊，握手曰："'侯門一入深如海，從此蕭郎是路人'便是公製作耶？四百千小哉！何惜一書，不早相示。"遂命婦同歸。至於帷幌奩匣，悉爲增飾之。小阜崔生矣。見唐范攄《雲溪友議》。此事旣與王仙客事相類，而無雙爲薛太保之妾，且有圖畫流傳，亦可考見。薛調與范攄同爲咸通間人。（范攄咸通人，見《唐書・藝文志》。薛調，咸通十三年，卒年四十三。見《唐語林》。）或各摭所聞，筆諸篇籍。薛則直取向來豔傳之無雙，附會其事。而嗜奇之過，不中情理，反不如《雲溪友議》所載之崔郊，切近人情也。明陸采撰《明珠記》劇本，即據此文。

上清傳

柳珵撰

據宋本資治通鑑考異校錄

貞元壬申春三月，相國竇公居光福里第，月夜閒步於中庭。有常所寵青衣上清者，乃曰："今欲啓事。郎須到堂前，方敢言之。"竇公亟上堂。上清曰："庭樹上有人，恐驚郎，請謹避之。"竇公曰："陸贄久欲傾奪吾權位。今有人在庭樹上，吾禍將至。且此事將奏與不奏皆受禍，必竄死於道路。汝在輩流中，不可多得。吾身死家破，汝定爲宮婢。聖君若顧問，善爲我辭焉。"上清泣曰："誠如是，死生以之！"竇公下階，大呼曰："樹上君子，應是陸贄使來。能全老夫性命，敢不厚報！"樹上人應聲而下，乃衣縗粗者也。曰："家有大喪，貧甚，不辦葬禮。伏知相公推心濟物，所以卜夜而來。幸相公無怪。"公曰："某罄所有，堂封絹千匹而已。方擬修私廟。次今且輟贈，可乎？"縗者拜謝。竇公答之，如禮。又曰："便辭相公。請左右齎所賜絹，擲於牆外。某先於街中俟之。"竇公依其請。命僕，使偵其絕踪且久，方敢歸寢。

翌日，執金吾先奏其事。竇公得次，又奏之。德宗厲聲曰："卿交通節將，蓄養俠刺。位崇台鼎，更欲何求？"竇公頓首曰："臣起自刀筆小才，官已至貴。皆陛下獎拔，實不由人。今不幸至此，抑乃仇家所爲耳。陛下忽震雷霆之怒，臣便合萬死。"中使下殿宣曰："卿且歸私第，待候進止。"越月，貶郴州別駕。會宣武節度使劉士寧通好於郴州，廉使條疏上聞。德宗曰："交通節將，信而有徵。"流竇於驩州，沒入家資。一簪不著身，竟未達流所，詔自盡。上清果隷名掖庭。

後數年，以善應對，能煎茶，數得在帝左右。德宗曰："官掖間人數不少。汝了事，從何得至此？"上清對曰："妾本故宰相竇參家女奴。竇某妻早亡，故妾得陪掃灑。及竇某家破，幸得填官。既侍龍顏，如在天上。"德宗曰："竇某罪不止養俠刺，亦甚有贓污，前時納官銀器至多。"上清流涕而言曰："竇某自御史中丞，歷度支、戶部、鹽鐵三使，至宰相。首尾六年，月入數十萬。前後非時賞賜，當亦不知紀極。迺者郴州所送納官銀物，皆是恩賜。當部錄日，妾在郴州，親見州縣希陸贄意旨刮去。所進銀器，上刻作藩鎮官銜姓名，誣爲贓物。伏乞下驗之。"於是宣索竇某沒官銀器覆視，其刮字處，皆如上清言。時貞元十二年。德宗又問蓄養俠刺事。上清曰："本實無。悉是陸贄陷害，使人爲之。"德宗怒陸贄曰："這獠奴！我脫却伊綠衫，便與紫衫着。又常喚伊作陸九。我任竇參，方稱意，次須教我枉殺却他。及至權入伊手，其爲軟弱，甚於泥團。"乃下詔雪竇參。時裴延齡探知陸贄恩衰，得恣行媒孽。贄竟受譴不迴。后上清特敕丹書度爲女道士，終嫁爲金忠義妻。世以陸贄門生名位多顯達者，世不可傳說，故此事絕無人知。

按《太平廣記》二百七十五亦引此文，題曰《上清》，下注出

《異聞集》。此據《通鑑考異》卷十九校錄。涑水斥其事，不近人情。陸贄賢相，安肯爲此。其論誠是。惟小說記異，不能責以史實。觀於陳翰收入《異聞集》，則原以誕妄視之，不作史筆看也。柳珵尚有《常侍言旨》。《郡齊讀書志》（十三）云："記其世父柳芳所談。"芳，蒲州河東人；子登、冕，登子璟，見《唐書》一百三十二。珵與璟，當爲從兄弟行矣。

秀師言記

不著撰人

據太平廣記校錄

崔晤、李仁鈞二人中外弟兄，崔年長於李。在建中末偕來京師調集。時薦福寺有僧神秀曉陰陽術，得供奉禁中。會一日崔李同詣秀師，師泛敘寒溫而已，更不開一語。別揖李於門扇後曰："九郎能惠然獨賜一宿否？小僧有情曲，欲陳露左右。"李曰："唯唯。"後李特赴宿約，饌且豐潔，禮甚謹敬。及夜半，師曰："九郎今合選得江南縣令，甚稱意。從此後更六年，攝本府紀曹，斯乃小僧就刑之日；監刑官人，即九郎耳。小僧是吳兒，酷好瓦棺寺後松林中一段地，最高敞處，上元佳境，盡在其間。死後乞九郎作窣堵坡（梵語浮圖）於此，爲小師藏骸骨之所。"李徐曰："斯言不謬，違之如皎日。"秀泫然流涕者良久。又謂李曰："爲余寄謝崔家郎君。且崔只有此一政官，家事零落，飄寓江徼。崔之孤，終得九郎殊力，九郎終爲崔家女婿。秘之！秘之！"李詰旦，歸旅舍，見崔，唯說秀師云"某說終爲兄之女婿"，崔曰："我女縱薄命死，且何能嫁與田舍老翁作婦。"李曰："比昭君出降單于，猶是生活。"二人相顧大笑。

後李補南昌令。到官，有能稱，罷攝本府紀曹。有驛遞流人至州，坐泄宫内密事者。遲明，宣詔書，宜付府笞死。流人解衣就刑，次熟視監刑官，果李紃也。流人，即神秀也。大呼曰："瓦棺松林之請，子勿食言。"秀旣死，乃掩泣，請告。捐俸，賃扁舟，擇幹事小吏，送尸柩於上元縣，買瓦棺寺松林中地，壘浮圖以葬之。

時崔令即棄世，已數年矣。崔之異母弟曄，攜孤幼來於高安。曄落拓者，好遠游。惟小妻殷氏獨在（殷氏號大乘，又號九天仙也），殷學秦箏於常守堅，盡傳其妙。護食孤女，甚有恩意。會南昌軍伶能箏者，求丐高安，亦守堅之弟子，故殷得見之。謂軍伶曰："崔家小娘子，容德無比，年已及笄，供奉與把取家狀到府日，求秦晉之匹可乎？"軍伶依其請。至府以家狀，歷抵士人門，曾無影響。後因謁鹽鐵李侍御（即李仁鈞也），出家狀於懷袖中，鋪張几案上。李憫然曰："余有妻喪已大暮矣。待余飢飽寒燠者，頑童老媼而已；徒增余孤生半死之恨，晝夜往來於心。矧崔之孤女，實余之表姪女也。余視之等於女弟矣，彼亦視余猶兄焉。徵曩秀師之言，信如符契。納爲繼室，余固崔兄之夙眷也。"遂定婚崔氏。

按《太平廣記》一百六十引此文，下注出《異聞錄》。

虬鬚客傳

杜光庭撰
據顧氏文房小説校錄
用廣記校補

隋煬帝之幸江都也，命司空楊素守西京。素驕貴，又以時亂，天下之權重望崇者，莫我若也，奢貴自奉，禮異人臣。每公卿入言，賓客上謁，未嘗不踞牀而見，令美人捧出，侍婢羅列，頗僭於上。末年愈甚，無復知所負荷，有扶危持顛之心。一日，衛公李靖以布衣上謁，獻奇策。素亦踞見。公前揖曰："天下方亂，英雄競起。公爲帝室重臣，須以收羅豪傑爲心，不宜踞見賓客。"素斂容而起，謝公，與語，大悦，收其策而退。當公之騁辨也，一妓有殊色，執紅拂，立於前，獨目公。公既去，而執拂者臨軒指吏曰："問去者處士第幾？住何處？"公具以對。妓誦而去。公歸逆旅。其夜五更初，忽聞叩門而聲低者，公起問焉。乃紫衣帶帽人，杖揭一囊。公問誰？曰："妾，楊家之紅拂妓也。"公遽延入。脱衣去帽，乃十八九佳麗人也。素面畫衣而拜。公驚答拜。曰："妾侍楊司空久，閲天下之人多矣，無如公者。絲蘿非獨生，願託喬木，故來奔耳。"公曰："楊司空權重京師，如何？"曰："彼屍居餘氣，不足畏也。諸妓知其無成,去者衆矣,彼亦不甚逐也。計之詳矣,幸無疑焉。"問其姓,曰:"張。"問其伯仲之次。曰:"最長。"觀其肌膚、儀狀、言詞、氣語,真天人也。公不自意獲之,愈喜愈懼,瞬息萬慮不安,而窺戶者無停履。數日,亦聞追討之聲,意亦非峻。乃雄服乘馬,排闥而去。

將歸太原。行次靈石旅舍,既設牀,爐中烹肉且熟。張氏以髮長委地,立梳牀前。公方刷馬,忽有一人,中形,赤髯如虯,乘蹇驢而來。投革囊於爐前,取枕欹臥,看張梳頭。公怒甚,未決,猶親刷馬。張熟視其面,一手握髮,一手映身搖示公,令勿怒。急急梳頭畢,斂袵前問其姓。臥客答曰:"姓張。"對曰:"妾亦姓張。合是妹。"遽拜之。問第幾。曰:"第三。"問妹第幾。曰:"最長。"遂喜曰:"今夕幸逢一妹。"張氏遙呼:"李郎且來見三兄!"公驟拜之。遂環坐。曰:"煮者何肉?"曰:"羊肉,計已熟矣。"客曰:"飢。"公出市胡餅。客抽腰間匕首,切肉共食。食竟,餘肉亂切送驢前食之,甚速。客曰:"觀李郎之行,貧士也。何以致斯異人?"曰:"靖雖貧,亦有心者焉。他人見問,故不言。兄之問,則不隱耳。"具言其由。曰:"然則將何之?"曰:"將避地太原。"曰:"然吾故非君所致也。"曰:"有酒乎?"曰:"主人西,則酒肆也。"公取酒一斗。既巡,客曰:"吾有少下酒物,李郎能同之乎?"曰:"不敢。"於是開革囊,取一人頭并心肝。卻頭囊中,以匕首切心肝,共食之。曰:"此人天下負心者,銜之十年,今始獲之。吾憾釋矣。"又曰:"觀李郎儀形器宇,真丈夫也。亦聞太原有異人乎?"曰:"嘗識一人,愚謂之真人也。其餘將帥而已。"曰:"何姓?"曰:"靖之同姓。"曰:"年幾?"曰:"僅二十。"曰:"今何爲?"曰:"州將之子。"曰:"似矣。亦須見之,李郎能致吾一見乎？"曰："靖之友劉文靜者，與之狎，因文靜見之可也。然兄何爲？"曰："望氣者言太原有奇氣，使訪之。李郎明發，何日到太原？"靖計之曰。曰："達之明日，日方曙，候我於汾陽橋。"言訖，乘驢而去，其行若飛，迴顧已失。公與張氏且驚且喜，久之，曰："烈士不欺人。固無畏。"促鞭而行。

及期，入太原。果復相見。大喜，偕詣劉氏。詐謂文靜曰："有善相者思見郎君，請迎之。"文靜素奇其人，一旦聞有客善相，遽致使迎之。使迴而至，不衫不履，裼裘而來，神氣揚揚，貌與常異。虬髯默然居末坐，見之心死，飲數杯，招靖曰："真天子也！"公以告劉，劉益喜，自負。既出，而虬髯曰："吾得十八九矣，然須道兄見之。李郎宜與一妹復入京。某日午時，訪我於馬行東酒樓，下有此驢及瘦驢，即我與道兄俱在其上矣。到即登焉。"又別而去。公與張氏復應之。

及期訪焉，宛見二乘。攬衣登樓，虬髯與一道士方對飲，見公驚喜，召坐，圍飲十數巡，曰："樓下櫃中有錢十萬，擇一深穩處一妹。某日復會於汾陽橋。"如期至，即道士與虬髯已到矣。俱謁文靜。時方弈棋，揖而話心焉。文靜飛書迎文皇看棋。道士對弈，虬髯與公傍侍焉。俄而文皇到來，精采驚人，長揖而坐。神氣清朗，滿坐風生，顧盼煒如也。道士一見慘然，下棋子曰："此局全輸矣！於此失却局哉！救無路矣！復奚言！"罷弈而請去。既出，謂虬髯曰："此世界非公世界，他方可也。勉之，勿以爲念。"因共入京。虬髯曰："計李郎之程，某日方到。到之明日，可與一妹同詣某坊曲小宅相訪。李郎相從一妹，懸然如磬。欲令新婦祇謁，兼議從容，無前却也。"言畢，吁嗟而去。公策馬而歸。

即到京，遂與張氏同往。一小版門子，扣之，有應者，拜曰："三郎令候李郎、一娘子久矣。"延入重門，門愈壯。婢四十人，羅列廷前。奴二十人，引公入東廳。廳之陳設，窮極珍異，巾箱、妝奩、冠鏡、首飾之盛，非人間之物。巾櫛妝飾畢，請更衣，衣又珍異。既畢，傳云："三郎來！"乃虯髯紗帽褐裘而來，亦有龍虎之狀，歡然相見。催其妻出拜，蓋亦天人耳。遂延中堂，陳設盤筵之盛，雖王公家不侔也。四人對饌訖，陳女樂二十人，列奏於前，若從天降，非人間之曲。食畢，行酒。家人自堂東舁出二十牀，各以錦繡帕覆之。既陳，盡去其帕，乃文簿鑰匙耳。虯髯曰："此盡寶貨泉貝之數。吾之所有，悉以充贈。何者？欲以此世界求事，當或龍戰三二十載，建少功業。今既有主，住亦何爲？太原李氏，真英主也。三五年內，即當太平。李郎以奇特之才，輔清平之主，竭心盡善，必極人臣。一妹以天人之姿，蘊不世之藝，從夫之貴，以盛軒裳。非一妹不能識李郎，非李郎不能榮一妹。起陸之貴，際會如期，虎嘯風生，龍吟雲萃，固非偶然也。持余之贈，以佐真主，贊功業也，勉之哉！此後十年，當東南數千里外有異事，是吾得事之秋也。一妹與李郎可瀝酒東南相賀。"因命家童列拜，曰："李郎、一妹，是汝主也！"言訖，與其妻從一奴，乘馬而去。數步，遂不復見。

公據其宅，乃爲豪家，得以助文皇締構之資，遂匡天下。貞觀十年，公以左僕射平章事。適南蠻入奏曰："有海船千艘，甲兵十萬，入扶餘國，殺其主自立。國已定矣。"公心知虯髯得事也。歸告張氏，具衣拜賀，瀝酒東南祝拜之。乃知真人之興也，由英雄所冀。況非英雄者乎？人臣之謬思亂者，乃螳臂之拒走輪耳。我皇家垂福萬葉，豈虛然哉。或曰："衛公之兵法，半乃虬髯所傳耳。"

按《虬髯客傳》，《唐志》不載。宋洪邁《容齋隨筆》卷十二《王珪李靖》條，稱有杜光庭《虬髯客傳》云云。《宋史·藝文志》子部小説類，有杜光庭《虬髯客傳》一卷。清陶珽刊本《説郛》一百十二載《虬髯客傳》，下題唐張説撰。明清間通行《五朝小説》及《説薈》並同，不知何據。今仍題杜光庭者，從容齋洪氏之説也。惟《道藏》恭八收杜光庭《神仙感遇傳》，有《虬髯客》一條，敍述與今所傳本不同，且簡略樸儜，文彩殊遜。而虬髯作虬鬚，標題與《宋史》正同。頗疑《道藏》爲今傳之祖本；流傳宋初，又經文士之潤飾（《太平廣記》一百九十三所載之《虬髯客傳》已屬改本），故詳略互異如此。明凌初成有《虬髯翁》曲本，又張鳳翼、張太和皆有《紅拂記》，並皆推演此傳。今據《顧氏文房小説》本校錄，而以《廣記》一百九十三所引校補。至《道藏·神仙感遇傳》之《虬髯客》一條，與本篇詳略迥殊。附錄於後，以資互參云。

《道藏》恭字收杜光庭《神仙感遇傳》，其卷四《虬鬚客》云：
虬鬚客道兄者，不知名氏。煬帝末，司空楊素留守長安。帝幸江都，素持權驕貴，蔑視物情。衛公李靖時擔簦謁之，因得素侍立紅拂妓。妓姓張，第一，知素危亡不久，棄素而奔靖。靖與同出西京。將適太原，税鞌於靈石店。與虬鬚相值，乃中形人也。赤鬚而虬，破衫蹇驢而來，投布囊於地，取枕欹臥，看張妓理髮委地，立梳於牀。靖見虬鬚視之，甚怒，未決，時時側目。張熟觀其面。妓一手握髮，一手映身搖示靖，令勿怒。急梳頭畢，斂衽前問其姓。臥者曰："姓張。"妓曰："妾亦姓張。合是妹。"遽拜之。問第幾？云："第三。"又曰："妹第幾？"妹曰："最長。"喜曰："今日幸得逢一妹。"妓遙呼靖曰："李郎且來拜三兄。"靖遂拜之。環坐，割肉爲食。客以餘肉飼驢。笑曰："李郎貧士，何以致異人？"具話其由。客曰："然則何之？"曰："避地太原。"復命酒共飲。又曰："嘗知太原之異人乎？"靖曰："州將之子，可十八來，姓李。"客曰："似則似矣，然須見之。李郎能致余一見否？"靖言："余友人劉文靖與之甚狎，必可致也。"客曰望氣。曰："俾吾訪之。"遂約期日相候於汾陽橋。

及期，果至。靖話於文靖曰："吾有善相者，欲見郎君，請迎之。"文靖素奇其人。方議匡輔，遽致酒迎之。俱見太宗。不衫不履，裼裘而來，神氣揚揚，貌與常異。客見之，默居末坐，氣喪心死。飲數杯，招靖謂曰："此真天子也。"靖以告劉。益喜賀。既出，虬髯曰："吾見之十得八九也，然亦須令道兄見之。"又約靖與妹於京中馬行東酒樓下。既至，登樓。見虬髯與一道流對飲，因環坐。爲約與道兄同至太原。道兄與劉文静對棋，髯、靖俱會。文皇亦來，精彩驚人，長揖而坐，神清氣爽，滿座風生，顧盼煒如也。道兄一見慘然，下棋子，"此局輸矣！於此失局，奇哉！救無路矣！知復奚言！"罷弈。既出，謂虬髯曰："此世非公世界也，他方可矣。勉之，勿以爲念。"

同入京，虬髯命其婦妹與李郎相見。其婦，亦天人也。虬髯紗巾裼裘，挾彈而至。相與入中堂。陳樂歡飲，女樂三十餘人，非王侯之家所有，迫若洞天之會。既而昇二十牀，以繡帕蓋之，去其帕曰："此乃文簿鑰匙耳。皆珍寶貨泉之數，並以充贈。吾本欲中華求事，或龍戰三五年，以此爲經費。今既有主，亦復何爲。太原李氏，真英主也。三五年内，即當太平，李郎、一妹善輔贊之，非一妹不能贊明主。勉之哉。此去十年後，東南數千里外有異，是吾得事之秋也。聞之可潛以酒相賀。"因呼家僮百餘人出拜。曰："李郎、一妹，是爾主也。"言訖，與其妻戎裝乘馬而去。道兄亦不知所之。靖得此事力，以助文皇締搆大業。貞觀中，東南夷奏有海賊以艫船千艘，兵十餘萬人，於扶餘國殺其主自立爲王，國内以定静。靖知虬髯成功，歸告其妻，乃瀝酒東南賀焉。乃知真人之興，乃天授也，豈庸庸之徒可以造次思亂者哉。

又按虬髯客事，頗爲人所樂道。然考之於史，殊多牴牾。《唐書靖傳》稱"高祖擊突厥於塞外。靖察高祖知有四方之志，因自鎖上變。後高祖定京師，將斬之。以太宗救解得免。"據此，則靖於高祖未定京師之先，似無交通文皇之理。容齋洪氏已辨其妄。此與史實不合者一也。《唐書·高祖本紀》，高祖以大業九年八月，爲宏化留守。十一年秋間，始移山西、河東撫慰大使。十二年十二月，留守太原。是時盜賊遍海內，煬帝在江都。楊素已先卒於大業二年七月，相距已十一年。亦無煬帝末年楊素留守長安之事。此與史實不合者又一也。傳中稱"貞觀中，靖位至僕射。東南蠻奏海船千艘入扶餘國，殺其主自立。"按新舊《唐書》，並無扶餘國。惟高麗、百濟，並云扶餘之別種。高麗國有扶餘城。武德七年，高麗王建武，懼伐其國，乃築長城，東北自扶餘城，西南至海，千有餘里。是高麗方據扶餘城以自固，海賊安得而襲取之。且扶餘位中國之東北，更不得云東南。此與史實不合者又一也。竊以小説家言，本難徵信。惟虬髯之稱，頗近文皇。《南部新書》："太宗文皇帝，虬鬚上可掛一弓。"《酉陽雜俎》亦謂"太宗虬鬚，常戲張弓矢。"杜工部《贈汝陽郡王璡》詩云："虬鬚似太宗。"又《送重表侄王砯評事使南海》詩，敍述王氏家世，與其曾祖姑能識文皇一段，句云："自陳翦髻鬟，鬻市充杯酒。上云天下亂，宜與英俊厚。向竊窺數公，經綸亦俱有。次問最少年，虬髯十八九，子等成大名，皆因此人手。下云風雲合，龍虎一吟吼，願展丈夫雄，得辭兒女醜。秦王時在坐，真氣驚户牖。"云云。是虬髯乃太宗矣。文人狡獪，或以太宗救解衛公之故。卒賴其勤助之烈，成不世之勳。以顛倒眩惑之辭，效述異傳奇之體。正小説家一時興到之戲語，不必根於事實也。説部流傳，史實轉晦。太原三俠，千古豔稱。必求史事以實之，亦近於鑿矣。

楊娼傳

房千里撰

據太平廣記校錄

楊娼者，長安里中之殊色也，態度甚都，復以冶容自喜。王公鉅人享客，競邀致席上。雖不飲者，必爲之引滿盡歡。長安諸兒，一造其室，殆至亡生破產而不悔。由是娼之名冠諸籍中，大售於時矣。嶺南帥甲，貴遊子也。妻本戚里女，遇帥甚悍。先約：設有異志者，當取死白刃下。帥幼貴，喜媱，内苦其妻，莫之措意。乃陰出重賂，削去娼之籍，而挈之南海。館之他舍，公餘而同，夕隱而歸。娼有慧性，事帥尤謹。平居以女職自守，非其理不妄發。復厚帥之左右，咸能得其歡心，故帥益嬖之。會閒歲，帥得病，且不起。思一見娼，而憚其妻。帥素與監軍使厚，密遣導意，使爲方略。監軍乃紿其妻曰："將軍病甚，思得善奉侍煎調者視之，瘳當速矣。某有善婢，久給事貴室，動得人意。請夫人聽以婢安將軍四體，如何？"妻曰："中貴人，信人也。果然，於吾無苦耳。可促召婢來。"監軍即命娼冒爲婢以見帥。計未行而事泄。帥之妻乃擁健婢數十，列白梃，熾膏鑊於廷而伺之矣。須其至，當投之沸鬲。帥聞而大恐，促命止娼之至。且曰："此自我意，幾累於渠；今幸吾之未死也，必使脱其虎喙。不然，且無及矣。"乃大遺其奇寶，命家僮牓輕舸，衛娼北歸。自是，帥之憤益深，不逾旬而物故。娼之行，適及洪矣。問至，娼乃盡返帥之賂，設位而哭，曰："將軍由妾而死。將軍且死，妾安用生爲？妾豈孤將軍者耶？"即撤奠而死之。夫娼，以色事人者也，非其利則不合矣。而楊能報帥以死，義也；却帥之賂，廉也。雖爲娼，差足多乎。

　　按《太平廣記》四百九十一雜傳記類引此傳，而題下注云房千里撰。據《唐書·宰相世系表》云，千里字鵠舉，河南人。《藝文志》有房千里《南方異物志》一卷、《投荒雜錄》一卷，注云："太和初進士第。高州刺史。"此千里官職之可考者也。《本傳》質直無文，似非有意傳奇之體，惟唐時稗官，貞元元和爲盛。迄於唐末五代之間，已不振矣。錄此一篇，以概其餘。

鄭德璘

不著撰人
據太平廣記校錄

貞元中湘潭尉鄭德璘,家居長沙,有親表居江夏,每歲一往省焉。中間涉洞庭,歷湘潭,多遇老叟棹舟而鬻菱芡,雖白髮而有少容。德璘與語,多及玄解。詰曰:"舟無糗糧,何以為食?"叟曰:"菱芡耳。"德璘好酒,長挈松醪春,過江夏,遇叟無不飲之,叟飲亦不甚愧荷。德璘抵江夏,將返長沙,駐舟於黃鶴樓下。傍有鹺賈韋生者,乘巨舟,亦抵於湘潭,其夜與鄰舟告別飲酒。韋生有女,居於舟之柂樓,鄰女亦來訪別,二女同處笑語。夜將半,聞江中有秀才吟詩曰:"物觸輕舟心自知,風恬浪靜月光微。夜深江上解愁思,拾得紅蕖香惹衣。"鄰舟女善筆札,因覩韋氏妝奩中有紅牋一幅,取而題所聞之句,亦吟哦良久,然莫曉誰人所製也。

及旦,東西而去。德璘舟與韋氏舟同離鄂渚,信宿,及暮又同宿至洞庭之畔,與韋生舟檝頗以相近。韋氏美而豔,瓊英膩雲,蓮蕊瑩波,露濯舜姿,月鮮珠彩,於水窗中垂釣,德璘因窺見之,甚悅。遂以紅綃一尺,上題詩曰:"纖手垂鈎對水窗,紅蕖秋色豔長江。既能解佩投交甫,更有明珠乞一雙。"彊以紅綃惹其鈎,女因收得,吟玩久之,然雖讽读,即不能晓其义。女不工刀札,又耻无所报,遂以钩丝而投夜来邻舟女所题红笺者。德璘谓女所制,疑思颇悦,喜畅可知,然莫晓诗之意义,亦无计遂其款曲。由是女以所得红绡系臂,自爱惜之。明月清风,韦舟遽张帆而去。风势将紧,波涛恐人,德璘小舟,不敢同越,然意殊恨恨。

将暮,有渔人语德璘曰:"向者贾客巨舟,已全家殁于洞庭矣。"德璘大骇,神思恍惚,悲婉久之,不能排抑。将夜,为《吊江姝诗》二首,曰:"湖面狂风且莫吹,浪花初绽月光微。沉潜暗想横波泪,得共鲛人相对垂。"又曰:"洞庭风软荻花秋,新没青蛾细浪愁。泪滴白蘋君不见,月明江上有轻鸥。"诗成酹而投之。精贯神祇,至诚感应,遂感水神,持诣水府。府君览之,召溺者数辈,曰:"谁是郑生所爱?"而韦氏亦不能晓其来由。有主者搜臂,见红绡而语府君。曰:"德璘异日自吾邑之明宰,况曩有义相及,不可不曲活尔命。"因召主者携韦氏送郑生。韦氏视府君,乃一老叟也。逐主者疾趋,而无所碍。道将尽,睹一大池,碧水汪然,遂为主者推堕其中,或沉或浮,亦甚困苦。时已三更,德璘未寝,但吟红笺之诗,悲而益苦。忽觉有物触舟,然舟人已寝,德璘遂秉炬照之,见衣服綵绣,似是人,忽惊而拯之,乃韦氏也,系臂红绡尚在。德璘喜骤。良久,女苏息,及晓方能言,乃说府君感君而活我命。德璘曰:"府君何人也?"终不省悟。遂纳为室,感其异也。将归长沙。

后三年,德璘常调选,欲谋醴陵令。韦氏曰:"不过作巴陵耳。"德璘曰:"子何以知?"韦氏曰:"向者水府君言是吾邑之明宰。洞庭乃属巴陵,此可验矣。"德璘志之。选果得巴陵令。及至巴陵县,使人迎韦氏。舟楫至洞庭侧,值逆风不进。德璘使佣篙工者五人而迎之,内一老叟挽舟,若不爲意，韋氏怒而唾之。叟回顧曰："我昔水府活汝性命，不以爲德，今反生怒。"韋氏乃悟。恐悸，召叟登舟，拜而進酒果，叩頭曰："吾之父母，當在水府，可省覲否？"曰："可。"須臾，舟楫似没於波，然無所苦。俄到往時之水府，大小倚舟號慟，訪其父母。父母居止，儼然第舍，與人世無異。韋氏詢其所須，父母曰："所溺之物，皆能至此，但無火化，所食唯菱芡耳。"持白金器數事而遺女曰："吾此無用處，可以贈爾，不得久停。"促其相別，韋氏遂哀慟別其父母。叟以筆大書韋氏巾曰："昔日江頭菱芡人，蒙君數飲松醪春。活君家室以爲報，珍重長沙鄭德璘。"書訖，叟遂爲僕侍數百輩，自舟迎歸府舍。俄頃，舟却出於湖畔。一舟之人，咸有所覩。德璘詳詩意，方悟水府老叟，乃昔日鬻菱芡者。

歲餘，有秀才崔希周投詩卷於德璘，内有《江上夜拾得芙蓉詩》，即韋氏所投德璘紅牋詩也。德璘疑詩，乃詰希周，對曰："數年前，泊輕舟於鄂渚。江上月明，時當未寢，有微物觸舟，芳馨襲鼻，取而視之，乃一束芙蓉也。因而製詩，既成，諷詠良久。敢以實對。"德璘歎曰："命也。"然後更不敢越洞庭。德璘官至刺史。

按《太平廣記》一百五十二引此文，下注《德璘傳》。

冥音錄

不著撰人
據太平廣記校錄

廬江尉李侃者，隴西人，家於洛之河南。太和初，卒於官。有外婦崔氏，本廣陵倡家。生二女，旣孤且幼，孀母撫之以道，近於成人。因寓家廬江。侃旣死，雖侃之宗親，居顯要者，絕不相聞。廬江之人，咸哀其孤藐而能自強。崔氏性酷嗜音，雖貧苦求活，常以絃歌自娛。有女弟菂奴，風容不下，善鼓箏，爲古今絕妙，知名於時。年十七，未嫁而卒，人多傷焉。二女幼傳其藝。長女適邑人丁玄夫，性識不甚聰慧。幼時，每教其藝，小有所未至，其母輒加鞭箠，終莫究其妙。每心念其姨，曰：「我，姨之甥也。今乃死生殊途，恩愛久絕。姨之生乃聰明，死何蔑然，而不能以力祐助，使我心開目明，粗及流輩哉？」每至節朔，輒舉觴酹地，哀咽流涕。如此者八歲。母亦哀而憫焉。

開成五年四月三日，因夜寐，驚起號泣謂其母曰：「向者夢姨執手泣曰：『我自辭人世，在陰司簿屬教坊，授曲於博士李元憑。元憑屢薦我於憲宗皇帝，帝召居宮。一年，以我更直穆宗皇帝宮中，以箏導諸妃，出入一年。上帝誅鄭注，天下大酺。唐氏諸帝宮中互選妓樂，以進神堯、太宗二宮。我復得侍憲宗。每一月之中，五日一直長秋殿，餘日得肆遊觀，但不得出宮禁耳。汝之情懇，我乃知也，但無由得來。近日襄陽公主以我爲女，思念頗至，得出入主第，私許我歸，成汝之願。汝早圖之！陰中法嚴，帝或聞之，當獲大譴，亦上累於主。'"復與其母相持而泣。

　　翼日，乃灑掃一室，列虛筵，設酒果，彷彿如有所見。因執箏就坐，閉目彈之，隨指有得。初，授人間之曲，十日不得一曲。此一日獲十曲。曲之名品，殆非生人之意。聲調哀怨，幽幽然鴞啼鬼嘯，聞之者莫不歔欷。曲有《迎君樂》（正商調二十八疊）、《槲林歎》（分絲調四十四疊）、《秦王賞金歌》（小石調二十八疊）、《廣陵散》（正商調二十八疊）、《行路難》（正商調二十八疊）、《上江虹》（正商調二十八疊）、《晉城仙》（小石調二十八疊）、《絲竹賞金歌》（小石調二十八疊）、《紅窗影》（雙柱調四十疊）、十曲畢，慘然謂女曰："此皆宮闈中新翻曲，帝尤所愛重。《槲林歎》《紅窗影》等，每宴飲，即飛毬舞盞，爲佐酒長夜之歡。穆宗敕修文舍人元稹撰其詞數十首，甚美。醺酣，令宮人遞歌之。帝親執玉如意，擊節而和之。帝祕其調極切，恐爲諸國所得，故不敢泄。歲攝提，地府當有大變，得以流傳人世。幽明路異，人鬼道殊，今者人事相接，亦萬代一時，非偶然也。會以吾之十曲，獻陽地天子，不可使無聞於明代。"於是縣白州，州白府。刺吏崔璹親召試之，則絲桐之音，鎗鏦可聽。其差琴調不類秦聲。乃以衆樂合之，則宮商調殊不同矣。母令小女再拜，求傳十曲，亦備得之。至暮，訣去。數日復來，曰："聞揚州連帥欲取汝。恐有謬誤，汝可一一彈之。"又留一曲曰《思歸樂》。無何，州府果令送至揚州，一無差錯。廉使故相李德裕議表其事。女尋卒。

　　按《太平廣記》四百八十九引此文，不著撰人。陶刻《正續說郛》作朱慶餘撰。不知何據。《說郛》撰人，經明人竄亂，不可信。

下卷

玄怪錄

牛僧孺撰

按《玄怪錄》十卷，唐牛僧孺撰。《唐志》著錄子部小説家類，《宋志》同。僧孺，字思黯。憲宗時與李宗閔對策，條指時政，以方正敢言進用。累官御史中丞。穆宗時以户部郎同中書門下平章事。文宗時，與李宗閔相結，權震天下，時稱牛李。武宗時，累貶循州刺史。宣宗立，乃召還，爲太子少師。大中二年，卒，年六十九。謚曰文簡。有《傳》在兩《唐書》(《唐書》一百七十二，《舊唐書》一百七十二)。僧孺少負才名，而頗嗜志怪。此《玄怪錄》十卷，大抵未通籍以前所作。晁公武《讀書志》曰："僧孺爲宰相，有聞於時，而著此等之書。《周秦行紀》之謗，蓋有以致之。"晁氏此言，蓋以深惡其人，遂有此深文之論，要未盡允。唐時文士，往往假小説以寄藻思。史才如沈既濟、陳鴻，文人如白行簡、沈亞之，一時興到，偶寄毫素，要未能免。何獨於思黯而疑之。且小説至貞元、元和之間，作者雲起，情文交互，靡不備具本原，掩其虛飾。而僧孺於顯揚筆妙之餘，時露其詭設之跡。如其書中之《元無有》一條，觀其標題命名之旨，已自託於烏有亡是之倫。與昌黎之傳《毛穎》，柳州之紀《河間》，固同一用心也。胡元瑞反以此詆之，此又出於衛道之一念，未足語於文學之真諦也。今牛氏書既已久佚，惟《太平廣記》尚存三十三篇，文辭雅潔，允推作者。治唐人小説者，不可不肄及之也。牛氏書既盛行一時，继起而傚之者：薛漁思有《河東記》三卷，亦記譎怪事，《自序》云"續牛僧孺之書"（見《郡齋讀書志》十三）。張讀有《宣室志》十卷，亦記仙鬼靈異事跡。讀字聖朋，則張薦之裔，而牛僧孺之外孫也（見《唐書》一百六十一《張薦傳》）。至李復言之書，則直云《續玄怪錄》。皆沿其流波而益加詼詭者也。

今《玄怪錄》十卷本，已不可見。姑從《廣記》《説郛》擇錄數條，而未敢以晁公武、胡應麟訑謑之言，輕肆抹殺也。

崔書生

據《太平廣記》校錄

開元、天寶中，有崔書生於東州邏谷口居，好植名花，暮春之中，英蕊芬鬱，遠聞百步。書生每初晨必與潄看之。忽有一女，自西乘馬而來，青衣老少數人隨後。女有殊色，所乘駿馬極佳。崔生未及細視，則已過矣。明日又過。崔生乃於花下先致酒茗樽杓，鋪陳茵席，乃迎馬首拜曰："某性好花木，此園無非手植。今正值香茂，頗堪流眄。女郎頻日而過，計僕馭當疲，敢具單醪，以俟憩息。"女不顧而過。其後青衣曰："但具酒饌，何憂不至。"女顧叱之曰："何故輕與人言？"崔生明日又先及，鞭馬隨之，到別墅之前，又下馬，拜請，良久，一老青衣謂女曰："馬大疲，暫歇無爽。"因自控馬至當寢下。老青衣謂崔生曰："君既求婚，余爲媒妁，可乎？"崔生大悦，載拜跪請。青衣曰："事亦必定，後十五六日大是吉辰。君於此時，但具婚禮所要，並於此備酒肴。今小娘子阿姊在邏谷中有小疾，故日往看省。向某去後，便當咨啓，期到，皆至此矣。"於是俱行。

崔生在後，即依言營備吉日所要，至期，女及姊皆到。其姊亦儀質極麗，送留女歸於崔生。崔生母在故居，殊不知崔生納室，崔生以不告而娶，但啓以婢媵。母見新婦之姿甚美。經月餘，忽有人送食於女，甘香殊異。徒崔生覺母慈顏衰悴，因伏問几下。母曰：“有汝一子，冀得求全。今汝所納新婦，妖媚無雙。吾於土塑圖畫之中，未曾見此。必是狐魅之輩，傷害於汝，故致吾憂。”崔生入室，見女淚涕交下，曰：“本侍箕帚，望以終天。不知尊夫人待以狐魅輩。明晨即別。”崔生亦揮涕不能言。

明日，女車騎復至。女乘一馬，崔生亦乘一馬從送之。入邐谷中十里，山間有一川。川中有異花珍果，不可言紀。館宇屋室，侈於王者。青衣百許迎拜曰：“無行崔郎，何必將來。”於是捧入，留崔生於門外。未幾，一青衣女傳姊言曰：“崔郎遣行，太夫人疑阻，事宜便絕，不合相見。然小妹曾奉周旋，亦當奉屈。”俄而召崔生入，責誚再三，詞辨清婉。崔生但拜伏受譴而已。後遂坐於中寢對食。食訖，命酒，召文樂洽奏，鏗鏘萬變。樂闋，其姊謂女曰：“須令崔郎却迴，汝有何物贈送？”女遂袖中取白玉盒子遺崔生，生亦留別。於是各嗚咽而出門。

至邐谷口，回望千岩萬壑，無有迳路。因慟哭歸家，常持玉盒子，鬱鬱不樂。忽有胡僧扣門求食曰：“君有至寶，乞相示也。”崔生曰：“某貧士，何有是。”僧請曰：“君豈不有異人奉贈乎？貧道望氣知之。”崔生試出玉盒子示僧。僧起，請以百萬市之，遂往。崔生問僧曰：“女郎誰耶？”曰：“君所納妻，西王母第三女玉卮娘子也，姊亦負美名於仙都，況復人間！所惜君納之不得久遠。若住得一年，君舉家不死矣。”

按《太平廣記》六十三引此文，注出《玄怪錄》。

元無有
據《太平廣記》校錄

寶應中有元無有，常以仲春末，獨行維揚郊野，值日晚，風雨大至。時兵荒後，人户多逃，遂入路旁空莊。須臾霽止，斜月方出。無有坐北窗，忽聞西廊有行人聲。未幾，見月中有四人，衣冠皆異，相與談諧，吟詠甚暢。乃云："今夕如秋，風月若此，吾輩豈不爲一言以展平生之事也？"其一人即曰云云，吟詠既朗，無有聽之具悉。其一衣冠長人，即先吟曰："齊紈魯縞如霜雪，寥亮高聲予所發。"其二黑衣冠短陋人，詩曰："嘉賓良會清夜時，煌煌燈燭我能持。"其三故弊黃衣冠人，亦短陋，詩曰："清泠之泉候朝汲，桑綆相牽常出入。"其四故黑衣冠人，詩曰："爨薪貯泉相煎熬，充他口腹我爲勞。"無有亦不以四人爲異；四人亦不虞無有之在堂隍也。遞爲褒賞。觀其自負，則雖阮嗣宗《詠懷》，亦若不能加矣。四人遲明，方歸舊所。無有就尋之堂中，惟有故杵、燈臺、水桶、破鐺，乃知四人，即此物所爲也。

按《太平廣記》三百六十九引此文。注云出《玄怪錄》。篇中所敍，本極怪誕。牛相嗜奇，一至於此。惟唐人小說，類此尚多。假筆墨以寄才思，流風所播，極於明清。則又不可不肄及之也。胡應麟曰："變異之談，盛於六朝；然多是傳錄舛訛，未必盡幻設語。至唐人乃作意好奇，假小説以寄筆端，如《毛穎》《南柯》之類尚可，若《東陽夜怪錄》稱成自虛，《玄怪錄》元無有，皆但可付之一笑。其文氣亦卑下，亡足論。宋人所記，乃多有近實者，而文彩無足觀。"（《二酉拾遺》卷中）胡氏之論近是矣。惟小説既屬設辭，不能責以實錄之體。即有一二依託史實，如《虬髯》《上清》之類，已屬無稽，況稽神語怪，本無足置論者乎。牛氏書既盛行於元和、長慶之間，承其風者，如李復言、張讀諸人，並有造述。至《廣記》所收無名氏之《東陽夜怪錄》，或即推本此文，而肆其波瀾。即景抒情，雖極奇鬪，冗而寡味矣。今錄存於此，俾誦此篇者，得省覽焉。

《太平廣記》四百九十引《東陽夜怪錄》云：

前進士王洙，字學源，其先琅琊人。元和十三年春擢第。嘗居鄒魯間，名山習業。洙自云，前四年時，因隨籍入貢，暮次滎陽逆旅。值彭城客秀才成自虛者，以家事不得就舉，言旋故里。遇洙，因話辛勤往復之意。自虛，字致本，語及人間目睹之異。是歲，自虛十有一月八日東還（乃元和八年也）。翼日，到渭南縣，方屬陰曀，不知時之早晚。縣宰黎謂留飲數巡。自虛恃所乘壯，乃命僮僕輜重，悉令先於赤水店俟宿，聊踟躕焉。東出縣郭門，則陰風刮地，飛雪霧天，行未數里，迨將昏黑。自虛僮僕既悉令前去，道上又行人已絕，無可問程，至是不知所屆矣。路出東陽驛南，尋赤水谷口道。

去驛不三四里，有下塢。林月依微，略辨佛廟。自虛啓扉，投身突入。雪勢愈甚。自虛竊意佛宇之居，有住僧，將求委焉，則策馬入。其後纔認北橫數間空屋，寂無燈燭。久之傾聽，微似有人喘息聲。遂繫馬於西面柱，連問：「院主和尚，今夜慈悲相救。」徐聞人應：「老病僧智高在此。適僮僕已出使村中教化，無從以致火燭。雪若是，復當深夜，客何爲者？自何而來？四絕親鄰，何以取濟？今夕脫不惡其病穢，且此相就，則免暴露。兼撤所藉芻藁分用，委質可矣。」自虛他計既窮，聞此內亦頗喜。乃問：「高公生緣何鄉？何故棲此？又俗姓云何？既接恩容，當還審其出處。」曰：「貧道俗姓安（以本身肉鞍之故也），生在磧西。本因捨力，隨緣來詣中國。到此未幾，房院疎蕪。秀才卒降，無以供待，不垂見怪爲幸。"自虛如此問答,頗忘前倦。乃謂高公曰:"方知探寶化成如來,非妄立喻。今高公是我導師矣。高公本宗,固有如是降伏其心之教。"

俄則沓沓然若數人聯步而至者,遂聞云:"極好雪。師丈在否?"高公未應間,聞一人云:"曹長先行。"或曰:"朱八丈合先行。"又聞人曰:"路甚寬,曹長不合苦讓,偕行可也。"自虛竊謂人多,私心益壯。有頃,即似悉造座隅矣。內謂一人曰:"師丈,此有宿客乎?"高公對曰:"適有客來詣宿耳。"自虛昏昏然,莫審其形質。唯最前一人俯簷暎雪,彷彿若見著皁裘者,背及肋有搭白補處。其人先發問自虛云:"客何故瑀瑀(丘圭反)然犯雪昏夜至此?"自虛則具以實告。其人因請自虛姓名。對曰:"進士成自虛。"自虛亦從而語曰:"暗中不可悉揖清揚,他日無以爲子孫之舊。請各稱其官及名氏。"便聞一人云:"前河陰轉運巡官試左驍衛冑曹參軍盧倚馬。"次一人云:"桃林客副輕車將軍朱中正。"次一人曰:"去文姓敬。"次一人曰:"銳金姓奚。"此時則似周坐矣。

初,因成公應舉,倚馬旁及論文。倚馬曰:"某兒童時,即聞人詠師丈《聚雪爲山詩》,今猶記得。今夜景象,宛在目中。師丈,有之乎?"高公曰:"其詞謂何?試言之。"倚馬曰:"所記云:'誰家掃雪滿庭前,萬壑千峰在一拳。吾心不覺侵衣冷,曾向此中居幾年。'"自虛茫然如失,口呿眸眙,尤所不測。高公乃曰:"雪山是吾家山。往年偶見小兒聚雪,吃有峰巒山狀,西望故國,悵然因作是詩。曹長大聰明,如何記得貧道舊時惡句,不因曹長誠念在口,實亦遺忘。"倚馬曰:"師丈騁逸步於遐荒,脫塵機(機當爲羈)於維縶,巍巍道德,可謂首出儕流。如小子之徒,望塵奔走,曷(曷當爲褐,用毛色而譏之)敢窺其高遠哉!倚馬今春以公事到城,受性頑鈍,闕下柱玉,煎迫不堪。且夕羈(羈當爲饑)旅,雖勤勞夙夜,料入況微,負荷非輕,常懼刑責。近蒙本院轉一虛銜(謂空驅作替驢),意在苦求脫免。昨晚出長樂城下宿,自悲塵中勞役,慨然有山鹿野麋之志。因寄同侶,成兩篇惡詩。對諸作者,輒欲口占，去就未敢。"自虛曰："今夕何夕，得聞佳句。"倚馬又謙曰："不揆荒淺。況師丈文宗在此，敢呈醜拙邪？"自虛苦請曰："願聞，願聞！"倚馬因朗吟其詩曰："長安城東洛陽道，車輪不息塵浩浩。爭利貪前競着鞭，相逢盡是塵中老。（其一）日晚長川不計程，離群獨步不能鳴。賴有青青河畔草，春來猶得慰（慰當作餧）羈（羈當作饑）情。"合座咸曰："大高作！"倚馬謙曰："拙惡！拙惡！"

中正謂高公曰："比聞朔漠之士，吟諷師丈佳句絕多。今此是潁川，況側聆盧曹長所念，開洗昏鄙，意爽神清。新製的多，滿座渴詠。豈不能見示三兩首，以沃群矚。"高公請俟他日。中正又曰："眷彼名公悉至，何惜兔園。雅論高談，抑一時之盛事。今去市肆苦遠，夜艾興餘，杯觴固不可求，炮炙無由而致。賓主禮闕，慚恧空多。吾輩方以觀心朵頤（謂吃草之性，與師丈同），而諸公通宵無以充腹，赧然何補。"高公曰："吾聞嘉話可以忘乎飢渴。只如八郎，力濟生人，動循軌轍，攻城犒士，爲已所長。但以十二因緣，皆從觴起。茫茫苦海，煩惱隨生。何地而可見菩提（提當爲蹄），何門而得離火宅？"（亦用事譏之）中正對曰："以愚所謂：覆轍相尋，輪回惡道，先後報應，事甚分明。引領修行，義歸於此。"高公大笑，乃曰："釋氏尚其清净，道成則爲正覺（覺當爲角）。覺則佛也。如八郎向來之談，深得之矣。"倚馬大笑。

自虛又曰："適來朱將軍再三有請和尚新製。在小生下情，實願觀寶。和尚豈以自虛遠客，非我法中而見鄙之乎？且和尚器識非凡，岸谷深峻，必當格韻才思，冠絕一時，姸妙清新，擺落俗態。豈終祕咳唾之餘思，不吟一兩篇以開耳目乎？"高公曰："深荷秀才苦請，事則難於固違。況老僧殘疾衰羸，習讀久廢，章句之道，本非所長。却是朱八無端挑抉吾短。然於病中，偶有兩篇自述，匠石能聽之乎？"曰："願聞。"其詩曰："擁褐藏名無定蹤，流沙千里度衰容。傳得南宗心地後，此身應便老雙峰。爲有閻浮珍重因，遠離西國越咸秦。自從無力休行道，且作頭陀不繫身。"

又聞滿座稱好聲，移時不定。

　　去文忽於座內云：「昔王子猷訪戴安道於山陰，雪夜皎然，及門而返，遂傳『何必見戴』之論。當時皆重逸興，今成君可謂以文會友，下視袁安、蔣詡。吾少年時頗負雋氣，性好鷹鸇。曾於此時，畋游馳騁。吾故林在長安之巽維，御宿川之東時（此處地名苟家觜也）。詠雪有《獻曹州房》一篇，不覺詩狂所攻，輒污泥高鑒耳。」因吟詩曰：「『愛此飄颻六出公，輕瓊洽絮舞長空。當時正逐秦承相，騰躑川原喜北風。』獻詩訖，曹州房頗甚賞僕此詩，因難云：『呼雪爲公，得無檢束乎？』余遂徵古人尚有呼竹爲君，後賢以爲名論，用以證之。曹州房結舌莫知所對。然曹州房素非知詩者。烏大嘗謂吾曰：『難得臭味同。』斯言不妄。今涉彼遠官，參東州軍事（義見《古今注》），相去數千。苗十（以五五之數故第十）氣候啞吒，憑恃群親，索人承事。魯無君子者，斯焉取諸！」銳金曰：「安敢當。不見苗生幾日？」曰：「涉旬矣。」「然則苗子何在？」去文曰：「亦應非遠。知吾輩會於此，計合解來。」

　　居無幾，苗生邐至。去文僞爲喜意，拊背曰：「適我願兮！」去文遂引苗生與自虛相揖。自虛先稱名氏，苗生曰：「介立姓苗。」賓主相諭之詞，頗甚稠沓。銳金居其側，曰：「此時則苦吟之矣。諸公皆由老奚詩病又發，如何如何？」自虛曰：「向者承奚生眷與之分非淺，何爲尚各瑰寶，大失所望。」銳金退而逡巡曰：「敢不貽廣席一噱乎？」輒念三篇近詩云：「舞鏡爭鸞綵，臨場定鶻拳。正思仙仗日，翹首仰樓前。養鬭形如木，迎春質似泥。信如風雨在，何憚跡卑棲。爲脫田文難，常懷紀涓恩。欲知疎野態，霜曉叫荒村。」銳金吟訖，暗中亦大聞稱賞聲。高公曰：「諸賢勿以武士見待朱將軍。此公甚精名理，又善屬文，而乃猶無所言。皮裏臧否吾輩，抑將不可。況成君遠客，一夕之聚，空門所謂多生有緣，宿鳥同樹者也。得不因此留異時之談端哉！」

　　中正起曰：「師丈此言，乃與中正樹荊棘耳。苟衆情疑阻，敢不唯命是聽。然慮探手作事，自貽伊戚，如何？」高公曰：「請諸賢静聽。"中正詩曰:"亂魯負虛名,遊秦感甯生。候驚丞相喘,用識葛盧鳴。黍稷滋農興,軒車乏道情。近來筋力退,一志在歸耕。"高公歎曰:"朱八文華若此,未離散秩,引駕者又何人哉!屈甚,屈甚!"倚馬曰:"扶風二兄偶有所繫(意屬自虛所乘),吾家颾茲,蒼文斃甚,樂喧厭静,好事揮霍,興在結束,勇於前驅(謂般輕貨首隊頭驢)。此會不至,恨可知也。"去文謂介立曰:"胃家兄弟,居處匪遙,莫往莫來,安用尚志。《詩》云'朋友攸攝',而使尚有遐心。必須折簡見招,鄙意頗成其美。"介立曰:"某本欲訪胃大去,方以論文興酣,不覺遲遲耳。敬君命予,今且請諸公不起,介立略到胃家即回。不然,便拉胃氏昆季同至,可乎?"皆曰:"諾。"介立乃去。

無何,去文於衆前竊是非介立曰:"蠢茲爲人,有甚爪距,頗聞潔廉,善主倉庫。其如蠟姑之醜,難以掩於物論何?"殊不知介立與胃氏相攜而來。及門,瞥聞其説。介立攘袂大怒曰:"天生苗介立,鬮伯比之直下。得姓於楚遠祖梦皇茹,分二十族,祀典配享,至於《禮經》(謂《郊特牲》八蠟迎虎迎猫也)。奈何一敬去文,盤瓠之餘,長細無別,非人倫所齒,只合馴狎稚子,獰守酒旗,謟同妖狐,竊脂媚竈,安敢言人長短。我若不呈薄藝,敬子謂我咸秩無文,使諸人異日藐我。今對師丈念一篇惡詩,且看如何?"詩曰:"爲慙食肉主恩深,日晏蟠蜿臥錦衾。且學至人知白黑,那將好爵動吾心。"自虛頗甚佳歎。去文曰:"卿不詳本末,厚加矯誣,我實春秋向戌之後。卿以我爲盤瓠裔,如辰陽比房,於吾殊所華闊。"中正深以兩家獻酬未絕爲病,乃曰:"吾願作宜僚以釋二忿,可乎?昔我逢丑父實與向家梦皇,春秋時屢同盟會。今座上有名客,二子何乃互毀祖宗,語中忽有綻露,是取笑於成公齒冷也。且盡吟詠,固請息喧。"

於是介立即引胃氏昆仲與自虛相見。初襜襜然若自色。二人來前,長曰胃藏瓠,次曰藏立。自虛亦稱姓名。藏瓠又巡座云:"令兄令弟。"介立乃於廣衆延譽胃氏昆弟:"潛跡草野,行著及於名族，上參列宿，親密內達肝膽。況秦之八水，實貫天府，故林二十族，多是咸京。聞弟新有《題舊業詩》，時稱甚美。如何，得聞乎？"藏瓠對曰："小子謬厠賓筵，作者雲集，欲出口吻，先增慚怍。今不得已，塵汙諸賢耳目。"詩曰："鳥鼠是家川，周王昔獵賢。一從離子卯（鼠兔皆變爲蝟也），應見海桑田。"介立稱好："弟他日必負重名。公道若存，斯文不朽。"藏瓠斂躬謝曰："藏瓠幽蟄所宜，幸陪群彥，兄揄揚太過。小子謬當重言，若負芒刺。"座客皆笑。

　　時自虛方聆諸客嘉什，不暇自念己文。但曰："諸公清才綺靡，皆是目牛遊刃。"中正將謂有譏，潛然遁去。高公求之，不得，曰："朱八不告而退，何也？"倚馬對曰："朱八世與炮氏爲讎，惡聞發硎之說而去耳。"自虛謝不敏。此時去文獨與自虛論詰，語自虛曰："凡人行藏卷舒，君子尚其達節；搖尾求食，猛虎所以見幾。或爲知己吠鳴，不可以主人無德而廢斯義也。去文不才，亦有兩篇言志奉呈。"詩曰："事君同樂義同憂，那校糟糠滿志休。不是守株空待兔，終當逐鹿出林邱。少年嘗負饑鷹用，內願曾無寵鶴心。秋草敺除思去宇，平原毛血興從禽。"自虛賞激無限，全忘一夕之苦。方欲自誇舊製，忽聞遠寺撞鐘，則比膊鏗然聲盡矣。注目略無所睹，但覺風雪透窗，臊穢撲鼻。唯窣颯如有動者，而厲聲呼問，絕無由答。

　　自虛心神恍惚，未敢遽前捫搜。退尋所繫之馬，宛在屋之西隅。鞍韉被雪，馬則齕柱而立。遲疑間，曉色已將辨物矣。乃於屋壁之北，有橐駝一，貼腹跪足，儑耳齣口。自虛覺夜來之異，得以遍求之。室外北軒下，俄又見一瘁瘠烏驢，連脊有磨破三處，白毛茁然將滿。舉視屋之北栱，微若振迅有物，乃見一老雞蹲焉。前及設像佛宇塌座之北，東西有隙地數十步。牖下皆有彩畫處，土人曾以麥穩之長者，積於其間，見一大駁貓兒眠於上。咫尺又有盛餇田漿破瓠一，次有牧童所棄破笠一。自虛因蹴之，果獲二刺蝟，蠕然而動。自虛周求四顧，悄未有人。又不勝一夕之凍乏，乃攬轡振雪，上馬而去。週出村之北道，左經柴欄舊圃，睹一牛蹯雪齕草。次此不百餘步，合村悉輦糞幸此蘊崇。自虛過其下，群犬喧吠。中有一犬，毛悉齊髁，其狀甚異，睥睨自虛。

自虛驅馬久之，值一叟，闢荊扉，晨興開徑雪。自虛駐馬訊焉，對曰："此故友右軍彭特進莊也。郎君昨宵何止？行李間有似迷途者。"自虛語及夜來之見。叟倚篲驚訝曰："極差，極差！昨晚天氣風雪，莊家先有一病橐駝，慮其爲所斃，遂覆之佛宇之北，念佛社屋下。有數日前，河陰官脚過，有乏驢一頭，不任前去。某哀其殘命未捨，以粟斛易留之，亦不羈絆。彼欄中瘠牛，皆莊家所畜。適聞此説，不知何緣如此作怪。"自虛曰："昨夜已失鞍馱，今餒凍且甚。事不可率話者。大略如斯，難於悉述。"遂策馬奔去。至赤水店，見僮僕方訝其主之相失，始忙於求訪。自虛慨然，如喪魂者數日。

張佐

據太平廣記校錄

開元中，前進士張佐，常爲叔父言：

少年南次鄠杜，郊行見有老父乘青驢，四足白，腰背鹿革囊。顏甚悦懌，旨趣非凡，始自斜逕合路。佐甚異之。試問所從來，叟但笑而不答。至再三，叟忽怒叱曰："年少子，乃敢相逼！吾豈盜賊椎埋者耶？何必知從來！"佐遜謝曰："嚮慕先生高躅，願從事左右耳，何賜深責。"叟曰："吾無術教子，但壽永者。子當嗤吾潦倒耳。"遂復乘，促走。佐亦撲馬趁之，俱至逆旅。

叟枕鹿囊，寢未熟。佐乃疲，貰白酒將飲。試就請曰："單瓢期先生共之。"叟跳起曰："此正吾之所好，何子解吾意耶？"飲訖，佐見翁色悦，徐請曰："小生寡昧，願先生賜言以廣聞見，他非所敢望也。"叟曰："吾之所見，梁、隋、陳、唐耳，賢愚治亂，國史已具。然請以身所異者語子。吾宇文周時，居岐，扶風人也。姓申名宗，慕齊神武，因改宗爲歡，十八，從燕公于謹征梁元帝於荊州。州陷，大軍將旋，夢青衣二人謂余曰：'呂走天年，人向主，壽不千。'吾乃詣占夢者於江陵市。占夢者謂余曰：'呂走，迴字也。人向主，住字也。豈子住乃壽也。'時留兵屯江陵，吾遂陳情於校尉拓跋烈，許之。因却詣占夢者曰：'住即可矣，壽有術乎？'占者曰：'汝前生梓潼薛君冑也，好服术蕊散，多尋異書，日誦黃老一百紙。徙居鶴鳴山下，草堂三間，户外駢植花竹，泉石縈遶。八月十五日，長嘯獨飲，因酣暢大言曰："薛君冑疏澹若此，豈無異人降旨。"忽覺兩耳中，有車馬聲，因頹然思寢。頭纔至席，遂有小車朱輪青蓋，駕赤犢出耳中，各高三二寸，亦不覺出耳之難。車有二童，綠幘青帔，亦長二三寸，憑軾呼御者踏輪扶下。而謂君冑曰："吾自兜玄國來，向聞長嘯月下，韻甚清激，私心奉慕，願接清論。"君冑大駭曰："君適出吾耳，何謂兜玄國來？"二童子曰："兜玄國在吾耳中，君耳安能處我。"君冑曰："君長二三寸，豈復耳有國土。儻若有之，國人當盡焦螟耳。"二童曰："胡爲其然？吾國與汝國無異。不信，盡從吾遊，或能便留，則君離生死苦矣。"一童因傾耳示君冑。君冑覘之，乃別有天地，花卉繁茂，甍棟連接，清泉縈遶，巖岫杳冥。因捫耳投之，已至一都會。城池樓堞，窮極壯麗。君冑彷徨，未知所之。顧見向之二童，已在其側。謂君冑曰："此國大小於君國？旣至此，盍從吾謁蒙玄真伯？"蒙玄真伯居大殿，牆垣階陛，盡飾以金碧，垂翠簾帷帳，中間獨坐真伯，身衣雲霞日月之衣，冠通天冠，垂旒皆與身等。玉童四人，立侍左右，一執白拂，一執犀如意。二人旣入，拱手不敢仰視。有高冠長裾緣綠衣人，宣青紙制曰："肇分太素，國旣有億。爾淪下土，賤卑萬品。聿臻於如此，實由冥合。況爾清乃躬誠，叶於真宰。大官厚爵，俾宜享之。可爲主籙大夫。"君冑拜舞出門，即有黃帔三四人，引至一曹署，其中文簿，多所不識。每月亦無請受，但意有所念，左右必先知，當便供給。因暇登樓遠望，忽有歸思，賦詩曰："風軟景和煦，異香馥林塘。登高一長望，信美非吾鄉。"因以詩示二童子。童子怒曰："吾以君質性冲寂，引至吾國。鄙俗餘態，果乃未去！鄉有何憶耶？"遂疾逐君冑，如陷落地，仰視乃自童子耳中落。已在舊去處。隨視童子，亦不復見。因問諸鄉人，云："失君冑已七八年矣。"君冑在彼如數月。未幾，而君冑卒。生於君家，即今身也。'占者又云：'吾前生乃出耳中童子。以汝前生好道，以得到兜玄國。然俗態未盡，不可長生。然汝自此壽千年矣。吾授汝符即歸。'因吐朱絹尺餘，令吞之。占者遂復童子形而滅，自是不復有疾。周行天下名山，迨茲向二百餘歲。然吾所見異事甚多，並記在鹿革中。"因啓囊出二軸書甚大，字頗細，佐不能讀。請叟自宣，略述十餘事，其半昭然可記。其夕，將佐略寢。及覺，已失叟。後數日，有人於灰谷湫見之。叟曰："爲我致意於張君。"佐遽尋之，已復不見。

按《太平廣記》八十三引此文，注出《玄怪錄》。

岑順
據太平廣記校錄

汝南岑順，字孝伯，少好學有文，老大尤精武略。旅於陝州，貧無第宅。其外族呂氏有山宅，將廢之，順請居焉。

人有勸者，順曰："天命有常，何所懼耳。"卒居之。後歲餘，順常獨坐書閣下，雖家人莫得入。夜中聞鼓鼙之聲，不知所來，及出戶，則無聞。而獨喜自負之，以爲石勒之祥也。祝之曰："此必陰兵助我。若然，當示我以富貴期。"

數夕後，夢一人被甲冑前報曰："金象將軍使我語岑君，軍城夜警，有喧諍者，蒙君見嘉，敢不敬命。君甚有厚祿，幸自愛也。既負壯志，能猥顧小國乎？今敵國犯壘，側席委賢，欽味芳聲，願執旌鉞。"順謝曰："將軍天質英明，師真以律，猥煩德音，屈顧疵賤。然犬馬之志，惟欲用之。"使者復命，順忽然而寤，恍若自失。坐而思夢之徵。

俄然鼓角四起，聲愈振厲。順整巾下牀，再拜祝之。須臾，戶牖風生，帷簾飛揚，燈下忽有數百鐵騎飛馳左右，悉高數寸，而被堅執銳，星散遍地，倏閃之間，雲陣四合。順驚駭，定神氣以觀之。須臾，有卒賫書云："將軍傳檄。"順受之，云："地連獯虜，戎馬不息，向數十年。將老兵窮，姿霜臥甲。天設勍敵，勢不可止。明公養素畜德，進業及時，屢承嘉音，願託神契。然明公陽官，固當享大祿於聖世，今小國安敢望之。緣天那國北山賊合從，尅日會戰。事圖子夜，否滅未期。良用惶駭。"順謝之，室中益燭，坐視其變。

夜半後，鼓角四發。先是東面壁下有鼠穴，化爲城門，壘敵崔嵬，三奏金革，四門出兵，連旗萬計，風馳雲走，兩階列陣。其東壁下是天那軍，西壁下金象軍，部後各定，軍師進曰："天馬斜飛度三止，上將橫行係四方，輜車直入無迴翔，六甲次第不乖行。"王曰："善。"於是鼓之，兩軍俱有一馬斜去三尺止。又鼓之，各有一步卒橫行一尺。又鼓之，車進。如是，鼓漸急，而各出物包，矢石亂交。須臾之間，天那軍大敗奔潰，殺傷塗地。王單馬南馳，數百人投西南隅，僅而免焉。先是西南有藥王栖，日中化爲城堡。金象軍大振，收其甲卒，舁尸橫地。順俯伏觀之。於時，一騎至，禁頒曰："陰陽有厝，得之者昌。亭亭天威，風驅連激，一陣而勝，明公以爲何如？"順曰："將軍英貫白日，乘天用時，竊窺神化靈文，不勝慶快。"如是數日，會戰勝敗不常。王神貌偉然，雄姿罕儔。宴饌珍筵，與順致寶貝、明珠、珠璣無限。順遂榮於其中，所欲皆備焉。

後遂與親朋稍絕，閑間不出。家人異之，莫究其由，而順顏色憔悴，爲鬼氣所中。親戚共意有異，詰之不言。因飲以醇醪，醉而究泄之。其親人潛備鍬鍤，因順如廁而隔之，荷鍤亂作，以掘室內入九尺。忽坎陷，是古墓也。墓有塼堂，其盟器悉多，甲冑數百，前有金牀戲局，列馬滿枰，皆金銅成形。其干戈之事備矣。乃悟軍師之詞，乃象戲行馬之勢也。既而焚之，遂平其地。多得寶貝，皆墓內所畜者。順閱之，恍然而醒，乃大吐。自此充悅，宅亦不復兇矣。時寶應元年也。

按《太平廣記》三百六十九引此文。

齊推女
據太平廣記校錄

元和中，饒州刺史齊推女，適隴西李某。李舉進士，妻方娠，留至州宅。至臨月，遷至後東閣中。其夕，女夢丈夫，衣冠甚偉，瞋目按劍，叱之曰："此屋豈是汝腥穢之所乎？亟移去。不然，且及禍。"明日，告推。推素剛烈，曰："吾忝土地主，是何妖孽能侵耶？"數日，女誕育，忽見所夢者，即其牀帳亂毆之。有頃，耳目鼻皆流血而卒。父母傷痛女冤横，追悔不及。遣遽告其夫。俟至而歸葬於李族，遂於郡之西北十數里官道權瘞之。

李生在京師，下第將歸，聞喪而往。比至饒州，妻卒已半年矣。李亦粗知其死，不得其終；悼恨旣深，思爲冥雪。至近郭日晚，忽於曠野見一女，形狀服飾，似非村婦。李即心動。駐馬諦視之，乃映草樹而没。李下馬就之，至，則真其妻也。相見悲泣。妻曰："且無涕泣，幸可復生。俟君之來，亦已久矣。大人剛正，不信鬼神；身是婦女，不能自訴。今日相見，事機較遲。"李曰："爲之奈何？"女曰："從此直西五里鄱亭村，有一老人，姓田，方教授村兒，此九華洞中仙官也，人莫之知。君能至心往求，或冀諧遂。"

李乃徑訪田先生見之。乃膝行而前，再拜稱曰："下界凡賤，敢謁大仙。"時老人方與村童授經，見李驚避曰："衰朽窮骨，且暮溘然，郎君安有此說。"李再拜，叩頭不已。老人益難之。自日宴至於夜分，終不敢就坐，拱立於前。老人俛首良久，曰："足下誠懇如是，吾亦何所隱焉。"李生即頓首流涕，具云妻枉狀。老人曰："吾知之久矣，但不蚤申訴。今屋宅已敗，理之不及。吾向拒公，蓋未有計耳。然試爲足下作一處置。"乃起，從北出，可行百步餘，止於桑林。長嘯，倏忽見一大府署，殿宇環合，儀衛森然，擬於王者。田先生衣紫帔，據案而坐，左右解官等列侍。俄傳教嘑地界。

須臾，十數部各擁百餘騎，前後奔馳而至。其帥皆長丈餘，眉目魁岸，羅列於門屏之外。整衣冠，意緒蒼惶，相問："今有何事？"須臾，謁者通地界廬山神、江瀆神、彭蠡神等皆趣入。田先生問曰："比者此州刺史女，因產爲暴鬼所殺，事甚冤濫，爾等知否？"皆俯伏應曰："然。"又問：

"何故不爲申理？"又皆對曰："獄訟須有其主。此不見人訴，無以發摘。"有問："知賊姓名否？"有一人對曰："是西漢鄱縣王吳芮。今刺史宅，是芮昔時所居。至今猶恃雄豪，侵占土地，往往肆其暴虐，人無奈何。"田先生曰："即追來。"

俄頃，縛吳芮至。先生詰之，不伏。乃命追阿齊。良久，見李妻與吳芮庭辯。食頃，吳芮理屈。乃曰："當是產後虛弱，見某驚怖自絕，非故殺。"田先生曰："殺人以梃與刃，有以異乎？"遂令執送天曹。回謂速檢李氏壽命幾何。頃之，吏云："本算更合壽三十二年，生四男三女。"先生謂群官曰："李氏壽算長，若不再生，議無厭伏。公等所見何如？"有一老吏前啓曰："東晉鄴下有一人橫死，正與此事相當。前使葛真君斷以具魂作本身，却歸生路，飲食、言語、嗜慾、追遊，一切無異。但至壽終，不見形質耳。"田先生曰："何謂具魂？"吏曰："生人三魂七魄，死則散離，本無所依。今收合爲一體，以續絃膠塗之。大王當街發遣放回，則與本身同矣。"田先生善。即顧謂李妻曰："作此處置可乎？"李妻曰："幸甚。"

俄見一吏別領七八女人來，與李妻一類。即推而合之，有一人，持一器藥，狀似稀餳，即於李妻身塗之。李氏妻如空中墜地，初甚迷悶。天明，盡失夜來所見。唯田先生及李氏夫妻三人，共在桑林中。田先生謂李生曰："相爲極力，且喜事成，便可領歸，見其親族。但言再生，慎無他説，吾亦從此逝矣。"李遂同歸至州。一家驚疑，不爲之信。久之，乃知實生人也。自爾生子數人，其親表之中頗有知者，云："他無所異，但舉止輕便，異於常人耳。"

按《太平廣記》三百五十八引此文，下注出《玄怪錄》。其事至怪，而乏理解，固陳玄祐《離魂記》之流也。明胡應麟嘗謂"唐人記返魂事，有絕相類者。《太平廣記》神仙類《田先生》，即救齊推女者，而所記又不同，大率皆烏有耳"云云。今甄錄此篇，而以《廣記》四十四所引《仙傳拾遺》之《田先生》一條附錄於後。俾誦此篇者，得以互參焉。

《太平廣記》四十四《田先生》一條云：

田先生者，九華洞中大仙也。元和中，隱於饒州鄱亭村，作小學以教村童十數人，人不知其神仙矣。饒州牧齊推嫁女與進士李生，數月而孕。李生赴舉長安，其孕婦將產於州之後堂。夢鬼神，責其腥穢，斥逐之。推常不信鬼神，不敢言，未暇移居。既產，爲鬼所惡害，耳鼻流血而卒。殯於官道側，以俟罷郡，遷之北歸。明年，李生下第，歸饒。日晚，於野中見其妻，訴以鬼神所害之事。乃曰："可詣鄱亭村學中，告田先生，求其神力，或可再生耳。"

李如其言，詣村學見先生。膝行而前，首體投地，哀告其事，願大仙哀而救之，先生初亦堅拒。李叩告不已，涕泗滂沱，自早及夜，終不就坐。學徒既散，先生曰："誠懇如此，吾亦何所隱耶。但不早相告，屋舍已壞矣，誠爲作一處置。"即從舍出百餘步桑林中，夜已昏暝，忽光明如晝。化爲大府，崇門，儀衛森列。先生寶冠紫帔，據案而坐，擬於王者。乃傳聲呼地界。俄有十餘隊，各擁百餘騎，奔走而至，皆長丈餘。謁者呼名通入，曰："廬山、江濱、彭蠡等神到。"先生曰："刺史女因產爲暴鬼所殺事，聞之，何不申理？"對曰："獄訟無主，未果發謫。今賊是鄱陽王吳芮。刺史宅是其所居，怒其生產腥穢，遂肆兇暴。"尋又擒吳芮牒天曹，而誅戮之。勘云："李氏妻算命，尚有三十二年，合生二男三女。"先生曰："屋舍已壞，如何？"有一老吏曰："昔東晉鄴下，有一人誤死。屋宅已壞，又合還生，與此事同。其時葛仙君斷令具魂爲身，與本無異。但壽盡之日無形爾。"先生許之。

即追李妻魂魄，合爲一體，以神膠塗之。大王發遣却生，即便生矣。見有七八女人，與李妻相似，吏引而至，推而合之。有藥如稀湯，以塗其身。頃刻，官吏皆散。李生及妻、田先生在桑林間。李生夫妻懇謝之。先生曰："但云自得再生，勿多言也。"遂失先生所在。李與妻還家。其後年壽，所生男女，皆如所言。

郭元振
據明鈔本説郭幽怪錄校錄

代國公郭元振，開元中下第，於晉之汾。夜行陰晦失道，久而絕遠有燈火光，以爲人居也，逕往尋之。八九里，有宅，門宇甚峻。既入門，廊下及堂上，燈燭熒煌，牢饌羅列，若嫁女之家，而悄無人。公繫馬西廊前。歷階而升，徘徊堂上，不知其何處也。俄聞堂上東閣，有女子哭聲，嗚咽不已。公問曰："堂上泣者，人耶，鬼耶？何陳設如此，無人而獨泣。"曰："妾此鄉之祠，有烏將軍者，能禍福人。每歲求偶於鄉人，鄉人必擇處女之美者而嫁焉。妾雖陋拙，父利鄉人之五百縑，潛以應選。今夕鄉人之女並爲遊宴者到是，醉妾此室，共鑰而去，以適於將軍者也，今父母棄之就死，而今惴惴哀懼。君誠人耶？能相救免，畢身爲掃除之婦，以奉指使。"公大憤曰："其來當何時？"曰："二更。"曰："吾忝大丈夫也，必力救之。若不得，當殺身以徇汝，終不使汝枉死於淫鬼之手也。"女泣少止。於是坐於西階上，移其馬於堂北，令僕侍立於前，若爲儐而待之。

未幾，火光照耀，車馬駢闐。二紫衣吏，入而復走出，曰："相公在此。"逡巡，二黃衫吏，入而出，亦曰："相公在此。"公私心獨喜，吾當爲宰相，必勝此鬼矣。既而將軍漸下，導吏復告之。將軍曰："入。"有戈劍弓矢，引翼以入，即東階下。公使僕前白："郭秀才見。"遂行揖。將軍曰："秀才安得到此？"曰："聞將軍今夕嘉禮，願爲小相耳。"將軍者喜而延坐。與對食，言笑極歡。公於囊中有利刀，思欲刺之。乃問曰："將軍曾食鹿脯乎？"曰："此地難遇。"公曰："某有少許珍者，得自御厨，願削以獻。"將軍者大悅。公乃起取鹿脯，並小刀，因削之，置一小器，令自取之。將軍喜，引手取之，不疑其他。公伺其機，乃投其脯，捉其腕而斷之。將軍失聲而走。道從之吏，一時驚散。公執其手，脫衣纏之。令僕夫出望之，寂無所見。乃啓門謂泣者曰："將軍之腕，已在此矣。尋其血跡，死亦不久。汝既獲免，可出就食。"泣者乃出。年可十七八，而甚佳麗。拜於公前曰："誓爲僕妾。"公勉諭焉。天方曙，開視其手，則猪蹄也。

俄聞哭泣之聲漸近，乃女之父母兄弟及鄉中耆老，相與舁櫬而來，將取其屍，以備殯殮。見公及女乃生人也，咸驚以問之，公具告焉。鄉老共怒公殘其神，曰："烏將軍此鄉鎮神，鄉人奉之久矣。歲配以女，才無他虞。此禮少遲，即風雨雷雹爲虐。奈何失路之客，而傷我明神？致暴於人，此鄉何負。當殺卿以祭烏將軍，不爾，亦縛送本縣。"揮少年將令執公。公諭之曰："爾徒老於年，未老於事。我天下之達理者，爾衆其聽吾言。夫神，承天而爲鎮也，不若諸侯受命於天子而彊理天下乎？"曰："然。"公曰："使諸侯漁色於國中，天子不怒乎？殘虐於人，天子不伐乎？誠使汝呼將軍者，眞明神也。神固無猪蹄，天豈使淫妖之獸乎？且淫妖之獸，天地之罪畜也，吾執正以誅之，豈不可乎？爾曹無正人，使爾少女年年橫死於妖畜，積罪動天，安知天不使吾雪焉。從吾言，當爲爾除之，永無聘禮之患，如何？"鄉人悟而喜曰："願從命。"

公乃命數百人，執弓矢刀槍鍬钁之屬，環而自隨。尋血而行，纔二十里，血入大塚穴中。因圍而斸之，應手漸大如甕口。公令采薪燃火，投入照之，其中若大室。見一大猪，無前左蹄，血臥其地，突煙走出，斃於圍中。鄉人翻共相慶，會錢以酬公，公不受。曰："吾爲人除害，非鬻獵者。"得免之女，辭其父母親族曰："多幸爲人，託質血屬，閨闈未出，固無可殺之罪。今日貪錢五百萬，以嫁妖獸，忍鎖而去，豈人所宜？若非郭公之仁勇，寧有今日。是妾死於父母，而生於郭公也，請從郭公。不復以舊鄉爲念矣。"泣拜以從公。公多歧援喻，止之不獲，遂納爲側室。生子數人。公之貴也，皆任大官之位。事已前定，雖主遠地而弄于鬼神，終不能害，明矣。

按本篇未採入《太平廣記》。陶宗儀《説郛》始收入《玄怪錄》。明人輯唐人小説，有題爲《烏將軍傳》者，今不取。惟此文頗不類思黯，殊近李復言。今《續玄怪錄》臨安書棚本既未收，而《廣記》亦失載，無從諟正。姑從明鈔《説郛》附存於此。

續玄怪錄

李復言撰

按《續玄怪錄》，唐李復言撰。復言生平，無可考見。《太平廣記》一百二十八引《續玄怪錄·尼妙寂》一條云："太和庚戌歲，隴西李復言遊巴南，與進士沈田會於蓬州，田因話奇事。錄怪之日，遂纂於此。"據此，則知復言固太和開成間人矣。時牛僧孺方在朝列，勢傾中外。牛相早年有《玄怪錄》之作，通行既久。復言乃續其書，舉所聞於太和間之異聞佚事，悉入纂錄。傳至宋初，遂有兩本：其一爲五卷本，《唐藝文志》及宋陳振孫《書錄解題》所著錄者是已；其一爲十卷本，晁公武《讀書志》所著錄者是已。（《宋志》小説類既收李復言《續玄怪錄》五卷，同類又收李復言《搜古異錄》十卷。《搜古異錄》十卷不載《唐志》，或即《續玄怪錄》五卷本之誤。《宋志》一書異稱多兩載。）至南宋臨安書棚本《續玄怪錄》四卷凡二十三事，當爲書賈掇拾，已非完帙。故《廣記》所引，多爲此本所不載。清《四庫存目》所著錄，及黄蕘圃所得於鄭敷教者，即此本也。今臨安本《續玄怪錄》，清胡珽《琳琅祕室叢書》既已收入，又輯《廣記》所載，爲《拾遺》二卷。近涵芬樓又復影印黄氏所藏宋本入《續古逸叢書》。則是此書雖未能頓復舊觀，而治唐人小説者，取而覽觀，大略固其備矣。今略存數事，以概其餘。至所據校錄之本，分注於各條之下，不敢妄爲增損云。

楊恭政
據宋臨安書棚本續玄怪錄校錄

楊恭政，虢州閿鄉縣長壽鄉天仙村田家女也，年十八，適同村王清。其夫貧，力田；楊氏奉箕箒，供農婦之職甚謹。夫族目之曰勤力新婦。性沉靜，不好戲笑。有暇，必灑掃靜室，閉門閒居；雖鄰婦狎之，終不相往來。生三男一女。

年二十四歲，元和十二年五月十二日夜，告其夫曰："妾神識頗不安，惡聞人語，當於靜室寧之。請君與兒女暫居異室。"其夫以田作困，又保無他，因以許之，不問其故。楊氏遂沐浴，着新衣，掃灑其室，焚香閉戶而坐。及明，訝其起遲，開門視之，衣服委於床上，若蟬蛻然，身已去矣。但覺異香滿屋。其夫驚，以告其父母，共歎之。次鄰人來，曰："昨夜夜半，有天樂從西而來，似若雲中下於君家，奏樂久之，稍稍上去。闔村皆聽之，君家聞否？"而異香酷烈，遍數十里。村吏以告縣令李邯，遣吏民遠近尋逐，皆無蹤跡。因令不動其衣，閉其戶，以棘環之，冀其或來也。至十八日夜，五更，村人復聞雲中仙樂之聲，異香之芳，從東來，復王氏宅，作樂久之而去。王氏亦無聞者。及明，來視其門，棘封如故。房中彷彿若有人聲。遽走告縣令，李邯親率僧道官吏，共開其門，則新婦者宛在床矣。但覺面目光芒，有非常之色。

邯問曰："向何所去？今何所來？"對曰："昨十五日夜，初有仙騎來，曰：'夫人當上仙，雲鶴即到，宜靜室以俟之。'遂求靜室。至三更，有仙樂、彩仗、霓旌、絳節，鸞鶴紛紜，五雲來降，入於房中。執節者前曰：'夫人準籍合仙，仙師使者來迎，將會於西嶽。'於是綵童二人，捧玉箱來獻，箱中有奇服，非綺非羅，製若道人之衣，珍華香潔，不可名狀，遂衣之。畢，樂作三闋，青衣引白鶴來，曰：'宜乘此。'初尚懼其危，試乘之，穩不可言。飛起而五雲捧出，綵仗霓旌，次第前引，至於華山雲臺峰。峰上有盤石，已有四女先在彼焉：一人云姓馬，宋州人；一人姓徐，幽州人；一人姓郭，荊州人；一人姓夏，青州人。皆其夜成仙，同會於此。傍一小仙曰：'並捨虛幻，得證真仙，今當定名，宜有真字。'於是馬曰信真，徐曰湛真，郭曰修真，夏曰守真。其時五雲參差，徧覆崖谷，妙樂羅列，間作於前。五人相慶曰：'同生濁界，並是凡身，一旦倏然，遂與塵隔。今夕何夕，歡會於斯，宜各賦詩，以導其意。'信真詩曰：'幾劫澄煩思，今身僅小成。誓將雲外隱，不向世間行。'湛真詩曰：'綽約離塵界，從容上太清。雲衣無綻日，鶴駕沒遙程。'修真詩曰：“華嶽無三尺，東瀛僅一杯。入雲騎彩鳳，歌舞上蓬萊。'守真詩曰：'共作雲山侶，俱辭世界塵。靜思前日事，抛却幾年身。'恭政亦繼詩曰：'人世徒紛擾，其生似蕣華。誰言今夕裏，俛首視云霞。'既而雕盤珍果，名不可知。妙樂鏗鍠，響動崖谷。俄而執節者請曰：'宜往蓬萊謁大仙伯。'五真曰：'大仙伯爲誰？'曰：'茅君也。'妓樂鸞鶴，復次第前引，東去，倏忽間已到蓬萊。其宮闕皆金銀，花木樓殿，皆非人世之製作。大仙伯居金闕玉堂中，侍衛甚嚴。見五真喜曰：'來何晚耶！'飲以玉杯，賜以金簡鳳文之衣，玉華之冠，配居蓬萊華院。四人者出，恭政獨前曰：'王父清年高，無人侍養，請迴侍其殘年，王父去世，然後從命，誠不忍得樂而忘王父也。唯仙伯哀之。'仙伯曰：'恭政！汝村一千年方出一仙人，汝當之會。無自墜其道。'

因敕四真送至其家，故得還也。"邯問昔何修習？曰：'村婦何以知，但性本虛靜，閑即凝神而坐，不復俗慮得入胸中耳。此性也，非學也。"又問要去可否？曰："本無道術，何以能去。雲鶴來迎，即去。不來，亦無術可召。"

於是遂謝絕其夫，服黃冠。邯以狀聞州，州聞廉使。時崔尚書從按察陝輔，延之，舍於陝州紫極宮。請王父於別室，人不得昇其階。唯廉使從事及夫人之瞻拜者，才及階而已，亦不得昇。廉使以聞，上召見，舍於內殿。虔誠訪道，而無以對。罷之。今見在陝州，終歲不食，時啖果實，或飲酒三兩杯，絕無所食，但容色轉芳嫩耳。

按此文《太平廣記》六十八亦採入，下注出《續玄怪錄》。臨安書棚四卷本，取此以弁其首。惟《廣記》恭政作敬真，與書棚本異耳。《太平廣記》六十七有吳清妻楊氏一條，與此同，係一事而誤傳，文亦樸僿。不錄。

張逢
據宋臨安書棚本續玄怪錄校錄

南陽張逢，元和末，薄遊嶺表，行次福州福唐縣橫山店。時初霽，日將暮，山色鮮媚，煙嵐藹然。策杖尋勝，不覺極遠。忽有一段細草，縱橫廣百餘步，碧鮮可愛。其旁有一小林，遂脫衣掛林，以杖倚之，投身草上，左右翻轉。既而酣甚，若獸蹴然，意足而起，其身已成虎也，文彩爛然。自視其爪牙之利，胸膊之力，天下無敵。遂騰躍而起，超山越壑，其疾如電。

夜久頗飢，因傍村落徐行，犬彘駒犢之輩，悉無可取。意中恍惚，自謂當得福州鄭錄事，乃傍道潛伏。未幾，有人自南行，若候吏迎鄭紃者。見人問曰："福州鄭錄事名璠，計程宿前店，見說何時發來？"人曰："吾之出掌人也，聞其飾裝，到亦非久。"候吏曰："只一人來，且復有同行者？吾當迎拜時，慮其誤也。"曰："三人之中，慘綠者是。"其時逢方伺之，而彼詳問，若爲逢而問者。逢既知之，攢身以俟之。俄而鄭紃到，導從甚衆。衣慘綠，甚肥，巍巍而來。適到逢前，遂跐銜之，走而上山。時天未曉，人莫敢逐，得恣食之，殘其腸髪耳。

行於山林，單然無侶，乃忽思曰："本人也，何樂爲虎，自囚於深山，盍求初化之地而復耶。"乃步步尋之。日暮，方到其所。衣服猶掛，杖亦倚林，碧草依然，翻復轉身於其上，意足而起，即復人形矣。於是衣衣策杖而歸，昨往今來，一復時矣。初，其僕夫驚其失逢也，訪之於鄰，或云策杖登山，多歧尋之，杳無行處。及其來也，驚喜問其故。逢紿之曰："偶尋山泉，到一山院，共談釋教，不覺移時。"掌人曰："今旦側近有虎，食福州鄭錄事，求餘不得；山林故多猛獸，不易獨行。郎之未迴，憂負亦極，且喜平安無他。"逢遂行。

元和六年，旅次淮陽，舍於公館。館吏宴客，坐客有爲令者，曰："巡若到，各言己之奇事，事不奇者，罰。"巡到逢，逢言橫山之事。末坐有進士鄭遐者，乃鄭紃之子也。怒目而起，持刀將煞逢，言復父讎。衆共隔之，遐怒不已，遂白郡將。於是送遐淮南，敕津吏勿復渡。逢西邁，具改姓名，以避遐。議曰："聞父之讎，不可以不報。然此讎非故煞。必使煞逢，遐亦當坐。"遂遁去而不復其讎也。

按《太平廣記》四百二十九，亦引此文，字句多異。而"其時逢方伺之"句下，缺二十一字，尤爲顯然。其他異文，雖可理解，審視數四，皆不及臨安本之佳。蓋宋時修《廣記》時多所竄易故也。人化爲虎，其事至怪。惟《廣記》四百三十二《南陽士人》一條，似與張逢事同出一源，或是傳聞異辭，故復形及復仇，亦大略從同。《廣記》四百二十七尚有李徵一條，亦記徵化虎事，與張逢亦頗相類。但後段無復形事，與逢又異。明人有改題《人虎傳》者，下題李景亮撰，則全無依據也。今姑逐錄於後，俾獲互參。

《太平廣記》四百三十二引《原化記·南陽士人》一條云：

近世有一人，寓居南陽山，忽患熱疾，旬日不瘳。時夏夜月明，暫於庭前偃息。忽聞扣門聲，審聽之，忽如睡夢，家人即無聞者。但於恍惚中，不覺自起看之。隔門有一人云："君合成虎，今有文牒。"此人驚異，不覺引手受之，見送牒者，手是成虎，留牒而去。開牒視之，排印於空紙耳，心甚惡之。置牒席下，復寢。明旦少憶，與家人言之，取牒猶在，益以爲怪。疾似愈。忽憶出門散適，遂策杖閒步，諸子無從者。行一里餘，山下有澗，沿澗徐步，忽於水中自見其頭，已變爲虎，又觀手足皆虎矣，而甚分明。自度歸家，必爲妻子所驚。但懷憤恥，緣路入山，經一日餘，家人莫知所往。四散尋覓，比鄰皆謂虎狼所食矣，一家號哭而已。

此人爲虎，入山兩日，覺飢餒。忽於水邊蹲踞，見水中科斗虫數升，自念常聞虎亦食泥，遂掬食之，殊覺有味。又復徐行，乃見一兔，遂擒之，應時而獲，即噉之。覺身輕轉強，晝則於深榛草中伏，夜即出行求食，亦數得麋兔等，遂轉爲害物之心。忽尋樹上，見一採桑婦人，草間望之，又私度吾聞虎皆食人，試攖之，果獲焉，食之，果覺甘美。常近小路，伺接行人。日暮，有一荷柴人過，即欲捕之。忽聞後有人云："莫取！莫取！"驚顧見一老人，鬚眉皓白，知是神人。此人雖變，然心猶思家，遂哀告。老人曰："汝曹爲天神所使作此身。今欲向畢，却得復人身。若殺負薪者，永不變矣。汝明日，合食一王評事，後當却爲人。"言訖，不見此老人。

此虎遂又尋草潛行，至明日日晚，近官路伺候。忽聞鈴聲於草間匿，又聞空中人曰："此誰角馱？"空中答曰："王評事角馱。"又問王評事何在？答曰："在郭外縣官相送，飯會方散。"此虎聞之，更沿路伺之。一更已後，時有微月，聞人馬行聲。空中又曰："王評事來也。"須臾見一人，朱衣乘馬，半醉，可四十餘。亦有導從數人，相去猶遠。遂於馬上擒之，曳入深榛食之，其從迸散而走。食訖，心稍醒。却憶歸路，去家百里餘來，尋山却歸，又至澗邊，却照其身，已化爲人矣。遂歸其家，家人驚怪，失之已七八月日矣。言語顛倒，似沉醉人。漸稍進粥食，月餘平復。

後五六七年，遊陳許長葛縣。時縣令席上，坐客約三十餘人。主人因話人變化之事，遂云牛哀之輩，多爲妄說。此人遂陳己事，以明變化之不妄。主人驚異，乃是王評事之子也，自說先人爲虎所殺。今既逢讐，遂殺之。官知其實，聽免罪焉。

《太平廣記》四百二十七引《宣室志·李徵》一條云：

隴西李徵，皇族子，家於虢略。徵少博學，善屬文。弱冠從州府貢焉，時號名士。天寶十載春，於尚書右丞楊沒榜下，登進士第。後數年，調補江南尉。徵性疎逸，恃才倨傲，不能屈跡卑僚，嘗鬱鬱不樂。每同舍會，既酣，顧謂其群官曰："生乃與君等爲伍耶？"其寮佐咸嫉之。及謝秩，則退歸閉門，不與人通者近歲餘。後迫衣食，乃具裝東遊吳楚之間，以干郡國長吏。吳楚人聞其聲固久矣。及至，乃開館以俟之，宴遊極懽。將去，悉厚遺以實其囊橐。徵在吳楚且周歲，所獲饋遺甚多。西歸虢略，未至，舍於汝墳逆旅中。忽被疾發狂，鞭捶僕者，僕者不勝其苦。於是旬餘，疾益甚。無何，夜狂走，莫知其適。家僮跡其去而伺之。至一月，而徵竟不回。於是僕者驅其乘馬，挈其囊橐而遠遁去。

至明年，陳郡袁傪以監察御史奉詔使嶺南，乘傳至商於界。晨將發，其驛吏白曰："道有虎，暴而食人，故過於此者，非晝而莫敢進。今尚早，願且駐車，決不可前。"僭怒曰："我天子使，衆騎極多。山澤之獸，能爲害耶？"遂命駕去。行未盡一里，果有一虎自草中突出，僭驚甚。俄而虎匿身草間，人聲而言曰："異乎哉！幾傷我故人也！"僭聆其音，似李徵。僭昔與徵同登進士第，分極深，別有年矣。忽聞其語，既驚且異，而莫測焉。遂問曰："子爲誰？得非故人隴西子乎？"虎呻吟數聲，若嗟泣之狀。已而謂僭曰："我李徵也。君幸少留，與我一語。"僭即降騎，因問曰："李君！李君！何爲而至是也？"虎曰："我自與足下別，音問曠阻且久矣。幸喜得無恙乎？今又去何適？向者見君有二吏，驅而前，驛隸挈印囊以導，庸非爲御史而出使乎？"僭曰："近者幸得備御史之列，今乃使嶺南。"虎曰："吾子以文學立身，位登朝序，可謂盛矣！況憲臺清峻，分糺百揆，聖明慎擇，尤異於人。心喜故人居此地，大可賀。"僭曰："往者吾與執事同年成名，交契深密，異於常友。自聲容間阻，時去如流。想望風儀，心目俱斷。不意今日獲君念舊之言。雖然，執事何爲不我見而自匿於草莽中？故人之分，豈當如是耶。"虎曰："我今不爲人矣，安得見君乎。"僭即詰其事。

虎曰："我前身客吳楚，去歲方還。道次汝墳，忽嬰疾發狂，走山谷中，俄以左右手據地而步。自是覺心愈狠，力愈倍，及視其肱髀，則有氂毛生焉。又見冕衣而行於道者，負而奔者，翼而翺者，毚而馳者，則欲得而陷之。既至漢陰南，以飢腸所迫，值一人腯然其肌，因擒以咀之立盡。由此率以爲常。非不念妻孥、思朋友，直以行負神祇，一日化爲異獸，有靦於人，故分不見矣。嗟夫！我與君同年登第，交契素厚。今日執天憲，耀親友；而我匿身林藪，永謝人寰，躍而吁天，俛而泣地，身毀不用，是果命也！"因呼吟咨嗟，殆不自勝，遂泣。僭因問曰："君今既爲異類，何尚能言耶？"虎曰："我今形變而心甚悟，故有摚突，以悚以恨，難盡道耳。幸故人念我深，恕我無狀之咎，亦其願也。然君自南方回車，我再值君，必當昧其平生耳。此時視君之軀，猶吾機上一物。君亦宜嚴其警從以備之，勿使成我之罪，取笑於士君子。"又云："我與君真忘形之友也，而我將有所託，其可乎？"僋曰："平昔故人，安有不可哉？恨未知何如事，願盡教之。"虎曰："君不許，我何敢言。今既許我，豈有隱耶？初我於逆旅中爲疾發狂，既入荒山，而僕者驅我乘馬衣囊，悉逃去。吾妻孥當在虢略，豈念我化爲異類乎？君若自南回，爲賫書訪妻子，但云我已死，無言今日事。幸記之。"又曰："吾於人世，且無資業。有子尚稚，固難自謀。君位列周行，素秉風義，昔日之分，豈他人能右哉。必望念其孤弱，時賑其困乏，使無殍死於道途，亦恩之大者。"言已，又悲泣。僋亦泣，曰："僋與足下，休感同焉。然則足下子，亦僋子也。當力副厚命，又何虞其不至哉。"虎曰："我有舊文數十首，未行於代。雖有遺稿，盡皆散落。君爲我傳錄，誠不敢列人之闈，然亦貴傳於子孫也。"僋即呼僕命筆，隨其口錄之，近二十章。文甚高，理甚遠。僋閲而歎者再三。虎曰："此吾平生之素也，安敢望其傳乎。"又曰："君銜命乘傳，當甚奔迫。今久留，驛隸兢悚萬端，與君永訣。異途之恨，何可言哉。"僋亦與之敍別，久而方去。

僋自南回，遂專命持書及賵賻之禮，寄於徵子。月餘，徵子自虢略來京，詣僋門求先人之柩。僋不得已，具疏其事。後僋以己俸均給徵妻子，免饑凍焉。僋後官至兵部侍郎。

定婚店
據宋臨安書棚本續玄怪錄校錄

杜陵韋固，少孤，思早娶婦，多歧求婚，必無成而罷。元和二年，將遊清河，旅次宋城南店。客有以前清河司馬潘昉女見議者，來日先明，期於店西龍興寺門。固以求之意切，且往焉，斜月尚明。有老人倚布囊，坐於階上，向月撿書。固步覘之，不識其字，既非蟲篆八分科斗之勢，又非梵書。因問曰:"老父所尋者何書?固少小苦學,世間之字,自謂無不識者,西國梵字,亦能讀之,唯此書目所未覿,如何?"老人笑曰:"此非世間書,君因何得見?"固曰:"非世間書則何也?"曰:"幽冥之書。"固曰:"幽冥之人,何以到此?"曰:"君行自早,非某不當來也。凡幽吏皆掌人生之事,掌人可不行冥中乎?今道途之行,人鬼各半,自不辨爾。"固曰:"然則君又何掌?"曰:"天下之婚牘耳。"固喜曰:"固少孤,常願早娶,以廣胤嗣。爾來十年,多方求之,竟不遂意。今者人有期此,與議潘司馬女,可以成乎?"曰:"未也。命苟未合,雖降衣纓而求屠博,尚不可得,況郡佐乎?君之婦,適三歲矣。年十七,當入君門。"因問:"囊中何物?"曰:"赤繩子耳,以繫夫妻之足。及其生,則潛用相繫,雖讎敵之家,貴賤懸隔,天涯從宦,吳楚異鄉,此繩一繫,終不可逭。君之腳,已繫於彼矣。他求何益?"曰:"固妻安在?其家何爲?"曰:"此店北,賣菜陳婆女耳。"固曰:"可見乎?"曰:"陳嘗抱來,鬻菜於市。能隨我行,當即示君。"

及明,所期不至。老人卷書揭囊而行。固逐之,入菜市。有眇嫗,抱三歲女來,弊陋亦甚。老人指曰:"此君之妻也。"固怒曰:"煞之可乎?"老人曰:"此人命當食天祿,因子而食邑,庸可煞乎?"老人遂隱。固罵曰:"老鬼妖妄如此。吾士大夫之家,娶婦必敵,苟不能娶,即聲伎之美者,或援立之,奈何婚眇嫗之陋女?"磨一小刀子,付其奴曰:"汝素幹事,能爲我煞彼女,賜汝萬錢。"奴曰:"諾。"明日,袖刀入菜行中,於衆中刺之而走,一市紛擾。固與奴奔走,獲免。問奴曰:"所刺中否?"曰:"初刺其心,不幸才中眉間。"

爾後固屢求婚，終無所遂。又十四年，以父蔭參相州軍。刺史王泰俾攝司戶掾，專鞫詞獄，以為能，因妻以其女。可年十六七，容色華麗，固稱愜之極。然其眉間，常帖一花子，雖沐浴閒處，未嘗暫去。歲餘，固訝之，忽憶昔日奴刀中眉間之說，因逼問之。妻潸然曰："妾郡守之猶子也，非其女也。疇昔父（據《廣記》補父字）曾宰宋城，終其官。時妾在襁褓，母兄次沒。唯一莊在宋城南，與乳母陳氏居。去店近，鬻蔬以給朝夕。陳氏憐小，不忍暫棄。三歲時，抱行市中，為狂賊所刺。刀痕尚在，故以花子覆之。七八年前，叔從事盧龍，遂得在左右。仁念以為女嫁君耳。"固曰："陳氏眇乎？"曰："然。何以知之？"固曰："所刺者固也。"乃曰："奇也，命也。"因盡言之，相欽愈極。後生男鯤，為鴈門太守，封太原郡太夫人。乃知陰隲之定，不可變也。宋城宰聞之，題其店曰"定婚店"。

按《太平廣記》一百五十九引此文，篇中缺句缺字更多。今用宋臨安本《續玄怪錄》寫定。唐末人記此事者，尚有《玉堂閒話》所紀《灌園嬰女》一則。雖事實微有歧異，然同出一源可知也。茲據《太平廣記》一百六十所引，附錄於此。

《太平廣記》一百六十引《玉堂閒話·灌園嬰女》一條云：

頃有一秀才，年及弱冠，切於婚娶。經數十處，託媒氏求間，竟未諧偶。乃詣善易者以決之。卜人曰："伉儷之道，亦繫宿緣。君之室，始生二歲矣。"又問："當在何州縣？是何姓氏？"卜人曰："在滑州郭之南。其姓某氏。父母見灌園為業，只生一女，當為君嘉偶。"其秀才自以門第才望，方求華族。聞卜人之言，懷抱鬱怏，然未甚信也，遂詣滑質其事。至，則於滑郭之南尋訪，果有一蔬圃。問老圃姓氏，與卜人同。又問："有息否？"則曰："生一女，始二歲矣。"秀才愈不樂。一日，伺其女嬰父母出外。遂就其家誘引女嬰使前，即以細針内於顖中而去。尋離滑臺，謂其女嬰之死矣。

是時，女嬰雖遇其酷，竟至無恙。生五六歲，父母俱喪。本鄉縣以孤女無主，申報廉使。廉使即養育之。一二年間，廉使憐其黠慧，育爲己女，恩愛備至。廉使移鎮他州，女亦成長。其問卜秀才，已登科第，兼歷簿官，與廉使素不相接，因行李經由，投刺謁。廉使一見，慕其風采，甚加禮遇。問及婚娶，答以未婚。廉使知其衣冠子弟，且慕其爲人，乃以幼女妻之，潛令道達其意。秀才欣然許之，未幾成婚，廉使資送甚厚。其女亦有殊色，秀才深過所望。且憶卜者之言，頗有責其謬妄耳。

其後，每因天氣陰晦，其妻輒患頭痛，數年不止。爲訪名醫，醫者曰："病在頂腦間。"即以藥封腦上。有頃，内潰，出一針，其疾遂愈。因潛訪廉使之親舊，問女子之所出，方知圃者之女。信卜人之不紿也。襄州從事陸憲嘗話此事。

薛偉
據太平廣記校錄

薛偉者，乾元元年任蜀州青城縣主簿，與丞鄒滂、尉雷濟、裴寮同時。其秋，偉病七日，忽奄然若往者，連呼不應，而心頭微暖，家人不忍即斂，環而伺之。經二十日，忽長吁起坐，謂其人曰："吾不知人間幾日矣？"曰："二十日矣。""與我覷群官，方食鱠否？言吾已蘇矣。甚有奇事，請諸公罷筯來聽也。"僕人走視群官，實欲食鱠，遂以告。皆停餐而來。偉曰："諸公敕司户僕張弼求魚乎？"曰："然。"又問弼曰："漁人趙幹藏巨鯉，以小者應命。汝於葦間得藏者，攜之而來。方入縣也，司户吏坐門東，紅曹吏坐門西，方弈棋。入及階，鄒、雷方博，裴啗桃實。弼言幹之藏巨魚也,裴五令鞭之。旣付食工王士良者喜而殺乎。"遞相問,誠然。衆曰:"子何以知之?"曰:"向殺之鯉,我也。"衆駭曰:"願聞其説。"

曰:"吾初疾困,爲熱所逼,殆不可堪。忽悶,忘其疾,惡熱求涼,策杖而去,不知其夢也。旣出郭,其心欣欣然,若籠禽檻獸之得逸,莫我知也。漸入山。山行益悶,遂下遊於江畔。見江潭深净,秋色可愛,輕漣不動,鏡涵遠虚。忽有思浴意,遂脱衣於岸,跳身便入。自幼狎水,成人已來,絶不復戲,遇此縱適,實契宿心。且曰:'人浮不如魚快也,安得攝魚而健游乎?'旁有一魚曰:'顧足下不願耳,正授亦易,何况求攝。當爲足下圖之。'決然而去。未頃,有魚頭人長數尺,騎鯢來導,從數十魚,宣河伯詔曰:'城居水游,浮沉異道,苟非其好,則昧通波。薛主簿意尚浮深,跡思閑曠;樂浩汗之域,放懷清江;厭巇嶁之情,投簪幻世。暫從鱗化,非遽成身。可權充東潭赤鯉。嗚呼!恃長波而傾舟,得罪於晦,昧纖鈎而貪餌,見傷於明。無或失身,以羞其黨,爾其勉之。'聽而自顧,即已魚服矣。於是放身而遊,意往斯到。波上潭底,莫不從容。三江五湖,騰躍將遍。然配留東潭,每暮必復。俄而飢甚,求食不得,循舟而行,忽見趙幹垂釣,其餌芳香,心亦知戒,不覺近口。曰:'我人也,暫時爲魚,不能求食,乃吞其鈎乎?'捨之而去。有頃,飢益甚。思曰:'我是官人,戲而魚服。縱吞其鈎,趙幹豈殺我?固當送我歸縣耳。'遂吞之。趙幹收綸以出。幹手之將及也,偉連呼之。幹不聽,而以繩貫我腮,乃繫於葦間。旣而張弼來曰:'裴少府買魚,須大者。'幹曰:'未得大魚,有小者十餘斤。'弼曰:'奉命取大魚,安用小者?'乃自於葦間尋得偉而提之。又謂弼曰:'我是汝縣主簿,化形爲魚游江，何得不拜我？'彌不聽，提之而行，罵亦不已，彌終不顧。入縣門，見縣吏坐者弈碁，皆大聲呼之，略無應者。唯笑曰：'可畏魚直三四斤餘。'既而入階，鄒、雷方博，裴啗桃實，皆喜魚大。促命付廚。彌言幹之藏巨魚，以小者應命。裴怒鞭之。我叫諸公曰：'我是汝同官，而今見殺，竟不相捨，促殺之，仁乎哉？'大叫而泣。三君不顧，而付膾手。王士良者，方礪刃，喜而投我於几上。我又叫曰：'王士良，汝是我之常使膾手也，因何殺我？何不執我，白於官人？'士良若不聞者。按吾頸於砧上而斬之。彼頭適落，此亦醒悟。遂奉召爾。"諸公莫不大驚，心生愛忍。然趙幹之獲，張彌之提，縣吏之弈，三君之臨階，王士良之將殺，皆見其口動，實無聞焉。於是三君並投鱠，終身不食。偉自此平愈，後累遷華陽丞。乃卒。

　　按《太平廣記》四百七十一引此文，下注出《續玄怪錄》。此事當受佛氏輪迴說之影響，李復言遂衍爲此篇，宣揚彼法。唐稗喜以佛道思想入文者，此亦一例也。明人雜採《廣記》，喜立新名，遂有改題爲《魚服記》者（見陸楫《古今說海》）。實則《續玄怪錄》之一篇耳。惟《廣記》一百三十二，尚有引《廣異記·張縱》一條，亦誌縱化爲魚事，與此相同，大抵互相祖述。《廣記》以本篇入水族類，以張縱入報應類。緣編撰本非一手，故不能詳加勘校，而歧異如此。今錄此篇，而以《張縱》一條，附錄於後，俾便省覽。

《太平廣記》一百三十二引《廣異記·張縱》一條云：

　　泉州晉江縣尉張縱者，好啖鱠。忽被病死，心上猶暖，後七日蘇云："初有黃衫吏告云，王追。縱隨行，尋見王。王問吏：'我追張縱，何故將張縱來，宜速遣去。'旁有一吏白王曰：'此人好啖鱠，暫可罰爲魚。'王令縱去作魚。又曰：'當還本身。'便被所白之吏引至河邊，推縱入水，化成小魚，長一寸許，日夕增長，至七日，長二尺餘。忽見罟師至河所下網，意中甚懼，不覺已入網中，爲罟師所得，置之船中草下。須臾，聞晉江王丞使人求魚爲鱠，罟師初以小魚與之，還被杖。復至網所搜索，乃於草下得鯉，持還王家。至前堂，見丞夫人對鏡理妝，偏袒一膊。至厨中，被膾人將刀削鱗，初不覺痛，但覺鐵冷泓然。尋被剸頭，本身遂活。"時殿下侍御史李萼左遷晉江尉，正在王家飡鱠。聞縱活，邊往視之。既入，縱迎接其手，謂萼曰："餐膾飽耶？"萼因問何以得知？縱具言始末。方知所飡之鱗，是縱本身焉。

李衛公靖
據宋臨安書棚本續玄怪錄校錄參用廣記

衛國公李靖微時，常射獵霍山中，寓食山村，村翁奇其爲人，每豐饋焉，歲久益厚。忽遇群鹿，乃逐之，會暮，欲捨之不能。俄而陰晦迷路，茫然不知所歸，悵悵而行，困悶益極，乃極目有燈火光，因馳赴焉。既至，乃朱門大第，牆宇甚峻。叩門久之，一人出問。公告其迷，且請寓宿。人曰："郎君皆已出，惟太夫人在，宿應不可。"公曰："試爲咨白。"乃入告而出曰："夫人初欲不許，且以陰黑，客又言迷，不可不作主人。"邀入廳中。有頃，一青衣出曰："夫人來。"年可五十餘，青裙素襦，神氣清雅，宛若士大夫家。公前拜之，夫人答拜曰："兒子皆不在，不合奉留。今天色陰晦，歸路又迷，此若不容，遣將何適。然此乃山野之居，兒子往還，或夜到而喧，勿以爲懼。"公曰："不敢。"既而命食。食頗鮮美，然多魚。食畢，夫人入宅。二青衣送床席裀褥，衾被香潔，皆極鋪陳。閉戶，繫之而去。公獨念山野之外，夜到而鬧者，何物也？懼不敢寢。端坐聽之。

夜將半，聞扣門聲甚急，又聞一人應之。曰："天符大郎子報當行雨，周此山七里，五更須足，無慢滯！無暴傷！"應者受符入呈。聞夫人曰："兒子二人未歸。行雨符到，固辭不可，違時見責。縱使報之，亦已晚矣。僮僕無任專之理，當如之何？"一小青衣曰："適觀廳中客，非常人也，盍請乎？"夫人喜。因自扣廳門曰："郎覺否？請暫出相見。"公曰："諾。"遂下階見之。夫人曰："此非人宅，乃龍宮也。妾長男赴東海婚禮，小男送妹。適奉天符次當行雨，計兩處雲程，合逾萬里，報之不及，求代又難，輒欲奉煩頃刻間，如何？"公曰："靖俗客，非乘雲者，奈何能行雨？有方可教，即唯命耳。"夫人曰："苟從吾言，無有不可也。"

遂敕黃頭被青驄馬來。又命取雨器，乃一小瓶子，繫於鞍前。誡曰："郎乘馬，無漏銜勒，信其行，馬躍地嘶鳴，即取瓶中水一滴，滴馬鬃上，慎勿多也。"於是上馬，騰騰而行，其足漸高，但訝其穩疾，不自知其雲上也。風急如箭，雷霆起於步下。於是隨所躍，輒滴之。既而電掣雲開，下見所憩村，思曰："吾擾此村多矣，方德其人，計無以報。今久旱苗稼將悴，而雨在我手，寧復惜之？"顧一滴不足濡，乃連下二十滴。

俄頃雨畢，騎馬復歸。夫人者泣於廳曰："何相誤之甚。本約一滴，何私感而二十之。天此一滴，乃地上一尺雨也。此村夜半，平地水深二丈，豈復有人？妾已受譴，杖八十矣。袒視其背，血痕滿焉。兒子並連坐，如何？"公慚怖，不知所對。夫人復曰："郎君世間人，不識雲雨之變，誠不敢恨。即恐龍師來尋，有所驚恐，宜速去此。然而勞煩未有以報。山居無物，有二奴奉贈，總取亦可，取一亦可，唯意所擇。"於是，命二奴出來。一奴從東廊出，儀貌和悅，怡怡然；一奴從西廊出，憤氣勃然，拗怒而立。公曰："我獵徒，以鬭猛爲事。一旦取奴而取悅者，人以我爲怯乎。"因曰："兩人皆取則不敢。夫人旣賜，欲取怒者。"夫人微笑曰："郎之所欲乃爾。"

遂揖與別，奴亦隨去。出門數步，回望失宅。顧問其奴，亦不見矣。獨尋路而歸。及明，望其村，水已極目，大樹或露梢而已，不復有人。其後竟以兵權靜寇難，功蓋天下，而終不及於相，豈非悅奴之不兩得乎？世言關東出相，關西出將，豈東西而喩耶？所以言奴者，亦臣下之象。向使二奴皆取，即位極將相矣。

按此條《古今說海》，題曰《李衛公別傳》，無名氏撰。明人刻書，類皆展轉迻錄，不究所出。其實《太平廣記》四百十八已引之，下注出《續玄怪錄》，宋臨安書棚本亦收入卷末。則此文固李復言撰也。文中敘行雨一段，極有精采。

杜子春
據太平廣記校錄

杜子春者，蓋周隋間人，少落拓不事家產。然以志氣閒曠，縱酒閒遊，資產蕩盡，投於親故，皆以不事事見棄。方冬，衣破腹空，徒行長安中，日晚未食，彷徨不知所往，於東市西門，飢寒之色可掬，仰天長吁。有一老人策杖於前，問曰："君子何歎。"春言其心，且憤其親戚之疏薄也，感激之氣發於顏色。老人曰："幾緡則豐用？"子春曰："三五萬，則可以活矣。"老人曰："未也？"更言之："十萬。"曰："未也。"乃言："百萬。"亦曰："未也。"曰："三百萬。"乃曰："可矣。"於是袖出一緡，曰："給子今夕。明日午時，候子於西市波斯邸，慎無後期。"及時，子春往，老人果與錢三百萬，不告姓名而去。

子春既富，蕩心復熾，自以爲終身不復羈旅也。乘肥衣輕，會酒徒，徵絲管，歌舞於倡樓，不復以治生爲意。一二年間，稍稍而盡。衣服車馬，易貴從賤，去馬而驢，去驢而徒，倏忽如初。既而復無計，自歎於市門。發聲而老人到，握其手曰："君復如此，奇哉！吾將復濟子幾緡方可？"子春慚不應，老人因逼之，子春愧謝而已。老人曰："明日午時來前期處。"子春忍愧而往，得錢一千萬。未受之初，憤發，以爲從此謀身治生，石季倫、猗頓小豎耳。錢既入手，心又翻然。縱適之情，又却如故。不一二年間，貧過舊日。復遇老人於故處。子春不勝其愧，掩面而走。老人牽裾止之，又曰："嗟乎，拙謀也！"因與三千萬，曰："此而不痊，則子貧在膏肓矣。"子春曰："吾落拓邪遊，生涯罄盡，親戚豪族，無相顧者。獨此叟三給我，我何以當之？"因謂老人曰："吾得此，人間之事可以立，孤孀可以衣食，於名教復圓矣。感叟深惠，立事之後，唯叟所使。"老人曰："吾心也。子治生畢，來歲中元見我於老君雙檜下。"子春以孤孀多寓淮南，遂轉資揚州，買良田百頃，郭中起甲第，要路置邸百餘間，悉召孤孀分居第中。婚嫁甥姪，遷祔族親，恩者煦之，讎者復之。

既畢事，及期而往。老人者方嘯於二檜之陰。遂與登華山雲臺峰，入四十里餘，見一處室屋嚴潔，非常人居。彩雲遙覆，驚鶴飛翔。其上有正堂，中有藥爐，高九尺餘，紫焰光發，灼煥窗戶。玉女九人，環爐而立。青龍白虎，分據前後。其時日將暮，老人者不復俗衣，乃黃冠絳帔士也。持白石三丸、酒一卮遺子春，令速食之。訖，取一虎皮鋪於內西壁，東向而坐。戒曰："慎勿語，雖尊神、惡鬼、夜叉、猛獸、地獄，及君之親屬爲所困縛萬苦，皆非真實。但當不動不語，宜安心莫懼，終無所苦。當一心念吾所言。"言訖而去。

子春視庭，唯一巨甕，滿中貯水而已。道士適去，旌旗戈甲，千乘萬騎，遍滿崖谷，呵叱之聲，震動天地。有一人稱大將軍，身長丈餘，人馬皆着金甲，光芒射人。親衛數百人，皆杖劍張弓，直入堂前，呵曰："汝是何人，敢不避大將軍？"左右竦劍而前，逼問姓名，又問作何物，皆不對。問者大怒，摧斬，爭射之，聲如雷，竟不應。將軍者極怒而去。俄而猛虎、毒龍、狻猊、獅子、蝮蝎萬計，哮吼拏攫而爭前，欲搏噬，或跳過其上。子春神色不動，有頃而散。既而大雨滂澍，雷電晦暝，火輪走其左右，電光掣其前後，目不得開。須臾，庭際水深丈餘，流電吼雷，勢若山川開破，不可制止。瞬息之間，波及坐下。子春端坐不顧。未頃，而將軍者復來，引牛頭獄卒，奇貌鬼神，將大鑊湯而置子春前。長槍兩叉，四面周匝。傳命曰："肯言姓名，即放。不肯言，即當心取叉置之鑊中。"又不應。因執其妻來，拽於階下，指曰："言姓名免之。"又不應。及鞭捶流血，或射或斫，或煮或燒，苦不可忍。其妻號哭曰："誠爲陋拙，有辱君子。然幸得執巾櫛，奉事十餘年矣。今爲尊鬼所執，不勝其苦。不敢望君匍匐拜乞，但得公一言，即全性命矣。人誰無情，君乃忍惜一言！"雨淚庭中，且咒且罵。春終不顧，將軍且曰："吾不能毒汝妻耶？"令取剉碓，從脚寸寸剉之。妻叫哭愈急，竟不顧之。將軍曰："此賊妖術已成，不可使久在世間。"敕左右斬之。

斬訖，魂魄被領見閻羅王，曰："此乃雲臺峰妖民乎？捉付獄中。"於是熔銅、鐵杖、碓擣、磑磨、火坑、鑊湯、刀山、劍樹之苦，無不備嘗。然心念道士之言，亦似可忍，竟不呻吟。獄卒告受罪畢。王曰："此人陰賊，不合得作男，宜令作女人，配生宋州單父縣丞王勸家。"生而多病，針灸藥醫，略無停日。亦嘗墜火墜牀，痛苦不齊，終不失聲。俄而長大，容色絕代，而口無聲，其家目爲啞女。親戚狎者，侮之萬端，終不能對。同鄉有進士盧珪者，聞其容而慕之，因媒氏求焉，其家以啞辭之。盧曰："苟爲妻而賢，何用言矣。亦足以戒長舌之婦。"乃許之，盧生備六禮親迎爲妻。數年，恩情甚篤。生一男，僅二歲，聰慧無敵。盧抱兒與之言，不應，多方引之，終無辭。盧大怒曰："昔賈大夫之妻，鄙其夫，纔不笑。然觀其射雉，尚釋其憾。今吾又不及賈，而文藝非徒射雉也。而竟不言。大丈夫爲妻所鄙，安用其子。"乃持兩足，以頭撲於石上，應手而碎，血濺數步。子春愛生於心，忽忘其約，不覺失聲云："噫。"噫聲未息，身坐故處，道士者亦在其前，初五更矣。見其紫焰穿屋上，大火起四合，屋室俱焚。

　　道士歎曰："措大誤余乃如是！"因提其髮投水甕中。未頃，火息。道士前曰："吾子之心，喜怒哀懼惡欲皆忘矣。所未臻者，愛而已。向使子無噫聲，吾之藥成，子亦上仙矣。嗟乎，仙才之難得也！吾藥可重煉，而子之身猶爲世界所容矣。勉之哉！"遙指路使歸。子春強登基觀焉，其爐已壞。中有鐵柱大如臂，長數尺。道士脫衣，以刀子削之。子春既歸，愧其忘誓。復自効以謝其過。行至雲臺峰，絕無人跡，歎恨而歸。

《太平廣記》四十四引《河東記‧蕭洞玄》一條云：

　　王屋靈都觀道士蕭洞玄，志心學鍊神丹，積數年，卒無所就。

無何，遇神人授以《大還祕訣》曰："法盡此耳。然更須得一同心者，相爲表裏，然後可成。盍求諸乎！"洞玄遂周遊天下，歷五嶽四瀆，名山異境，都城聚落，人跡所轢，罔不畢至。經十餘年，不得其人。

至貞元中，洞玄自浙東抵揚州，至廡亭埭維舟於逆旅主人。於時舳艫萬艘，隘於河次，堰開争路，上下衆船相軋者移時，舟人盡力擠之。見一人船頓蹙其右臂，且折，觀者爲之寒慄。其人顏色不變，亦無呻吟之聲，徐歸船中，飲食自若。洞玄深嗟異之。私喜曰："此豈非天佑我乎？"問其姓名，則曰"終無爲"。因與交結，話道欣然。遂不相捨，即俱之王屋。洞玄出《還丹祕訣》示之，無爲相與揣摩。更終二三年，修行備至。洞玄謁無爲曰："將行道之夕，我當作法護持，君當謹守丹竈，但至五更無言，則攜手上昇矣。"無爲曰："我雖無他術，至於忍斷不言，君所知也。"遂十日設壇場，焚金鑪，飾丹竈，洞玄遶壇行道步虛，無爲於藥竈前端拱而坐，心誓死不言。

一更後，忽見兩道士，自天而降，謂無爲曰："上帝使問爾要成道否？"無爲不應。須臾又見群仙，自稱王喬、安期等，謂曰："適來上帝使左右問爾所謂，何得不對？"無爲亦不言。有頃見一女人，年可二八，容華端麗，音韻幽閑，綺羅繽紛，薰灼動地，盤旋良久，調戲無爲，無爲亦不顧。俄然有虎狼猛獸十餘種類，哮叫騰擲，張口向無爲，無爲亦不動。有頃，見其祖考父母先亡眷屬等，並在其前，謂曰："汝見我何得無言？"無爲涕淚交下而終不言。俄見一夜叉，身長三丈，目如電矰，口赤如血，朱髮植竿，鋸牙鉤爪，直衝無爲，無爲不動。既而有黃衫人領二手力至，謂無爲曰："大王追不願行，但言其故即免。"無爲不言。黃衫人即叱二手力可拽去，無爲不得已而隨之。須臾至一府署，云是平等王，南面凭几，威儀甚嚴，厲聲謂無爲曰："爾未合至此，若能一言自辯，即放爾迴。"無爲不對。平等王又令引向獄中，看諸受罪者，慘毒痛楚，萬狀千名。既迴，仍謂之曰："爾若不言，便入此中矣。"無爲心雖恐懼，終亦不言。平等王曰："即令別受生，不得放歸本處。"

無爲自此心迷，寂無所知。俄然復覺其身，託生於長安貴人王氏家，初在母胎，猶記宿誓不言。旣生，相貌具足，唯不解啼。三日、滿月，其家大會親賓，廣張聲樂，乳母抱兒出，衆中遞相憐撫，父母相謂曰："我兒他日必是貴人。"因名曰貴郎。聰慧日甚，只不解啼，纔及三歲，便行，弱不好弄。至五六歲，雖不能言，所爲雅有高致。十歲操筆即成文章，動靜嬉遊，必盈紙墨。旣及弱冠，儀形甚都，舉止雍雍，可爲人表。然自以瘖瘂，不肯入仕。其家富比王室，金玉滿堂，婢妾歌鐘，極於奢侈。年二十六，父母爲之娶妻，妻亦豪家，又絕代姿容，工巧伎樂，無不妙絕。貴郎官名慎微，一生自矜快樂，娶妻一年，生一男，端敏惠黠，略無倫比。慎微愛念，復過常情。一旦妻及慎微，俱在春庭遊戲，庭中有盤石，可爲十人之坐。妻抱其子在上，忽謂慎微曰："觀君於我，恩愛甚深，今日若不爲我發言，便當撲殺君兒。"慎微爭其子不勝，妻舉手向石撲之，腦髓迸出。慎微痛惜撫膺，不覺失聲驚駭。恍然而寤，則在丹竈之前；而向之盤石，乃丹竈也。時洞玄壇上法事方畢，天欲曉矣。俄聞無爲歎息之聲，忽失丹竈所在。二人相與慟哭，即更鍊心修行。後亦不知所終。

張老

據太平廣記校錄

張老者，揚州六合縣園叟也。其鄰有韋恕者，梁天監中自揚州曹掾秩滿而來。有長女，旣笄，召里中媒媼令訪良壻。張老聞之，喜而候媒於韋門。媼出，張老固延入，且備酒食。酒闌，謂媼曰："聞韋氏有女，將適人，求良才於媼，有之乎？"曰："然。"曰："某誠衰邁，灌園之業，亦可衣食。幸爲求之，事成厚謝。"媼大罵而去。他日又邀媼。媼曰："叟何不自度。豈有衣冠子女，肯嫁園叟耶？此家誠貧，士大夫家之敵者，不少。顧叟非匹，吾安能爲叟一杯酒，乃取辱於韋氏？"叟固曰："強爲吾一言之。言不從，即吾命也。"媼不得已，冒責而入言之。韋氏大怒曰："媼以我貧，輕我乃如是！且韋家焉有此事。況園叟何人，敢發此議？叟固不足責，媼何無別之甚耶？"媼曰："誠非所宜言。爲叟所逼，不得不達其意。"韋怒曰："爲我報之，令日内得五百緡則可。"媼出以告張老，乃曰："諾。"未幾，車載納於韋氏。諸韋大驚曰："前言戲之耳。且此翁爲園，何以致此？吾度其必無而言之。今不移時而錢到，當如之何？"乃使人潛候其女。女亦不恨。乃曰："此固命乎。"遂許焉。

張老既取韋氏，園業不廢。負穢钁地，鬻蔬不輟，其妻躬執爨濯，了無怍色。親戚惡之，亦不能止。數年，中外之有識者，責恕曰："君家誠貧，鄉里豈無貧子弟，奈何以女妻園叟，既棄之，何不令遠去也？"他日，恕置酒召女及張老，酒酣，微露其意。張老起曰："所以不即去者，恐有留念。今既相厭，去亦何難。某王屋山下有一小莊，明旦且歸耳。"天將曙，來别韋氏："他歲相思，可令大兄往天壇山南相訪。"遂令妻騎驢戴笠，張老策杖相隨而去，絕無消息。

後數年，恕念其女，以爲蓬頭垢面，不可識也。令其男義方訪之。到天壇南，適遇一崑崙奴，駕黄牛耕田。問曰："此有張老家莊否？"崑崙投杖拜曰："大郎子，何久不來。莊去此甚近，某當前引。"遂與俱東去。初上一山，山下有水，過水，連綿凡十餘處，景色漸異，不與人間同。忽下一山，水北朱户甲第，樓閣參差，花木繁榮，烟雲鮮媚，鸞鶴孔雀，徊翔其間，歌管寥亮耳目。崑崙指曰："此張家莊也。"章驚駭不測。

俄而及門，門有紫衣人吏，拜引入廳中。鋪陳之華，目所未睹，異香氳氳，遍滿崖谷。忽聞珠佩之聲漸近，二青衣出曰："阿郎來此。"次見十數青衣，容色絕代，相對而行，若有所引。俄見一人戴遠游冠，衣朱綃，曳朱履，徐出門。一青衣引韋前拜。儀狀偉然，容色芳嫩。細視之，乃張老也。言曰："人世勞苦，若在火中。身未清凉，愁焰又熾，而無斯須泰時。兄久客寄，何以自娛？賢妹略梳頭，即當奉見。"因揖令坐。未幾，一青衣來曰："孃子已梳頭畢。"遂引入見妹於堂前。其堂沉香為梁，玳瑁帖門，碧玉窗，珍珠箔，階砌皆冷滑碧色，不辨其物。其妹服飾之盛，世間未見。略叙寒暄，問尊長而已，意甚卤莽。有頃進饌，精美芳馨，不可名狀。食訖，館韋於內廳。

明日方曙，張老與韋生坐，忽有一青衣附耳而語。張老笑曰："宅中有客，安得暮歸。"因曰："小妹暫欲遊蓬萊山，賢妹亦當去。然未暮即歸，兄但憩此。"張老揖而入。俄而五雲起於庭中，鸞鳳飛翔，絲竹並作。張老及妹，各乘一鳳，餘從乘鶴者十數人，漸上空中，正東而去。望之已沒，猶隱隱聞音樂之聲。韋君在後，小青衣供侍甚謹。迨暮，稍聞笙簧之音，倏忽復到。及下於庭，張老與妻見韋曰："獨居大寂寞，然此地神仙之府，非俗人得游。以兄宿命，合得到此。然亦不可久居，明日當奉別耳。"及時，妹復出別兄，殷勤傳語父母而已。張老曰："人世迢遠，不及作書。"奉金二十鎰，並與一故席帽曰："兄若無錢，可於揚州北邸賣藥王老家取一千萬，持此為信。"遂別，復令崑崙奴送出。却到天壇，崑崙奴拜別而去。

韋自荷金而歸，其家驚訝問之。或以為神仙，或以為妖妄，不知所謂。五六年間，金盡，欲取王老錢，復疑其妄。

或曰："取爾許錢不持一字，此帽安足信。"旣而困極，其家強逼之曰："必不得錢，亦何傷。"乃往揚州，入北邸，而王老者，方當肆陳藥。韋前曰："叟何姓？"曰："姓王。"韋曰："張老令取錢一千萬，持此帽爲信。"王曰："錢即實有，席帽是乎？"韋曰："叟可驗之，豈不識耶？"王老未語，有小女出青布幃中，曰："張老常過，令縫帽頂，其時無皂綫，以紅綫縫之。綫色手踪，皆可自驗。"因取看之，果是也，遂得載錢而歸。乃信真神仙也。

其家又思女，復遣義方往天壇南尋之。到即千山萬水，不復有路。時逢樵人，亦無知張老莊者。悲思浩然而歸。舉家以爲仙俗路殊，無相見期。又尋王老，亦去矣。後數年，義方偶遊揚州，閒行北邸前，忽見張家崑崙奴前曰："大郎家中何如？孃子雖不得歸，如日侍左右。家中事無巨細，莫不知之。"因出懷金十斤以奉曰："孃子令送與大郎君。阿郎與王老會飲於此酒家。大郎且坐，崑崙當入報。"義方坐於酒旗下，日暮不見出，乃入觀之，飲者滿坐，坐上並無二老，亦無崑崙。取金視之，乃真金也。驚歎而歸，又以供數年之食。後不復知張老所在。

按《杜子春》《張老》二則，宋臨安書棚本不載，蓋佚文也。今據《太平廣記》卷十六校錄。唐時佛道思想，遍播士流，故文學亦受其影響。《杜子春》一篇，意在斷絕七情；此文極言仙凡之別。皆受佛道思想所薰化者也。《廣記》神仙門，類此者尚多，旨趣從同，今不備錄云。

紀聞

牛肅撰

按《紀聞》十卷，唐牛肅撰。《唐志》著錄子部小説家類，《宋志》同，惟下有"崔造注"三字，則知牛氏此書盛傳於唐宋之間，且有注也。今書已散佚，惟《太平廣記》採入若干條。其書多紀開元、乾元間徵應及神怪異聞。《廣記》引書，只存書名，不著撰者姓名。但其書通例，凡採用前代各書，年號上輒加國號。有涉及撰者事實，則加撰者姓名。如《晉陽妾》一條（一百二十九）曰："唐牛肅舅之尉晉陽。"又《牛肅女》一條（二百七十一）曰："牛肅女曰應貞。"二條下皆注出《紀聞》（紀誤記）。其曰唐牛肅舅、牛肅女者，皆爲本書所無，而《廣記》增加者。據此則《廣記》所引之《紀聞》，其爲牛氏書，當無疑也。今其書既不存，而金陵龍蟠里圖書館藏有鈔本《牛肅紀聞》十卷，爲丁氏善本書室舊藏，亦從《廣記》輯出，非其舊也。牛肅生平他無可考。《廣記》徵引各篇，亦但紀本事，不涉及作者生平踪跡，如皇甫枚《三水小牘》、李復言《續玄怪錄》之例，遂至里閈官職，無從稽考。所可知者，但知有女曰應貞，適弘農楊唐源而已。惟其書既紀肅宗時事，或爲貞元元和間人。《廣記》所引《吳保安》《牛應貞》諸條，文辭斐然，至可玩味。而吳保安事，宋祁修《唐書》，至採其事以入《忠義傳》(《唐書》一百九十一）。清嘉慶間，亦採郭仲翔、吳保安往來書牘，入《全唐文》（三百五十八）。則是牛氏此書，雖爲小説家言，然其遺文軼事，頗足以備史乘存文獻，又未可以猥瑣誕妄視之也。今據《廣記》錄出數條，亦治唐稗者所宜玩索者也。

牛應貞
據《太平廣記》校錄

　　長女曰應貞，適弘農楊唐源。少而聰穎，經耳必誦。年十三，凡誦佛經二百餘卷，儒書子史又數百餘卷，親族驚異之。初，應貞未讀《左傳》，方擬授之，而夜初眠中，忽誦《春秋》。起"惠公元妃、孟子卒"，終"智伯貪而愎，故韓、魏反而喪之"。凡三十卷，一字無遺，天曉而畢。當誦時，若不教之者，或相酬和。其父驚駭，數呼之，都不答。誦已而覺。問何故，亦不知。試令開卷，則已精熟矣。著文章百餘首。後遂學窮三教，博涉多能。每夜中眠熟，與文人談論，文人皆古之知名者，往來答難。或稱王弼、鄭玄、王衍、陸機，辯論烽起；或論文章、談名理，往往數夜不已。年二十四而卒。

　　今採其文《魍魎問影賦》著於篇。其序曰："庚辰歲，予嬰沈痛之疾，不起者十旬。毀頓精神，羸悴形體，藥物救療，有加無瘳。感莊子有魍魎責影之義，故假之為賦，庶解疾焉。魍魎問於予影曰：'君英達之人，聰明之子，學包六藝，文兼百氏。賾道家之祕言，探釋部之幽旨。既虔恭於中饋，又希慕於前史。不矯枉以干名，不毀物而成己。伊淑德之如此，即精神之足恃。何故羸厥姿貌，沮其精神，煩冤枕席，憔悴衣巾？子惟形兮是寄，形與子兮相親。何不誨之以崇德，而教之以自倫？異萊妻之樂道，殊鴻婦之安貧？豈痼疾而無生賴，將微賤而欲忘身？今節變歲移，臘終春首，照晴光於郊甸，動暄氣於梅柳，水解凍而繞軒，風扇和而入牖。固可躅憂釋疾，怡神養壽。何默爾無營，自貽伊咎？'僕於是勃然而應曰：'子居於無人之域，遊乎魑魅之鄉。形既圖於夏鼎，名又著於蒙莊。何所見之不博？何所談之不長？夫影依日而生，像因人而見。豈言談之足曉？何節物之能辨？隨晦明以興滅，逐形骸以遷變。以愚夫畏影，而蒙鄙之性以彰；智者視陰，而遲暮之心可見。伊美惡兮由己，影何辜而遇譴。且予聞至道之精窈兮冥，至道之極昏兮默。達人委性命之修短，君子任時運之通塞。悔吝不能纏，榮耀不能惑。喪之不以爲喪，得之不以爲得。君子何乃怒予之不賞芳春，責予之不貴華飾？且吾之秉操，奚子智之能測？'言未卒，魍魎惕然而驚，欷而起曰：'僕生於絕域之外，長於荒遐之境。未曉智者之處身，是以造君而問影。既談玄之至妙，請終身以藏屛。'"初，應貞夢製書而食之，每夢食數十卷，則文體一變，如是非一，遂工爲賦頌。文名曰《遺芳》。

按《太平廣記》二百七十一引此文，題曰《牛肅女》，而下注出《紀聞》。惟標題與篇首牛肅二字，當非《紀聞》所有，編《廣記》時所增加耳。此文雖據《廣記》校錄，然增改顯然者，酌爲改易，以復舊觀。明人《五朝小說》亦題爲《牛應貞傳》，而撰人下署宋若昭，《說薈》因之，不知何據。明人編次唐稗，喜妄題撰人，此亦一例也。

吳保安
據太平廣記校錄

吳保安，字永固，河北人，任遂州方義尉。其鄉人郭仲翔，即元振從姪也。仲翔有才學，元振將成其名宦。會南蠻作亂，以李蒙爲姚州都督，帥師討焉。蒙臨行，辭元振。元振乃見仲翔，謂蒙曰："弟之孤子，未有名宦，子姑將行，如破賊立功，某在政事，當接引之，俾其縻薄俸也。"蒙諾之。仲翔頗有幹用，乃以爲判官，委之軍事。至蜀。

保安寓書於仲翔曰："幸共鄉里，籍甚風猷，雖曠不展拜，而心常慕仰。吾子國相猶子，幕府碩才，果以良能，而受委寄。李將軍秉文兼武，受命專征，親縮大兵，將平小寇。以將軍英勇，兼足下才能，師之克殄，功在旦夕。保安幼而嗜學，長而專經，才乏兼人，官從一尉。僻在劍外，地邇蠻陬，鄉國數千，關河阻隔，況此官已滿，後任難期。以保安之不才，厄選曹之格限，更思微祿，豈有望焉。將歸老邱園，轉死溝壑。側聞吾子急人之憂，不遺鄉曲之情，忽垂特達之眷，使保安得執鞭弭，以奉周旋。錄及細微，薄露功效。承茲凱入，得預末班。是吾子邱山之恩，即保安銘鏤之日。非敢望也，願爲圖之。唯照其款誠而寬其造次。專策駑蹇，以望招攜。"仲翔得書，深感之。即言於李將軍，召爲管記。未至而蠻賊轉逼。李將軍至姚州，與戰破之。乘勝深入蠻，覆而敗之。李身死軍沒，仲翔爲虜。蠻夷利漢財物，其没落者，皆通音耗，令其家贖之，人三十匹。

保安既至姚州，適值軍沒，遲留未返。而仲翔於蠻中間關致書於保安曰："永固（保安之字）無恙。頃辱書未報，值大軍已發，深入賊庭，果逢撓敗。李公戰沒，吾爲囚俘。假息偷生，天涯地角。顧身世已矣，念鄉國窅然。才謝鍾儀，居然受縶；身非箕子，日見爲奴。海畔牧羊，有類於蘇武；宮中射鴈，寧期於李陵。吾自陷蠻夷，備嘗艱苦，肌膚毀剔，血淚滿池。生人至艱，吾身盡受。以中華世族，爲絕域窮囚。日居月諸，暑退寒襲，思老親於舊國，望松檟於先塋，忽忽發狂，膈臆流慟，不知涕之無從！行路見吾，猶爲傷慜。吾與永固，雖未披款，而鄉里先達，風味相親，想睹光儀，不離夢寐。昨蒙枉問，承間便言。李公素知足下才名，則請為管記。大軍去遠，足下來遲。乃足下自後於戎行，非僕遺於鄉曲也。足下門傳餘慶，天祚積善，果事期不入，而身名並全。向若早事麾下，同參幕府，則絕域之人，與僕何異。吾今在厄，力屈計窮，而蠻俗沒留，許親族往贖。以吾國相之侄，不同衆人，仍苦相邀，求絹千匹。此信通聞，仍索百縑。願足下早附白書，報吾伯父。宜以時到，得贖吾還。使亡魂復歸，死骨更肉，唯望足下耳。今日之事，請不辭勞苦。吾伯父已去廟堂，難可諮啓。即願足下親脫石父，解夷吾之驂；往贖華元，類宋人之事。濟物之道，古人猶難。以足下道義素高，名節特著，故有斯請，而不生疑。若足下不見哀矜，猥同流俗，則僕生為俘囚之豎，死則蠻夷之鬼耳，更何望哉！已矣，吳君，無落吾事！"保安得書，甚傷之。

時元振已卒，保安乃為報，許贖仲翔。仍傾其家，得絹二百疋，往，因住巂州，十年不歸。經營財物，前後得絹七百疋，數猶未至。保安素貧窶，妻子猶在遂州。貪贖仲翔，遂與家絕。每於人有得，雖尺布升粟，皆漸而積之。後妻子飢寒，不能自立。其妻乃率弱子，駕一驢自往瀘南，求保安所在。於途中糧盡，猶去姚州數百。其妻計無所出，因哭於路左，哀感行人。時姚州都督楊安居乘驛赴郡，見保安妻哭，異而訪之。妻曰："妾夫遂州方義尉吳保安，以友人沒蕃，丐而往贖。因住姚州，棄妾母子，十年不通音問。妾今貧苦，往尋保安。糧乏路長，是以悲泣。"安居大奇之，謂曰："吾前至驛，當候夫人，濟其所乏。"既至驛，安居賜保安妻錢數千，給乘令進。

安居馳至郡，先求保安，見之。執其手升堂，謂保安曰：

"吾常讀古人書,見古人行事,不謂今日親睹於公。何分義情深,妻子意淺,捐棄家室,求贖友朋,而至是乎!吾見公妻來,思公道義,乃心勤忮,願見顏色。吾今初到,無物助公,且於庫中假官絹四百匹,濟公此用。待友人到後,吾方徐爲填還。"保安喜。取其絹,令蠻中通信者持往,向二百日,而仲翔至姚州。形狀憔悴,殆非人也。方與保安相識,語相泣也。安居曾事郭尚書,則爲仲翔洗沐賜衣裝,引與同坐宴樂之。安居重保安行事,甚寵之。

於是令仲翔攝治下尉。仲翔久於蠻中,且知其款曲,則使人於蠻洞市女口十人,皆有姿色。旣至,因辭安居歸北,且以蠻口贈之。安居不受,曰:"吾非市井之人,豈待報耶!欽吳生分義,故因人成事耳。公有老親在北,且充甘膳之資。"仲翔謝曰:"鄙身得還,公之恩也;微命得全,公之賜也。翔雖瞑目,敢忘大造。但此蠻口,故爲公求來。公今見辭,翔以死請。"安居難違,乃見其小女曰:"公旣頻繁有言,不敢違公雅意。此女最小,常所鍾愛。今爲此女受公一小口耳。"因辭其九人。而保安亦爲安居厚遇,大獲資糧而去。

仲翔到家,辭親凡十五年矣。却至京,以功授蔚州錄事參軍。則迎親到官。兩歲,又以優授代州戶曹參軍。秩滿,內憂,葬畢,因行服墓次,乃曰:"吾賴吳公見贖,故能拜職養親。今親殁服除,可以行吾志矣。"乃行求保安,而保安自方義尉選授眉州彭山丞,仲翔遂至蜀訪之。保安秩滿,不能歸,與其妻皆卒於彼,權窆寺內。仲翔聞之,哭甚哀。因製縗麻,環絰加杖,自蜀郡徒跣,哭不絕聲。至彭山,設祭酹畢。乃出其骨,每節皆墨記之(墨記骨節,書其次第,恐葬斂時有失之也),盛於練囊。又出其妻骨,亦墨記,貯於竹籠，而徒跣親負之，徒行數千里，至魏郡。保安有一子，仲翔愛之如弟。於是盡以家財二十萬厚葬保安，仍刻石頌美。仲翔親廬其側，行服三年。既而爲嵐州長史，又加朝散大夫。攜保安子之官，爲娶妻，恩養甚至。仲翔德保安不已，天寶十二年，詣闕，讓朱紱及官於保安之子以報。時人甚高之。

　　初仲翔之没也，賜蠻首爲奴，其主愛之，飲食與其主等。經歲，仲翔思北，因逃歸，追而得之，轉賣於南洞。洞主嚴惡，得仲翔苦役之，鞭笞甚至。仲翔棄而走，又被逐得，更賣南洞中，其洞號菩薩蠻。仲翔居中，經歲，困厄復走。蠻又追而得之，復賣他洞。洞主得仲翔，怒曰：“奴好走，難禁止邪？”乃取兩板，各長數尺，令仲翔立於板，以釘其足背釘之，釘達於木。每役使常帶二木行。夜則納地檻中，親自鏁閉。仲翔二足，經數年，瘡方愈。木鏁地檻，如此七年。仲翔初不堪其憂。保安之使人往贖也，初得仲翔之首主，展轉爲取之，故仲翔得歸焉。

　　按吳保安事盛傳於時，此傳當爲實錄。《太平廣記》一百六十六引之。宋祁撰《唐書》曾採其事，入《唐書·忠義傳》，文可互參。特錄存於此云。

《唐書》一百九十一云：

　　吳保安，字永固，魏州人。氣挺特不俗。睿宗時，姚雋蠻叛，拜李蒙爲姚州都督。宰相郭元振以弟之子仲翔託蒙，蒙表爲判官。時保安罷義安尉，未得調。以仲翔里人也，不介而見，曰：“願因子得事李將軍可乎？”仲翔雖無雅故，哀其窮，力薦之，蒙表掌書記。保安後往，蒙已深入，與蠻戰没，仲翔被執。蠻之俘華人，必厚責財，乃肯贖。聞仲翔貴胄也，求千縑。會元振物故，保安留巂州，營贖仲翔，苦無資。乃力居貨，十年，得縑七百。妻子客遂州，間關求保安所在，困姚州不能進。都督楊安居知狀，異其故，資以行。求保安得之，引與語曰："子棄家急朋友之患，至是乎！吾請貸官貲，助子之乏。"保安大喜，即委縑於蠻，得仲翔以歸。始仲翔爲蠻所奴，三逃三獲，乃轉鬻遠酋，酋嚴遇之，晝役夜囚，役凡十五年，乃還。安居亦丞相故吏，嘉保安之義，厚禮仲翔，遺衣服儲用。檄領近縣尉，久乃調蔚州錄事參軍，以優遷代州户曹。母喪，服除，喟曰："吾賴吳公生吾死，今親没，可行其志。"乃求保安。於時保安以彭山丞客死，其妻亦没，喪不克歸。仲翔爲服縗絰，囊其骨，徒跣負之，歸葬魏州。廬墓三年，乃去。後爲嵐州長史，迎保安子，爲娶，而讓以官。

集異記

薛用弱撰

按《集異記》三卷，唐薛用弱撰。《唐志》著錄入子部小説家類。《宋志》同，但作一卷。晁公武《郡齋讀書志》小説類《集異記》二卷，云："唐薛用弱撰集隋唐間譎異奇詭之事。一題《古異記》，首載徐佐卿化鶴事。"馬氏《文獻通考》同。據此，則薛氏此書，固盛傳於唐宋之間，惟卷帙互異耳。清《四庫全書總目》收《集異記》一卷，稱"記凡十六條，首載徐佐卿事，與《晁志》同"。（見《總目》一百四十二）然考明顧元慶《文房小説》重鎸宋本《集異記》二卷，亦只十六條，首載徐佐卿化鶴事，與《四庫》著錄一卷本正合。則是薛氏此書，唐宋以來，雖有卷帙多寡之殊，其原書固無損也。

《唐志》稱："薛用弱，字中勝。長慶光州刺史。"唐末，皇甫枚《三水小牘》稱："薛用弱於太和初，自儀曹出守弋陽。爲政嚴而不殘。"其生平官階行事，可考者只此。是薛氏於長慶太和之間，亦嘗徊翔中外，固以文士而兼良吏者也。此書雖爲小説家言，然唐宋以來，其所以流傳不廢者，實以文辭雅飾，搜奇述異，雋永可觀。其中如徐佐卿、蔡少霞、王右丞、王渙之諸條，詞人援引，遂成典實。固唐人小説中之魁壘也。《太平廣記》採入頗多，惟字句時有删削，已非其舊。至明清通行之本，如《五朝小説》《唐人説薈》之類，譌誤益多。今據顧氏《文房小説》本摘出五條，俾窺一斑。顧本闕誤，則用《廣記》補校，而仍分注於各條之下云。

徐佐卿
據顧氏文房小説本集異記校錄

　　明皇天寶十三載重陽日，獵於沙苑。雲間有孤鶴徊翔焉。上親御弧矢，一發而中。其鶴則帶箭徐墜，將及地丈許，欻然矯翰，西南而逝，萬衆極目，良久乃滅。

　　益州城距郭十五里，有明月觀焉。依山臨水，松桂深寂。道流非修習精愨者，莫得而居。觀之東廊第一院，尤爲幽絕。每有自稱青城道士徐佐卿者，風局清古，一歲率三四而至焉。觀之耆舊，因虛其院之正堂，以俟其來。而佐卿至則棲焉，或三五日，或旬朔，言歸青城，甚爲道流之所傾仰。一日忽自外至，神爽不怡，謂院中人曰："吾行山中，偶爲飛矢所加，尋已無恙矣。然此箭非人間所有，吾留之於壁上，後年箭主到此，即宜付之，慎無墜失。"仍援毫記壁云："留箭之時，則十三載九月九日也。"及玄宗避狄幸蜀。暇日命駕行遊，偶至斯觀，樂其佳景，因遍幸道室。既入此堂，忽睹挂箭，則命侍臣取而玩之，蓋御箭也。深異之，因詢觀之道士，皆以實對。即是佐卿所題，乃前歲沙苑縱畋之日也，佐卿蓋中箭孤鶴耳。究其題，乃沙苑翻飛，當日集於斯歟。上大奇之，因收其箭而寶焉。自後蜀人亦無復有逢佐卿者矣。

　　按《太平廣記》三十六引此文，下注出《廣德神異錄》，不云出《集異記》。此據明顧元慶《文房小説》校錄，顧氏以宋本重刻。其書與宋晁公武《讀書志》所稱首載徐佐卿化鶴事合。知仍是宋時舊本也。

蔡少霞
據顧氏文房小説本集異記校錄

蔡少霞者，陳留人也。性情恬和，幼而奉道。早歲明經得第，選蘄州參軍，秩滿，漂寓江淮者久之。再授兗州泗水丞。遂於縣東二十里，買山築室，爲終焉之計。居處深僻，俯近龜蒙，水石雲霞，境象殊勝。少霞世累早祛，尤諧夙尚。於一日沿溪獨行，忽得美蔭，因就憩焉。神思昏然，不覺成寐。因爲褐衣鹿幘人之夢中召去。隨之遠遠，乃至城郭處所。碧天虛曠，瑞日曈曨，人俗潔清，卉木鮮茂。少霞舉目移足，惶惑不寧。即被導之令前，經歷門堂，深邃莫側。遙見玉人，當軒獨立。少霞遽修敬謁，玉人謂曰："憨子虔心，今宜領事。"少霞靡知所謂。復爲鹿幘人引至東廊，止於石碑之側，謂少霞曰："召君書此，賀遇良因。"少霞素不工書，即極辭讓。鹿幘人曰："但按文而錄，胡乃拒違。"俄有二青僮，自北而至。一捧牙箱，內有兩幅紫絹文書；一賫筆硯，即付少霞曰："法此而寫。"少霞凝神搦管，頃刻而畢。因覽讀之，已記于心矣。題云：蒼龍溪新宮銘，紫陽真人山玄卿撰。

良常西麓，源澤東瀉。新宮宏宏，崇軒轢轢。雕珉盤礎，鏤檀竦榮。璧瓦鱗差，瑤階肪截。閣凝瑞霧，樓橫祥霓。騶虞巡徼，昌明捧闑。珠樹規連，玉泉矩洩。靈飆遝集，聖日俯晰。太上游儲，無極便闕。百神守護，諸真班列。仙翁鵠駕，道師冰潔。飲玉成漿，饌瓊爲屑。桂旗不動，蘭屋互設。妙樂竟臻，流鈴間發。天籟虛徐，風簫泠澈。鳳歌諧律，鶴舞會節。三變玄雲，九成絳闕。易遷虛語，童初浪說。如毀乾坤，自有日月。

清寧二百三十一年四月十二日建

於是少霞方更周視，遂爲鹿幘人促之，忿邌而返，醒然遂寤。急命紙筆，登即紀錄。自是兖豫好奇之人，多詣少霞，詢訪其事。有鄭還古者，爲立傳焉。用弱亦常至其居，就求第一本視之，筆迹宛有書石之態。少霞無文，乃孝廉一叟耳。固知其不妄矣。少霞爾後修道尤劇。元和末，已云物故。

按《太平廣記》五十五引此文，注出《集異記》，惟字句互有異同。其尤顯然者，則《廣記》本於銘辭末段"童初浪說"句下闕二十六字，篇末"爲立傳焉"句下又闕二十二字，"固知其不妄矣"句下又闕十五字。《廣記》嘗删節舊文，惟"童初浪說"句下銘詞，語意未完，似不可節，是脱漏而非删節也。本篇據《文房小説》校錄，較《廣記》本爲勝。宋洪邁《容齋隨筆》卷十三東坡《羅浮詩》一條，稱東坡遊羅浮山，作詩《示叔黨》，其末云："'負書從我盍歸去，群仙正草《新宮銘》；汝應奴隸蔡少霞，我亦季孟山玄卿。'坡自注曰：'唐有梵書《新宮銘》者，云紫陽真人山玄卿撰，其略曰："良常西麓，原澤東泄。新宮宏宏，崇軒轣轆。"又有蔡少霞者，夢人遣書碑銘曰："公昔乘魚車，今履瑞雲。躅空仰塗，綺輅輪囷。"其末題云："五雲書閣吏蔡少霞。"'予按唐小説薛用弱《集異記》載蔡少霞夢人召去，令書碑，題云：蒼龍溪新宮銘，紫陽真人山玄卿撰。其詞三十八句，不聞有五雲閣吏之說。魚車瑞雲之語，乃《逸史》所載陳幼霞事，云：'蒼龍溪主歐陽某撰。'蓋坡公誤以幼霞爲少霞耳。玄卿之文，嚴整高妙，非神仙中人嵇叔夜、李太白之流，不能作也。"云云。容齋訂正坡公自注之誤，與其評品之言，可謂碻切。此銘在唐人小説中，自屬奇作，後人摹擬，汗流莫及。容齋亦嘗作《廣州三清殿碑銘詩》，凡四十句，刻意效颦，當爲宋人高手。然細加把玩，面貌頗近，精警則遜。容齋已自有"讀者或許之，終不能近"之語，則杜公所謂"文章千古事，得失寸心知"者也。今錄存於下，俾便互參云。

宋洪邁《廣州三清殿碑銘》曰：
天池北阯，越嶺東麓。銀宮旗旗，瑤殿矗矗。陛納九齒，闔披四目。楯角儲清，簷牙衺綀。雕楣甜間，鏤楹熠煜。元尊端拱，泰上秉籙。繡黼周張，神光晬穆。寶帳流黃，溫幰結綠。翠鳳千旗，紫霓溜褥。星伯振鷺，仙翁立鵠，昌明侍几，眉連捧蘀。月節下墮，曦輪旁燭。凍雨清塵，喬雲散縠。鈞籟虛徐，流鈴祿續。童初渟濙，勾漏蓄縮。嶽君有衡，海帝維鯈。中邊呵護，時節朝宿。飆母淪威，虐妃謝毒。丹厓罷徹，赤子蒙福。億齡聖壽，萬世宋籙。

王維

據顧氏文房小說本集異記校錄

又據太平廣記校補

　　王維右丞，年未弱冠，文章得名。性嫺音律，妙能琵琶，遊歷諸貴之間，尤爲岐王之所眷重。時進士張九皋，聲稱籍甚。客有出入於公主之門者，爲其致公主邑司牒京兆試官，令以九皋爲解頭。維方將應舉，具其事言於岐王，仍求庇借。岐王曰："貴主之強，不可力爭。吾爲子畫焉。子之舊詩清越者，可錄十篇；琵琶之新聲怨切者，可度一曲。後五日當詣此。"維即依命，如期而至。岐王謂曰："子以文士，請謁貴主，何門可見哉？子能如吾之教乎？"維曰："謹奉命。"岐王則出錦繡衣服，鮮華奇異，遣維衣之，仍令齎琵琶，同至公主之第。

　　岐王入曰："承貴主出內，故攜酒樂奉讌。"即令張筵，諸伶旅進。維妙年潔白，風姿都美，立於前行。公主顧之，謂岐王曰："斯何人哉？"答曰："知音者也。"即令獨奏新曲，聲調哀切，滿座動容。公主自詢曰："此曲何名？"維起曰："號《鬱輪袍》。"公主大奇之。岐王曰："此生非止音律，至於詞學，無出其右。"公主尤異之，則曰："子有所爲文乎？"維即出獻懷中詩卷。公主覽讀，驚駭曰："皆我素所誦習者。常謂古人佳作，乃子之爲乎？"因令更衣，昇之客右。維風流蘊藉，語言諧戲，大爲諸貴之所欽矚。岐王因曰："若使京兆今年得此生爲解頭，誠爲國華矣。"公主乃曰："何不遣其應舉？"岐王曰："此生不得首薦，義不就試，然已承貴主論託張九皋矣。"公主曰："何預兒事，本爲他人所託。"顧謂維曰："子誠取解，當爲子力。"維起謙謝。公主則召試官至第，遣宮婢傳教。維遂作解頭而一舉登第（《文房小説·集異記》本條止此）矣。及爲太樂丞，爲伶人舞《黃師子》，坐出官。《黃師子》者，非一人不舞也。

　　天寶末，祿山初陷西京。維及鄭虔、張通等皆處賊庭。泊尅復，俱囚於宣陽里楊國忠舊宅。崔圓因召於私第，令畫數壁。當時皆以圓勳貴無二，望其救解。故運思精巧，頗絕其藝。後由此事，皆從寬典，至於貶黜，亦獲善地。今崇義里竇丞相易直私第，即圓舊宅也，畫尚在焉。維累爲給事中，祿山授以僞官。及賊平，兄縉爲北都副留守，請以己官爵贖之，由是免死。累爲尚書右丞。於藍田置別業，留心釋典焉。（據《太平廣記》補錄）

　　按此文據《顧氏文房小説·集異記》校錄。《太平廣記》一百七十九亦引之，下注出《集異記》。篇末"一舉登第"句下，多出一百八十字，爲《集異記》所無，今據以校補。王維，兩《唐書》皆有傳（《舊唐書》一百九十下《文苑傳》，《唐書》二百二《文藝傳》）。維以開元九年進士擢第，調大樂丞。坐累爲濟州司倉參軍。與弟縉俱有俊才，博學多藝亦齊名。閨門友悌，多士推之。天寶末，陷賊中。維服藥取痢，僞稱瘖病。祿山憐之，遣人迎置洛陽，拘於普施寺，迫爲給事中。祿山宴徒於凝碧宮，其工皆梨園子弟、故坊工人。維聞之悲惻。潛爲詩曰："萬户傷心生野煙，百官何日再朝天。秋槐花落空宫裹，凝碧池頭奏管絃。"及賊平，因陷賊，三等定罪。維以《凝碧詩》聞於行在，肅宗嘉之。會縉請削己刑部侍郎，以贖兄罪，特宥之，責授太子中允。並見本傳。據此，則維之立身制行，大節耿然。陷賊旣無失節之事，進身安有夤緣之理。薛氏此文，或即摭拾傳聞，不定根於事實。雖《舊書》本傳亦有"昆仲宦遊兩都，凡諸王駙馬豪右貴勢之門，無不拂席迎之，寧王、薛王待如師友"之語，亦不得指爲干進之證。此又誦習本文者，所宜辨也。此事旣傳於唐時，薛用弱又採之入《集異記》，其事遂傳於唐宋間，詩人引用，幾成典實。明人王辰玉衡取其本事編爲《鬱輪袍雜劇》，又有自稱西湖居士者擴爲《全本鬱輪袍記》。至清黃兆森亦有《鬱輪袍雜劇》，其中事實之顛倒，人名之變亂，清黃文暘作《曲海提要》，疏證已詳。治唐人小説及元明劇曲者，取而互參，當不難瞭然矣。

王渙之
據顧氏文房小説本集異記校録

　　開元中詩人，王昌齡、高適、王渙之齊名，時風塵未偶，而遊處略同。一日，天寒微雪，三詩人共詣旗亭，貰酒小飲。忽有梨園伶官十數人，登樓會讌。三詩人因避席隈映，擁爐火以觀焉。俄有妙妓四輩，尋續而至，奢華豔曳，都冶頗極。旋則奏樂，皆當時之名部也。昌齡等私相約曰："我輩各擅詩名，每不自定其甲乙，今者可以密觀諸伶所謳，若詩入歌詞之多者，則爲優矣。"俄而一伶，拊節而唱曰："寒雨連江夜入吴，平明送客楚山孤。洛陽親友如相問，一片冰心在玉壺。"昌齡則引手畫壁曰："一絕句。"尋又一伶謳之曰："開篋淚霑臆，見君前日書。夜臺何寂寞，猶是子雲居。"適則引手畫壁曰："一絕句。"尋又一伶謳曰："奉帚平明金殿開，強將團扇共徘徊。玉顏不及寒鴉色，猶帶昭陽日影來。"昌齡則又引手畫壁曰："二絕句。"渙之自以得名已久，因謂諸人曰："此輩皆潦倒樂官，所唱皆巴人下里之詞耳，豈陽春白雪之曲俗物敢近哉？"因指諸妓之中最佳者曰："待此子所唱，如非我詩，吾即終身不敢與子爭衡矣。脫是吾詩，子等當須拜床下，奉吾為師。"因歡笑而俟之。須臾次至雙鬟發聲，則曰："黃河遠上白雲間，一片孤城萬仞山。羌笛何須怨楊柳，春風不度玉門關。"渙之即撇歈二子曰："田舍奴，我豈妄哉！"因大諧笑。諸伶不喻其故，皆起詣曰："不知諸郎君何此歡噱？"昌齡等因話其事。諸伶競拜曰："俗眼不識神仙，乞降清重，俯就筵席。"三子從之，飲醉竟日。

　　按此事自見《薛記》，詩人引用，幾成習見。演為劇本者，明鄭之文有《旗亭記傳奇》，見《曲海目》。清張龍文有《旗亭燕雜劇》，見《曲考》。盧見曾有《旗亭記傳奇》，見《曲海目》。皆原本此文，而附會之者也。此事雖盛傳於唐時，恐不足信。胡應麟《莊嶽委談》（《筆叢》卷四十一）云："唐妓女歌曲酒樓，恍忽與今俗類。薛用弱所記王昌齡、渙之、高適豪飲事，詞人或間用之。考其故實，極為可笑。適五十始作詩，藉令酣燕狹斜，必當年少，何緣得以詩句與二王決賭，一也；又高適學詩後，則是龍標業為閭丘曉害，無緣復與高狎，二也；樂天《鄭臚墓誌》第言昌齡、渙之更唱迭和，絕不及高，《高集》亦無與渙之詩，三也。舉此三端，審他悉誣妄可見。往嘗讀《薛記‧鬱輪袍》，竊謂右丞不至是。天幸得此逗漏，為千載詞場雪冤，不覺浮三大白。自恨不呼右丞慶之。"胡氏所言，雖未足以證明其誣妄，然茲事之不可信，昔人固嘗疑之矣。

韋宥
據顧氏文房小說本集異記校錄

　　元和中，故都尉韋宥出牧溫州，忽忽不怡。江波脩永，舟船燠熱。一日晚涼，乃跨馬登岸，依舟而行。忽逢淺沙亂流，蘆葦青翠，因縱轡飲馬，而蘆枝有拂鞭者，宥因閑援熟視。忽見新絲箏絃，周纏蘆心。宥即拔蘆伸絃，其長倍尋，則試縱之，應手復結。宥奇駭，因實於懷。行次江館，其家室皆已維舟入亭矣。宥，故駙馬也，家有妓樂，即付箏妓曰："我於蘆心得之，頗甚新緊。然沙洲江徼，是物何自而來，吾甚異之。試施於器，以聽其音。"妓將安之，更無少異，唯短二三寸耳。方饌，妓即置之赴食，隨置復紉。及食罷就視，則已蜿蜒舒展，迤邐搖動，妓乃驚。告衆來競觀，而雙眸瞭然矣。宥駭曰："得非龍乎？"遽命衣冠焚香致敬，盛諸盂水之內，而投於江。纔及中流，風浪皆作，蒸雲走電，咫尺昏晦。俄有白龍長百丈，挐攫昇天。衆咸觀之，良久乃滅。

　　按《太平廣記》四百二十二引此文。

甘澤謠

袁郊撰

按《甘澤謠》一卷，唐袁郊撰。《唐志》著錄入子部小說家類，《宋志》同。《唐書·宰相世系表》：郊，字之乾，官至虢州刺史。又《列傳》（一百五十一）：袁滋，蔡州朗山人（《舊唐書》作陳郡汝南人），子郊，翰林學士。（《舊唐書》郊作都，當誤。《唐書·世系表》別有都，字子美。）此郊官職之見於《唐書》而互異者也。《唐詩紀事》六十五袁郊咸通時，爲祠部郎中。《說郛》收《甘澤謠》二條，撰人下注同，又與《唐書》異。然郊固懿宗咸通間人，且與溫庭筠酬倡。庭筠有《開成五年抱疾不得預計偕詩寄郊》云"逸足皆先路，窮交獨向隅"（《唐詩紀事》六十五），是也。至《甘澤謠》命名之由，據晁公武《郡齋讀書志》云："《甘澤謠》一卷，載譎異事九章。咸通中，久雨臥疾所著，故曰《甘澤謠》。"陳振孫《直齋書錄解題》云："咸通戊子《自序》，以其春雨澤應，故有甘澤成謠之語，以名其書。"則是此書命名，與成於咸通九年，於本書《自序》，並可考見者也。今本爲明人楊儀所傳，亦作九條，惟缺其《自序》一篇。毛晉據以刊入《津逮祕書》。《四庫全書總目》云："周亮工《書影》曰：'《甘澤謠》別自有書。今楊夢羽所傳，皆從他書鈔撮而成，僞本也。或曰，夢羽本未出時，已有鈔《太平廣記》二十餘條爲《甘澤謠》以行者，則夢羽本又贗書中之重儓也。'今考《書影》，所謂夢羽，即儀之字。其所稱先出之一本，今未之見。錢希言《獪園簿》'明經爲魚'一條，稱嘗見唐人小説，有《甘澤謠》載《魚服記》甚詳，今此本無《魚服記》。豈希言所見，乃先出一本耶？然據此本所載，與《太平廣記》所引者，一一相符。則兩本皆出《廣記》，不得獨指儀本爲重儓。又裒輯散佚，重編成帙，亦不得謂之贋書也。"《四庫》所辨如此。是本書於明時已由《廣記》中輯出，差復舊觀。而周亮工《書影》所稱先出之一本，不盡可信也。今細玩其書，雖小説家流，事涉幽渺，然亦有資考證，如杜公《飲中八仙歌》、宋葉夢得《避暑錄話》，謂焦遂不見書傳。今郊書《陶峴》條，有布衣焦遂，天寶中爲長安飲徒。錢謙益箋《杜詩》曾引之。則石林不見書傳之語，要亦未諦。至其文辭之駘宕，設想之超奇，使之馳逐於裴鉶、皇甫枚之間，正未策其後先也。今據明鈔本《説郛》及《太平廣記》二書，錄其尤異者數條。俾治唐小説者，得省覽焉。

陶峴

據明鈔本説郛甘澤謠校錄

　　陶峴者，彭澤之子孫也。開元末，家於崑山，富有田業，擇家人不欺而了事者，悉付之。身則泛然江湖，遍游烟水，往往數歲不歸，見其子孫成人，初不辨其名字也。峴之文學，可以經濟；自謂疏脱，不謀宦遊。有生之初，通於八音；命陶人爲甓，潛記歲時，敲取其聲，不失其驗。撰《樂錄》八章，以定八音之得失。自製三舟，備極堅巧：一舟自載，一舟致賓，一舟貯饌飲。客有前進士孟彥深、進士孟雲卿、布衣焦遂，各置僕妾，共載。而峴有女樂一部，奏清商曲。逢奇遇興，則窮其景物，興盡而行。峴且聞名朝廷，又值天下無事，經過郡邑，無不招延，峴拒之曰："某麋鹿閑人，非王公上客。"亦有未招而自詣者。係方伯（《廣記》作水仙）之爲人，江山之可駐耳；吳越之士，號爲水仙。

曾有親戚，爲南海守，因訪韶石，遂往省焉。郡守嘉其遠來，贈錢百萬，遺古劍，長二尺許，玉環徑四寸，海舶崑崙奴，名摩訶，善游水而勇健，遂悉以所得歸，曰"吾家之三寶也"。及迴棹，下白芷，入湘江。每遇水色可愛，則遺環劍，令摩訶下取，以爲戲笑也。如此數歲。因渡巢湖，亦投環劍而令取之，摩訶纔入，獲環劍，跳波而出焉。曰："爲毒蛇所嚙。"遽刃去一指，乃能得免。焦遂曰："摩訶所傷，得非陰靈爲怒乎？"犀燭下照，果爲所讎，蓋水府不欲人窺也。峴曰："敬奉諭矣，然某嘗慕謝康樂之爲人，云終當樂死山水間。但徇所好，莫知其他。且棲於逆旅之中，載於大塊之上，居布素之賤，擅貴遊之權，浪跡怡情，垂三十年，固其分也。不得升玉墀，見天子，施功惠養，得志平生，亦其分也。"乃命移舟曰："要須一到襄陽山，復老吳郡也。"

　　行次西塞山，泊舟吉祥佛舍。見江水黑而不流，曰："此下必有怪物。"乃投環劍，命摩訶汩沒波際。久而方出，氣力危絕，殆不任持，曰："環劍不可取。有龍高二丈許，而環劍置前，某引手將取，龍輒怒目。"峴曰："汝與環劍，吾之三寶。今者旣亡環劍，汝將安用，必須爲我力爭也。"摩訶不得已，被髮大呼，目眦流血，窮命一入，不復出矣。久之，見摩訶支體磔裂，浮於水上，如有視於峴也。峴流涕水濱，乃命迴棹。因賦詩自敘，不復議遊江湖矣。詩曰："匡廬舊業是誰主？吳越新居安此生。白髮數莖歸未得，青山一望計還成。鴉翻楓葉夕陽動，鷺立蘆根秋水鳴。從此捨舟何所詣？酒旗歌扇正相迎。"（《廣記》止此，無以下六十一字）孟彥深復游青瑣，出爲武昌令。孟雲卿當時文學，乃南朝上品。焦遂，天寶中爲長安飲徒，時好事者爲《飲中八仙歌》

曰云云：焦遂五斗方卓然，高談雄辨驚四筵。

　　按《太平廣記》四百二十載此條，下注出《甘澤謠》。此據明鈔原本《説郛》校録，字句與《廣記》互異，而《説郛》爲勝。如焦遂曰："摩訶所傷，得非陰靈爲怒乎？"句下，廣記無"犀燭下照，果爲所讎"二句。詩末孟彦深以下六十一字，《廣記》亦闕。此其尤著者也。

圓觀

據《太平廣記》校録

　　圓觀者，大曆末，洛陽惠林寺僧，能事田園，富有粟帛。梵學之外，音律貫通。時人以富僧爲名，而莫知所自也。李諫議源，公卿之子。當天寶之際，以遊宴歌酒爲務。父憕居守，陷於賊中。乃脱粟布衣，止於惠林寺，悉將家業爲寺公財，寺人日給一器食一杯飲而已。不置僕使，絶其知聞，唯與圓觀爲忘言交。促膝静話，自旦及昏，時人以清濁不淪，頗招譏誚，如此三十年。二公一旦約遊蜀州，抵青城、峨嵋，同訪道求藥。圓觀欲遊長安出斜谷，李公欲上荆州三峽，爭此兩途，半年未決。李公曰："吾已絶世事，豈取途兩京？"圓觀曰："行固不由人，請出從三峽而去。"遂自荆江上峽。

　　行次南浦。維舟山下，見婦女數人，錦襠負罋而汲。圓觀望而泣下，曰："某不欲至此，恐見其婦人也。"李公驚問曰："自此峽來，此徒不少，何獨泣此數人？"圓觀曰："其中孕婦姓王者，是某託身之所。踰三載尚未娩懷，以某未來之故也。今既見矣，即命有所歸，釋氏所謂循環也。"謂公曰："請假以符咒，遣某速生。少駐行舟，葬某山下,浴兒三日亦訪臨。若相顧一笑,即其認公也。更後十二年中秋月夜,杭州天竺寺外,與相見公之期也。"李公遂悔此行,爲之一慟。遂召婦人,告以方書。其婦人喜躍還家。頃之,親族舉至,以枯魚酒獻於水濱。李公往爲授朱字。圓觀具湯沐,新其衣裝。是夕圓觀亡而孕婦產矣。李公三日往觀新兒,襁褓就明,果致一笑。李公泣下,具告於王。王乃多出家財,厚葬圓觀。明日李公迴棹,言歸惠林。詢問觀家,方知已有理命。

後十二年秋八月,直詣餘杭,赴其所約。時天竺寺,山雨初晴,月色滿川,無處尋訪。忽聞葛洪川畔,有牧竪歌《竹枝詞》者,乘牛叱角,雙髻短衣,俄至寺前,乃圓觀也。李公就謁曰:"觀公健否?"却問李公曰:"真信士矣,與公殊途,慎勿相近。俗緣未盡,但願勤修,勤修不墮,即遂相見。"李公以無由叙話,望之潸然。圓觀又唱《竹枝》,步步前去。山長水遠,尚聞歌聲,詞切韻高,莫知所謂。初到寺前,歌曰:"三生石上舊精魂,賞月吟風不要論。慚愧情人遠相訪,此身雖異性長存。"又歌曰:"身前身後事茫茫,欲話因緣恐斷腸。吳越溪山尋已遍,却迴煙棹上瞿塘。"後三年,李公拜諫議大夫。二年,亡。

按《太平廣記》三百八十七載此條,注出《甘澤謠》。

嬾殘
據太平廣記校錄

嬾殘者,天寶初,衡嶽寺執役僧也。退食,即收所餘而食,性嬾而食殘,故號嬾殘也。晝專一寺之工,夜止群牛之下,曾無倦色,已二十年矣。時鄴侯李泌寺中讀書,察嬾殘所爲，曰："非凡物也。"聽其中宵梵唱，響徹山林，李公情頗知音，能辨休戚，謂："孀殘經音悽惋，而後喜悅，必謫墮之人，時將去矣。"候中夜，李公潛往謁焉，望席門通名而拜。孀殘大詬，仰空而唾曰："是將賊我。"李公愈加敬謹，惟拜而已。孀殘正撥牛糞火，出芋啗之，良久，乃曰："可以席地。"取所啗芋之半，以授焉，李公捧承盡食而謝。謂李公曰："慎勿多言，領取十年宰相。"公又拜而退。

居一月，刺史祭嶽，修道甚嚴。忽中夜風雷，而一峰頹下，其緣山磴道，爲大石所攔。乃以十牛縻絆以挽之，又以數百人鼓噪以推之，力竭而愈固，更無他途，可以修事。孀殘曰："不假人力，我試去之。"衆皆大笑，以爲狂人。孀殘曰："何必見嗤，試可乃已。"寺僧笑而許之。遂履石而動，忽轉盤而下，聲若雷震。山路旣開，衆僧皆羅拜，一郡皆呼至聖，刺史奉之如神。孀殘悄然，乃懷去意。

寺外虎豹，忽爾成群，日有殺傷，無由禁止。孀殘曰："授我箠，爲爾盡驅除。"衆皆曰："大石猶可推，虎豹當易制。"遂與之荆梃。皆躡而觀之。纔出門，見一虎銜之而去。孀殘旣去之後，虎豹亦絕踪跡。後李公果十年爲相也。

按《太平廣記》九十六引此條，注出《甘澤謠》。

紅綫
據明鈔本說郛甘澤謠校錄

紅綫，潞州節度使薛嵩青衣，善彈阮，又通經史，嵩遣掌牋表，號曰內記室。時軍中大宴，紅綫謂嵩曰："羯鼓之音調頗悲，其擊者必有事也。"嵩亦明曉音律，曰："如汝所言。"乃召而問之，云："某妻昨夜亡，不敢乞假。"嵩遽遣放歸。

時至德之後，兩河未寧，初置昭義軍，以釜陽爲鎮，命嵩固守，控壓山東。殺傷之餘，軍府草創。朝廷復遣嵩女嫁魏博節度使田承嗣男，男娶滑州節度使令狐彰女，三鎮互爲姻婭，人使日浹往來。而田承嗣常患熱毒風，遇夏增劇。每曰：「我若移鎮山東，納其涼冷，可緩數年之命。」乃募軍中武勇十倍者得三千人，號外宅男，而厚恤養之。常令三百人夜直州宅。卜選良日，將遷潞州。嵩聞之，日夜憂悶，咄咄自語，計無所出。時夜漏將傳，轅門已閉。杖策庭除，唯紅綫從行。紅綫曰：「主自一月，不遑寢食。意有所屬，豈非鄰境乎？」嵩曰：「事繫安危，非汝能料。」紅綫曰：「某雖賤品，亦有解主憂者。」嵩乃具告其事，曰：「我承祖父遺業，受國家重恩，一旦失其疆土，即數百年勳業盡矣。」紅綫曰：「易爾。不足勞主憂。乞放某一到魏郡，看其形勢，覘其有無。今一更首途，三更可以復命。請先定一走馬兼具寒暄書，其他即俟某却迴也。」嵩大驚曰：「不知汝是異人，我之暗也。然事若不濟，反速其禍，奈何？」紅綫曰：「某之行，無不濟者。」乃入閨房，飾其行具。梳烏蠻髻，攢金鳳釵，衣紫繡短袍，繫青絲輕履，胸前佩龍文匕首，額上書太乙神名。再拜而倏忽不見。

嵩乃返身閉戶，背燭危坐。常時飲酒，不過數合，是夕舉觴十餘不醉。忽聞曉角吟風，一葉墜露，驚而試問，即紅綫迴矣。嵩喜而慰問曰：「事諧否？」曰：「不敢辱命。」又問曰：「無傷殺否？」曰：「不至是。但取牀頭金合爲信耳。」紅綫曰：「某子夜前三刻，即到魏郡，凡歷數門，遂及寢所。聞外宅男止於房廊，睡聲雷動。見中軍士卒，步於庭廡，傳呼風生。某發其左扉，抵其寢帳。見田親家翁正於帳內，鼓趺酣眠，頭枕文犀，髻包黃縠，枕前露一七星劍。劍前仰開一金合，合內書生身甲子與北斗神名。復有名香美珍，散覆其上。揚威玉帳，但期心豁於生前；同夢蘭堂，不覺命懸於手下。寧勞擒縱，只益傷嗟。時則蠟炬光凝，爐香燼煨，侍人四布，兵器森羅。或頭觸屏風，鼾而齇者；或手持巾拂，寢而伸者。某拔其簪珥，縻其襦裳，如病如昏，皆不能寤。遂持金合以歸。既出魏城西門，將行二百里，見銅臺高揭，而漳水東注；晨飈動野，斜月在林。憂往喜還，頓忘於行役；感知酬德，聊副於心期。所以夜漏三時，往返七百里；入危邦，經五六城；冀減主憂，敢言其苦。”

嵩乃發使遣承嗣書曰：“昨夜有客從魏中來，云自元帥頭邊獲一金合，不敢留駐，謹却封納。”專使星馳，夜半方到。見搜捕金合，一軍憂疑。使者以馬撾扣門，非時請見。承嗣遽出，以金合授之，捧承之時，驚怛絕倒。遂駐使者止於宅中，狎以宴私，多其賜賚。明日遣使齎繒帛三萬疋，名馬二百匹，他物稱是，以獻於嵩曰：“某之首領，繫在恩私。便宜知過自新，不復更貽伊戚。專膺指使，敢議姻親。役當奉轂後車，來則揮鞭前馬。所置紀綱僕號為外宅男者，本防它盜，亦非異圖。今並脫其甲裳，放歸田畝矣。”

由是一兩月內，河北河南，人使交至。而紅綫辭去。嵩曰：“汝生我家，而今欲安往？又方賴汝，豈可議行？”紅綫曰：“某前世本男子，歷江湖間，讀神農藥書，救世人災患。時里有孕婦，忽患蠱癥，某以芫花酒下之，婦人與腹中二子俱斃。是某一舉，殺三人。陰司見誅，降為女子。使身居賤隸，而氣禀賊星，所幸生於公家，今十九年矣。身厭羅綺，口窮甘鮮，寵待有加，榮亦至矣。況國家建極，慶且無疆。此輩背違天理，當盡弭患。昨往魏郡，以示報恩。兩地保其城池，萬人全其性命，使亂臣知懼，烈士安謀。某一婦人，功亦不小。固可贖其前罪，還其本身。便當遁迹塵中，棲心物外，澄清一氣，生死長存。"嵩曰："不然，遺爾千金爲居山之所給。"紅綫曰："事關來世，安可預謀。"嵩知不可駐，乃廣爲餞別，悉集賓客，夜宴中堂。嵩以歌送紅綫，請座客冷朝陽爲詞曰："採菱歌怨木蘭舟，送別魂消百尺樓。還似洛妃乘霧去，碧天無際水長流。"歌畢，嵩不勝悲。紅綫拜且泣，因僞醉離席，遂亡其所在。

　　按明刊《五朝小說》載此篇，而下題楊巨源撰，《說薈》本之。其實此文已收入《太平廣記》一百九十五，下注出《甘澤謠》，則當署袁郊矣。明人刻書，不稽所出，妄題撰人，如此類者甚多。詞人引用，遂多歧誤。是小說雖屬小道，固不可不訂正也。紅綫事，盛傳於唐。元明以後，播諸歌詠。清樂鈞《青芝山館詩集》，有《詠紅綫》詩曰："田家外宅男，薛家内記室。鐵甲三千人，那敵青衣一。金合書生年，床頭子夜失，强鄰魂膽消，首領向公乞。功成辭羅綺，奇氣洵無匹。洛妃去不還，千古懷煙質。"當可作本傳論贊也。

許雲封
據太平廣記校錄

　　許雲封，樂工之笛者。貞元初，韋應物自蘭臺郎出爲和州牧，非所宜願，頗不得志。輕舟東下，夜泊靈壁驛。時雲天初瑩，秋露凝冷，舟中吟瓢，將以屬詞。忽聞雲封笛聲，嗟歎良久。韋公洞曉音律，謂其笛聲酷似天寶中梨園法曲李謩所吹者。遂召雲封問之，乃是李謩外孫也。

　　雲封曰："某任城舊土，多年不歸。天寶改元，初生一月，時東封迴駕，次至任城。外祖聞某初生，相見甚喜，乃抱詣李白學士乞撰令名。李公方坐旗亭，高聲命酒，當壚賀蘭氏，年且九十餘，邀李置飲於樓上。外祖送酒，李公握管，醉書某胸前，曰：'樹下彼何人？不語真吾好。語若及日中，煙霏謝成寶。'外祖辭曰：'本於李氏乞名，今不解所書之語。'李公曰：'此即名在其間也。樹下人是木子；木子，李字也。不語是莫言；莫言，暮也。好，是女子；女子，外孫也。語及日中，是言午；言午，是許也。煙霏謝成寶，是雲出封中，乃是雲封也。即李暮外孫許雲封也。'後遂名之。某纔始十年，身便孤立。因乘義馬，西入長安。外祖憫以遠來，令齒諸舅學業。謂某性知音律，教以橫笛。每一曲成，必撫背賞歎。值梨園法部置小部音聲，凡三十餘人，皆十五以下。天寶十四載六月日，時驪山駐蹕，是貴妃誕辰。上命小部音聲樂長生殿，仍奏新曲，未有名。會南海進荔枝，因以曲名《荔子香》。左右歡呼，聲動山谷。其年安祿山叛，車駕還京。自後俱逢離亂，漂流南海近四十載。今者近訪諸親，將抵龍丘。"

韋公曰："我有乳母之子，其名千金。嘗於天寶中受笛李供奉，藝成身死，每所悲嗟。舊吹之笛，即李君所賜也。"遂囊出舊笛。雲封跪捧悲切，撫而觀之，曰："信是佳笛，但非外祖所吹者。"乃爲韋公曰："竹生雲夢之南，鑒在柯亭之下。以今年七月望前生，明年七月望前伐。過期不伐，則其音窒；未期而伐，則其音浮。浮者，外澤中乾；乾者，受氣不全；氣不全，則其竹夭。凡發揚一聲，出入九息。古之至音者，一疊十二節，一節十二敲，今之名樂也。至如落梅流韻，感金谷之遊人；折柳傳情，悲玉關之戍客。誠爲清響，且異至音，無以降神而祈福也。其已夭之竹，遇至音必破，所以知非外祖所吹者。"韋公曰："欲旌汝鑒，笛破無傷。"雲封乃捧笛吹《六州遍》一疊，未盡，驍然中裂，韋公驚歎久之。遂禮雲封於曲部。

按《太平廣記》二百四引此文，而下注出《甘澤謠》。李謩爲開元中樂工之善笛者，相傳逸事至多，《廣記》曾載其一二。此記許雲封，能傳李氏之技者，頗亦振奇自喜。茲復迻錄李謩二則，以資參證。而吕鄉筠亦以善笛，遂致湘江老父之指點，亦足異矣。老父之詩，爲東坡盛稱，《侯鯖錄》曾載之，以爲非子建、太白不能也。

《國史補·李謩》一條曰：

李舟好事，嘗得村舍烟竹，截爲笛，堅如鐵石，以遺李謩。謩吹笛天下第一，月夜泛江，與同舟人吹，寥亮逸發。俄有客於岸，呼舟請載。既至，請笛而吹，甚爲精妙，山石可裂，謩平生未嘗見。及入破，呼吸盤擗，應指粉碎。客散不知所之，舟人著記疑其蛟龍也。謩嘗秋夜吹笛於瓜洲，槭載甚隘。初發調，群動皆息；及數奏，微風颯然立至。有頃，舟人賈客，有怨歎悲泣之聲。(《太平廣記》二百四引)

《逸史·李謩》一條曰：

謩開元中吹笛爲第一部，近代無比。有故自教坊，請假至越州，公私更醵，以觀其妙。時州客舉進士者十人，皆有資業，乃醵二千文，同會鏡湖，欲邀李生湖上吹之。想其風韻，尤敬人神。以費多人少，遂相約各召一客。會中有一人，以日晚方記得，不遑他請。其鄰居有獨孤生者，年老，久處田野，人事不知，茅屋數間，嘗呼爲獨孤丈，至是遂以應命。

到會所，澄波萬頃，景物皆奇。李生拂笛，漸移舟於湖心，時輕雲蒙籠，微風拂浪，波瀾陡起。李生捧笛，其聲始發之後，昏曀齊開，水木森然，彷彿如有鬼神之來。坐客皆更贊詠之，以爲鈞天之樂不如也。獨孤生乃無一言，會者皆怒。李生爲輕己，意甚忿之。良久,又靜思作一曲,更加絕妙,無不賞駭。獨孤生又無言。鄰居召至者甚慚悔,白於衆曰:"獨孤村落幽處,城郭稀至,音樂之類,率所不通。"會客同誚責之。獨孤生不答,但微笑而已。李生曰:"公如是,是輕薄,爲復是好手?"獨孤生乃徐曰:"公安知僕不會也。"坐客皆爲李生改容謝之。獨孤曰:"公試吹《凉州》。"至曲終,獨孤生曰:"公亦甚能妙。然聲調雜夷樂,得無有龜茲之侶乎?"李生大駭,起拜曰:"丈人神絕,某亦不自知,本師實龜茲人也。"又曰:"第十三疊誤入水調,足下知之乎?"李生曰:"某頑蒙,實不覺。"獨孤生乃取吹之。李生更有一笛,拂拭以進。獨孤視之,曰:"此都不堪取,執者粗通耳。"乃換之,曰:"此至入破,必裂,得無悋惜否?"李生曰:"不敢。"遂吹。聲發入雲,四座震慄,李生蹙踖不敢動。至第十三疊,揭示謬誤之處。敬伏將拜。及入破,笛遂敗裂,不復終曲。李生再拜,衆皆帖息。乃散。

明旦,李生並會客,皆往候之。至,則唯茅舍尚存,獨孤生不見矣。越人知者皆訪之,竟不知其所去。

《博異志·呂鄉筠》一條云:

洞庭賈客呂鄉筠,常以貨殖販江西雜貨,逐什一之利。利外有羨,即施貧親戚,次及貧人,更無餘貯。善吹笛。每遇好山水,無不維舟探討,吹笛而去。

嘗於中春月,夜泊於君山側,命罇酒獨飲,飲一杯而吹笛數曲。忽見波上有漁舟而來者,漸近,乃一老父,鬢眉皤然,去就異常。鄉筠置笛起立,迎上舟。老父維漁舟於鄉筠舟而上,各問所宜,老父曰:"聞君笛聲嘹亮,曲調非常,我是以來。"鄉筠飲之數杯。老父曰:"老人少業笛,子可教乎?"鄉筠素所躭味,起拜,願爲末學。老父遂於懷袖間,出笛三管:其一大如合拱;其次大如常人之蓄者;其一絕小,如細筆管。鄉筠復拜請老父一吹,老父曰:"其大者不可發,次者亦然。其小者爲子吹一曲,不知得終否?"鄉筠曰:"願聞其不可發者。"老父曰:"其第一者,在諸天對諸上帝或元君或上元夫人，合上天之樂而吹之。若於人間吹之，人消地坼，日月無光，五星失次，山嶽崩圮，不暇言其餘也。第二者，對諸洞府仙人、蓬萊姑射、昆邱王母及諸真君等，合仙樂而吹之，若人間吹之，飛沙走石，翔鳥墜地，走獸腦裂，五星內錯，稚幼振死，人民纏路，不暇言餘也。其小者，是老身與朋儕可樂者，庶類雜而聽之，吹的不安，未知可終曲否？"

言畢，抽笛吹三聲，湖上風動，波擣沆瀁，魚鱉跳噴，鄉筠及童僕，恐聳聾栗。五聲六聲，君山上鳥獸叫噪，月色昏昧，舟檝大恐。老父遂止。引滿數杯，乃吟曰："湘中老人讀黃老，手援紫藟坐翠草。春至不知湘水深，日暮忘却巴陵道。"又飲數杯，謂鄉筠曰："明年社，與君期於此。"遂棹漁舟而去，隱隱漸没於波間。至明年秋，鄉筠十旬於君山伺之，終不復見也。（二條並《太平廣記》二百四引）

傳奇

裴鉶撰

按《傳奇》三卷，唐裴鉶撰。《唐志》著錄子部小説家類，而下注高駢從事。《宋志》亦著錄，卷數與《唐志》同。鉶事跡不見史傳。計有功《唐詩紀事》六十七云："乾符五年，鉶以御史大夫爲成都節度副使。題《石室詩》曰：'文翁石室有儀形，庠序千秋播德聲。古柏尚留今日翠，高岷猶藹舊時青。人心未肯抛壇蟻，弟子依前學聚螢。更歎沱江無限水，爭流秪願到滄溟。'時高駢爲使，時亂矣，故鉶詩有'願到滄溟'之句，有微旨也。"《全唐文》八百五錄裴鉶文一篇，稱"鉶咸通中爲静海軍節度使高駢掌書記，加侍御史内供奉，後官成都節度使副使，加御史大夫。"此鉶官職之可考者也。惟其書盛傳於趙宋之世，故宋人輒目唐人小説之涉及神仙詭譎之事，概稱之曰"傳奇"。陳振孫《直齋書錄解題》既取此書入小説類，並云："尹師魯初見范文正《岳陽樓記》，曰：'傳奇體耳。'文體隨時，理勝爲貴，文正豈可與傳奇同日語哉？蓋一時戲笑之談耳。"觀於振孫辨駁之語，則宋時鄙薄之辭，又可概見。晁公武稱"鉶爲高駢客，故其書多記神仙恢譎之事；駢之惑於吕用之，未始非裴鉶輩導諛所致"云云。是又以高駢之惑溺神仙，歸罪裴氏，雖爲宋世著錄家一時推測之語，然其時士夫崇道之心理，與其抨擊誕妄猥瑣之小説，不能兩立；即就晁、陳二氏之言，從可識矣。惟鉶於唐末之時，文采典贍，擬諸皇甫枚、蘇鶚之倫，未能軒輊。今其書既不可見，即就《太平廣記》所錄諸條觀之，文奇事奇，藻麗之中，出以綿渺，則固一時鉅手也。今從《廣記》中錄出數篇，以備唐人小說一種。惟《聶隱娘》一篇，袁郊《甘澤謠》亦收入，或係楊儀撰集之誤。今仍從《廣記》，錄入《傳奇》，並爲附記於此云。

崑崙奴
據太平廣記校錄

　　大曆中有崔生者，其父爲顯僚，與蓋代之勳臣一品者熟。生是時爲千牛，其父使往省一品疾。生少年容貌如玉，性稟孤介，舉止安詳，發言清雅。一品命妓軸簾召生入室，生拜傳父命，一品忻然愛慕，命坐與語。時三妓人，豔皆絕代，居前以金甌貯含桃而擘之，沃以甘酪而進。一品遂命衣紅綃妓者，擎一甌與生食，生少年，赧妓輩終不食。一品命紅綃妓以匙而進之，生不得已而食，妓哂之。遂告辭而去。一品曰："郎君閑暇，必須一相訪，無間老夫也。"命紅綃送出院，時生回顧，妓立三指，又反三掌者，然後指胸前小鏡子，云："記取。"餘更無言。
　　生歸達一品意，返學院，神迷意奪，語減容沮，恍然凝思，日不暇食，但吟詩曰："誤到蓬山頂上游，明璫玉女動星眸。朱扉半掩深宮月，應照璚芝雪豔愁。"左右莫能究其意。時家中有崑崙奴磨勒，顧瞻郎君曰："心中有何事，如此抱恨不已？何不報老奴？"生曰："汝輩何知，而問我襟懷間事？"磨勒曰："但言，當爲郎君解釋，遠近必能成之。"生駭其言異，遂具告知。磨勒曰："此小事耳，何不早言之，而自苦耶？"生又白其隱語。勒曰："有何難會。立三指者，一品宅中有十院歌姬，此乃第三院耳。返掌三者，數十五指，以應十五日之數。胸前小鏡子，十五夜月圓如鏡，令郎來耶？"生大喜，不自勝，謂磨勒曰："何計而能導達我鬱結？"磨勒笑曰："後夜乃十五夜，請深青絹兩疋，爲郎君製束身之衣。一品宅有猛犬守歌妓院門，非常人不得輒入，入必噬殺之，其警如神，其猛如虎，即曹州孟海之犬也。世間非老奴不能斃此犬耳，今夕當爲郎君搹殺之。"遂宴犒以酒肉，至三更，攜鍊椎而往，食頃而回曰："犬已斃訖，固無障塞耳。"

是夜三更，與生衣青衣，遂負而逾十重垣，乃入歌妓院內，止第三門。繡户不扃，金釭微明，惟聞妓長嘆而坐，若有所俟。翠環初墜，紅臉纔舒，玉恨無妍，珠愁轉瑩。但吟詩曰："深洞鶯啼恨阮郎，偷來花下解珠璫。碧雲飄斷音書絕，空倚玉簫愁鳳凰。"侍衛皆寢，鄰近闃然。生遂緩搴簾而入。良久，驗是生。姬躍下榻執生手曰："知郎君穎悟，必能默識，所以手語耳。又不知郎君有何神術，而能至此？"生具告磨勒之謀，負荷而至。姬曰："磨勒何在？"曰："簾外耳。"遂召入，以金甌酌酒而飲之。姬白生曰："某家本富，居在朔方。主人擁旄，逼爲姬僕。不能自死，尚且偷生，臉雖鉛華，心頗鬱結。縱玉筯擧饌，金鑪泛香，雲屛而每進綺羅，繡被而常眠珠翠，皆非所願，如在桎梏。賢爪牙既有神術，何妨爲脫狴牢。所願既申，雖死不悔。請爲僕隸，願侍光容。又不知郎君高意如何？"生愀然不語。磨勒曰："娘子既堅確如是，此亦小事耳。"姬甚喜。

磨勒請先爲姬負其囊橐妝奩，如此三復焉。然後曰："恐遲明。"遂負生與姬而飛出峻垣十餘重。一品家之守禦，無有警者。遂歸學院而匿之。及旦，一品家方覺，又見犬已斃。一品大駭曰："我家門垣從來邃密，扃鎖甚嚴，勢似飛騰，寂無形跡，此必俠士而挈之。無更聲聞，徒爲患禍耳。"

　　姬隱崔生家二載，因花時駕小車而遊曲江，爲一品家人潛誌認，遂白一品，一品異之。召崔生而詰之事，懼而不敢隱。遂細言端由，皆因奴磨勒負荷而去。一品曰："是姬大罪過。但郎君驅使踰年，即不能問是非。某須爲天下人除害。"命甲士五十人，嚴持兵仗，圍崔生院，使擒磨勒。磨勒遂持匕首飛出高垣，瞥若翅翎，疾同鷹隼，攢矢如雨，莫能中之。頃刻之間，不知所向。然崔家大驚愕。後一品悔懼，每夕多以家童持劍戟自衞，如此周歲方止。後十餘年，崔家有人見磨勒賣藥於洛陽市，容顏如舊耳。

　　按《太平廣記》一百九十四採此條。明梁伯龍本此作《紅綃雜劇》，與舊傳《紅綫女》，並稱雙紅劇。又梅禹金亦有《崑崙奴雜劇》。

聶隱娘
據太平廣記校錄

　　聶隱娘者，貞元中魏博大將聶鋒之女也。年方十歲，有尼乞食於鋒舍，見隱娘，悦之，云："問押衙乞取此女教。"鋒大怒，叱尼。尼曰："任押衙鐵櫃中盛，亦須偷去矣。"及夜，果失隱娘所向。鋒大驚駭，令人搜尋，曾無影響。父母每思之，相對涕泣而已。

　　後五年，尼送隱娘歸，告鋒曰："教已成矣，子却領取。"尼欻亦不見。一家悲喜，問其所學，曰："初但讀經念咒，餘無他也。"鋒不信，懇詰。隱娘曰："真説又恐不信，如何？"鋒曰："但真説之。"曰："隱娘初被尼挈，不知行幾里。及明，至大石穴之嵌空，數十步寂無居人。猿狖極多，松蘿益邃。已有二女，亦各十歲。皆聰明婉麗，不食，能於峭壁上飛走，若捷猱登木，無有蹶失。尼與我藥一粒，兼令長執寶劍一口，長二尺許，鋒利吹毛，令剸逐二女攀緣，漸覺身輕如風。一年後，刺猿狖百無一失。後刺虎豹，皆決其首而歸。三年後能飛，使刺鷹隼，無不中。劍之刃漸減五寸，飛禽遇之，不知其來也。至四年，留二女守穴，挈我於都市，不知何處也。指其人者，一一數其過，曰：'爲我刺其首來，無使知覺。定其膽，若飛鳥之容易也。'受以羊角匕首，刀廣三寸，遂白日刺其人於都市，人莫能見。以首入囊，返主人舍，以藥化之爲水。五年，又曰：'某大僚有罪，無故害人若干，夜可入其室，決其首來。'又攜匕首入室，度其門隙無有障礙，伏之梁上。至瞑，持得其首而歸。尼大怒曰：'何太晚如是？'某云：'見前人戲弄一兒，可愛，未忍便下手。'尼叱曰：'已後遇此輩，先斷其所愛，然後決之。'某拜謝。尼曰：'吾爲汝開腦後，藏匕首而無所傷，用即抽之。'曰：'汝術已成，可歸家。'遂送還，云：'後二十年，方可一見。'"鋒聞語甚懼。

後遇夜即失踪，及明而返。鋒已不敢詰之，因茲亦不甚憐愛。忽值磨鏡少年及門，女曰："此人可與我爲夫。"白父，父不敢不從，遂嫁之。其夫但能淬鏡，餘無他能。父乃給衣食甚豐，外室而居。數年後，父卒。魏帥稍知其異，遂以金帛署爲左右吏。如此又數年。

至元和間，魏帥與陳許節度使劉昌裔不協，使隱娘賊其首。隱娘辭帥之許。劉能神算，已知其來。召衙將，令來日早至城北，候一丈夫一女子各跨白黑衛至門，遇有鵲前噪，丈夫以弓彈之不中。妻奪夫彈，一丸而斃鵲者，揖之云："吾欲相見，故遠相祇迎也。"衙將受約束。遇之，隱娘夫妻曰："劉僕射果神人。不然者，何以洞吾也。願見劉公。"劉勞之。隱娘夫妻拜曰："合負僕射萬死。"劉曰："不然，各親其主，人之常事。魏今與許何異。願請留此，勿相疑也。"隱娘謝曰："僕射左右無人，願捨彼而就此，服公神明也。"知魏帥之不及劉。劉問其所須，曰："每日只要錢二百文足矣。"乃依所請。忽不見二衛所之，劉使人尋之，不知所向。後潛收布囊中，見二紙衛，一黑一白。

後月餘，白劉曰："彼未知住，必使人繼至。今宵請剪髮，繫之以紅綃，送於魏帥枕前，以表不迴。"劉聽之，至四更，却返曰："送其信了。後夜必使精精兒來殺某及賊僕射之首。此時亦萬計殺之，乞不憂耳。"劉豁達大度，亦無畏色。是夜明燭，半宵之後，果有二幡子，一紅一白，飄飄然如相擊於牀四隅。良久，見一人望空而踣，身首異處。隱娘亦出曰："精精兒已斃。"拽出於堂之下，以藥化爲水，毛髮不存矣。隱娘曰："後夜當使妙手空空兒繼至。空空兒之神術，人莫能窺其用，鬼莫得躡其踪。能從空虛而入冥，善無形而滅影，隱娘之藝，故不能造其境。此即繫僕射之福耳。但于闐玉周其頸，擁以衾，隱娘當化爲蠛蠓，潛入僕射腸中聽伺，其餘無逃避處。"劉如言。至三更，瞑目未熟。果聞項上鏗然，聲甚厲。隱娘自劉口中躍出，賀曰："僕射無患矣。此人如俊鶻，一搏不中，即翩然遠逝，恥其不中，纔未逾一更，已千里矣。"後視其玉，果有匕首劃處，痕逾數分。自此劉轉厚禮之。

自元和八年，劉自許入覲，隱娘不願從焉，云："自此尋山水訪至人，但乞一虛給與其夫。"劉如約，後漸不知所之。及劉薨於統軍，隱娘亦鞭驢而一至京師柩前，慟哭而去。開成年，昌裔子縱除陵州刺史，至蜀棧道，遇隱娘，貌若當時。甚喜相見，依前跨白衛如故。語縱曰："郎君大災，不合適此。"出藥一粒，令縱吞之，云："來年火急抛官歸洛，方脫此禍。吾藥力只保一年患耳。"縱亦不甚信。遺其繒彩，隱娘一無所受，但沉醉而去。後一年，縱不休官，果卒於陵州。自此無復有人見隱娘矣。

按《太平廣記》一百九十四採此條。清尤侗本此作《黑白衛》。衛俗好蓄驢，故人以驢爲衛。劉昌裔，《唐書》一百七十有傳。

裴航
據太平廣記校錄

長慶中，有裴航秀才，因下第游於鄂渚，謁故舊友人崔相國。值相國贈錢二十萬，遠挈歸於京，因傭巨舟載於湘漢。同載有樊夫人，乃國色也。言詞間接，帷帳昵洽。航雖親切，無計道達而會面焉。因賂侍妾裊煙而求達詩一章，曰："同爲胡越猶懷想，況遇天仙隔錦屏。儻若玉京朝會去，願隨鸞鶴入青雲。"詩往，久而無答。航數詰裊煙，煙曰："娘子見詩若不聞，如何？"航無計，因在道求名醞珍果而獻之，夫人乃使裊煙召航相識。及褰帷，而玉瑩光寒，花明麗景，雲低鬟鬢，月淡修眉，舉止煙霞外人，肯與塵俗爲偶。航再拜揖，睇眙良久之。夫人曰："妾有夫在漢南，將欲棄官而幽棲巖谷，召某一訣耳。深哀草擾，慮不及期，豈更有情留盼他人，的不然耶？但喜與郎君同舟共濟，無以諧謔爲意耳。"航曰："不敢。"飲訖而歸。操比冰霜，不可干冒。夫人後使裊煙持詩一章，曰："一飲瓊漿百感生，玄霜搗盡見雲英。藍橋便是神仙窟，何必崎嶇上玉清。"航覽之，空愧佩而已，然亦不能洞達詩之旨趣。後更不復見，但使裊煙達寒暄而已。

遂抵襄漢，與使婢挈妝奩，不告辭而去，人不能知其所造。航遍求訪之，滅跡匿形，竟無蹤兆，遂飾妝歸輦下。經藍橋驛側近，因渴甚，遂下道求漿而飲。見茅屋三四間，低而復隘，有老嫗緝麻苧。航揖之，求漿。嫗咄曰："雲英，擎一甌漿來，郎君要飲。"航訝之，憶樊夫人詩有雲英之句，深不自會。俄於葦箔之下，出雙玉手，捧瓷。航接飲之，真玉液也。但覺異香氤鬱，透於戶外。因還甌，邊揭箔，睹一女子，露裛瓊英，春融雪彩，臉欺膩玉，鬢若濃雲，嬌而掩面蔽身，雖紅蘭之隱幽谷，不足比其芳麗也。航驚怛植足而不能去，因白嫗曰："某僕馬甚饑，願憩於此，當厚答謝，幸無見阻。"嫗曰："任郎君自便。"且遂飯僕秣馬。良久，謂嫗曰："向睹小娘子，豔麗驚人，姿容擢世，所以躊躇而不能適。願納厚禮而娶之，可乎？"嫗曰："渠已許嫁一人，但時未就耳。我今老病，只有此女孫。昨有神仙遺靈丹一刀至，但須玉杵臼，擣之百日，方可就吞，當得後天而老。君約取此女者，得玉杵臼，吾當與之也。其餘金帛，吾無用處耳。"航拜謝曰："願以百日為期，必攜杵臼而至，更無他許人。"嫗曰："然。"航恨恨而去。

及至京國，殊不以舉事為意。但於坊曲鬧市喧衢而高聲訪其玉杵臼，曾無影響。或遇朋友，若不相識，眾言為狂人。數月餘日，或遇一貨玉老翁曰："近得虢州藥鋪卞老書云：'有玉杵臼貨之。'郎君懇求如此，此君吾當為書導達。"航愧荷珍重，果獲杵臼，卞老曰："非二百緡不可得。"航乃瀉囊，兼貨僕貨馬，方及其數。遂步驟獨挈而抵藍橋。昔日嫗大笑曰："有如是信士乎？吾豈愛惜女子而不酬其勞哉。"女亦微笑曰："雖然，更為吾擣藥百日，方議姻好。"嫗於襟帶間解藥，航即擣之。晝爲而夜息，夜則嫗收藥臼於内室。航又聞擣藥聲，因窺之，有玉兔持杵臼，而雪光輝室，可鑒毫芒。於是航之意愈堅。如此日足，嫗持而吞之曰："吾當入洞，而告姻戚爲裴郎具帳幃。"遂挈女入山，謂航曰："但少留此。"

　　逡巡，車馬僕隸，迎航而往。别見一大第連雲，珠扉晃日，内有帳幄屏幃，珠翠珍玩，莫不臻至，愈如貴戚家焉。仙童侍女，引航入帳就禮訖。航拜嫗悲泣感荷。嫗曰："裴郎自是清冷裴眞人子孫，業當出世，不足深愧老嫗也。"及引見諸賓，多神仙中人也。後有仙女，鬟髻霓衣，云是妻之姊耳。航拜訖，女曰："裴郎不相識耶？"航曰："昔非姻好，不醒拜侍。"女曰："不憶鄂渚同舟回而抵襄漢乎？"航深驚怛，懇悃陳謝。後問左右，曰："是小娘子之姊，雲翹夫人，劉綱仙君之妻也。已是高眞，爲玉皇之女吏。"嫗遂遣航將妻入玉峰洞中，瓊樓珠室而居之，餌以絳雪瓊英之丹，體性清虛，毛髮紺綠，神化自在，超爲上仙。

　　至太和中，友人盧顥遇之於藍橋驛之西。因說得道之事，遂贈藍田美玉十斤，紫府雲丹一粒，敍話永日，使達書於親愛。盧顥稽顙曰："兄旣得道，如何乞一言而教授？"航曰："老子曰：'虛其心，實其腹。'今之人，心愈實，何由得道之理。"盧子憮然，而語之曰："心多妄想，腹漏精溢，即虛實可知矣。凡人自有不死之術，還丹之方，但子未便可教，異日言之。"盧子知不可請，但終宴而去。後世人莫有遇者。

　　按《太平廣記》五十採此條。明萬曆中龍米陵本此作《藍橋記》。明末餘姚楊之炯又合裴航、崔護事，爲《玉杵記》。

崔煒

據《太平廣記》校錄

　　貞元中，有崔煒者，故監察向之子也，向有詩名於人間，終於南海從事。煒居南海，意豁然也。不事家產，多尚豪俠，不數年，財業殫盡，多棲止佛舍。時中元日，番禺人多陳設珍異於佛廟，集百戲於開元寺。煒因窺之，見乞食老嫗，因蹶而覆人之酒甕，當壚者毆之。計其直，僅一緡耳。煒憐之，脫衣爲償其所直，嫗不謝而去。異日又來，告煒曰："謝子爲脫吾難。吾善灸贅疣。今有越井岡艾少許奉子。每遇贅疣，只一炷耳。不獨愈苦，兼獲美豔。"煒笑而受之，嫗倏亦不見。

　　後數日，因遊海光寺，遇老僧贅於耳。煒因出艾試灸之，而如其説。僧感之甚，謂煒曰："貧道無以奉酬，但轉經以資郎君之福祐耳。此山下有一任翁者，藏鏹巨萬，亦有斯疾。君子能療之，當有厚報。請爲書導之。"煒曰："然。"任翁一聞，喜躍，禮請甚謹。煒因出艾，一爇而愈。任翁告煒曰："謝君子痊我所苦，無以厚酬。有錢十萬，奉子，幸從容，無草草而去。"煒因留彼。煒善絲竹之妙，聞主人堂前彈琴聲，詰家童，對曰："主人之愛女也。"因請其琴而彈之。女潛聽而有意焉。

　　時任翁家事鬼，曰獨脚神，每三歲必殺一人饗之。時已逼矣，求人不獲。任翁俄負心，召其子計之曰："門下客既不來，無血屬可以爲饗。吾聞大恩尚不報，況愈小疾耳。"遂令具神饌，夜將半，擬殺煒。已潛扃煒所處之室，而煒莫覺。女密知之，潛持刃於窗隙間告煒曰："吾家事鬼，今夜當殺汝而祭之，汝可持此破窗遁去。不然者，少頃死矣。此刃亦望持去，無相累也。"煒恐悸汗流，揮刃攜艾，斸窗櫺躍出，拔鍵而走。任翁俄覺，率家僮十餘輩，持刃秉炬，追之六七里，幾及之。煒因迷道失足，墜於大枯井中，追者失蹤而返。

煒雖墜井，爲槁葉所藉而無傷。及曉視之，乃一巨穴，深百餘丈，無計可出。四旁嵌空，宛轉可容千人，中有一白虵，盤屈可長數丈。前有石臼巖，上有物滴下，如飴蜜，注臼中。虵就飲之。煒察虵有異，乃叩首祝之曰："龍王，某不幸墜於此，願王憫之！"幸不相害。因飲其餘，亦不飢渴。細視虵之脣吻，亦有疣焉。煒感虵之見憫，欲爲炙之，奈無從得火。旣久，有遙火飄入於穴。煒乃燃艾啓虵而炙之，是贅應手墜地。虵之飲食久妨礙，及去，頗以爲便，遂吐徑寸珠酬煒，煒不受，而啓虵曰："龍王能施雲雨，陰陽莫測，神變由心，行藏在己，必能有道拯援沉淪。倘賜挈維，得還人世，則死生感激，銘在肌膚。但得一歸，不願瓌寶。"虵遂咽珠，蜿蜒將有所適，煒遂再拜跨虵而去。不由穴口，只於洞中行。可數十里，其中幽暗若漆。但虵之光燭兩壁，時見繪畫古丈夫，咸有冠帶。最後觸一石門，門有金獸齧環，洞然明朗。虵低首不進，而卸下煒，煒將謂已達人世矣。入戶，但見一室，空闊可百餘步。穴之四壁，皆鐫爲房室。當中有錦繡幃帳數間，垂金泥紫，更飾以珠翠，炫晃如明星之連綴。帳前有金爐，爐上有蛟龍、鸞鳳、龜虵、鸞雀，皆張口噴出香煙，芳芬蓊鬱。傍有小池，砌以金壁，貯以水銀，鳧鷖之類，皆琢以瓊瑤而泛之。四壁有牀，咸飾以犀象，上有琴瑟、笙簧、鼗鼓，柷敔，不可勝記。煒細視手澤尚新。煒乃恍然，莫測是何洞府也。

良久，取琴試彈之，四壁戶牖咸啓。有小青衣出而笑曰："玉京子已送崔家郎君至矣。"遂却走入。須臾，有四女，皆古鬟髻，曳霓裳之衣，謂煒曰："何崔子擅入皇帝玄宫耶？"煒乃捨琴再拜，女亦酬拜。煒曰："旣是皇帝玄宫，皇帝何在？"曰："暫赴祝融宴爾。"遂命煒就榻鼓琴，煒乃彈胡笳。女曰："何曲也？"曰："胡笳也。"曰："何爲胡笳？吾不曉也。"煒曰："漢蔡文姬，即中郎邕之女也，没於胡中。及歸，感胡中故事，因撫琴而成斯弄，像胡中吹笳哀咽之韻。"女皆怡然曰："大是新曲。"遂命酌醴傳觴。煒乃叩首，求歸之意頗切，女曰："崔子旣來，皆是宿分，何必匆遽，幸且淹駐。羊城使者少頃當來，可以隨往。"謂崔子曰："皇帝已許田夫人奉箕箒，便可相見。"崔子莫測端倪，不敢應答。遂命侍女召田夫人，夫人不肯至，曰："未奉皇帝詔，不敢見崔家郎也。"再命不至，謂煒曰："田夫人淑德美麗，世無儔匹，願君子善奉之，亦宿業耳。夫人，即齊王女也。"崔子曰："齊王何人也？"女曰："王諱橫，昔漢初亡齊而居海島者。"

逡巡有日影入照坐中。煒因舉首上見一穴，隱隱然睹人間天漢耳。四女曰："羊城使者至矣。"遂有一白羊自空冉冉而下，須臾至座。背有一丈夫，衣冠儼然，執大筆，兼封一青竹簡，上有篆字，進於香几上，四女命侍女讀之曰："廣州刺史徐紳死，安南都護趙昌充替。"女酌醴飲使者曰："崔子欲歸番禺，願爲挈往。"使者唱喏，迴謂煒曰："他日須與使者易服緝宇，以相酬勞。"煒但唯唯。四女曰："皇帝有敕令與郎君國寶陽燧珠，將往至彼，當有胡人具十萬緡而易之。"遂命侍女開玉函取珠授煒。煒再拜捧受，謂四女曰："煒不曾朝謁皇帝，又非親族，何遽貺遺如是？"女曰："郎君先人有詩於越臺，感悟徐紳，遂見修葺。皇帝愧之，亦有詩繼和。賓珠之意,已露詩中,不假僕說。郎君豈不曉耶?"煒曰:"不識皇帝何詩?"女命侍女書題於羊城使者筆管上云:"千載荒臺隳路隅,一煩太守重椒塗。感君拂拭意何極,報爾美婦與明珠。"煒曰:"皇帝原何姓字?"女曰:"已後當自知耳。"女謂煒曰:"中元日須具美酒豐饌於廣州蒲澗寺靜室,吾輩當送田夫人往。"煒遂再拜告去,欲躡使者之羊背。女曰:"知有鮑姑艾,可留少許。"煒但留艾,即不知鮑姑是何人也,遂留之。

瞬息而出穴,履於平地,遂失使者與羊所在。望星漢,時已五更矣。俄聞蒲澗寺鐘聲,遂抵寺。僧人早糜見餉,遂歸廣州。崔子先有舍稅居,至日往舍詢之,曰:"已三年矣。"主人謂崔煒曰:"子何所適而三秋不返?"煒不實告。開其戶,塵榻儼然,頗懷悽愴。問刺史,則徐紳果死,而趙昌替矣。乃抵波斯邸,潛鬻是珠。有老胡人一見,遂匍匐禮手曰:"郎君的入南越王趙佗墓中來。不然者,不合得斯寶。"蓋趙佗以珠爲殉故也。崔子乃具實告,方知皇帝是趙佗。佗亦曾稱南越武帝,故耳。遂具十萬緡易之。崔子詰胡人曰:"何以辨之?"曰:"我大食國寶陽燧珠也。昔漢初趙佗使異人梯山航海,盜歸番禺,今僅千載矣。我國有能玄象者,言來歲國寶當歸,故我王召我具大舶重資抵番禺而搜索。今日果有所獲矣。"遂出玉液而洗之,光鑒一室。胡人遽泛舶歸大食去。

煒得金,遂具家產。然訪羊城使者,竟無影響。後有事於城隍廟,忽見神像有類使者,又睹神筆上有細字,乃侍女所題也。方具酒脯而奠之,兼重粉繢及廣其宇,是知羊城即廣州城,廟有五羊焉。又徵任翁之室,則村老云:"南越尉任囂之墓耳。"又登越王殿臺,睹先人詩云:"越井岡頭松柏老,越王臺上生秋草。古墓多年無子孫,野人踏踐成官道。"兼越王繼和詩,蹤跡頗異。乃詢主者,主者曰:"徐大夫紳,因登此臺,感崔侍御詩,故重粉飾臺殿,所以煥赫耳。"

後將及中元日,遂豐潔香饌甘醴,留蒲澗寺僧室。夜將半,果四女伴田夫人至。容儀豔逸,言旨雅澹。四女與崔生進觴諧謔,將曉告去。崔子遂再拜訖,致書達於越王,卑辭厚禮,敬荷而已。遂與夫人歸室。煒詰夫人曰:"既是齊王女,何以配南越人?"夫人曰:"某國破家亡,遭越王所虜,爲嬪御。王崩,因以爲殉。乃不知今是幾時也。看烹酈生,如昨日耳。每憶故事,輒一潸然。"煒問曰:"四女何人?"曰:"其二,甌越王搖所獻;其二,閩越王無諸所進。俱爲殉者。"又問曰:"昔四女云鮑姑,何人也?"曰:"鮑靚女,葛洪妻也。多行炙於南海。"煒方歎駭昔日之嫗耳。又曰:"呼她爲玉京子何也?"曰:"昔安期生長跨斯龍而朝玉京,故號之玉京子。"煒因在穴飲龍餘沫,肌膚少嫩,筋力輕健。後居南海十餘載,遂散金破產,棲心道門,乃挈室往羅浮訪鮑姑,後竟不知所適。

按《太平廣記》三十四採此條。

孫恪
據太平廣記校錄

廣德中有孫恪秀才者,因下第遊於洛中。至魏王池畔,忽有一大第,土木皆新,路人指云:"斯袁氏之第也。"恪逕往叩扉,無有應聲。户側有小房,簾帷頗潔,謂伺客之所。恪遂褰簾而入。良久,忽聞啓關者一女子,光容鑒物,豔麗驚人:珠初滌其月華,柳乍含其烟媚;蘭芬靈濯,玉瑩塵清。恪疑主人之處子，但潛窺而已。女摘庭中之萱草，凝思久立，遂吟詩曰：「彼見是忘憂，此看同腐草，青山與白雪，方展我懷抱。」吟諷慘容。後因來褰簾，忽睹恪，遂驚憨入戶。使青衣詰之曰：「子何人，而夕向於此？」恪乃語以稅居之事，曰：「不幸衝突，頗益慙駭。幸望陳達於小娘子。」青衣具以告。女曰：「某之醜拙，況不修容，郎君久盼簾帷，當盡所睹，豈敢更迴避耶？願郎君少佇内廳，當暫飾裝而出。」恪慕其容美，喜不自勝。詰青衣曰：「誰氏之子？」曰：「故袁長官之女，少孤，更無姻戚，唯與妾輩三五人，據此第耳。小娘子見求適人，但未售也。」

良久，乃出見恪，美豔愈於向者所睹。命侍婢進茶果，曰：「郎君即無第舍，便可遷囊橐於此廳院中。」指青衣謂恪曰：「少有所須，但告此輩。」恪愧荷而已。恪未室，又睹女子之妍麗如是，乃進媒而請之，女亦忻然相受，遂納爲室。袁氏贍足，巨有金繒，而恪久貧，忽車馬煥若，服玩華麗，頗爲親友之疑訝。多來詰恪，恪竟不實對。恪因驕倨，不求名第，日洽豪貴，縱酒狂歌，如此三四歲，不離洛中。忽遇表兄張聞雲處士，恪謂曰：「旣久暌闊，頗思從容，願攜衾綢，一來宵話。」張生如其所約。

及夜半將寢，張生握恪手，密謂之曰：「愚兄於道門曾有所授，適觀弟詞色，妖氣頗濃，未審別有何所遇？事之巨細，必願見陳，不然者，當受禍耳。」恪曰：「未嘗有所遇也。」張生又曰：「夫人禀陽精，妖受陰氣；魂掩魄盡，人則長生，魄掩魂消，人則立死。故鬼怪無形而全陰也，仙人無影而全陽也，陰陽之盛衰，魂魄之交戰；在體而微有失位，莫不表白於氣色。向觀弟神采，陰奪陽位，邪於正腑，真精已耗，識用漸墮，津液傾輸，根蒂蕩動，骨將化土，顏非渥丹，必爲怪異所鑠，何堅隱而不剖其由也？"恪方驚悟，遂陳娶納之因。張生大駭曰："只此是也，其奈之何。"恪曰："弟忖度之，有何異焉？"張曰："豈有袁氏海內無瓜葛之親哉！又辨慧多能，足爲可異矣。"遂告張曰："某一生邅迍，久處凍餒，因滋婚娶，頗似蘇息；不能負義，何以爲計？"張生怒曰："大丈夫未能事人，焉能事鬼？《傳》云：'妖由人興，人無釁焉，妖不自作。'且義與身孰親？身受其災，而顧其鬼怪之恩義；三尺童子，尚以爲不可，何況大丈夫乎！"張又曰："吾有寶劍，亦干將之儔亞也。凡有魍魎，見者滅沒。前後神驗，不可備數。詰朝奉借，倘攜密室，必睹其狼狽，不下昔日王君攜寶鏡而照鸚鵡也。不然者，則不斷恩愛耳。"

　　明日恪遂受劍。張生告去，執手曰："善伺其便。"恪遂攜劍，隱於室內，而終有難色。袁氏俄覺，大怒而責恪曰："子之窮愁，我使暢泰，不顧恩義，遂興非爲，如此用心，則犬彘不食其餘，豈能立節行於人世也。"恪既被責，慚顏惕慮，叩頭曰："受教於表兄，非宿心也，願以飲血爲盟，更不敢有他意。"汗落伏地。袁氏遂搜得其劍，寸折之，若斷輕藕耳。恪愈懼，似欲奔迸，袁氏乃笑曰："張生一小子，不能以道義誨其表弟，使行其凶險，來當辱之。然觀子之心，的應不如是。然吾匹君已數歲也，子何慮哉？"恪方稍安。後數日，因出，遇張生曰："無何使我撩虎鬚，幾不脫虎口耳。"張生問劍之所在，具以實對。張生大駭曰："非吾所知也。"深懼而不敢來謁。

　　後十餘年，袁氏已鞠育二子。治家甚嚴，不喜參雜。後恪之長安，謁舊友人王相國縉，遂薦於南康張萬頃大夫爲經略判官，挈家而往。袁氏每遇青松高山，凝睇久之，若有不快意。到端州，袁氏曰："去此半程，江壖有峽山寺，我家舊有門徒僧惠幽居於此寺。別來數十年，僧行夏臘極高，能別形骸，善出塵垢。倘經彼設食，頗益南行之福。"恪曰："然。"遂具齋蔬之類。及抵寺，袁氏欣然，易服理妝，攜二子詣老僧院，若熟其逕者。恪頗異之。遂將碧玉環子以獻僧，曰："此是院中舊物。"僧亦不曉。及齋罷，有野猿數十，連臂下於高松，而食於生臺上；後悲笑捫蘿而躍，袁氏惻然。俄命筆題僧壁曰："剛被恩情役此心，無端變化幾湮沉。不如逐伴歸山去，長笑一聲烟霧深。"乃擲筆於地，撫二子咽泣數聲，語恪曰："好住！好住！吾當永訣矣。"遂裂衣化爲老猿，追笑者躍樹而去。將抵深山，而復返視。恪乃驚懼，若魂飛神喪，良久撫二子一慟。

乃詢於老僧，僧方悟："此猿是貧道爲沙彌時所養。開元中，有天使高力士經過此，憐其慧黠，以束帛而易之。聞抵洛京，獻於天子。時有天使來往，多説其慧黠過人，長馴擾於上陽宮內。及安史之亂，即不知所之。於戲！不期今日更睹其怪異耳！碧玉環者，本訶陵胡人所施，當時亦隨猿頸而往，今方悟矣。"恪遂惆悵。艤舟六七日，攜二子而迴棹。不復能之任也。

按《太平廣記》四百四十五引此下注出《傳奇》。

韋自東

據太平廣記錄

　　貞元中有韋自東者，義烈之士也。嘗遊太白山，棲止段將軍莊，段亦素知其壯勇者。一日與自東眺望山谷，見一徑甚微，若舊有行跡。自東問主人曰："此何詣也？"段將軍曰："昔有二僧，居此山頂，殿宇宏壯，林泉甚佳；蓋開元中萬迴師弟子之所建也；似驅役鬼工，非人力所能及。或聞樵者說：其僧爲怪物所食。今絕踪二三年矣。又聞人說：有二夜叉於此。山亦無人敢窺焉。"自東怒曰："余操心在平侵暴，夜叉何類而敢噬人？今夕必挈夜叉首至於門下。"將軍止曰："暴虎憑河，死而無悔。"自東不顧，仗劍奮衣而往，勢不可遏。將軍悄然曰："韋生當其咎耳。"

自東捫蘿躡石至精舍，悄寂無人。睹二僧房，大敞其户，履錫俱全，衾枕儼然，而塵埃凝積其上。又見佛堂内，細草茸茸，似有巨物偃寢之處。四壁多掛野彘玄熊之類，或庖炙之餘，亦有鍋鑊薪。自東乃知是樵者之言不謬耳。度其夜叉未至，遂拔柏樹，徑大如碗，去枝葉爲大杖。扃其户，以石佛拒之。是夜，月白如晝。夜未分，夜叉挈鹿而至。怒其扃鐍，大叫，以首觸户，折其石佛而踣於地。自東以柏樹撾其腦，再舉而死之。拽之入室，又闔其扉。頃之，復有夜叉繼至，似怒前歸者不接己，亦哮吼，觸其扉，復踣於户閾，又撾之，亦死。自東知雌雄已殞，應無儕類，遂掩關，烹鹿而食。

及明，斷二夜叉首，挈餘鹿而示段。段大駭曰："真周處之儔矣。"乃烹鹿飲酒盡歡，遠近觀者如堵。有道士出於稠人中，揖自東曰："某有衷懇，欲披告於長者，可乎？"自東曰："某一生濟人之急，何爲不可。"道士曰："某棲心道門，懇志靈藥，非一朝一夕耳。三二年前，神仙爲吾配合龍虎丹一爐，據其洞而修之，有日矣。今靈藥將成，而數有妖魔入洞，就爐擊觸，藥幾廢散。思得剛烈之士，仗劍衛之。靈藥倘成，當有分惠，未知能一行否？"自東踴躍曰："乃平生所願也。"遂仗劍從道士而去。濟險躡峻，當太白之高峰，將半，有一石洞，可百餘步，即道士燒丹之室；唯弟子一人。道士約曰："明晨五更初，請君仗劍當洞門而立，見有怪物，但以劍擊之。"自東曰："謹奉教。"久立燭於洞門外以伺之。

俄頃，果有巨虺長數丈，金目雪牙，毒氣氤鬱，將欲入洞。自東以劍擊之，似中其首，俄頃，若輕霧而化去。食頃，有一女子，顏色絕麗，執芰荷之花，緩步而至。自東又以劍拂之，若雲氣而滅。食頃，將欲曙。有道士乘雲駕鶴，導從甚嚴，勞自東曰："妖魔已盡，吾弟子丹將成矣！吾當來爲證也。"盤旋候明而入。語自東曰："喜汝道士丹成，今有詩一首，汝可繼和。"詩曰："三秋稽顙叩真靈，龍虎交時金液成。絳雪既凝身可度，蓬壺頂上有雲生。"自東詳之，意曰此道士之師，遂釋劍而禮之。俄而突入，藥鼎爆烈，更無遺在，道士慟哭。自東悔恨自咎而已。二人因以泉滌其鼎器而飲之。自東後更有少容，而適南岳，莫知所止。今段將軍莊，尚有夜叉骷髏見在。道士亦莫知所之。

按《太平廣記》三百五十六引此文。

陶尹二君
據太平廣記校錄

大中初，有陶太白、尹子虛二老人，相契爲友。多遊嵩華二峰，採松脂茯苓爲業。二人因攜釀醞，陟芙蓉峰，尋異境，憩於大松林下，因傾壺飲。聞松梢有二人撫掌笑聲，二公起而問曰："莫非神仙乎？豈不能下降而飲斯一爵？"笑者曰："吾二人非山精木魅，僕是秦役夫，彼即秦宮女子，聞君酒馨，頗思一醉。但形體改易，毛髮怪異，恐子悸慄，未能便降。子但安心徐待，吾當返穴易衣而至，幸無遽捨我去。"二公曰："敬聞命矣。"遂久伺之。

忽松下見一丈夫，古服儼雅，一女子鬟髻綵衣俱至。二公拜謁，忻然還坐。頃之，陶君啓："神仙何代人？何以至此？旣獲拜侍，願怯未晤！"古丈夫曰："余秦之役夫也，家本秦人。及稍成童，值始皇帝好神仙術，求不死藥，因爲徐福所惑，搜童男童女千人，將之海島。余爲童子，乃在其選。但見鯨濤蹙雪，屓閣排空，石橋之柱欹危，蓬岫之烟杳渺，恐葬魚腹，猶貪雀生。於難厄之中，遂出奇計，因脫斯禍。歸而易姓業儒，不數年中，又遭始皇煨燼典墳，坑殺儒士，縉紳泣血，簪紱悲號。余當此時，復在其數。時於危懼之中，又出奇計，乃脫斯苦。又改姓氏爲板築夫，又遭秦皇嶽信妖妄，遂築長城，西起臨洮，東之海曲，隴鴈悲晝，塞雪咽空，鄕關之思魂飄，砂磧之勞力竭，墮趾傷骨，唼雪觸冰。余爲役夫，復在其數。遂於辛勤之中，又出奇計，得脫斯難。又改姓氏而業工，乃屬秦皇帝崩，穿鑿驪山，大修塋域，玉堲金砌，珠樹瓊枝，綺殿錦宮，雲樓霞閣，工人匠石，盡閉幽隧。念爲工匠，復在數中，又出奇謀，得脫斯苦。凡四設權奇之計，俱脫大禍。知不遇世，遂逃此山，食松脂木實，乃得延齡耳。此毛女者，乃秦之宮人，同爲殉者。余乃同與脫驪山之禍，共匿於此。不知於今經幾甲子耶？"二子曰："秦於今世，繼正統者九代，千餘年興亡之事，不可歷數。"

二公遂俱稽顙曰："余二小子，幸遇大仙，多劫因依，使今諧遇；金丹大藥，可得聞乎？朽骨腐肌，實翼麻蔭！"古丈夫曰："余本凡人，但能絕其世慮。因食木實，乃得凌虛，歲久日深，毛髮紺綠。不覺生之與死，俗之與仙，鳥獸爲鄰，猱犹同樂；飛騰自在，雲氣相隨，亡形得形，無性無情。不知金丹大藥，爲何物也。"二公曰："大仙食木實之法，可得聞乎？"曰："余初餌柏子，後食松脂，遍體瘡瘍，腸中痛楚。不及旬朔，肌膚瑩滑，毛髮澤潤。未經數年，凌虛若有梯，步險如履地，飄飄然順風而翔，皓皓然隨雲而昇。漸混合虛無，潛乎造化，彼之與我，視無二物。凝神而神爽，養氣而氣清；保守胎根，含藏命帶；天地尚能覆載，雲氣尚能鬱蒸，日月尚能晦明，川岳尚能融結。即余之體，莫能敗壞矣。"二公拜曰："敬聞命矣。"

飲將盡，古丈夫折松枝、叩玉壺而吟曰："餌柏身輕疊嶂間，是非無意到塵寰。冠裳暫備論浮世，一餉雲遊碧落間。"毛女繼和曰："誰知古是與今非，閑躡青霞遠翠微。簫管秦樓應寂寂，綵雲空惹薜蘿衣。"古丈夫曰："吾與子邂逅相遇，那無戀戀耶。吾有萬歲松脂、千秋柏子少許，汝可各分餌之，亦應出世。"二公捧受拜荷，以酒吞之。二仙曰："吾當去矣！善自道養，無令漏泄伐性，使神氣暴露於窟舍耳！"二公拜別，但覺超然，莫知其蹤去矣。旋見所衣之衣，因風化爲花片蝶翅而揚空中。陶、尹二公，今巢居蓮花峰上，顔臉微紅，毛髮盡綠，言語而芳馨滿口，履步而塵埃去身。云臺觀道士往往遇之，亦時細話得道之來由爾。

按《太平廣記》四十引此文。

三水小牘

皇甫枚撰

按《三水小牘》，唐皇甫枚撰。《兩唐志》未著錄。宋陳直齋《書錄解題》小說類始載《三水小牘》三卷，唐皇甫枚遵美撰。（《文獻通考》，枚作牧。清聚珍本亦同。）馬氏《經籍考·宋史·藝文志》並載之，卷數與直齋同。明楊儀有二卷本。姚咨於嘉靖甲寅，從楊寫福。後十一年，秦汴據以鋟木。《天一閣書目》所載之二卷本即此書也。清乾隆間，盧文弨刻入《抱經堂叢書》。阮元《揅經堂外集》又據錢曾影寫姚本入錄。近人繆荃孫復據盧本，而校以《廣記》《續談助》《說郛》《說海》，並輯逸文十二條，刊入《雲自在龕叢書》，皆二卷本也。宋時既稱三卷，今只二卷，知此書在明時，已佚其一。繆氏益以葺補，雖未能遽復舊觀，然已十得六七，在今日當以此本爲最完善。

皇甫枚生平頗晦。《直齋書錄解題》僅云："字遵美，天祐中人。三水者，安定屬邑也。"亦不詳其他。惟就本書考之，知枚於唐懿宗咸通末年，曾爲汝州魯山令（繆本卷下《夏侯禎黷女神》一條）。是年，由汝入秦（繆本卷上《王玄冲登華山蓮花峰》一條）。光啓中，僖宗在梁州，秋月，枚赴調行在（繆本卷下《高平縣所見》一條）。枚著籍三水，而汝墳溫泉，復有別業（繆本卷上《冠蓋山獲古銅斗》條，又卷下《廣明庚子大風雨之異》一條）。其平生行事，可考者只此。惟姚咨、秦汴並稱："枚於天祐庚午歲，旅食汾晉，手紀咸通中事，而爲此書。"今本無考。故盧抱經疑舊本原有枚序，否則姚氏無從知之。頗以未見爲憾。然嘉靖間文籍尚繁，姚或別有採獲，不必定出自序。果其有之，以姚咨之媚古成癖，秦汴之搜採逸文，（姚秦二本，並出於海虞楊夢羽家藏本。姚錄於嘉靖甲寅，秦刻於嘉靖甲子。前後相距只十一年，序不當亡佚也。又《秦序》云："余錄得《三水小牘》八則，又從《古今說海》得七則。及得海虞楊儀部夢羽二卷，似乎已備，及檢《通考》，知尚亡一卷。"是秦固嘗致力搜採矣。）當不致輕於割棄，可斷言也。至唐天祐庚午，唐已亡四年，晉時猶稱天祐。枚既旅食晉汾，無復眷顧汝墳之意，其不肯奉梁正朔，固自附於羅昭諫、韓致光輩矣。今細繹其書，雖多紀仙靈怪異，而每及義烈，亦復凛凛有生氣。（盧文弨《序》云："書中所載烈丈夫如董漢勳，烈婦人如李庭妻崔氏、殷保晦妻封夫人，皆凛凛有生氣。《郯城令遇賊偷生》而下，即繫之以崔氏之罵賊被殺。此與歐陽公傳長樂老相似，垂誡亦深矣。）是於侈陳靈異之餘，隱寓垂誡之旨。至文辭雅飾，不失唐人軌範，又未可以猥瑣誕妄視之也。今迻錄數則，俾資賞玩。喜治唐說部者，欲窺其全，則繆刻尚在，取而覽觀可也。

王玄冲

據繆本三水小牘校錄

　　咸通癸巳歲，余從鼎臣兄自汝入秦。冬十二月，宿於華野狐泉店。鼎臣兄與余同登南坡蘭若，訪主僧曰義海，因話三峰事。海曰："去秋有士人王玄冲者，來自天姥，雲遊涉名山，亦盡東南之美矣。惟有華山蓮華峰，今則方伺（《續談助》作候）一登耳。計其五千仞，爲一旬之程。既上，當爇煙爲信。翌日，發笈，取一藥壺，並火金以去。及期，海至桃林以俟（《續談助》作佇立）。數息間，有白煙欻起蓮花峰。"海祕之不言。後二旬，而玄冲至。言曰："前者既入華陽山，尋微徑至蓮華峰下。初登，雖峻險，猶可重足一跡。既及峰三分之一，則劣容半足，乃以死誓志，作氣而登。時遇石室，上下懸絕，則有蔦蘿及石髮垂下，接之以升。果一旬，而及峰頂。頂廣約百畝，中有池，亦數畝。菌苔方盛，濃碧鮮妍，四旁則巨檜喬松。池側，有破鐵舟，觸之則碎。既周覽矣，乃爨火焉。而循池覘花，探取落葉數片，及鐵舟寸許懷之，一宿乃下。下之危慄，復倍於登陟時。"海不覺其執玄冲（原本作雲，據《續談助》校改）手曰："君固三清之奇士也。"於是玄冲盡以蓮葉、鐵舟鐵（原本無上鐵字，據《續談助》校增）贈海。明日，復負笈而去，莫知所終。則尚子尋五嶽，亦斯人之徒與。

　　按此文敍玄冲登蓮花峰一節，令人神駭。華山有三峰：即蓮花，玉女，松檜也。《太平御覽》三十九引《華山記》云："山頂有池，生千葉蓮花，服之羽化，因曰華山。"此文或因此而玄想實境；或果有其人其事，皆未可知。然境固奇絕矣。唐前寫華山者，以酈元《水經注》爲鉅製。後則明洪武間有崑山王履《遊華山詩》百五十首（《列朝詩集》甲集十六選錄），頗能狀難寫之景於目前，又《酈注》後別開生面者也。

王知古
據明鈔原本說郛及太平廣記互校

　　咸通庚寅歲，盧龍軍節度使檢校尚書左僕射張直方抗表，請修入覲之禮，優詔允焉。先是張氏世蒞燕土，民亦世服其恩。禮昭臺之嘉賓，撫易水之壯士；地沃兵庶，朝廷每姑息之。洎直方之嗣事也，出綺紈之中，據方岳之上，未嘗以民間休戚爲意，而酣酒於室，淫獸於原，巨賞狎於皮冠，厚寵襲於綠幘，暮年而三軍大怨。直方稍不自安。左右有爲其計者，乃盡室西上至京，懿宗授之左武衞大將軍。而直方飛蒼走黃，莫親徼道之職，往往設罝罘於通道，則犬彘無遺，臧獲有不如意者，立殺之。或曰："輦轂之下，不可專戮。"其母曰："尚有尊於我子者乎？"則憯軟可知也。於是諫官列狀上，請收付廷尉。天子不忍置於法，乃降爲昭王府司馬，俾分務洛師焉。直方至東京，旣不自新，而慢遊愈丞。洛陽四旁耆者走者，見皆識之，必群噪長嗥而去。

有王知古者，東諸侯之貢士也，雖薄涉儒術，而數奇不中春官選，乃退處於三川之上，以擊鞠飛觴爲事，邀遊於南鄰北里間。至是有聞於直方者，直方延之。睹其利喙贍辭，不覺前席，自是日相狎。壬辰歲，冬十一月，知古嘗晨興，儆舍無煙，愁雲塞望，悄然弗怡。乃徒步造直方第，至則直方急趨，將出畋也。謂知古曰："能相從乎？"而知古以祈寒有難色，直方顧謂僮曰："取短皂袍來。"請知古衣之，知古乃上加麻衣焉，遂聯轡而去。出長夏門，則凝霰始零，由關塞而密雪如注。乃渡伊水而東，南踐萬安山之陰麓，而韝采之獲甚夥。傾羽觴，燒兔肩，殊不覺有嚴冬意。及乎霞開雪霽，日將夕焉，忽有封狐突起於知古馬首，乘酒馳之數里，不能及，又與獵徒相失。須臾雀噪煙暝，莫知所如；隱隱聞洛城暮鐘，但彷徨於樵徑古陌之上。俄而山川黯然，若一鼓將半，試長望，有炬火甚明，乃依積雪光而赴之。復若十餘里，至則喬木交柯，而朱門中開，皓壁橫亘，真北闕之甲第也。

知古及門，下馬，將徙倚以達旦。無何，小駟頓轡，閽者覺之，隔壁而問阿誰，知古應曰："成周貢士太原王知古也。今旦有友人將歸於崆峒舊隱者，僕餞之伊水濱，不勝離觸，既摻袂，馬逸，復不能止，失道至此耳。遲明將去，幸無見讓。"閽曰："此乃南海副使崔中丞之莊也。主父近承天書赴闕，郎君復隨計吏西征，此惟閨閫中人耳，豈可淹久乎。某不敢去留，請聞於內。"知古雖怵惕不寧，自度中宵矣，去將安適？乃拱立以候。

少頃，有秉蜜炬自內至者，振鑰管闢扉，引保母出。知古前拜，仍述厥由。母曰："夫人傳語：'主與小子，皆不在家，於禮無延客之道。然僻居於山藪，接軫豺狼所嗥，若固相拒，是見溺不救也。請舍外廳，翌日可去。'"知古辭謝，乃從保母而入。過重門，門側廳事，欒櫨宏敞，帷幙鮮華，張銀燈，設綺席，命知古坐焉。酒三行，陳方丈之饌，豹胎魴腴，窮水陸之美，保母亦時來相勉。食畢，保母復問知古世嗣宦族及內外姻黨，知古具言之。乃曰："秀才軒裳令胄，金玉奇標，既富春秋，又潔操履，斯實淑媛之賢夫也。小君以鍾愛稚女，將及笄年，嘗託媒妁，為求諧對久矣。今夕何夕，獲遘良人。潘楊之睦可遵，鳳凰之兆斯在。未知雅抱何如耳？"知古斂容曰："僕文愧金聲，才非玉潤，豈家室為望，惟泥塗是憂。不謂寵及迷津，慶逢子夜。聆好音於魯館，逼佳氣於秦臺。二客遊神，方茲莫及；三星委照，唯恐不揚。倘獲託彼強宗，眷以佳耦，則生平所志，畢在斯乎。"

保母喜，謔浪而入白，復出，致小君之命。曰："兒自移天崔門，實秉懿範；奉蘋蘩之敬，如琴瑟之和。惟以稚女是懷，思配君子，既辱高義，乃叶夙心。上京飛書，路且不遠；百兩陳禮，事亦非賒。忻慰孔多，傾矚而已。"知古磬折而答曰："某蟲沙微類，分及湮淪，而鐘鼎高門，忽蒙採拾；有如白水，以奉清塵，鶴企鳧趨，惟待休旨。"知古復拜。保母戲曰："他日錦雉之衣欲解，青鸞之匣全開；貌如月華，室若雲遂。此際頗相念否？"知古謝曰："以凡近仙，自地登漢，不有所舉，孰能自媒。謹當誓彼襟靈，志之紳帶；期於没齒，佩以周旋。"復拜。

少時，則燎沈當庭，良夜將艾。保母請知古脱服以休，既解麻衣，而皁袍見。保母誚曰："豈有逢掖之士，而服從役之衣耶？"知古謝曰："此乃假之於與遊所熟者，固非己有。"又問所從，答曰："乃盧龍張直方僕射所借耳。"保母忽驚叫仆地，色如死灰。既起，不顧而走入宅。遙聞大叱曰："夫人差事，宿客乃張直方之徒也。"復聞夫人者叫曰："火急斥去，無啓寇讎。"於是婢子小豎輩，群出秉猛炬，曳白棓而登階。知古佢儀，避於庭中，四顧遜謝。罵言狎至，僅得出門。既出，已橫關闔扉，猶聞喧嘩未已。知古愕立道左，自怛久之。將隱穨垣，乃得馬於其下，遂馳走。遙望大火若燎原者，乃縱轡赴之。至則輸租車方飯牛附火耳。詢其所，則伊水東草店之南也。復枕轡假寐。食頃，而震方洞然，心思稍安。乃揚鞭於大道，比及都門，已有張直方騎數輩來跡矣。

遙至其第，既見直方，而知古憤懣不能言，直方慰之。坐定，知古乃述宵中怪事。直方起而撫髀曰："山魈木魅，亦知人間有張直方耶？"且止知古。復益其徒數十人，皆射皮飲胾者，享以巵酒豚肩。與知古復南出，既至萬安之北，知古前導，雪中馬跡宛然。直詣柏林下，則碑板廢於荒坎，樵蘇殘於茂林。中列大冢十餘，皆狐兔之窟宅，其下成蹊。於是直方命四周張彀弓以侍。内則秉蘊荷鍤，且掘且薰。少焉，有群狐突出，焦頭爛額者，罝羅罥掛者，應弦飲羽者，凡獲狐大小百餘頭以歸。（《廣記》止此）

三水人曰：嗟乎王生！生世不諧，而爲狐貉所侮，況其大者乎。向若無張公之皂袍，則強死於穢獸之穴也。余時在洛敦化里第，於宴集中，博士渤海徐公讜爲余言之。豈曰語怪，亦以攄實，故傳之焉。

按《太平廣記》四百五十五引此文，題曰《張直方》。明人叢刻，有改題爲《獵狐記》者，則因事命題，非其舊也。今不取。

步飛烟
據明鈔原本說郛校錄

臨淮武公業，咸通中任河南府功曹參軍。愛妾曰飛烟，姓步氏，容止纖麗，若不勝綺羅。善秦聲，好文墨，尤工擊甌，其韻與絲竹合。公業甚嬖之。其比鄰，天水趙氏第也，亦衣纓之族。其子曰象，端秀有文，纔弱冠矣。時方居喪禮。忽一日，於南垣隙中窺見飛烟，神氣俱喪，廢食忘寐。乃厚賂公業之閽，以情告之。閽有難色，復爲厚利所動。乃令其妻伺飛烟閑處，具以象意言焉。飛烟聞之，但含笑凝睇而不答。門媪盡以語象。象發狂心蕩，不知所持，乃取薛濤牋題絕句曰："一睹傾城貌，塵心只自猜。不隨蕭史去，擬學阿蘭來。"以所題密緘之，祈門媪達飛烟。烟讀畢，吁嗟良久，謂媪曰："我亦曾窺見趙郎，大好才貌。此生薄福，不得當之。"蓋鄙武生麄悍，非良配耳。乃復酬一篇，寫於金鳳牋，曰："綠慘雙娥不自持，只緣幽恨在新詩。郎心應似琴心怨，脈脈春情更泥誰。"封付門媪，令遺象。象啓緘，吟諷數四，拊掌喜曰："吾事諧矣。"又以剡溪玉葉紙，賦詩以謝，曰："珍重佳人贈好音，綵牋芳翰兩情深。薄於蟬翼難供恨，密似蠅頭未寫心。疑是落花迷碧洞，只思輕雨灑幽襟。百回消息千回夢，裁作長謠寄綠琴。"詩去旬日，門媪不復來。象幽懣，恐事泄，或飛烟追悔。

　　春夕，於前庭獨坐，賦詩曰："綠暗紅藏起暝烟，獨將幽恨小庭前。沉沉良夜與誰語，星隔銀河月半天。"明日，晨起吟際，而門媼來。傳飛烟語曰："勿訝旬日無信，蓋以微有不安。"因授象以連蟬錦香囊並碧苔牋，詩曰："無力嚴妝倚繡櫳，暗題蟬錦思難窮。近來贏得傷春病，柳弱花欹怯曉風。"象結錦香囊於懷，細讀小簡，又恐飛烟幽思增疾，乃翦烏絲闌爲回椷，曰："春日遲遲，人心悄悄。自因窺覦，長役夢魂。雖羽駕塵襟，難於會合，而丹誠皎日，誓以周旋。昨日瑤臺青鳥忽來，殷勤寄語。蟬錦香囊之贈，芬馥盈懷，佩服徒增，翹戀彌切。況又聞乘春多感，芳履乖和，耗冰雪之妍姿，鬱蕙蘭之佳氣。憂抑之極，恨不翻飛。且望寬情，無至憔悴。莫孤短願，寧爽後期。惝恍寸心，書豈能盡？兼持斐什，仰繼華篇。伏惟試賜凝睇。"詩曰："見說傷情爲見春，想封蟬錦綠蛾顰。叩頭爲報烟卿道，第一風流最損人。"

　　閽媼既得迴報，徑賫詣飛烟閣中。武生爲府掾屬，公務繁夥，或數夜一直，或竟日不歸，此時恰值入府曹。飛烟拆書，得以款曲尋繹。既而長太息曰："丈夫之情，心契魂交，遠如近也。"於是闔戶垂幌，爲書曰："下妾不幸，垂髫而孤。中間爲媒妁所欺，遂匹合於瑣類。每至清風明月，移玉柱以增懷，秋帳冬釭，泛金徽而寄恨。豈謂公子，忽貽好音。發華椷而思飛，諷麗句而目斷。所恨洛川波隔，賈午牆高。連雲不及於秦臺，薦夢尚遙於楚岫。猶望天從素懇，神假微機，一拜清光，就殞無恨。兼題短什，用寄幽懷。伏惟特賜吟諷也。"詩曰："畫簷春燕須同宿，蘭浦雙鴛肯獨飛。長恨桃源諸女伴，等閒花裏送郎歸。"封訖，召閽媼，令達於象。象覽書及詩，以飛烟意切，喜不自持，但靜室焚香，虔禱以候。

忽一日，將夕，閽媪促步而至，笑且拜曰："趙郎願見神仙否？"象驚，連問之。傳飛烟語曰："值今夜功曹府直，可謂良時。妾家後亭，即君之前垣也。若不渝惠好，專望來儀。方寸萬重，悉候晤語。"既曛黑，象乃乘梯而登，飛烟已令重榻於下。既下，見飛烟靚妝盛服，立於庭前。交拜訖，俱以喜極不能言。乃相攜自後門入房中，遂背釭解幌，盡繾綣之意焉。及曉鐘初動，復送象於垣下。飛烟執象手曰："今日相遇，乃前生因緣耳。勿謂妾無玉潔松貞之志，放蕩如斯。直以郎之風調，不能自固。願深鑒之。"象曰："挹希世之貌，見出人之心。已誓幽庸，永奉歡洽。"言訖，象踰垣而歸。明託閽媪贈詩曰："十洞三清雖路阻，有心還得傍瑤臺。瑞香風引思深夜，知是蕊宮仙馭來。"飛烟覽詩微笑，復贈象詩曰："相思只怕不相識，相見還愁却別君。願得化爲松下鶴，一雙飛去入行雲。"付閽媪，仍令語象曰："賴值兒家有小小篇詠。不然，君作幾許大才面目？"茲不盈旬，常得一期於後庭。展幽微之思，罄宿昔之心；以爲鬼神不知，天人相助；或景物寓目，歌詠寄情；來往便繁，不能悉載，如是者周歲。

無何，飛烟數以細過撻其女奴，奴陰銜之，乘間盡以告公業。公業曰："汝慎勿揚聲！我當伺察之。"後至直日，乃僞陳狀請假。追夜，如常入直，遂潛於里門。街鼓既作，匍伏而歸。循牆至後庭，見飛烟方倚户微吟，象則據垣斜睇。公業不勝其憤，挺前欲擒。象覺，跳去，公業搏之，得其半襦。乃入室，呼飛烟詰之。飛烟色動聲顫，而不以實告。公業愈怒，縛之大柱，鞭楚血流。但云："生得相親，死亦何恨。"深夜，公業怠而假寐。飛烟呼其所愛女僕曰："與我一杯水。"水至，飲盡而絕。公業起，將復笞之，已死矣。乃解縛，舉置閣中，連呼之，聲言飛烟暴疾致殞。數日，窆之北邙。而里巷間皆知其強死矣。

象因變服，易名遠，自竄於江浙間。洛中才士，有崔、李二生，嘗與武掾遊處。崔詩末句云："恰似傳花人飲散，空牀拋下最繁枝。"其夕，夢飛烟謝曰："妾貌雖不迨桃李，而零落過之。捧君佳什，愧抑無已。"李生詩末句云："豔魄香魂如有在，還應羞見墜樓人。"其夕，夢飛烟戟手而罵曰："士有百行，君得全乎？何至務矜片言，苦相詆斥。當屈君於地下面證之。"數日，李生卒。時人異焉。遠後調授汝州魯山縣主簿，隴西李垣代之。咸通末，予復代垣，而與遠少相狎，故洛中祕事亦知之。而垣復為手記，故得以傳焉。

三水人曰：噫！豔冶之貌，則代有之矣；潔朗之操，則人鮮聞。故士矜才則德薄，女衒色則情私。若能如執盈，如臨深，則皆爲端士淑女矣。飛烟之罪，雖不可逭，察其心，亦可悲矣！

按繆刻《三水小牘》，其自序既稱檢《續談助》《說郛》《說海》校得誤處，並補葺逸文。而原本《說郛》載此文，篇末百餘字，並未補輯。蓋《說郛正續》清初陶挺本，多不可據。原本流傳亦少。或繆氏校刊時，第據陶挺之本，而未及檢校原本之故也。茲篇據舊藏明鈔本《說郛》校錄，故與繆刻本字句間互有異同云。

綠翹
據太平廣記校錄

西京咸宜觀女道士魚玄機，字幼微，長安里家女也。色既傾國，思乃入神，喜讀書屬文，尤致意於一吟一詠。破瓜之歲，志慕清虛。咸通初，遂從冠帔於咸宜，而風月賞玩之佳句，往往播於士林。然蕙蘭弱質，不能自持，復爲豪俠所調，乃從游處焉。於是風流之士，爭修飾以求狎，或載酒詣之者，必鳴琴賦詩，間以謔浪，憷學輩自視欿然。其詩有"綺陌春望遠，瑤徽秋興多"，又"殷勤不得語，紅淚一雙流"，又"焚香登玉壇，端簡禮金闕"，又"雲情自鬱争同夢，仙貌長芳又勝花"，此數聯爲絕矣。一女僮曰綠翹，亦明慧有色。

忽一日，機爲鄰院所邀，將行，誡翹曰："無出，若有客，但云在某處。"機爲女伴所留，迨暮方歸院。綠翹迎門，曰："適某客來，知鍊師不在，不捨轡而去矣。"客乃機素相昵者，意翹與之私。及夜，張燈扃户，乃命翹入臥内，訊之。翹曰："自執巾盥數年，實自檢御，不令有似是之過，致忤尊意。且某客至，款扉，翹隔闈報云：'鍊師不在。'客無言，策馬而去。若云情愛，不蓄於胸襟有年矣。幸鍊師無疑。"機愈怒，裸而笞百數，但言無之。既委頓，請杯水酹地曰："鍊師欲求三清長生之道，而未能忘解珮薦枕之歡，反以沈猜，厚誣貞正。翹今必斃於毒手矣！無天則無所訴，若有，誰能抑我彊魂，誓不蠢蠢於冥冥之中，縱爾淫佚。"言訖，絕於地。機恐，乃坎後庭瘞之。自謂人無知者。時咸通戊子春正月也。有問翹者，則曰："春雨霽，逃矣。"客有宴於機室者，因溲於後庭，當瘞上見青蠅數十集於地，驅去復來，詳視之，如有血痕且腥。客既出，竊語其僕，僕歸復語其兄。其兄爲府街卒，嘗求金於機，機不顧，卒深銜之。聞此，遽至觀門覘伺，見偶語者，乃訝不睹綠翹之出入。街卒復呼數卒，攜钁具，突入玄機院，發之，而綠翹貌如生平。遂録玄機京兆府，吏詰之辭伏，而朝士多爲言者。府乃表列上。至秋，竟戮之。在獄中亦有詩曰："易求無價寶，難得有心郎，""明月照幽隙，清風開短襟。"此其美者也。

按《太平廣記》一百三十引此文。

却要

據太平廣記校錄

湖南觀察使李庚之女奴，曰却要。美容止，善辭令，朔望通禮謁於親姻家，惟却要主之，李侍婢數十，莫之偕也。而巧媚才捷，能承順顔色，姻黨亦多憐之。李四子：長曰延禧，次曰延範，次曰延祚，所謂大郎而下五郎也。皆年少狂俠，咸欲烝却要而不能也。

嘗遇清明節，時纖月娟娟，庭花爛發，中堂垂繡幕，背銀缸，而却要遇大郎於櫻桃花影中，大郎乃持之求偶。却要取茵席授之，曰："可於庭中東南隅竚立相待，候堂前眠熟，當至。"大郎既去至廊下，又逢二郎調之。却要復取茵席授之，曰："可於廳中東北隅相待。"二郎既去，又遇三郎束之，却要復取茵席授之，曰："可於廳中西南隅相待。"三郎既去，又五郎遇着，握手不可解。却要亦取茵席授之，曰："可於廳中西北隅相待。"四郎皆去。延禧於廳角中，屏息以待。廳門斜閉，見其三弟比比而至，各趨一隅。心雖訝之，而不敢發。少頃，却要突燃炬，疾向廳事，豁雙扉而照之，謂延禧輩曰："阿堵貧兒，爭敢向這裏覓宿處。"皆棄所攜，掩面而走，却要復從而哈之。自是諸子懷慙，不敢失敬。

按《太平廣記》二百七十五引此文。

王公直
據太平廣記校錄

　　咸通庚寅歲，洛師大饑，穀價騰貴，民有殍於溝塍者。至蠶月而桑多爲蟲食，葉一斤直一鍰。新安縣慈澗店北村民王公直者，有桑數十株，特茂盛蔭翳。公直與妻謀曰："歉儉若此，家無見糧，徒竭力於此，蠶尚未知其得失。以我計者，莫若棄蠶。乘貴貨葉，可獲錢十萬，蓄一月之糧，則接麥矣。豈不勝爲餒死乎？"妻曰："善。"乃攜鍤坎地，卷蠶數箔瘞焉。明日凌晨，荷桑詣都市鬻之，得三千文，市彘肩及餅餌以歸。至徽安門，門吏見囊中殷血，連灑於地。遂止詰之。公直曰："適賣葉得錢，市彘肉及餅餌，貯囊無他也。"請吏搜索之，既發囊，唯有人左臂，若新支解焉。群吏乃反接，送於居守。居守命付河南府，尹正琅琊王公凝，令綱紀鞫之，其款示某瘞蠶賣桑葉，市肉以歸，實不殺人。特請檢驗。尹判差所由監領就村檢埋蠶之處。所由領公直至村，先集鄰保，責手狀皆稱實，知王公直埋蠶，實無惡跡。乃與村衆及公直同發蠶坑，中唯有箔角一死人，而缺其左臂，取得臂附之，宛然符合。遂復領公直詣府白尹，尹曰："王公直雖無殺人之事，且有坑蠶之咎，法或可恕，情在難容。蠶者，天地靈蟲，綿帛之本，故加勠絕，與殺人不殊。當置嚴刑，以絕凶醜。"遂命於市杖殺之。使驗死者，則復爲腐蠶矣。

　　按《太平廣記》一百三十三引此文。

圖書在版編目（CIP）數據

唐人小說 / 汪辟疆校．— 北京：北京聯合出版公司，2016.8（2018.5 重印）
ISBN 978-7-5502-8300-8

Ⅰ．①唐… Ⅱ．①汪… Ⅲ．①古典小說—小說集—中國—唐代 Ⅳ．① I242

中國版本圖書館 CIP 數據核字 (2016) 第 185318 號

Copyright © 2016 POST WAVE PUBLISHING CONSULTING (Beijing) Co., Ltd.
本書中文版權歸屬於后浪出版咨詢(北京)有限責任公司

唐人小說

校　　者：汪辟疆
選題策劃：后浪出版公司
出版統籌：吳興元
特約編輯：叢　銘
責任編輯：肖　桓
營銷推廣：ONEBOOK
裝幀製造：墨白空間・陳威伸

北京聯合出版公司出版
（北京市西城區德外大街 83 號樓 9 層　100088）
北京威远印刷有限公司印刷　新華書店經銷
字數 255 千字　889 毫米 × 1194 毫米　1/32　11 印張　插頁 6
2016 年 8 月第 1 版　2018 年 5 月第 2 次印刷
ISBN 978-7-5502-8300-8
定價：45.00 元

后浪出版咨询(北京)有限责任公司常年法律顧問：北京大成律師事務所　周天輝
copyright@hinabook.com
未經許可，不得以任何方式複制或抄襲本書部分或全部內容
版權所有，侵權必究
本書若有質量問題，請與本公司圖書銷售中心聯係調換。電話：010-64010019